MISDADIGERS

NASHVILLE

D0885451

JONATHAN & FAYE
KELLERMAN

MISDADIGERS

NASHVILLE

SIJTHOFF

© 2006 by Jonathan Kellerman en Faye Kellerman
Published by arrangement with Lennart Sane Agency AB
All Rights Reserved
© 2008 Nederlandse vertaling
Uitgeverij Luitingh ~ Sijthoff B.V., Amsterdam
Alle rechten voorbehouden
Oorspronkelijke titel: *Capital Crimes*
Vertaling: Harmien Robroch
Omslagontwerp: Pete Teboskins
Omslagfotografie: Simon D. Warren/Corbis

ISBN 978 90 218 0097 4
NUR 332

www.boekenwereld.com

MUZIKALE ERFENIS

Een novelle

1

Een prachtige houten mandoline in een met fluweel gevoerde kist stond in de slaapkamerkast van het huis van Baker Southerby.

Het instrument – een Gibson F-5 uit 1924 met slechts wat kleine beschadigingen door het plectrum onder een van de klankgaten – was meer waard dan Bakers huis, een kleine bungalow aan Indiana Avenue in de wijk The Nations in West-Nashville. Dit deel van de stad bestond voor het grootste deel uit fabrieksarbeiders, hier en daar wat agressief, en veel inwoners leefden van de hand in de tand. Dit was het enige huis dat Baker Southerby ooit had gekend, maar daar werd het niet mooier van. De Gibson, die zeldzaam was omdat hij een commerciële flop was geweest, was nu een zeer kostbaar verzamelaarsobject, een feit dat Bakers partner maar niet losliet.

'Er is er net een bij Christies geveild voor honderdzeventig.'

'Volg jij veilingen?'

'Ik was nieuwsgierig.'

Als Lamar Van Gundy in zo'n bui was – meestal als ze ergens een snelle maaltijd zaten te eten – kauwde Baker op zijn hamburger en deed hij of hij doof was. Dat werkte vaak, maar als Lamar erover doorging was Bakers automatische weerwoord altijd: 'Ja, en?'

'Ik zeg alleen maar dat het een goudmijntje is.'

'Geef de ketchup eens, Lange. Die is niet alleen van jou.'

Lamars grote handen schoven de fles over tafel. 'Hier. Verzuip je eten er maar in, B.. Hónderdzeventig! Vind je dat dan niet indrukwekkend?'

'Heel indrukwekkend.'

'Wanneer heb je voor het laatst op het ding gespeeld?'

'Ik wil niet het risico lopen dat ik zoiets kostbaars beschadig.'

'Heb je epilepsie, of zo? Bang dat je hem laat vallen?'

'Je weet maar nooit, Lange.'

Lamar zei: 'Jíj weet en ík weet en íedereen weet dat zo'n ding beter klinkt als je er regelmatig op speelt. Als je de klankbodem laat spreken kun je er misschien wel honderdtachtig voor krijgen.'

'Wat wil je nou zeggen?'

Lamar trok aan de puntjes van zijn snor. 'Ben je ongesteld, of zo? Waarom heb je zo'n hekel aan het ding terwijl het je belangrijkste bezit is?'

Baker haalde zijn schouders op en glimlachte. Hij probeerde niet te denken aan de overslaande stem van een klein jongetje, rook als in een kroeg, losbandig lachen. In elkaar gedoken op de achterbank terwijl de oude bus over landelijke weggetjes hobbelde. De glibberige manier waarop de koplampen over het landelijke asfalt schenen.

Lamar zag Bakers glimlach die paste bij diens zwijgzame houding en soms betekende dat: einde discussie. Ze werkten nu al drie jaar samen, maar de grote man had geen idee hoe geforceerd Bakers glimlach was. Lamar was meestal een goede mensenkenner, maar ook hij had hier en daar wel eens een blinde vlek.

Op de momenten dat Lamar er niet over ophield, was zijn volgende opmerking zo voorspelbaar dat het bijna uit een script leek te komen. 'Je hebt een schat in je bezit, maar je alarmsysteem is waardeloos.'

'Ik ben goed gewapend, Lange.'

'Alsof er niet kan worden ingebroken als jij op je werk zit.' Een diepe zucht. 'Honderdzeventig, allemachtig, dat is me een smak geld.'

'Jij bent de enige die weet dat ik hem heb, Lange.'

'Breng me niet op ideeën. Jezus, George Gruhn zou hem waarschijnlijk binnen vijf seconden kunnen doorverkopen.'

'Daalt hij nu al in waarde?'

Deze keer was Lamar degene die deed alsof hij doof was. 'Ik heb mijn Precision uit '62 vorig jaar door George laten verkopen. Kreeg er twintig keer meer voor dan ik ervoor had betaald. Toen heb ik een drie jaar oude Hamer gekocht die net zo goed klinkt, en ik kan er tijdens schnabbels op spelen zonder dat ik bang hoef te zijn dat er krassen op komen. George kent mensen. En ik had nog genoeg over om Sue een bos bloemen en een ketting te geven voor onze trouwdag. Met de rest hebben we een stukje van de flat afbetaald.'

'Tjongejonge,' zei Baker. 'Een heuse filantroop.' Hij had er genoeg van en stond op voordat Lamar kon reageren. Hij liep naar het herentoilet, waste zijn handen en gezicht en keek of zijn kraag goed zat. Met zijn ruwe tong gleed hij over zijn tanden. Toen hij terugkwam was het eten op en zat Lamar op tafel te roffelen. Hij wees met zijn duim naar de deur. 'Laten we maar eens wat bloed bekijken, Lange, tenzij je van plan bent je bord ook nog op te eten.'

Ze waren een soort komisch duo van recherche Moordzaken dat werkte op het elegante bakstenen hoofdbureau aan James Robertson Parkway. Lamar was een meter vijfennegentig, tweeëndertig jaar, mager als een lat, met piekerig bruin haar en een walrussnor als een revolverheld uit het wilde Westen.

Baker Southerby was twee jaar ouder, gedrongen en rossig met een altijd vlekkerige huid, dikke spieren die de neiging hadden slap te worden, dunne lippen en een kaal hoofd. Ondanks Lamars neiging om af te dwalen had hij nooit een betere partner gehad.

De afgelopen drieënzestig jaar was het aantal moordzaken in Nashville teruggelopen, de meeste waren uitgemaakte zaken die door districtsrechercheurs werden afgehandeld. De routinemoorden waren meestal het gevolg van bendegevechten, huiselijk geweld of drugdealers die via de I-40 de stad inreden en in de problemen kwamen.

De drie tweemansteams Recherche Moordzaken werden opgeroepen voor de lastige gevallen en de weinige zaken die veel publiciteit kregen.

De laatste moordzaak waar Southerby en Van Gundy aan hadden gewerkt dateerde van een maand geleden toen een ordinaire drugsverslaafde Music Row-promotor, Darren Chenoweth, was doodgeschoten. Chenoweth was in elkaar gezakt in zijn Mercedes aangetroffen achter het groezelige pakhuis dat als zijn kantoor diende aan Sixteenth Avenue. Als niet-aangeklaagde medesamenzweerder in de Cashbox-omkoopzaak was zijn dood een lastige zaak met serieuze financiële boventonen, mogelijk een aanslag uit wraak. Maar vier dagen geleden bleek het een geval van huiselijk geweld te zijn, toen mevrouw Chenoweth met haar advocaat naar het bureau was gekomen om een bekentenis te doen. De zaak werd al snel teruggebracht tot onvrijwillige doodslag omdat vijftien mensen bereid waren te getuigen dat Darren haar regelmatig in elkaar mepte. Sindsdien werkten Baker en Lamar aan oude, onopgeloste zaken en waren ze erin geslaagd een aantal groene dossiers te sluiten.

Lamar was gelukkig getrouwd met een verpleegkundige van de kinderafdeling van het Vanderbilt Medical Center met wie hij onlangs een flat had gekocht op de vierde verdieping in Veridian Tower aan Church Street. De Lange en Sue werkten over om de hypotheek te betalen en ze koesterden hun spaarzame vrije tijd. Daarom had Baker, die alleen woonde, aangeboden om alle late en vroege telefoontjes op zich te nemen. Hij was met zijn vriendelijke, rustige stem de ideale wekdienst.

Hij had naar oude basketbalherhalingen op ESPN Classic zitten kijken toen om halfvier op een koele ochtend in april de telefoon ging. Het was niet de meldkamer, maar Brian Fondebernardi zelf die belde. De stem van de brigadier klonk laag en beheerst, zoals altijd als het serieus was. Baker hoorde stemmen op de achtergrond en dacht direct: moeilijkheden.

'Wat is er aan de hand?'

'Verstoor ik je schoonheidsslaapje, Baker?'

'Nee. Waar is het lijk?'

'In East Bay,' zei Fondebernardi. 'First Avenue, ten zuiden van Taylor Street in een leegstaand pand vol rotzooi en andere ellende. Met uitzicht over de rivier zo ongeveer. Maar je stelt de verkeerde vraag, Baker.'

'Wie is het lijk?'

'Dat bedoel ik. Jack Jeffries.'

Baker zei niets.

Fondebernardi zei: 'Als in Jeffries, Bolt en Ziff...'

'Ik weet wie het is.'

'De kalmte zelve,' zei de brigadier. Hij kwam oorspronkelijk uit Brooklyn, werkte in een heel ander tempo en had erg moeten wennen aan Bakers trage stijl. 'Rechercheurs van Central hebben de plaats delict afgezet, de patholoog-anatoom is er nu, maar die is gauw klaar. Het gaat om een enkele steekwond in de nek, zo te zien rechtstreeks in de halsslagader. Overal ligt bloed, dus het is ter plekke gebeurd. De inspecteur is onderweg, dit feestje wil je niet missen. Bel die kleine en kom hiernaartoe.'

'Hoi Baker,' zei Sue Van Gundy met haar hese stem. Te moe om sexy te klinken op dit tijdstip, maar dat was een uitzondering. Hoewel Baker haar als een zus zag, vroeg hij zich af of hij niet had moeten uitgaan met haar nichtje, de lerares uit Chicago die vorige zomer bij hen had gelogeerd. Lamar had een foto van haar laten zien: een aantrekkelijke brunette net als Sue. Bakers eerste reactie was geweest: knap meisje. En: ik mag niet kieskeurig zijn. Maar toen had hij gedacht: het wordt toch niks, laat ik er maar niet eens aan beginnen.

Nu zei hij: 'Sorry dat ik je wakker maak, Sue. Jack Jeffries is doodgestoken.'

'Dat meen je niet.'

'Jawel.'

'Jack Jeffries,' zei ze. 'Wauw Baker, Lamar is gek op zijn muziek.'

Lamar houdt van alle muziek. Misschien is dat het probleem, wilde Baker zeggen, maar hij wist zich in te houden.

In plaats daarvan zei hij: 'Miljoenen zijn het met Lamar eens.'

'Jack Jeffries, niet te geloven,' zei Sue. 'Lamar slaapt als een blok, maar ik zal hem een duwtje geven... O kijk, hij wordt al wakker. Wat ziet hij er schattig uit. Schatje, het is Baker. Je moet aan het werk. Hij komt eraan, ik zal vast koffiezetten. Jij ook, Baker?'

'Nee, dank je, ik heb net gehad,' loog Baker. 'Ik ben er zo.'

Sue zei: 'Hij is zo moe... Hij is met de belasting bezig geweest. Ik zal een paar gelijke sokken voor hem klaarleggen.'

Baker reed in zijn door het bureau verstrekte Caprice naar Lamars flat en wachtte in de donkere straat tot Lamars lange lijf de voordeur uitkwam met een papieren tas aan zijn slungelige arm. Zijn walrussnor stak aan weerszijden van zijn bottige gezicht uit. Zijn haar wapperde alle kanten op en zijn ogen zaten halfdicht.

Baker droeg het onofficiële uniform van de recherche Moordzaken: een strak overhemd, gestreken broek, glimmende schoenen en een semiautomatisch wapen in zijn holster. Het overhemd was donkerblauw, de schoenen en de holster zwart. Zijn pijnlijke voeten verlangden naar gympen, maar hij nam genoegen met een paar bruine instappers om er professioneel uit te zien. Zijn goedkope overhemd was smetteloos, en de kraag was gesteven zoals zijn moeder dat had gedaan toen hij klein was en ze met zijn allen naar de kerk gingen.

Lamar stapte in, kreunde, haalde twee bagels uit de zak, waarvan hij er een aan Baker gaf, nam een hap van de andere en morste kruimels op zijn schoot.

Baker reed naar de plaats delict en at zonder veel te proeven. Misschien dacht Lamar hierover na toen hij moeilijk slikte en de rest van het broodje in de zak liet vallen.

'Jack Jeffries. Die komt uit L.A., of niet? Denk je dat hij hier was om iets op te nemen?'

'Wie weet?' *Wie kan het iets schelen?* Baker vertelde wat hij wist.

Lamar zei: 'Hij is niet getrouwd, hè?'

'Ik volg die wereld niet, Lange.'

'Wat ik bedoel,' zei Lamar, 'is dat er geen vrouw in het spel is, dus misschien zal het uiteindelijk niet zo'n stomme huiselijke kwestie zijn zoals bij Chenoweth.'

'Jij bent er niet blij mee als een zaak in vier dagen wordt opgelost?'

'We hebben helemaal niks opgelost, we hebben de zaak opgeschreven.'

'Ik dacht dat jij daar blij mee was,' zei Baker.

'Het was mijn trouwdag. Ik was Sue een gezellig etentje verschuldigd, maar als ik terugkijk...' Hij schudde het hoofd. 'Waardeloos. Als een solo die doodbloedt.'

'Jij hebt liever een nachtrust vernietigend mysterie,' zei Baker. En hij dacht: ik lijk verdomme wel een psychiater.

Het bleef lang stil voordat Lamar antwoordde: 'Ik weet niet wat ik wil.'

2

John Wallace 'Jack' Jeffries, een van oorsprong Ierse tenor die last had van babyvet en woede-uitbarstingen, was opgegroeid in Beverly Hills als enig kind van twee artsen. Hij werd deels aanbeden en deels genegeerd. Jackie – zoals hij toen werd genoemd – versleet een serie scholen waarvan hij alle regels aan zijn laars lapte, ging een maand voor zijn eindexamen van school af en kocht een goedkope gitaar. Hij leerde zichzelf een paar akkoorden en trok liftend naar het oosten. Hij leefde van giften, kruimeldiefstal en het kleingeld dat in zijn gitaarkist belandde als hij met zijn hoge, heldere stem klassieke folknummers ten gehore bracht.

In 1963 ging hij op zijn drieëntwintigste – meestal dronken of high en tweemaal behandeld voor syfilis – in Greenwich Village wonen en probeerde hij de wereld van de folkmuziek binnen te dringen. Aan de voet van Pete Seeger en Phil Ochs, Zimmerman, Baez en de Farinas leerde hij veel. Hij maakte meer kans om te mogen jammen met de jongere garde: Crosby, Sebastian, dat dikke meisje met een dijk van een stem, die zich Cass Elliot noemde en John Phillips die voor iedereen wel zijn best wilde doen.

Iedereen was verrukt van de stem van California Boy, maar zijn temperament was gespannen, vechtlustig en zijn leven was een buffet van roken, snuiven en drinken.

Toen hij er in 1966 niet in was geslaagd een platenmaatschappij te vinden terwijl het alle anderen wel lukte, overwoog Jeffries er een einde aan te maken. In plaats daarvan besloot hij echter terug te gaan naar Californië waar het tenminste altijd lekker weer was. Hij ging in Marin wonen en kwam in contact met twee armlastige folkzangers, Denny Ziff en Mark Bolt, die hij in een pizzeria in Oakland had zien spelen voor wat kleingeld.

Jeffries vertelde later dat hij kauwend op een extra-large pizza met extra kaas vol bewondering naar het duo had zitten kijken en had beseft dat hij iets miste in zijn leven. Tientallen publicisten noemden dit later een 'magisch moment'. Hij was overeind gekomen, was het podium op gesprongen tijdens een levendige a-capellaversie van 'Sloop John B' en had zijn hogere stem erbij gevoegd. Het samensmelten van de stemmen creëerde een groter geheel dan de som der delen en iedereen was wildenthousiast. Het nieuws ging als een lopend vuurtje door Bay Area en zo was het gekomen.

Het werkelijke verhaal was dat een aan amfetamine verslaafde promotor, Lanny Sokolow, al twee jaar bezig was geweest om Ziff en Bolt uit het pizzeriacircuit te krijgen. Op een dag had hij toevallig een mollige, langharige man met baard horen zingen voor een stel pornoactrices tijdens een feest van Wesson Oil dat was gesponsord door de broertjes O'Leary, twee van de populairste magnaten in het volwassenentertainment van San Francisco. Zelfs als Sokolow niet stijf had gestaan van de amfetamine zou die hoge, heldere stem zijn trommelvlies bereikt hebben. De dikzak klonk als een compleet engelenkoor. Jezus, dit was precies wat zijn twee zwakbegaafde baritons nodig hadden.

Jack Jeffries' reactie op Sokolows begroeting en poging om een gesprek te beginnen was: 'Flikker op man, ik ben bezig.'

Lanny Sokolow had geglimlacht en rustig afgewacht, had het dikke joch gevolgd en had hem uiteindelijk zover gekregen dat hij naar de demo's van Ziff en Bolt wilde luisteren. Tijdens een moment van zwakte had Jeffries ermee ingestemd om een keer naar de pizzeriashow te gaan kijken.

Nou, dacht Sokolow, als drie prikkelbare karakters naast elkaar kunnen bestaan...

Eén aspect van de officiële versie klopte écht: het lopend vuurtje was razendsnel gegaan, aangewakkerd door de prikkelende nieuwe folkrock. Lanny Sokolow regelde versterkers en een serie freelancedrummers voor zijn trio en boekte ze als de openingsact in Parish Hall en andere gratis locaties aan Haight Street. Algauw stonden The Three, zoals ze zich noemden, in het voorprogramma van middelgrote acts, en later volgden grote namen die groot geld opleverden.

Een scout van Oedipus Records hoorde hen op een mooie avond tijdens het voorprogramma van Janis Joplin en belde L.A. Een week later was Lanny Sokolow vervangen door Saul Wineman die als hoofd van Oedipus de groep de nieuwe naam Jeffries, Ziff and Bolt gaf – de volgorde was bepaald door het opgooien van een muntje (vier worpen; alle drie wilden ze een keer, maar ze waren pas tevreden toen Wineman zich ermee ging bemoeien).

De eerste drie singles van het trio bereikten de top tien. De vierde, 'My Lady Lies Sweetly' belandde met stip op nummer één, evenals het album *Crystal Morning*. Op het album stond dat alle nummers door het trio waren geschreven, maar het echte werk was door broodschrijvers van Brill Building gedaan. Die verkochten hun werk voor een vaste prijs en tekenden een strikte geheimhoudingsclausule.

Die onthullingen stonden op de waslijst aan aantijgingen in Lanny Sokolows rechtszaak wegens contractbreuk, een marathonbuffet voor advocaten dat zes jaar duurde en uiteindelijk drie weken voordat Sokolow aan een nierziekte overleed, werd geschikt.

Zes daaropvolgende albums werden met hulp van Saul Wineman geschreven. Vier van de vijf werden platina, *My Dark Shadows* werd goud en *We're Still Alive* was een flop. In 1982 ging de groep uit elkaar wegens 'creatieve geschillen'. Saul Wineman werkte inmiddels in de filmindustrie en alle drie hadden ze meer dan genoeg verdiend om als rijk man door het leven te gaan. En hoewel het elk jaar wat minder werd, vormden de royalty's de room in de koffie.

Denny Ziff verbraste zijn fortuin door een serie slecht geschreven en slecht geregisseerde onafhankelijke films te financieren. In 1985 woonde hij in Taos en schilderde hij modderige landschappen. In '87 bleek hij longkanker te hebben en drie maanden later was hij dood.

Mark Bolt emigreerde naar Frankrijk, kocht een wijngaard en produceerde een heel redelijke bordeaux. Hij trouwde en scheidde vier keer, verwekte twaalf kinderen, bekeerde zich tot het boeddhisme, verkocht zijn wijngaarden en ging in Belize wonen.

Jack Jeffries ging achter de vrouwtjes aan, kwam bijna om tijdens een helikoptervlucht boven de toendra in Alaska, nam zich voor om nooit meer te vliegen en trok zich terug in Malibu waar hij zich overgaf aan de lichamelijke geneugten die voorhanden waren. In 1995 doneerde hij zijn sperma aan een stel lesbische actrices dat een 'creatief' kind wilde. Het lukte en een van de actrices beviel van een zoon. Jeffries was nieuwsgierig en wilde het jongetje zien, maar na de eerste paar bezoekjes waarbij hij aangeschoten op kwam dagen, bestempelden de moeders hem als onbekwaam. Ze stuurden hem een sommatiebrief en vroegen een contactverbod aan. Jack vocht dit niet aan en zijn zoon was nu een succesvolle middelbare scholier in Rye, New York. Kinderen waren niets voor hem, en er moest muziek gemaakt worden.

Hij sliep elke dag tot een uur of drie, had een paar mensen in dienst die hem regelmatig bestalen en ging zich te buiten aan drank, drugs en eten. De royalty's liepen terug tot zo'n honderdduizend dollar per jaar, maar het passieve inkomen financierde het huis aan het strand, auto's en motoren en een boot in Newport Beach die hij nooit gebruikte.

Van tijd tot tijd werkte hij gratis mee aan albums van anderen. Als hij optrad deed hij dit solo tijdens liefdadigheidsavonden waar steeds minder mensen kwamen. Elk jaar werd hij dikker en hij weigerde zijn haar te knippen, dat nu wit en pluizig was, ook al hadden alle andere folkartiesten hun principes al opzijgezet voor de commercie.

Hij was sinds *die keer* niet meer in Nashville geweest, maar vond het er nog steeds cool, het was alleen te ver weg. Dus toen de eigenaar van het Songbird Café per groeps-e-mail om deelnemers vroeg aan een grondwetconcert als aanval op de overheidsbemoeienissen in openbare bibliotheken gooide hij die in de prullenbak. Toen haalde hij hem terug, las de lijst van mensen die al hadden toegezegd en vond het lullig om nee te zeggen.

Ingesloten, alsof het middel misschien wel erger was dan de kwaal.

Toen bracht hij toevallig zijn gitaar ter reparatie naar The Chick With the Magic Hands en hij raakte met de eigenaresse aan de praat. Zij deed hem een voorstel en... waarom niet, ook al had hij niet veel hoop.

Hij zou het gewoon proberen, misschien was het tijd om zijn ballen te laten zien.

En geloof het of niet, twee maanden later had het gewerkt.

Klaar om te vliegen.

Goeie naam voor een nummer.

Jack Jeffries lag dood op een overwoekerd, smerig terrein vlak bij de rivier de Cumberland en zou het Songbird-concert moeten missen.

De patholoog-anatoom was klaar met het lichaam en Lamar Van Gundy en Baker Southerby trokken handschoenen aan en namen een kijkje bij het lijk. De toestemming was niet van een onderzoeker gekomen; er was een echte patholoog-anatoom aanwezig geweest en dat betekende een hoge prioriteit.

Hetzelfde gold voor de verschijning van inspecteur Shirley Jones, brigadier Brian Fondebernardi en een aantal mediafiguren die op afstand werden gehouden door een klein leger aan politiemensen. De twee plaatselijke rechercheurs hadden de zaak overgedragen aan Recherche Moordzaken, maar wat blij dat ze af waren van een zaak die de ergste combinatie leek te bevatten: publiciteit en een mysterie.

Inspecteur Jones sprak met haar gebruikelijke charme de pers toe. Ze beloofde hen op de hoogte te houden en verzocht de aasgieren dringend de plaats delict te verlaten. Na wat gemopper gaven ze hieraan gehoor. Jones sprak haar rechercheurs nog even bemoedigend toe en vertrok toen. Terwijl de chauffeurs van het mortuarium op de achtergrond drentelden, ging brigadier Fondebernardi – slank, donkerharig en snel – hen voor naar het lijk.

De plaats van de moord was een donkere, gore plek die naar afval en hondenstront stonk. Niet echt een leeg terrein, maar een stukje grond in de schaduw van een oude cementmuur die waarschijnlijk nog stamde uit de tijd dat rivierboten hier hun waren losten.

Jack Jeffries lag op de grond, op een meter van de muur, met lege ogen naar een grijze lucht te staren. Over een uur ging de zon op. Een koele nacht, rond de dertien graden; het weer in Nashville was altijd veranderlijk, maar in deze omstandigheden zou er niets de ontbinding op een merkwaardige manier versnellen of vertragen.

Beide rechercheurs liepen de plaats delict rond voordat ze naar het lichaam gingen. Allebei dachten ze: pikkedonker, je zou hier 's nachts langs kunnen lopen zonder iets in de gaten te hebben.

Fondebernardi voelde aan waar ze aan dachten. 'Een anonieme tip, een vent die onduidelijk sprak, een dakloze zo te horen.'

'De dader?'

'Alles is mogelijk, Lange, maar op band klonk hij behoorlijk geschrokken – verrast. Je zult het straks wel horen als je hier klaar bent.'

Lamar deed een stap dichter naar het lichaam. De man was zwaarlijvig. Hij zei er niets over.

Zijn partner zei: 'Zo te zien heeft hij zichzelf nogal verwaarloosd.'

Brigadier Fondebernardi zei: 'Hebben we ons oordeel alweer klaar, Baker? Ja, met een beetje aerobics had hij vast een mooier figuurtje gehad, maar hij is niet aan een hartaanval overleden.' Met die karakteristieke trieste glimlach van hem boog de brigadier zich met zijn zaklamp over het lichaam en scheen op de gapende wond links in de hals van het slachtoffer.

Lamar bestudeerde de wond. *Al die muziek. Die stem.*

Baker knielde naast het lijk en zijn partner deed hetzelfde.

Jack Jeffries droeg een ruimvallend zwart zijden overhemd met lange mouwen en een ronde hals. Hij had een zwarte joggingbroek aan met een roodsatijnen band op de zijkant. Zwarte gympen met rode draken op de tenen geborduurd. Op de zolen stond het Gucci-label. Maat 45, extra breed.

Jeffries had een enorm dikke buik, alsof hij zwanger was. Zijn linkerarm was omhooggebogen, handpalm naar voren, alsof hij naar iemand zwaaide. De rechter lag bij zijn heup. Jeffries' lange witte haar vormde een slaphangend aureool. Deels hing het boven een hoog, verrassend glad voorhoofd en de rest rustte op bolle wangen. Bakkebaarden liepen tot zeker zes centimeter onder zijn dikke oren. Zijn bovenlip zat verborgen onder een pluizige snor, net zo weelderig als die van Lamar. Hij had er zijn onderlip ook onder kunnen verbergen, ware het niet dat zijn mond erg doods openhing.

Hij miste een paar tanden, zag Baker. Die vent had zichzelf écht verwaarloosd. Hij haalde zijn zaklampje tevoorschijn en bekeek de wond van heel dichtbij. Zo'n vijf centimeter breed. De uiteengetrokken huid legde vlees, kraakbeen en bloedvaten bloot. Een snee die naar boven liep, rafelig aan de bovenkant, alsof het mes er hard was uitgerukt en ergens was blijven haken.

Hij liet het Lamar zien. 'Ja, dat zag ik ook. Misschien vocht hij terug en schoot het mes heen en weer.'

Baker zei: 'Door de manier waarop de wond omhoogloopt, krijg ik het idee dat het een opwaartse beweging is geweest. Mogelijk was de dader kleiner dan het slachtoffer.' Hij keek naar het lijk. 'Ik schat hem op een meter tweeëntachtig, dus dat zegt niet zoveel.'

Fondebernardi zei: 'Op zijn rijbewijs staat een meter vijfentachtig.'

'Komt in de buurt,' zei Baker.

'Mensen liegen,' zei Lamar.

Baker zei: 'Op Lamars rijbewijs staat dat hij een meter vijfenzeventig is en van sushi houdt.'

Een flauwe lach galmde door de nacht. Toen die uitgestorven was zei Fondebernardi: 'Je hebt gelijk dat mensen liegen. Jeffries beweerde dat hij zesentachtig kilo woog.'

'Tel daar maar vijfentwintig of dertig kilo bij op,' zei Baker. 'Met al dat gewicht had hij toch wel kunnen terugvechten, zelfs als hij niet in vorm was.'

'Geen verdedigingswonden,' zei Fondebernardi. 'Kijk zelf maar.'

De beide rechercheurs geloofden het wel: de brigadier was altijd uiterst zorgvuldig.

'We zijn in elk geval geen tijd kwijt aan de identificatie,' zei Lamar.

Baker zei: 'Wat zat er nog meer in zijn zakken, behalve zijn rijbewijs?'

Fondebernardi zei: 'Alleen een portemonnee. Die hebben de jongens van het mortuarium in het busje liggen, maar je kunt er-in kijken voordat ze gaan. Niet veel bijzonders: creditkaarten, allemaal platina, negenhonderd dollar contant, een Marquis Jet Card, dus misschien vloog hij privé. In dat geval komen we misschien aan een hele rits informatie. Die charterservices kunnen hotels en chauffeurs boeken en hele reisplannen in elkaar zetten.'

'Geen hotelsleutel?' vroeg Lamar.

De brigadier schudde zijn hoofd.

'Misschien heeft hij vrienden in de stad wonen,' zei Baker.

'Of misschien had hij gewoon geen zin om de sleutel in zijn

zak te hebben,' zei Lamar. 'Zulke beroemdheden hebben vaak personeel voor dat soort dingen.'

'Als hij in een hotel logeert, kan dat alleen maar in het Hermitage zijn.'

'Dat is waar,' zei Lamar. 'Tien tegen een dat hij de Alexander Jackson-suite heeft of hoe ze dat luxe penthouse ook maar noemen.'

Het klonk alsof hij daar intens naar verlangde, dacht Baker. Dromen stierven vaak een ruwe dood. Die kon je maar beter niet koesteren.

Fondebernardi zei: 'Verder nog iets?'

Baker zei: 'De grote vraag is wat hij hier deed. Overdag is dit een industrieterrein en 's avonds is het hier uitgestorven, ver weg van de clubs, restaurants, dopedealers. Zelfs porno is hier niet meer te vinden.'

'Met één uitzondering,' zei de brigadier. 'Je hebt hier The T House, twee straten ten zuiden van First, een heel kleine club. Ziet er altijd als een hippietent uit – handgeschilderde borden, biologische thee. Ze adverteren met acts waar je nog nooit van hebt gehoord. Ze gaan om zeven uur open en sluiten om middernacht.'

'Wat zou Jeffries daar te zoeken hebben?' zei Lamar.

'Waarschijnlijk helemaal niets, maar het is de enige tent hier in de buurt. Dat kunnen jullie morgen controleren.'

Baker zei: 'Ik vraag me af of hij misschien een hoertje heeft opgepikt dat hem hiernaartoe heeft gebracht om hem te beroven. Maar met negenhonderd dollar nog in de portemonnee...' Hij keek opnieuw naar het lichaam. 'Geen horloge, geen sieraden.'

'Maar ook geen bleke lijntjes op zijn huid,' zei Fondebernardi. 'Misschien droeg hij geen horloge.'

'Misschien vond hij tijd niet belangrijk,' zei Lamar. 'Zulke lui hebben mensen die voor hen klokkijken.'

'Een gevolg,' zei Baker. 'Misschien is hij hier met een aantal anderen per privévliegtuig aangekomen.'

'De moeite waard om mee te beginnen. Die services zijn vierentwintig uur per dag open. Altijd en overal voor de rijken.'

De brigadier vertrok en met zijn tweeën liepen de rechercheurs een paar keer over de plaats delict, namen bloedsporen in het gras waar, mogelijke voetafdrukken, maar niets waar een gietvorm van gemaakt kon worden. Om tien voor vijf 's morgens gaven ze de chauffeurs toestemming om het lijk naar het mortuarium te brengen en reden ze door de donkere, verlaten straten van het centrum naar het Hermitage Hotel op de hoek van Sixth en Union.

Onderweg belde Baker het gratis nummer van Jet Card. Eerst moest hij eerst de weerstand wegnemen van het personeel van Marquis, maar hij slaagde erin te weten te komen dat Jack Jeffries om elf uur 's morgens op Nashville International was aangekomen. Over zijn eventuele medepassagiers wilden ze niets loslaten.

De rijken en beroemdheden stonden op hun privacy... tenzij ze publiciteit wilden. Baker zag zo vaak in Nashville dat omhooggevallen countrysterren zich achter grote zonnebrillen en veel te grote hoeden verborgen. Maar als niemand hen zag, praatten ze om het hardst in restaurants.

Lamar parkeerde de auto illegaal pal voor de nachtingang van het Hermitage. Nashvilles enige ontvanger van drie gouden sterren was een prachtig brok Italiaans marmer dat de weelderigheid van 1910 had. Om elf uur gingen de deuren dicht, zoals bij elk zichzelf respecterend logement in het centrum.

Baker belde aan. Niemand deed open en hij probeerde het nogmaals. Na nog drie keer kwam iemand naar de deur die door het zijraampje tuurde. Een jonge, zwarte man in uniform. Toen de rechercheurs hun penning voor hem hielden, knipperde de jongeman met zijn ogen, liet de informatie even tot zich doordringen en deed toen de deur open. Op zijn naambordje stond WILLIAM.

'Ja?'

Lamar zei: 'Is dit waar meneer Jack Jeffries, de rockster, verblijft?'

William zei: 'Wij mogen geen informatie uitgeven over onze gasten...'

Baker zei: 'William, als meneer Jeffries hier verblijft, is het tijd om in de verleden tijd te praten.'

De blik van de jongeman bleef onbegrijpend.

Baker zei: 'William, meneer Jeffries is een paar uur geleden dood gevonden en wij zijn de mannen die erover gaan.'

De ogen lichtten op. Een hand vloog naar Williams mond. 'Mijn god.'

'Ik neem aan dat dat een "ja" is, dat hij hier staat ingeschreven.'

'Ja... meneer. O, mijn god. Hoe is hij... wat is er gebeurd?'

'Daar proberen we nu achter te komen,' zei Lamar. 'We moeten zijn kamer zien.'

'Tuurlijk. Jazeker. Komt u binnen.'

Ze liepen achter William aan door de reusachtige lobby met het twaalf meter hoge plafond met de verzonken panelen, ingelegd met glas-in-lood, gewelfde zuilen, meubels met brokaat en palmbomen. De sfeer deed op dit tijdstip doodstil en triest aan, zoals elk hotel als het zijn menselijkheid verliest.

Baker kon zich meer motels herinneren dan hij kon tellen. Hij dacht: maakt niet uit hoe duur het is, zolang je niet thuis bent is het helemaal niks.

William rende zo ongeveer naar de walnotenhouten receptie en begon op zijn computer te roffelen. 'Meneer Jeffries logeert – logeerde – in de suite op de zevende verdieping. Ik zal een sleutel voor u aanmaken.'

'Was hij hier alleen?' zei Baker.

'In de suite? Ja.' Handenwringend zei de jongen: 'Wat vreselijk.'

'Alleen in de suite,' zei Lamar, 'maar...'

'Hij arriveerde samen met iemand. Die persoon verblijft op de derde verdieping.'

'Een dame?'

'Nee, nee, een man. Een dokter – zijn dokter, dacht ik.'

'Was meneer Jeffries ziek?' vroeg Baker.

William zei: 'Voor zover ik kon zien had hij geen symptomen of zo. De andere gast is dokter – verder weet ik het ook niet.'

'Was er nog iemand bij hem, behalve zijn dokter?'

'Nee, meneer.'

'Een dokter,' zei Lamar. 'Brachten hij en meneer Jeffries veel tijd met elkaar door?'

'Ik kan me herinneren dat ze samen vertrokken. Aan het eind van mijn dienst – ik draai zo veel mogelijk dubbele diensten. Om mijn studie te betalen.'

'Aan Vanderbilt?'

William staarde hem aan. De absurditeit van de vraag. 'De universiteit van Tennessee State, maar ik moet kost en inwoning betalen.'

'Goed van je, een opleiding is belangrijk,' zei Lamar. 'Hoe laat vertrokken meneer Jeffries en zijn dokter?'

'Ergens tussen halfnegen en negen.'

'Wat droeg meneer Jeffries?'

'Hij was in het zwart,' zei William. 'Zo'n Chinees overhemd, u kent het wel, zonder kraag.'

Dezelfde outfit die ze zojuist hadden gezien.

Baker zei: 'Dus hij ging samen met zijn dokter rond halfnegen weg. Is een van beiden hier nog terug geweest?'

'Dat weet ik niet. Het was behoorlijk druk en ik moest een grote groep gasten inschrijven.'

'Kun je ons nog meer over de dokter vertellen?'

'Hij schreef meneer Jeffries in. Meneer Jeffries stond er een beetje bij. Daar.' Hij wees naar een grote palmboom. 'Hij rookte een sigaret en stond met zijn rug naar de lobby alsof hij niet gezien wilde worden.'

'En de dokter schreef hem in.'

'Ja, meneer.'

'Toen ze met zijn tweeën vertrokken, hoe was de sfeer toen?'

'U bedoelt of ze in een goede bui waren?'

'Of in een andere bui.'

'Mmm,' zei William, 'dat zou ik niet weten. Er viel me niets op. Maar het was druk.'

Baker zei: 'Maar u zag dat ze weggingen.'

'Omdat hij beroemd is,' zei William. 'Was. Ik ken zijn muziek niet zo, maar een van onze boekhouders is in de vijftig en zij was helemaal enthousiast dat hij hier logeerde.'

'Enig idee waarom meneer Jeffries in Nashville was?'

'Ja, toevallig wel,' zei William. 'Volgens mij is er een liefdadigheidsconcert in de Songbird, en hij zou daar optreden. Volgens diezelfde boekhoudster is de lijst van acts behoorlijk indrukwekkend.' Diepe zucht. 'Hij had zijn gitaar bij zich, dat weet ik wel. De piccolo's maakten ruzie over wie hem mocht dragen.'

William sloeg zijn blik op naar de glazen plafondpanelen. 'De dokter had er ook een bij zich. Of misschien droeg hij de reservegitaar van meneer Jeffries.'

'Een dokter die roadie is,' zei Baker. 'Hoe heet hij?'

Meer gerommel op de computer. 'Alexander Delaware. Hij woont in Los Angeles,' zei William. 'Ik kan u zijn postcode en creditkaartgegevens geven, als u wilt.'

'Straks misschien,' zei Baker. 'Zeg eerst maar eens wat zijn kamernummer is.'

3

Kamer 413 lag vlak bij de lift aan een stille, verlaten gang met veel pluche waar alleen een paar roomservicekarretjes stonden.

Niets bij de kamerdeur van dokter Alexander Delaware.

Baker klopte zachtjes aan. Beide rechercheurs waren verrast toen een stem direct antwoordde. 'Een ogenblikje.'

Lamar keek op zijn horloge. Het was bijna zes uur 's morgens. 'Dat hij nu al op is.'

Baker zei: 'Misschien zit hij op ons te wachten om een bekentenis af te leggen, Lange. Zou dat niet fijn zijn?'

Gedempte voetstappen klonken achter de deur en een schaduw viel over het spionnetje.

'Ja?' zei de stem.

'Politie,' zei Baker, en hij hield zijn penning een paar centimeter voor het spionnetje.

'Moment.' Er werd een ketting losgemaakt. De deurknop werd omgedraaid. Beide rechercheurs legden hun hand op hun wapen en deden een stap opzij.

De man die opendeed was een jaar of veertig, aantrekkelijk,

middelgroot, had een stevig postuur met keurige donkere krullen en een paar grijsblauwe ogen. Zo licht had Lamar ze nog nooit gezien. Grote ogen die zo bleek waren dat de irissen bijna onzichtbaar waren als ze je recht aankeken. Ze waren roodomrand. Te veel gedronken? Gehuild? Allergieën door de pollen in Nashville? Slaapgebrek? Het kon van alles zijn.

'Dokter Delaware?'

'Ja.'

Lamar en Baker identificeerden zich en Delaware stak zijn hand uit. Een warme, stevige handdruk. Beide rechercheurs keken of ze verse wonden zagen, tekenen van een vechtpartij. Niets.

Delaware zei: 'Wat is er aan de hand?' Een zachte, rustige, enigszins jongensachtige stem. 'Is er iets met Jack?' Hij had een hoekige kaak, een kuiltje in zijn kin, een Romeinse neus. Gekleed voor ontspanning in een zwart t-shirt, grijze joggingbroek, op blote voeten.

Terwijl Lamar langs de man heen de kamer bekeek, wierp Baker een blik op de handen; glad, groot, met donkere haartjes. De nagels van de linkerhand waren kortgeknipt, maar aan de rechterhand waren ze langer dan de vingertopjes en ze liepen rechts af. Een klassieke gitarist of een andere tokkelaar. Misschien was de tweede gitaar toch van hem.

Geen van beiden hadden ze antwoord gegeven op Delawares vraag. De man bleef rustig staan en wachtte af.

Baker zei: 'Enige reden dat er iets met meneer Jeffries aan de hand zou zijn?'

'Het is zes uur 's morgens en u staat voor de deur.'

'U bent al op,' zei Baker.

'Ik kon niet slapen,' zei Delaware. 'Jetlag.'

'Wanneer bent u aangekomen?'

'Jack en ik zijn gisterochtend om elf uur aangekomen en ik was zo dom om drie uur te gaan slapen.'

'Mogen we binnenkomen?'

Delaware deed een stap opzij. Hij fronste zijn wenkbrauwen toen hij ze binnenliet.

Een kleine standaardkamer, niets bijzonders. Overdreven netjes, dacht Lamar. Geen kleren die rondslingerden, alle lades waren gesloten en de kast was dicht. Het enige wat erop duidde dat de kamer bezet was, was de gitaarkist naast het bed, de kussens die tegen het hoofdeinde waren geduwd en het dekbed dat wat kreukels had – ingedrukt alsof er iemand op had gelegen.

Op het nachtkastje stond een ouderwets glas met twee half gesmolten ijsklontjes en in de prullenbak lag een miniatuur Chivas. Er lag ook een grootbladig tijdschrift – *American Lutherie*.

Nog zo'n zogenaamde muzikant? Lamar wachtte op Bakers reactie. Baker liet niets merken.

Lamar bekeek het flesje nog eens wat beter. Leeg. Had de dokter zijn slapeloosheid willen verzachten met drank en wat leesvoer? Of had hij zichzelf willen kalmeren?

Hij en Baker pakten ieder een stoel en dokter Delaware ging op het bed zitten. Ze vertelden hem het slechte nieuws zonder opsmuk en hij bracht zijn hand naar zijn wang. 'Mijn god! Wat afschuwelijk. Ik ben...' Zijn stem stierf weg.

Baker zei: 'Misschien kunt u ons bijpraten?'

'Waarover?'

'Om te beginnen over het feit dat meneer Jeffries met een dokter op stap was.'

Diepe zucht. 'Dit is... U moet me even een momentje geven.'

Delaware liep naar de minibar en pakte een blikje sinaasappelsap. Hij dronk het achter elkaar leeg. 'Ik ben psycholoog. Jack heeft een aantal jaren geleden bijna een helikopterongeluk gehad en durfde daarna niet meer te vliegen. Daar behandelde ik hem voor. Nashville was zijn eerste vlucht sinds het helikopterincident en hij vroeg of ik met hem mee wilde.'

'U liet al uw patiënten achter en ging met hem mee,' zei Baker.

'Ik ben half gepensioneerd,' zei Delaware.

'Half gepensioneerd?' vroeg Baker. 'Dus u werkt zo nu en dan?'

'Voornamelijk voor de politie van Los Angeles. Ik doe zo nu en dan consultancywerk voor ze.'

'Daderprofilering?' zei Lamar.

'Onder andere.' Delaware glimlachte innemend. 'Zo nu en dan hebben ze ook echt wat aan me. Hoe is Jack overleden?'

'Daar bestaat uw werk uit?' vroeg Baker. 'Consultancywerk voor de politie van Los Angeles?'

'Ik doe ook consulten voor de rechtbank.'

Baker zei: 'U hebt geen eigen praktijk, maar u behandelde Jack Jeffries wel.'

'Ik heb maar een paar langdurige patiënten. Jack kwam bij mij terecht via mijn vriendin. Ze ontwerpt snaarinstrumenten, werkt al jaren aan Jacks instrumenten. Een tijdje geleden vertelde hij dat hij was uitgenodigd om op te treden in het Songbird Café voor de grondwetbijeenkomst en hij baalde dat hij er niet naartoe durfde. Hij stond open voor een behandeling en mijn vriendin vroeg toen of ik hem wilde behandelen. Ik had net een project afgerond, dus zei ik ja.'

Lamar sloeg zijn benen over elkaar. 'Wat houdt dat in?'

'Er zijn verschillende benaderingen. Ik maakte gebruik van een combinatie van hypnose, ontspanningsoefeningen en beeldtechnieken – Jack leren zijn gedachten over vliegen en zijn emotionele reactie daarop te herprogrammeren.'

'En drugs?' vroeg Baker.

Delaware schudde zijn hoofd. 'Jack heeft tientallen jaren van alles geslikt. Mijn benadering was om te zien hoe ver we konden komen zonder medicijnen en hem eventueel wat valium voor te schrijven als hij dat tijdens de vlucht nodig had. Dat was niet nodig. Hij deed het echt heel goed.' Hij haalde zijn hand door zijn krullen. Trok en liet los. 'Ik kan het niet geloven – dit is... absurd!'

Hij schudde zijn hoofd ernstig, beende naar de minibar en pakte nog een blikje sinaasappelsap. Deze keer gooide hij er een flesje Tanqueray in. 'Tijd dat ik mezelf wat voorschrijf. Ik weet dat ik jullie geen drank hoor aan te bieden, maar willen jullie iets anders?'

De rechercheurs bedankten.

Baker zei: 'Dus u was zijn hypnotherapeut.'

'Ik gebruik hypnose in combinatie met andere technieken. Jack had veel geld in een Jet Card geïnvesteerd om zichzelf de moed te geven het te blijven proberen. Als de vluchten van en naar Nashville goed gingen, wilde hij een volgende vlucht alleen maken. Het succes dat hij had behaald – dat hij zijn angst had overwonnen – was goed voor hem. Hij vertelde dat hij in geen jaren iets had bereikt, daarom voelde het bijzonder goed.'

'Zo te horen was hij behoorlijk depressief,' zei Lamar.

'Niet klinisch,' zei Delaware. 'Maar ja, hij had een zekere leeftijd bereikt en keek meer naar binnen.' Hij nam een slok. 'Waar kan ik u verder nog mee helpen?'

'Misschien kunt u vertellen wat hij en u allemaal gedaan hebben vanaf het moment dat u beiden in Nashville arriveerde,' zei Baker.

Opnieuw haalde de knappe man een hand door zijn krullen en keek hij hen met die intens bleke ogen aan. 'Eens kijken... We zijn rond elf uur 's morgens geland. We vlogen met een privétoestel, dat had ik nog nooit meegemaakt. Er stond een limousine op ons te wachten – volgens mij van het bedrijf CSL – en we waren rond de middag in het hotel. Ik heb Jack ingeschreven omdat hij een sigaret wilde roken en niet te veel wilde opvallen.'

'Opvallen?'

'Vanwege zijn beroemdheid,' zei Delaware. 'Hij wilde niet belaagd worden in de lobby.'

'Gebeurde dat?'

'Een paar mensen herkenden hem geloof ik wel, maar veel verder dan wat kijken en fluisteren ging het niet.'

'Zaten er enge types tussen?' vroeg Lamar.

'Volgens mij niet, maar ik was niet op zoek naar verdachte mensen. Ik was zijn dokter, niet zijn bodyguard. Ik kan me alleen de toeristen herinneren.'

'En de mensen die hem herkenden?'

'Toeristen van middelbare leeftijd.' Delaware haalde zijn schouders op. 'Hij is al heel lang geen begrip meer.'

'Vindt hij dat erg?'

'Wie zal het zeggen? Toen hij zei dat hij niet wilde opvallen, dacht ik in eerste instantie dat hij dat juist wél wilde en zich ervan wilde verzekeren dat hij nog steeds beroemd was. Volgens mij hoorde het spelen tijdens dat concert er ook bij... het verlangen om op het podium te staan en iemand te zijn. Dat zei hij niet, hoor. Zo kwam hij op me over.'

'Dus u schreef u beiden in, en toen?' vroeg Baker.

'Ik ben met Jack naar zijn suite gelopen en hij zei dat hij me zou bellen als hij iets nodig had. Ik ben naar mijn kamer gegaan om even een uiltje te knappen. Meestal word ik dan na een minuut of twintig wel wakker. Maar deze keer niet en toen ik opstond, was ik heel duf. Toen ben ik naar de sportruimte van het hotel gegaan, heb een uur gesport, nog gezwommen.' Hij haalde diep adem. 'Eens kijken. Ik heb gedoucht, een paar telefoontjes gepleegd, wat gelezen, nog even gespeeld.' Hij wees naar de gitaarkist en het tijdschrift.

'Wie hebt u gebeld?' vroeg Baker.

'Mijn telefoondienst, mijn vriendin.'

'De snaarinstrumentenontwerpster,' zei Baker. 'Hoe heet ze?'

'Robin Castagna.'

Lamar fronste zijn wenkbrauwen. 'Stond er vorig jaar niet een artikel over haar in *Acoustic Guitar*?' Toen Delaware verbaasd opkeek, zei hij: 'Dit is Nashville, dokter. Dat hoort erbij.' Hij wees naar de gitaarkist. 'Is dat er een van haar?'

'Ja.' De psycholoog maakte de kist open en haalde er een fraaie, kleine, met zeeoor afgewerkte steelstringgitaar uit. Hij leek een beetje op een Martin 000-model, maar het stemmechaniek had geen calqueerplaatjes en de fretten waren van een ander materiaal. Delaware tokkelde een paar arpeggio's en wat zachter wordende akkoorden voordat hij zijn wenkbrauwen fronste en het instrument weer in de kist legde.

'Op dit moment klinkt niets goed,' zei hij.

Behendig, dacht Baker, die man kan spelen.

Lamar zei: 'Bent u van plan zelf ook op te treden tijdens uw verblijf hier?'

'Nee, hoor.' Delawares glimlach was lusteloos. 'Jack had zijn psycholoog, de gitaar is mijn vorm van therapie.'

Baker zei: 'Dus u tokkelde wat, las wat... en toen?'

'Eens kijken... Het moet ongeveer halfzeven, zeven uur zijn geweest, want ik had trek. De hotelmanager raadde de Capitol Grille in het hotel aan. Maar toen ik een blik binnen had geworpen, besloot ik dat ik geen zin had om in mijn eentje in zijn chique tent te eten. Toen belde Jack en zei dat hij ergens wat wilde "bikken", dat hij wel wat gezelschap kon gebruiken.'

'Hoe klonk hij?'

'Uitgerust, ontspannen,' zei Delaware. 'Hij vertelde dat de nummers goed gingen, dat hij zich de teksten nog allemaal kon herinneren – daar had hij zich nogal druk over gemaakt. Hij maakte allerlei grapjes over zijn leeftijd, dat het ruige leven zijn hersenen had aangetast. Hij zei ook dat hij erover dacht om een nieuw nummer voor het liefdadigheidsconcert te schrijven. "The Censorship Rag" moest het gaan heten.'

'Maar eerst wilde hij eten.'

'Spareribs om precies te zijn. We gingen naar een restaurant aan Broadway. Jack's heette het. Hij had het in de restaurant-wijzer gevonden, vond het wel grappig – vanwege de naam, een soort karma.'

'Hoe bent u ernaartoe gegaan?'

'Met een taxi.'

'Het is vlakbij,' zei Baker.

'Dat wisten we op dat moment niet.'

'Hoe laat was u daar?' vroeg Baker.

'Ik denk iets voor negen uur.'

'Herkende iemand hem in het restaurant?'

Delaware schudde zijn hoofd. 'We hebben heerlijk rustig ge-geten. Jack at flink wat varkensschouder.'

'Zat het hem dwars dat hij niet meer herkend werd?'

'Hij lachte erom, zei dat hij ooit alleen nog maar een voetnoot in een boek zou zijn. Als hij zo lang zou leven.' Delaware hui-verde.

Baker zei: 'Wat, een voorgevoel?'

'Niet over moord. Problemen met zijn leefstijl. Jack wist dat hij zwaarlijvig was, een hoge bloeddruk had, een verhoogd cho-lesterol. Plus al dat ruige leven.'

'Een hoog cholesterol, maar toch at hij varkensschouder.'

Delawares glimlach was droef.

Lamar vroeg: 'Wie betaalde het eten?'

'Jack.'

'Met een creditkaart?'

'Ja.'

Baker zei: 'Hoe laat zijn jullie vertrokken?'

'Niet later dan halfelf, volgens mij. Toen gingen we elk ons weegs. Jack zei dat hij de stad wilde bekijken en het was wel dui-delijk dat hij alleen wilde zijn.'

'Hoezo?' vroeg Baker.

'Hij zei: "Ik heb wat rust nodig, dok." Misschien had hij inspiratie en had hij wat stilte nodig.'

'Enig idee waar hij naartoe ging?'

'Nee. Hij wachtte tot ik aan Fifth Avenue een taxi had gevonden en liep toen verder over Broadway... even kijken... in oostelijke richting.'

Baker zei: 'Als je op Broadway naar het oosten loopt, zit je in het centrum en daar is het allesbehalve rustig.'

'Misschien is hij naar een club gegaan,' zei Delaware. 'Of een bar. Of misschien had hij met vrienden afgesproken. Hij was hier om op te treden met anderen uit de business. Misschien wilde hij hen ontmoeten zonder zijn therapeut in de buurt.'

'Enig idee wie die vrienden zouden kunnen zijn?'

'Nee, ik speculeer, net als u.'

'Op Broadway naar het oosten,' zei Baker. 'Hebt u na die tijd nog iets van hem gehoord, dokter?'

Delaware schudde het hoofd. 'Hoe laat is hij vermoord?'

'Dat weten we nog niet. Enig idee wie hem kwaad zou willen doen?'

'Geen idee,' zei Delaware. 'Jack was humeurig, dat wel, en ik heb hem wel behandeld, maar het was geen intensieve psychotherapie, dus ik heb geen goede kijk op zijn psyche. Tijdens het eten merkte ik wel dat hij veel voor zich hield.'

'Waaraan merkte u dat?'

'Intuïtie. Het enige waar u misschien iets aan hebt is dat zijn stemming veranderde tegen het einde van het eten. Hij was het grootste deel van de maaltijd heel spraakzaam geweest, had herinneringen opgehaald aan de goeie ouwe tijd, maar opeens werd hij heel stil – gesloten. Keek me ook niet meer recht aan. Ik vroeg of hij zich wel goed voelde. Hij zei dat het prima met hem ging en wuifde verdere vragen weg. Maar hij zat duidelijk ergens over te piekeren.'

'Maar u hebt geen idee wat dat was,' zei Baker.

'Met iemand als Jack kon het van alles zijn.'

'Iemand als Jack?'

'Mijn ervaring is dat creativiteit en humeurigheid bij elkaar horen. Jack had de reputatie dat hij lastig was – ongeduldig, bits, niet in staat relaties te onderhouden. Dat is ongetwijfeld allemaal waar, maar tegenover mij was hij eigenlijk altijd vriendelijk. Hoewel ik soms het gevoel had dat hij daar wel erg zijn best voor moest doen.'

'Hij had u nodig om dat toestel in en uit te komen,' zei Baker.

'Dat is waarschijnlijk de reden geweest,' zei Delaware.

'Spareribs bij Jack's,' zei Lamar. 'Hebt u nog iets gedronken?'

'Jack had een biertje en ik een cola.'

'Eentje maar?'

'Ja.'

'Wat een zelfbeheersing.'

'Ik ken hem alleen maar als gematigde drinker.'

Lamar zei: 'Dezelfde vent die onder invloed van LSD ging skydiven en geblinddoekt motorracete?'

'Laat me het anders zeggen. In mijn aanwezigheid is hij altijd gematigd geweest. Hij heeft wel eens gezegd dat hij vaart minderde als een oude goederentrein. Hij liet zelden iets los over zijn privéleven, zelfs niet nadat we een goed contact hadden opgebouwd.'

'Hoeveel tijd was daarvoor nodig – een goed contact?'

'Een paar weken. Geen enkele behandeling heeft resultaat als er geen vertrouwen is. Dat weten jullie zelf ook.'

'Hoe bedoelt u, dokter?'

'Bij het ondervragen van getuigen heb je meer aan een goede relatie dan aan een hardhandige aanpak.'

Baker wreef over zijn kaalgeschoren hoofd. 'U adviseert de politie van Los Angeles over techniek?'

'Mijn vriend die daar werkt, rechercheur Sturgis, weet zelf heel goed hoe het moet.'

'Sturgis met i-s of e-s?'

'Met een i, net als de bekende motorrally.'

'Rijdt u ook?'

'Toen ik jonger was wel eens,' zei Delaware. 'Geen zware cilinders.'

'Mindert u zelf ook vaart?'

Delaware glimlachte. 'Doen we dat niet allemaal?'

4

Ze bleven nog twintig minuten bij de zielenknijper, namen alles nogmaals door, stelden dezelfde vragen op een andere manier om tegenstrijdigheden te ontlokken.

Delawares antwoorden waren constant zonder ontwijkend te zijn. Dat was voor Baker nog niet genoeg om hem vrij te pleiten omdat hij voor zover bekend de laatste persoon was geweest die Jack Jeffries levend had gezien, en de meeste moorden blijken altijd te worden gepleegd door een bekende van het slachtoffer. Dat de vent psycholoog was wilde ook nog niets zeggen. Bovendien werkte hij met hypnose en dat was een bewustzijnsveranderende techniek, wát Delaware ook beweerde.

Aan de andere kant had de man geen zichtbare wonden, zijn houding was gepast gezien de situatie, zijn activiteiten tot halfelf die avond konden gemakkelijk worden gecontroleerd en hij had niet de moeite genomen een alibi te geven voor de tijd van de moord.

'Weet u of Jack getrouwd was?' vroeg Baker hem.

'Hij was niet getrouwd.'

'Had hij een speciaal iemand in zijn leven?'

'Daar heeft hij mij nooit iets over gezegd.'

'Moeten we iemand in L.A. informeren over zijn dood?'

'Tja, u zou zijn agent kunnen bellen... of zijn ex-agent. Ik meen me te herinneren dat Jack hem een paar jaar geleden heeft ontslagen. Het spijt me, maar ik zou zijn naam niet weten, als Jack me die ooit heeft gezegd.'

Baker schreef *agent* in zijn notitieboekje. 'Dus er was niemand die thuis op hem wachtte?'

'Voor zover ik weet niet.'

Lamar zei: 'Wat zijn uw plannen nu, dokter?'

'Tja, er is eigenlijk geen reden meer om hier nog langer te blijven.'

'We zouden het op prijs stellen als u dat toch deed.'

'U was van plan hier tot na het concert te blijven,' zei Baker. 'Als u nu tenminste een dag blijft.'

Die bleke ogen richtten zich op hem. Een zwak knikje. 'Best, maar laat het me weten wanneer ik weg kan.'

Ze bedankten hem en gingen naar de zevende verdieping. Nadat ze de deur hadden afgezet met geel politietape, trokken ze handschoenen aan, deden het licht aan en begonnen Jack Jeffries' suite met het waanzinnige uitzicht te doorzoeken. In de tien uur dat Jeffries er had gelogeerd, was hij erin geslaagd er een zwijnenstal van te maken.

Overal slingerden kleren rond. Lege blikjes fris, verfrommelde zakjes chips, noten en uitgebakken zwoerdjes waarvan de inhoud op de vloer lag. Geen lege drankflessen, jointjes of pillen, dus misschien had Jeffries zijn psycholoog de waarheid verteld toen hij zei dat hij het rustiger aan deed.

In een hoekje naast de bank stond Jeffries' gitaar – een grote glimmende Gibson met een slagplaat die was ingelegd met nepdiamantjes – wankel tegen de muur.

Lamar wilde hem verzetten, maar weerhield zich ervan. Eerst het werk afmaken en polaroidfoto's nemen.

Op het nachtkastje lag de kamersleutel die ze niet in zijn zakken hadden gevonden – dat was een aanwijzing minder. En een fotootje met omgekrulde randen.

Een foto van een kind: een grote, stevige jongeman van een jaar of achttien met kort blond haar. Hij droeg een soort sportkleding. Geen footballoutfit. Geen bescherming. Een wijnrood shirt met een witte kraag met op de voorkant in gouden letters WESTCHESTER.

De glimlach van een held.

Lamar zei: 'Hij lijkt precies op Jack. Zoals Jack er vroeger uitzag tenminste, vind je niet? Misschien is dit het kind dat hij met Melinda Raven had en die andere actrice, hoe heet ze ook alweer?'

Baker pakte het fotootje op. Achterop stond in een elegant vrouwelijk handschrift in dieprode inkt:

Lieve J: Dit is Owen na zijn laatste grote wedstrijd. Dank je voor de anonieme schenking aan de school. En voor het feit dat je hem de ruimte geeft. Liefs, M.

34

'M voor Melinda,' zei Lamar.

Baker zei: 'Wat voor uniform is dat?'

'Rugby, B.'

'Is dat niet Brits?'

'Dat spelen ze veel op privéscholen.'

Baker keek naar zijn partner. 'Wat weet jij daar nou van?'

'Dat speelden ze op een van de vele scholen waar ik op heb gezeten, al stelde het niet veel voor,' zei Lamar. 'Flint Hill. Daar heb ik het wel een halfjaar uitgehouden. Als ze er geen basketbalcompetitie hadden gehad was ik er na twee maanden al getrapt. Toen ik eenmaal de gitaar had ontdekt en niet langer sportte voor de rijke alumni, had niemand meer wat aan me.'

Baker trok een la open. 'Kijk nou eens.' Hij hield een vel papier op met rafelige randen die erop duidden dat het uit een schrift was gescheurd.

Coupletten in het zwart stonden erop. Blokletters, maar met krullen bij de hoofdletters.

Thought my songs would carry me far
Thought I'd float on my guitar
But The Man says you're no good for us
Might as well catch that Greyhound Bus

Refrein: Music City Breakdown,
It's a Music City Breakdown
Just a Music City Shakedown,
A real Music City Takedown

Thought they cared about mournful Hank
Thought I'd come and break the bank
Then they made me walk the plank
Now I'm here all dark and dank
(refrein)

'Wat een creativiteit,' zei Baker. 'Dit is nogal kinderlijk.'

De lange man pakte het vel papier en las. 'Misschien een eerste versie.'

Baker gaf geen antwoord.

Lamar zei: 'Hij had waarschijnlijk niet gedacht dat zijn keel doorgesneden zou worden en dat wij zijn zooi zouden ontleden.' Hij gooide het papier op het nachtkastje.

'We moeten het meenemen,' zei Baker.

'Ga je gang.'

'Chagrijnig?'

'Hé,' zei Lamar, 'ik heb gewoon medelijden met die vent. Hij overwint zijn angst, slaagt erin hier op eigen kosten naartoe te vliegen en eindigt zoals wij hem net hebben gezien. Dat is klote, B., hoe je het ook bekijkt.'

'Ik zeg ook niet dat dat niet zo is.' Baker stopte het vel papier in een bewijsmateriaalzak. Met zijn tweeën doorzochten ze de suite verder. Iedere vierkante centimeter werd bekeken en ze vonden verder niets interessants, alleen een berichtje op een kladblok dat Delawares verhaal leek te bevestigen: ʙʙǫ *Jacks B' Way tussen Fourth&Fifth.* ᴀᴅ *bellen of solo?*

Het briefje was in een totaal ander handschrift dan de songtekst.

'Dat berichtje moet wel in Jacks handschrift zijn,' zei Baker. 'Maar van wie is dan die songtekst?'

'Misschien had hij bezoek,' zei Lamar. 'Weet je, een of andere fan die roomservice als list gebruikte en hem vervolgens lastigviel met waardeloze poëzie.'

'Waarom heeft Jack het dan niet weggegooid?'

Lamar zei: 'Misschien was hij op zoek naar inspiratie en kon hij zelf niets verzinnen.'

Baker staarde hem aan. 'Hij moet wel wanhopig zijn geweest om zoiets te stelen.'

'Tja, hij had al heel lang geen hit meer gescoord.'

'Wel vergezocht, Lange.'

'Mee eens, B., maar iets anders kan ik niet bedenken. Laten we toch maar kijken of het vingerafdrukken oplevert, dan kunnen we die door de computer halen.'

Baker schudde met de zak. 'We moeten de technische recherche hiernaartoe halen en ze deze hele zwijnenstal op vingerafdrukken laten onderzoeken. Ik neem nog even wat foto's, dan kunnen we gaan.'

Lamar keek toe hoe Baker rondliep en polaroidfoto's maakte.

Allebei deden ze hun best om de oppervlaktes die makkelijk op vingerafdrukken te controleren waren zo min mogelijk te beroeren.

Baker zei: 'Wil jij morgenochtend Melinda Raven bellen? Vragen of Owen haar kind is en wat zijn relatie met pappie was.'

'Doe ik. Of we kunnen naar de bibliotheek om de roddelbladen door te bladeren. Waarom zouden we onze troef direct uitspelen?'

Baker knikte en nam foto's. Toen hij klaar was borg hij de camera op en liep naar de deur. Lamar aarzelde. Hij had zijn handschoenen nog aan en voordat hij de deur achter zich dichtdeed, pakte hij Jeffries' gitaar en legde deze op het bed.

5

Om negen uur 's morgens zette Baker Lamar af bij diens flat. Ze hadden een korte stop gemaakt bij het lab om het briefje op vingerafdrukken te laten onderzoeken. Het systeem lag plat, dus ze moesten het later nog een keer proberen.

'Ik ga een paar uur slapen,' zei Lamar. 'Goed?'

'Prima,' zei Baker.

Sue Van Gundy was op en zat aan de kleine eettafel aan haar Special K-ontbijt met plakjes banaan en een kopje cafeïnevrije koffie erbij. Over twintig minuten moest ze vertrekken om aan haar dienst van elf tot zeven te beginnen.

Toen ze haar man zag, begon ze te stralen en stond op. Ze sloeg haar armen om zijn middel en duwde haar wang tegen zijn platte, harde borst aan.

'Dat voelt lekker,' zei hij.

'Hoe ging het met Jeffries, schat?'

Lamar kuste haar haar waarna ze gingen zitten en hij haar koffie jatte. 'Helemaal niet, schat. We beginnen met niks. En

Baker heeft weer eens zo'n bui.'

'Omdat het met muziek te maken heeft.' Een constatering, geen vraag.

'We werken nu al drie jaar samen en hij wil me nog steeds niet vertellen waarom hij alles haat wat met klank en ritme te maken heeft.'

'Ach, Lamar,' zei Sue, 'het heeft vast iets met zijn ouders te maken. Het moet zo'n triest jongetje zijn geweest vroeger toen ze altijd maar onderweg waren. Dat kan geen normale jeugd zijn geweest. En vervolgens gingen ze dood, Lamar, en bleef hij helemaal alleen achter.'

'Ik weet het,' zei hij. En dacht: maar er móét meer zijn. Toen hij en Baker pas een team vormden en hij Bakers eigenaardigheden had ontdekt, had hij wat onderzoek gedaan en ontdekt dat Bakers ouders zangers waren geweest.

Danny en Dixie, die in achterafdorpen in kroegen, op jaarmarkten en in wegrestaurants zongen. Danny op gitaar, Dixie op de mandoline.

Díé mandoline.

Geen sterren, dus niets op Google. Lamar had nog wat verder gezocht en had de overlijdensadvertentie in een oud krantendossier gevonden.

Sue had een goede kijk op die dingen, maar het moest toch meer zijn dan langdurig verdriet.

Ze zei: 'Zal ik wat eieren voor je bakken?'

'Nee, dank je, schatje. Ik moet echt slapen.'

'Dan stop ik je in.'

Baker ging naar huis, kleedde zich uit, liet zich in bed vallen en sliep nog voordat zijn gezicht het kussen raakte.

Die middag brachten ze het grootste deel van de tijd door aan de middelste tafel in de lichtpaarse werkruimte van Recherche Moordzaken. Ze pleegden telefoontjes en plozen door een reeks tips die waren binnengekomen nadat de moord op Jack Jeffries de media had bereikt.

Radio, televisie, de late editie van *The Tennessean*. Vanavond de landelijke entertainmentshows.

Fondebernardi en inspecteur Jones kwamen langs om te kijken hoe het ging. Beiden waren te ervaren en verstandig om druk uit te oefenen, omdat hun rechercheurs daar alleen maar gespannen van werden. Maar ze waren wel prikkelbaar door alle media-aandacht.

Baker en Lamar hadden een overvloed aan informatie na de overrompelende hoeveelheid telefoontips. Soms was te veel informatie erger dan helemaal geen informatie. Zoiets als een ruimte met vijftig verschillende vingerafdrukken. Elk telefoontje was van een gek, een helderziende of een goedbedoelende burger met te veel fantasie. Zeker twintig mensen beweerden dat ze Jeffries op zeker twintig onlogische plaatsen op onmogelijke tijdstippen hadden gezien.

Een paar tipgevers wisten zeker dat hij in het gezelschap van een gevaarlijk uitziend persoon was geweest. De helft van deze mensen beschreef een vrouw, de andere helft een man. Details over lengte, gewicht, kleding en houding waren vaag of nutteloos, maar iedereen was het over één ding eens: een gevaarlijk uitziende zwarte persoon. Daar zaten ook zwarte tipgevers bij.

De rechercheurs hadden het eerder meegemaakt, de Zwarte Reflex noemden ze het, maar iemand die het alarmnummer belde en aan zijn stem te horen een zwarte Amerikaan was, kon niet zomaar genegeerd worden.

Vervolgens verscheen de beller op het hoofdkantoor, een voormalige koopvaardijman, nu dakloos, die Horace Watson heette, in een opvanghuis in het oosten van de stad woonde en van lange wandelingen langs de rivier hield. Hij was drieënzeventig, gerimpeld en tandeloos. En hij was zo blank als Al Gore; zijn accent uit zuidelijk Louisiana was ten onrechte gehouden voor een zwart dialect.

Lamar en Baker namen hem mee naar een kamertje en begonnen een relatie met hem op te bouwen door hem een zoet broodje en een kop koffie te geven. Watson was al aangeschoten, maar hij was vriendelijk, een plezierige dronkaard die graag wilde helpen. Hij vertelde dat hij altijd langs die plek liep – dat stuk grond in het bijzonder omdat er soms aluminium blikjes lagen waar hij geld voor kon krijgen en hij had er een keer een horloge gevonden.

Deze keer had hij meer gevonden dan hij had gezocht. Hij was zich kapot geschrokken toen hij de dode man had zien liggen, was direct teruggelopen naar de opvang om het iemand te vertellen. Onderweg had hij een telefooncel gezien en had hij gebeld.

Nu vroeg hij zich af... eh... of er misschien een beloning was uitgeloofd.

'Het spijt me, meneer,' zei Lamar. 'Geen beloning voor het vinden van een lichaam, alleen voor moordenaars.'

'Ach,' zei Watson. Hij toonde een gelaten glimlach. 'Het was het proberen waard.'

Ze ondervroegen hem nog een tijdje, haalden zijn naam door de computer en zagen dat hij enkele vergrijpen op zijn naam had staan. Toen Baker een leugendetectortest voorstelde, vond Watson dat geweldig. 'Zolang het geen zeer doet.'

'Volkomen pijnloos, meneer Watson.'

'Laten we het dan maar doen. Ik ben altijd bereid wat nieuws te proberen.'

Lamar en Baker keken elkaar eens aan.

De Lange schraapte zijn keel. 'Eh, het spijt me, maar er is vandaag niemand aanwezig om de test af te nemen. We bellen u nog wel.'

'O, goed,' zei Watson. 'Ik heb toch niks beters te doen.'

Telefoontjes naar Jack Jeffries' creditkaartmaatschappij, vervolggesprekken met een manager van Marquis Jet en de chauffeur van de limousine die Jeffries en Delaware naar het hotel had gereden en een kort gesprekje met het personeel van Jack's Bar-b-Que bevestigden alle details van dokter Delawares verhaal.

Niemand in het restaurant had gezien waar Jeffries naartoe was gegaan.

Baker en Lamar liepen twee uur lang langs winkels in de buurt ten oosten van het barbecuerestaurant, spraken met voorbijgangers en iedereen die regelmatig in de buurt tussen Fifth en First kwam.

Niets.

Omdat ze weinig aanknopingspunten hadden, begonnen de twee rechercheurs telefoontjes te plegen, verdeelden de lijst met acts van de aankomende 'Een avond in het Songbird Café voor de Bescherming van de Grondwet'.

Onder de acts bevonden zich een paar idolen van Lamar. De Lange deed zijn werk met enthousiasme. Baker belde met tegenzin die grensde aan vijandigheid. De optelsom van tweeëntwintig telefoontjes was nul. Iedereen was verbijsterd door het nieuws, maar niemand had Jack Jeffries gezien. Sommigen wisten niet eens dat hij zou optreden. De uitgaande telefoontjes van Jeffries' mobiel bevestigden dit. Als Jack had geprobeerd vroegere vrienden te bereiken, dan had hij dat met een vaste telefoon gedaan waar de rechercheurs niets van af wisten.

Om zeven uur bevestigde een telefoontje naar inspecteur Sturgis in L.A. dat Alexander Delaware al lange tijd voor de politie werkte. Sturgis noemde Delaware geniaal.

'Als je hem kunt gebruiken,' zei de inspecteur, 'dan zou ik dat doen.'

Baker vroeg hem of hij wist dat Delaware Jack Jeffries had behandeld.

Sturgis zei: 'Nee, hij praat nooit over zijn zaken. Beroepsethiek.'

'U mag hem graag, zo te horen.'

'Ik beschouw hem als een vriend,' zei Sturgis. 'Dat is het gevolg van het feit dat hij een goeie vent is, niet de oorzaak.'

Het vodje papier met de songtekst uit Jeffries' kamer leverde helemaal niets op. De technische recherche was nog steeds op de plaats delict bezig en de resultaten daarvan zouden morgen in de loop van de dag binnenkomen.

Baker belde het laboratorium en sprak met patholoog-anatoom Inda Srinivasan. Ze zei: 'Uiteraard komt de uitslag van het toxicologisch onderzoek pas over een paar dagen, maar ik kan je wel zeggen dat dit een ongezonde kerel was. Hij had een vergroot hart, zijn kransslagaders waren verstopt, hij had cirrose van de lever, nieratrofie in de ene nier en een cyste op de andere die op barsten stond. Bovendien was er zichtbare hersenatrofie die bij een man van tachtig past, niet van vijfenzestig.'

'Hij was ook dik en hij had roos,' zei Baker. 'Maar wat was nou de doodsoorzaak?'

'Een opengereten halsslagader, met leegbloeding en een shock tot gevolg,' zei de patholoog-anatoom. 'Wat ik wilde zeggen, Baker, is dat hij waarschijnlijk toch niet lang meer te gaan had.'

6

Om halfacht gingen ze terug naar de plek van de moord. In het tanende daglicht zonder rumoer en kunstverlichting was de plek nog mistroostiger. De voetafdrukken van de vorige avond waren bijna verdwenen door de dauw. Wel zaten er nog roestbruine strepen op het onkruid. Vlak bij waar het lichaam had gelegen, lagen verse hondendrollen van beesten die de gele politietape hadden genegeerd.

Waarom zou het leven stoppen?

Om halfnegen hadden ze honger en gingen ze naar Jack's Bar-B-Que. Niet alleen om wat te eten, maar ook in de hoop dat iemand zich nog iets kon herinneren.

Baker bestelde gerookte kip.

Lamar vroeg om Tennessee-varkensschouder en toen het eten werd gebracht zei hij: 'Het lijkt wel een soort primitieve ceremonie.'

Baker veegde zijn mond af. 'Wat?'

'Ik eet wat Jack ook at, alsof zijn karma daarmee op ons overgaat.'

'Ik moet zijn karma niet. Ga je al die uien opeten?'

Ze veegden hun kin af en reden naar The T House. De voordeur stond open, maar vanaf de straat zag de club er verlaten uit.

De binnenkant bestond uit een slecht verlichte ruimte met triplex wandjes en een kromgetrokken vurenhouten vloer, een allegaartje aan stoelen rond kleine ronde tafels met zeil erop en een paar foto's van bands en zangers die scheef hingen.

Het was er niet helemaal leeg. Er zaten drie klanten – jong, uitgemergeld, somber – die thee dronken en een of ander karig biscuitje aten.

De muziekinstallatie speelde veel te harde vunzige muziek.

Achter een provisorische bar zat een man met een zwart shirt en stekeltjeshaar die een allegaartje aan glazen aan het afdrogen was. Terwijl de rechercheurs in de deuropening stonden, keek hij even hun kant op en ging toen verder met zijn werk.

Hun aanwezigheid had zijn nieuwsgierigheid kennelijk niet gewekt. Waarschijnlijk was Jeffries hier dus niet geweest.

Ze liepen toch maar verder en keken om zich heen. Geen vergunning voor sterkedrank, alleen bier en wijn, en nog een mager aanbod ook. Links van de flessen stond een bord met daarop zeker twintig theesoorten.

'Dat is nog eens een selectie,' zei Lamar. 'Oolong is één ding, maar ongefermenteerde witte thee klinkt alsof het verboden zou moeten worden.'

Baker zei: 'Moet je kijken.' Hij keek schuin naar de achterkant van de ruimte waar het podium hoorde te zijn. Geen verhoging, geen drumstel of ander bewijs voor live entertainment.

In plaats daarvan stond een andere vent in het zwart aan een karaoke-installatie te prutsen.

'Kunnen ze geen live-act inhuren?' vroeg Lamar. 'De Large Pizza Blues wordt er alleen maar treuriger op.'

Hij doelde op een oude gitaristengrap: *Wat is het verschil tussen een muzikant uit Nashville en een grote pizza? Een grote pizza levert tenminste eten op voor een gezin van vier personen.*

Het was in deze stad een eitje om een goedkope muzikant in te huren, en toch had de eigenaar van deze tent voor een computer gekozen. Iemand zette het volume lager. Een jonge vrouw met een serveerstersschort over een rode tanktop en een spijkerbroek kwam van achteren, liep even langs de drie theedrinkers, vulde een pot bij en liep toen naar de karaokeman. Hij stak een draadloze microfoon naar haar uit. Ze veegde haar handen aan haar schort af, maakte het los en legde het op de bar. Daarna haalde ze haar paardenstaart eruit, schudde haar haar los, glimlachte naar de bijna lege ruimte en pakte de microfoon aan.

Het werd stil in de zaal. Het blonde meisje wiebelde, eerder zenuwachtig dan sexy. 'Daar gaan we dan,' zei ze, en ze tikte op de microfoon. Tik, tik, tik. 'Test... Dag mensen, hoe gaat het vanavond?'

Twee van de theedrinkers knikten even.

'Waanzinnig, met mij ook.' Een glimlach van oor tot oor. Een knap meisje, twintig, eenentwintig. Klein, ronde vormen – ze was ongeveer een meter zestig, had een hoekige kaak, grote ogen.

Ze schraapte haar keel opnieuw. 'Nou... ja, het is een waanzinnige avond voor wat muziek. Ik ben Gret. Kort voor Greta. Maar goed, ik ben ook best wel kort.'

Ze wachtte even op de lach die niet kwam.

De karaokeman mompelde iets.

Gret lachte en zei: 'Bart vindt dat we verder moeten. Goed, dit is een van mijn lievelingsnummers omdat ik uit San Antone kom... ook al ben ik helemaal gek, gek, gek van Nashville.'

Stilte.

Voor de derde keer schraapte ze haar keel. Ze trok haar schouders naar achteren, maakte zich zo lang mogelijk, zette haar voeten op de grond alsof ze met iemand ging vechten. Er dwarrelde een muzikaal intro uit de karaokemachine en algauw gooide Gret haar hart en ziel in 'God Made Texas'.

Lamar vond dat ze best goed begon met een krachtige, soepele, hese stem, iets hoger dan een alt, maar ze was beslist geen ster.

Met andere woorden: de zoveelste droom die stuk zou lopen. Nashville kauwde ze uit zoals Hollywood onbeduidende sterretjes afwerkte. Althans, dat had hij van Hollywood gehoord. Hij was zelf nooit verder dan Vegas gekomen, tijdens een vijfdaagse cursus Moordonderzoek. Sue had twintig dollar gewonnen aan de gokautomaat en hij was het vervolgens aan de blackjacktafel weer kwijtgeraakt met nog eens veertig dollar erbij.

Hij bleef staan terwijl Gret verder galmde en wierp toen een blik op zijn partner. Baker was met zijn rug naar het podium gaan staan en staarde naar een kale muur. Lamar zag zijn profiel toen Baker opeens huiverde. Alsof hij werd overvallen door kramp.

Lamar vroeg zich net af wat er was, toen Gret uit San Antone een fractie van een seconde een valse noot zong, ze zat er misschien een achtste van een noot naast. Een paar maten later gebeurde het weer en tegen het einde van het nummer was ze het spoor compleet bijster.

En ook uit de maat. Bij een paar coupletten zette ze te vroeg in.

Baker leek woest.

Hoe had hij de valse noot in vredesnaam gehoord vóórdat ze hem zong, vroeg Lamar zich af. Misschien had hij zo'n goed gehoor dat hij de geluidsgolven eerder hoorde. Misschien liet hij die F-5 daarom gewoon in een hoekje staan, ook al was hij minstens zo goed als Adam Steffey en Ricky Skaggs als je anderen moest geloven...

Hij stopte met zijn gepeins. Jack Jeffries' keel was doorgesneden en ze hadden werk te doen.

Het nummer was afgelopen. Eindelijk. Gret uit San Antone maakte een buiging en een paar handen klapten traag.

Ze zei: 'Dank jullie wel. En dan gaan we nu een eindje reizen naar die waanzinnige stad die zo verwoest is door die akelige Katrina. Een gouwe ouwe, ik zou het zelf niet weten, maar mijn moeder was een doo-wop-fan uit de tijd dat ze nog wat jonger was dan ik, met enkelsokjes en alles... Kunnen jullie je dat nog herinneren?'

Geen antwoord.

Gret was zo verstandig om niet verder af te dwalen. 'Maar goed, in die tijd was mijn moeder gek op een jongen uit New York die Freddy Cannon heette. Palisades Park?'

Stilte.

'Maar goed,' herhaalde ze. 'Freddy heeft het volgende nummer ook opgenomen in die ouwe tijd.' Gret knipperde met haar ogen en rechtte haar rug. 'Oké, daar gaan we, mensen. "Way Down Yonder in New Orleans".'

Baker liep het café uit en bleef buiten op de stoep staan.

Lamar luisterde naar een paar valse maten en liep toen naar hem toe.

'Moeten we niet op zijn minst vragen of hij hier is geweest, B.?'

'Ja,' zei Baker. 'Ik wacht alleen tot die herrie afgelopen is.'

'Tja,' zei Lamar. 'Ze is waardeloos, het arme kind.'

'Misschien heeft ze juist geluk.'

'Hoe bedoel je?'

'Dan geeft niemand haar valse hoop en gaat ze vanzelf op zoek naar een echte baan.'

Ze keken vanuit de deuropening hoe Gret de microfoon neerlegde en haar serveersterstaken weer hervatte. Geen van haar klanten had haar nodig en ze liep naar de bar. Ze nam een slok bier, keek over het schuim naar de rechercheurs en glimlachte.

Toen ze dichterbij kwamen zei ze: 'Politie, zeker.'

Lamar glimlachte terug. 'Vandaag wel.'

'Ik dacht wel dat jullie zouden komen,' zei ze. 'Want meneer Jeffries is hier geweest. Ik wilde bellen, maar ik had geen idee wie en toen dacht ik dat jullie vanzelf wel zouden komen.'

'Hoe dat zo?'

Ze was even van haar à propos. 'Weet niet... Ik ging ervan uit dat iemand wel zou weten dat meneer Jeffries hier was geweest en dat jullie dat zouden nagaan.'

Baker zei: 'Wie zou dat weten?'

'Zijn mensen misschien?' zei Gret, alsof ze mondeling examen deed. 'Ik ging ervan uit dat iemand hem vanuit het chique hotel waar hij ongetwijfeld logeerde hiernaartoe had gebracht. Een beroemdheid als hij verschijnt niet opeens in zijn eentje.'

'Was hij hier samen met iemand?'

Gret beet op haar lip. 'Nee... Ik had wél moeten bellen. Het spijt me. Als jullie morgen niet waren geweest, had ik ook echt gebeld. Niet dat ik jullie verder iets kan vertellen, behalve dan dat hij hier gisteravond was.'

Baker wendde zich tot de barman die hen had genegeerd toen ze binnenkwamen. Een pukkelig jochie met zwart geverfde stekeltjes. Hij had een lang, ingevallen gezicht met een vooruitstekende kin. Hij zag er niet uit alsof hij oud genoeg was om te mogen drinken. Een stiekeme blik – heel stiekeme blik. 'Heb jij nog iets te zeggen, jongen?'

'Zoals?'

'Zoals, moest je gisteravond werken?'

'Nee.'

'Wist je dat Jack Jeffries hier gisteravond was?'

'Dat vertelde Gret.'

'Er wordt iemand vermoord en die persoon was hier gisteravond. Wij komen opdagen en je bedenkt niet even dat je dat moet melden?'

'Gret vertelde het me net pas. Ze zei dat ze met jullie ging praten.'

Gret zei: 'Dat is echt waar, agenten. Byron weet van niets.'

Lamar zei: 'Wat is je achternaam, Byron?'

'Banks,' zei de barman.

'Zo te horen praat je liever niet met de politie, jongen.'

Geen antwoord.

'Heb je ervaring met de politie, jongen?'

Byron Banks staarde naar het plafond. 'Niet echt.'

'Niet echt, maar wat dan wel?'

'Ik heb negen maanden gezeten.'

'Wanneer?'

'Vorig jaar.'

'Waarvoor?'

'Autodiefstal. Eén keer maar, ik was dronken. Ik doe het nooit meer.'

'Ja, vast,' zei Baker. 'Heb je een alcoholprobleem?'

'Het gaat best.'

'Achter een bar?' Lamar stond op en toonde zijn volle lengte. Dat deed hij als hij iemand wilde intimideren. 'Vind je dat niet een beetje riskant voor iemand als jij? '

'Ik schenk thee,' zei Banks. 'Ik heb niks gedaan en ik weet van niks. Zij was hier.'

Greta zei: 'Dat is echt waar.'

Baker zei: 'Waar was je gisteravond, Byron?'

'Aan Second.'

'Wat deed je daar?'

'Lopen.'

'In je eentje?'

'Met vrienden. We zijn naar een club geweest.'

'Welke?'

'Fuse.'

'Dat is een technoclub,' zei Lamar. 'Hoe heten je vrienden?'

'Shawn Dailey, Kevin DiMasio, Paulette Gothain.'

'Hoe laat liepen jullie over Second te flaneren?'

'Tot een uur of één, of twee. Daarna ben ik naar huis gegaan.'

'En waar is dat?'

'Bij mijn moeder.'

Waar is dat?'

'New York Avenue,' zei Banks.

'The Nations,' zei Lamar met een snelle blik op Baker. Als hij er straks voor in de stemming was, kon hij er een grapje over maken. *Met zulke buren en een waardeloze alarminstallatie...*

'Ja. Ik ben een beetje gestrest. Mag ik even een peuk roken?'

Ze namen zijn gegevens op en lieten hem gaan. De jongen liep langs de karaokeapparatuur en verdween door de achterdeur.

'Hij is echt heel aardig,' zei Gret. 'Ik wist niet dat hij in de gevangenis had gezeten. Hoe wisten jullie dat?'

Lamar richtte zijn blik op de serveerster. 'Daar hebben we onze manieren voor. Wat is daar achter die deur?'

'Een toilet en een kamertje waar we onze spullen bewaren. Ik heb mijn gitaar daar staan.'

'Speel je?' vroeg Lamar. 'Waarom gebruik je dan een machine?'

'Huisregels,' zei Gret. 'Vanwege de vakbond, of zoiets.'

'Wie was hier gisteravond nog meer?'

Gret zei: 'Onze andere barman – Bobby Champlain – en ik en Jose. Jose veegt de vloer na sluitingstijd, dus hij was hier misschien tien voor twaalf.'

'Heeft een van beiden een strafblad?'

'Dat weet ik niet zeker, maar het lijkt me niet. Bobby is rond de zeventig, aan één oor helemaal doof en aan het andere heel erg en hij is een beetje... langzaam, begrijpt u wat ik bedoel? Jose is heel erg religieus – van de pinksterkerk. Bobby heeft me wel eens verteld dat hij vijf kinderen en twee banen heeft. Ze zouden meneer Jeffries geen van beiden hebben herkend, zeker omdat hij er zo... nou ja, anders uitzag. Ik was de enige die hem herkende.'

'Meneer Jeffries zag er ouder uit dan je had verwacht.'

Ze knikte. 'En veel... nou ja, dikker. Laten we eerlijk zijn.'

'Maar je herkende hem.'

'Mijn moeder was gek op het trio... maar Jack was haar favoriet. Hij was de ster, weet je. Ze heeft alle lp's.' Een treurige glimlach. 'We hebben nog steeds een platenspeler thuis.'

Baker zei: 'Wie stelt hier de huisregels op?'

'De eigenaar, dokter McAfee. Hij is cosmetisch tandarts en is dol op muziek. Hij heeft het gebit van Byrons moeder gedaan. Zo is Byron aan zijn baan gekomen.'

'Is dokter McAfee veel hier?'

'Bijna nooit,' zei Greta. 'Bobby Champlain zegt dat hij het te

48

druk heeft met zijn werk; Bobby is hier ongeveer een jaar geleden begonnen bij de opening. Dokter McAfee heeft zijn gebit ook gedaan. Hij woont in Brentwood. Dokter McAfee, bedoel ik, niet Bobby. Tegenwoordig is hij hier bijna nooit meer. De afgelopen weken maak ik de boel open en sluit ik weer af en daar krijg ik wat extra voor betaald.'

'Hoe laat was meneer Jeffries hier?'

'Ik schat rond een uur of kwart over elf, halftwaalf. We sluiten om middernacht, maar de muziek stopt om kwart voor. Ik wilde net mijn tweede optreden beginnen.'

'Gouwe ouwen,' zei Lamar.

Het meisje glimlachte. Die grote ogen waren bruin en zacht. 'Zingen zit in mijn bloed. Het is mijn doel.'

'Om een platencontract in de wacht te slepen?'

'O ja, dat zou geweldig zijn. Maar ik hou gewoon van zingen – mijn talent delen met anderen. Het is mijn doel om het ooit echt als mijn werk te doen.' Haar mondhoeken keerden omlaag. 'Nou sta ik hier over mezelf te praten, terwijl het zo afschuwelijk is van Jack Jeffries. Toen ik het hoorde, was ik echt geschokt, dat kan ik wel vertellen. Hij is meer van mijn moeders tijd, maar ze draait zijn platen altijd en hij had een mooie stem. Echt prachtig. Ze zei altijd dat het een geschenk van God was.' Ze balde haar vuisten. 'Hoe kon iemand hem dat aandoen? Toen ik het vanmorgen hoorde, was ik echt ontzet. O mijn god, zei ik, ik moet met ze praten – met u – de politie. Ik heb er nog over gedacht het alarmnummer te bellen, maar ze zeggen dat je dat niet moet doen als het geen echt noodgeval is, omdat je dan de lijn bezet houdt.'

'Waarom vond je het nodig om met ons te praten?' vroeg Baker.

Ze kreeg een verwarde blik in haar bruine ogen.

Lamar voegde eraan toe: 'Is er iets speciaals wat je ons wilde vertellen?'

'Nee, maar hij wás hier,' zei Gret. 'Hij zat in die stoel en dronk twee potten kamillethee en at scones met gele rozijnen en een dikke laag boter en luisterde naar mijn liedjes. Ik kon het niet geloven, Jack Jeffries die naar mij zat te luisteren! Ik was zo zenuwachtig dat ik haast omviel. Meestal probeer ik oogcontact met de mensen te maken als ik aan het zingen ben – een band met het publiek opbouwen, weet je? Maar gisteravond stond ik als een achterlijk klein kind naar de grond te staren. Toen ik het doorhad, keek ik op en toen zag ik dat hij naar me keek, echt oplette. Naderhand klapte hij. Ik vluchtte bijna naar het toilet, maar toen heb ik al mijn moed bijeengeraapt en ben ik naar hem toe gelopen, heb thee voor hem gehaald en gezegd dat ik zijn muziek zo bewonderde en dat zingen mijn leven was. Hij zei dat ik mijn droom achterna moest... dat hij dat ook had gedaan toen hij zo oud was als ik. Dat iedereen het hem uit zijn hoofd had willen praten, maar dat hij het altijd had volgehouden.'

Er sprongen tranen in haar ogen.

'Om dat te horen uit de mond van een superster. Ik kan niet zeggen hoeveel dat betekende. Daarna gaf hij me een hand en wenste me succes. Liet nog een flinke fooi achter ook. Ik wilde hem nog bedanken, maar toen ik naar buiten holde, stond hij met die dame te praten en ik wilde hem niet storen.'

Ze pakte een servetje van de bar en veegde haar tranen weg.

Lamar zei: 'Welke dame, Gret?'

'Een oudere dame. Ze stonden een eindje die kant op te praten, niet al te ver van The T House. Toen liep hij met haar naar haar auto... Die stond een stukje verder.'

'Hoe lang praatten ze met elkaar?'

'Dat weet ik niet. Ik wilde niet staren – wilde niet onbeleefd zijn – dus ben ik weer naar binnen gegaan.'

'Maar je weet zeker dat je Jeffries met deze dame hebt zien praten?'

'Ja, ze kwam vanuit het niets op hem af. Alsof ze op hem had staan wachten.'

'Leek Jeffries geschrokken?'

Ze dacht even na. 'Nee... nee, hij leek niet verbaasd.'

'Alsof hij haar kende.'

'Dat denk ik.'

'Was het een lang gesprek, of kort?'

'Dat zou ik echt niet kunnen zeggen.'

'Was een van beide overstuur?'

'Ze stonden niet te lachen, maar het was te ver weg om iets te zien.'

Baker zei: 'Als je ons nu eens precies laat zien waar ze stonden.'

Lamar keek vanaf het punt waar Gret had gestaan en Baker liep met het meisje vierenhalve meter verder, waar ze bleef staan en zei: 'Hier was het ongeveer. Geloof ik.'

Ten oosten van het café. In de richting van de plaats delict.

Baker liet haar aanwijzen waar de auto van de vrouw had gestaan. Nog een meter verder naar het oosten. Daarna bracht hij haar terug naar het café en stonden ze met zijn drieën op de stoep.

'Dus je weet niet hoe lang ze stonden te praten,' zei Lamar.

'Ik heb echt niet de hele tijd naar ze staan kijken.' Ze bloosde. 'Ik bedoel, ik loop natuurlijk niet weg. Zo'n grote superster komt binnen – komt zomaar in zijn eentje binnen, gaat zitten luisteren? Er komt hier nóóit iemand binnen die beroemd is, nooit. Niet zoals aan Second of Fifth of in Songbird. Daar hoor je zo vaak verhalen van beroemdheden die de populaire clubs bezoeken. Maar hier gebeurt dat niet.'

'Ja, dit is wel een heel andere locatie,' zei Lamar.

'Dokter McAfee heeft dit pand goedkoop gekocht. Hij investeert veel in onroerend goed. Volgens mij wil hij het uiteindelijk laten slopen om er iets anders neer te zetten. En ondertussen maken wij muziek en ben ik dankbaar voor de kans die ik krijg.'

Gróte bruine ogen. Lamar vroeg zich af hoe ze eruit zouden zien als ze waren getergd door falen.

Baker zei: 'Vertel ons eens iets over die dame, Gret. Hoe zag ze eruit?'

'Dat is lastig.'

De rechercheurs keken elkaar even aan. *Dat is lastig* betekende vaak: ik sta te liegen dat het gedrukt staat. Baker zei: 'Doe je best.'

'Nou, ze was ouder, maar niet zo oud als meneer Jeffries. Veertig, vijftig. Donker haar tot op haar schouders... niet zo lang. Misschien... 'k weet niet. Een meter zestig, vijfenzestig.' Ze haalde haar schouders op.

'Wat droeg ze?'

'Een donker broekpak... donkerblauw misschien? Maar het had ook grijs kunnen zijn. Of zwart. Meer zou ik u niet kunnen zeggen. Het was donker en zoals ik al zei wilde ik niet staren. Vraag me nu maar eens naar de auto.'

'Wat weet je over de auto?'

'Een heel mooie Mercedes-Benz sportwagen, brandweerrood.'

'Je hebt toevallig niet de nummerplaat gezien?'

'Nee, sorry.'

'Een cabrio?'

'Nee, een coupé. Geen canvas dak.'

'Rood.'

'Felrood. Zelfs in het donker kon je dat zien. Zo te zien met glimmende designerwieldoppen. Ze glommen heel erg. Denkt u dat zij er iets mee te maken had?'

'Het is nog veel te vroeg om zoiets te denken, Gret. Als je je nog meer kunt herinneren zou dat heel fijn zijn.'

'Hmm.' Ze bracht haar hand naar haar haar, trok het in een paardenstaart en liet het toen vallen. 'Dat is het wel ongeveer.'

Ze vroegen haar haar volledige naam, adres en telefoonnummer.

Ze zei: 'Greta Lynne Barline.' De bruine ogen schoten naar de stoep. 'Ik heb even geen telefoon – ben op zoek naar een betere maatschappij, snap je? Ik zit tijdelijk in het Happy Night Motel. Vlak bij Gay Street, zodat ik alles te voet kan doen.'

De rechercheurs kenden het motel. Een goedkope tent niet ver van het bureau. Vóór de grote politieacties tegen prostitutie was het een broeinest van ondeugendheid. Nu probeerde het toeristen te trekken en een ster te bemachtigen. Er kwamen voornamelijk vrachtwagenchauffeurs en mensen op doorreis op af.

Greta voegde eraan toe: 'Ik had eerst een flatje samen met een huisgenoot, maar zij is verhuisd en in mijn eentje kon ik de huur niet betalen. Ik zit aan de oostkant te denken, maar dat is nog steeds geen geweldige buurt. Misschien kan ik een auto kopen en in de buurt van Opryland gaan wonen.' Brede glimlach. 'Dan kan ik er altijd naartoe en naar de tropische vissen in het restaurant kijken.'

'Dat klinkt zo slecht nog niet,' zei Baker. 'Nog een laatste vraag, Greta, en dan zijn we voorlopig klaar.'

'Best... Laat maar horen.' Weer een brede glimlach. Ze genoot van alle aandacht.

'Meneer Jeffries was hier ongeveer een halfuur, misschien een uur?'

'Eerder een halfuur. Hij vertrok toen ik klaar was met zingen.'

'Hoe kwam meneer Jeffries op jou over toen hij hier was?'

'U bedoelt zijn humeur?' Ze klaarde op. 'Hij was blij, hij genoot echt van de muziek.'

7

De rode Mercedes was een goede aanwijzing. Hoeveel konden er daarvan zijn?

De grote dealer in Nashville zat in Franklin, maar het was veel te laat om daar nog iemand te bereiken.

'Wat nu, B.?' vroeg Lamar. 'Zullen we er maar mee ophouden voor vandaag?'

'Eigenlijk was ik van plan om nog even naar de Songbird te gaan. Ik heb gehoord dat ze er een eerbetoon aan Jeffries geven en dat het laat ging worden. Nu ik hier toch ben, kan ik wel even mijn condoleance overbrengen.'

'En het publiek eens goed bekijken?'

'Ik dacht het wel. Ik hou wel van een beetje multitasken. Als jij nou eens meeging, Lange?' Een zweem van een oprechte glimlach. 'Of heb je daar geen zin in?'

Een brede grijns van Lamar. 'Jongen, ik ben er eerder dan jij.'

Het café-restaurant lag in een winkelcentrum naast een assurantiekantoor. Het was onlangs uitgebreid, had reisbureau McNulty's Travel overgenomen dat failliet was gegaan door de opkomst van internetboekingen. Jammer voor Aaron McNulty, maar fijn voor Jill en Scott Denunzio, de eigenaars. De club barstte uit zijn voegen en zelfs met de extra ruimte was er op speciale avonden geen stoel meer te krijgen.

De ruimte was donker en had een bier- en wijnbar tegenover het podium. De vloer bestond uit grote vurenhouten planken en er hingen zo'n zes plafondventilatoren die op volle kracht werkten. Er stonden ongeveer twintig tafeltjes dicht op elkaar met aan elk tafeltje betraande gezichten van fans die Jack de laatste eer bewezen. De menigte bestond uit veel meer dan de honderd-veertig maximaal toegestane gasten, maar de rechercheurs letten daar op dit moment niet op. Op het moment dat ze naar binnen gingen werd het podium overspoeld met het beste wat de muziekwereld te bieden had, en allemaal brachten ze in koor een hartbrekende vertolking van een van de bekendste nummers van Jeffries, Ziff en Bolt ten gehore: 'Just Another Heartbreak'.

Eenmaal binnen leunden de rechercheurs tegen de muur en luisterden naar het grootste deel van het nummer. Lamar moest niet vergeten met zijn ogen te knipperen. Hij werd volkomen opgenomen door de muziek. En hij werd weer herinnerd aan de verschillen tussen goed, geweldig en kans op goud.

De mensen op het podium hadden ieder voor zich al stemmen die platina albums waard waren, maar er viel iets te zeggen voor het idee dat het geheel groter is dan de som der delen. Misschien kwam het door het moment, de plaats, misschien kwam het door de emotie, maar zelfs Baker leek betoverd. Toen ze klaar waren bleef het een paar seconden stil in de zaal, waarna er een oprecht applaus losbarstte dat zeker vijf minuten duurde. Iedereen verliet het podium en Jeremy Train pakte de microfoon.

Jeremy was in de jaren zeventig megapopulair geweest en met zijn nonchalante houding en jongensachtige charme hadden alle meisjes aan zijn voeten gelegen. Met het klimmen der jaren was hij zijn charme niet verloren. Hij was ongeveer een meter tachtig, in vorm en gespierd met het beroemde steile haar tot op zijn schouders. Zijn haar was nog altijd donker met hier en daar een plukje grijs dat glinsterde als hij zijn hoofd bewoog. Hij had een paar rimpeltjes in zijn gezicht, maar daar werd hij alleen maar stoerder van. Hij droeg een spijkerbroek, een zwart T-shirt en bootschoenen zonder sokken. Net als Greta Barline gisteren had gedaan, tikte hij een paar keer op de microfoon. Overbodig, een zangerstic; hij had hem net nog gebruikt voor het groepsnummer.

'Eh, ik wil iedereen bedanken voor zijn komst naar deze... eh, spontane bijeenkomst die bedoeld was voor de Grondwet...' Applaus. 'Ja. In plaats daarvan zijn we bijeen om een veel droevere reden... tja... Ach weet je, Jacks muziek zegt meer over wie hij was... meer dan eh, ik kan, weet je?'

Applaus van het publiek.

'Maar iemand moet toch iets over Jack zeggen en ik ben kennelijk verkozen omdat ik hem nog kende uit onze... eh, wáánzinnige tijd.' Een glimlach. 'O man, Jack was... ja, laten we geen bullshit verkopen. Jack was een gestoorde klóótzak.'

Applaus en gelach.

'Nou en of, een gestoorde klootzak... maar een heel gevoelig mens onder al die waanzin. Hij kon een valse klootzak zijn en even later was het de aardigste man die er bestond. Hij gooide bierflesjes uit rijdende auto's, stak zijn hoofd naar buiten, vloekte zo hard hij kon. Rende naakt over Sunset... Man, hij genoot van de aandacht en reken maar dat hij die ook kreeg.'

Jeremy Train lachte zenuwachtig.

'En dan was Jack even later, shit... Weet je, ik stond een keer een schilderij te bewonderen dat hij aan de muur had hangen en hij haalde het zo van de muur en gaf het aan me. Ik zei nog: "Doe normaal, man!" Maar Jack had besloten en jullie weten allemaal hoe koppig die gestoorde klootzak kon zijn.'

Er werd geknikt onder de artiesten.

'Ja, hij was gewoon... en niemand kon hem onder tafel drinken. En al helemaal niet éten.'

Onderdrukt gelach.

'Ja, het is voor Jack niet goed afgelopen en dat is heel...' Er sprongen tranen in Jeremy's ogen. 'En weet je, dat is echt jammer want de laatste tijd ging het weer beter met hem. Hij was bezig met een nieuwe cd... Hij had zijn slechte gewoontes onder controle... behalve misschien zijn eetgewoontes, maar kom op, je kan niet alles hebben. Op persoonlijk vlak ging het beter met hem. Dus misschien is hij toch op een hoogtepunt geëindigd.'

Hij slikte moeizaam.

'Bedankt dat jullie hier allemaal voor Jack zijn... en laten we Denny en Mark niet vergeten. Dus dit is voor het trio... We houden van jullie, jongens. Hou moed. En ik denk dat we gaan afsluiten met een stuk van Jack. Hé, we houden van je, jongen. We zullen je missen.'

De artiesten drentelden het podium weer op, namen hun positie in en eindigden met 'My Lady Lies Sweetly'. Toen ze klaar waren, was de staande ovatie daverend en lang. Lamar moest schreeuwen om boven de bravo's en encores uit te komen. 'Wil je met Train praten?'

'Dat lijkt me wel de meest geschikte.'

Ze baanden zich een weg door de menigte totdat ze Jeremy vonden die in een ernstig gesprek was met een stel aantrekkelijke tienermeisjes die allemaal triest uit hun ogen keken, terwijl Jeremy wijze woorden sprak.

'Ja, zo was Jack. Gewoon een gekke vent.'

Baker deed een stap naar voren met zijn penning in zijn hand. 'Meneer Train, ik ben rechercheur Southerby en dit is rechercheur Van Gundy. Kunnen we u even apart spreken?'

Jeremy's ogen flitsten heen en weer. De vergrote pupillen kwamen misschien door het donker, maar misschien ook door iets waardoor hij zenuwachtig was in het bijzijn van de politie. Baker voegde eraan toe: 'Het gaat over Jack Jeffries.'

Jeremy Train knikte een beetje opgelucht. 'Tuurlijk... eh, zullen we even naar buiten zodat ik kan roken?'

'Prima,' zei Baker.

Eenmaal buiten stak Jeremy een Marlboro op en bood de rechercheurs er ook een aan. Beiden schudden het hoofd. 'Slechte gewoonte,' zei hij.

'Zie het maar als het bevorderen van de economie in het zuiden,' zei Baker. 'U sprak erg mooi over Jack.'

'Het was klote, man...' Hij schudde vol afkeer zijn hoofd. 'Ik kan niet in het openbaar praten. Het is raar, ik kan mooie nummers schrijven...'

'Prachtige nummers,' onderbrak Lamar hem.

'Ja?' Een glimlach. 'Bedankt. Ik kan zingen... Ik weet het niet, ik ben gewoon verlegen voor een publiek.'

'Jack niet, als we het zo hoorden,' zei Lamar.

'Nee, Jack deed nergens moeilijk over. Hij was extravert... Verdomd jammer.' Hij keek op van zijn sigaret. 'Jullie onderzoeken zijn moord?'

'Klopt,' zei Baker. 'Alles wat u over hem weet kan ons helpen.'

'De waarheid is dat Jack en ik al... jezus... tien jaar geen contact meer hadden. Als je hem belde was hij het ene moment heel opgewekt en tien minuten later kotste hij je uit en smeet hij de hoorn op de haak... Die vent was zo onvoorspelbaar als het weer.'

'Ja, dat was zijn reputatie,' zei Lamar. 'Tijdens uw toespraak op het podium zei u dat er een nieuwe cd op komst was en dat hij nieuwe relaties had. Wat kunt u ons daarover vertellen?'

'De cd ging erg goed. Toevallig had hij me een mailtje gestuurd met de vraag of ik eraan mee wilde werken.'

'Wat was uw antwoord?' vroeg Baker.

'Verdomd graag, als het qua timing uitkwam. Hij mailde terug dat we het er maar eens over moesten hebben tijdens de liefdadigheidsvoorstelling in Nashville. Het verbaasde me dat hij kwam. We wisten allemaal dat hij vliegangst had.'

'Ik wil graag iets meer horen over die persoonlijke relaties,' zei Lamar. 'Hoe zit het daarmee?'

'Ik geloof dat ik meer zijn privéleven bedoel. Ik had begrepen dat hij zijn verslavingen onder controle kreeg... alcohol in het bijzonder. Hij was een valse dronkaard, dus dat was mooi.'

Baker zei: 'Hoe zit het met dat kind dat hij bij dat lesbische stel had?'

'Melinda Raven... Ja, ik heb haar geloof ik een keer ontmoet... ja, lesbisch... Zoals zoveel vrouwen in mijn leven.' Jeremy zei het zonder opscheppen, maar meer als een feit. 'We vonden het allemaal een beetje vreemd dat Jack dat vrijwillig deed, maar achteraf gezien, wie zal het zeggen. Mijn oudste dochter zou net zo goed geadopteerd kunnen zijn, ik zie haar zo weinig. Haar moeder houdt mij graag op afstand behalve als het op alimentatie aankomt. Als het geld er de eerste van de maand niet is, heeft ze er geen moeite mee om me te bellen. Dus misschien had Jack het wel goed voor elkaar. Wel de lusten, niet de lasten.' Bij het noemen van zijn ex was zijn blik hard geworden. 'Ik weet echt niet of Jack nog contact had met het kind. Zoals ik al zei, we hadden al tien jaar geen contact meer. Ik was verrast toen ik zijn mail kreeg, dat hij na al die jaren weer contact zocht.'

Lamar zei: 'En u had toegezegd dat u met hem wilde samenwerken aan zijn cd?'

'Niet sámenwerken, gewoon meedoen, opnamesporen mixen, bijvoorbeeld. Ik had Pro Tools kunnen gebruiken en het hem per mail toesturen. Aan de ene kant was ik blij dat hij contact met me had opgenomen, maar aan de andere kant... nou ja, aarzelde ik ook wel een beetje. Ik bedoel, die vent was echt een klootzak, ook al had hij een hemelse stem.' Hij grinnikte even. 'We zitten hier in de bijbelstreek, dus kan ik wel zeggen dat Gods wegen ondoorgrondelijk zijn.'

8

De volgende ochtend belde Lamar de salesmanager van de Mercedes-dealer, een spraakzame Ralph Siemens. Siemens wist onmiddellijk om wie het ging.

'Dat moet mevrouw Poulson zijn. Die heeft twee maanden geleden een brandweerrode SLK350 gekocht. Ik heb de afgelopen tijd maar twee rode auto's verkocht, iedereen wil wit of zwart. De andere was aan Butch Smiley, maar dat was een SUV.'

Achterhoedespeler van de Titans. Een zwarte man van honderdveertig kilo.

'Is mevrouw Poulson ongeveer vijfenveertig met schouderlang donker haar?' vroeg Lamar.

'Dat klopt,' zei Siemens. 'U weet toch wie ik bedoel, hè?'

'Wie?'

'Póulson. Lloyd Poulson? Het bankwezen, elektronica, winkelcentra en alles waar je nog meer geld mee kunt verdienen. Ontzettend aardige heer, kocht elke twee jaar een nieuwe sedan. Hij is vorig jaar aan kanker overleden. Mevrouw Poulson is in het huis blijven wonen, maar ze fokt ook paarden in Kentucky. Ik heb gehoord dat ze van plan is daar permanent te gaan wonen.'

'Waar woont ze?'

'Waar zou ze kunnen wonen?' zei Siemens. 'Belle Meade, natuurlijk. Doet u mij een lol en vertel haar maar niet van wie u die informatie hebt, al kan ik u net zo goed het adres geven aangezien u daar toch wel achter komt.'

Belle Meade lag elf kilometer ten zuidwesten van het centrum van Nashville en was een compleet andere wereld. Stille slingerende straten langs Griekse, koloniale en Italiaans aandoende landhuizen op percelen van vele hectares. Glooiende gazons met reusachtige eiken, pijnbomen, esdoorns en kornoeljes. Het stadje was een bolwerk van oud geld met een langzame instroom van nouveaux riches, maar de onroerendgoedprijzen werden nog altijd beïnvloed door wie hier van oudsher woonde. Als je over de brede lanen van asfalt reed, was het niet ongewoon om slanke jongedames in privéweides op prachtige paarden te zien rijden. De verkeersborden zeiden genoeg: een racepaard met een veulen achter een laag hek. De paardensport was hier op zondag even belangrijk als golf en met het hele gezin naar het football.

De tweeduizend inwoners van het stadje waren jaren geleden al door de nutsbedrijven van Nashville opgeslokt, hoewel ze erin waren geslaagd hun kostbare onroerend goed officieel onafhankelijk te houden en een eigen politie te behouden. Autonomie – en volgens sommigen ook de psychologische afzondering van Nashville als statussymbool – was zó belangrijk voor de landeigenaren van Belle Meade dat ze erin hadden toegestemd in beide steden belasting te betalen.

Geen probleem: het gemiddelde gezinsinkomen ging in de richting van tweehonderdduizend dollar, het hoogste in de staat. De bevolking was negenennegentig procent blank, één procent overig. Kinderen die aan Vanderbilt wilden studeren konden dat in de meeste gevallen. In het verleden hadden Lamar en Baker weinig reden gehad om door deze buurten te rijden. De afgelopen drie jaar hadden er in Belle Meade geen moorden, een verkrachting, geen overvallen, vier aanrandingen, de meeste niet heel ernstig en vier gevallen van autodiefstal plaatsgevonden, waarvan twee door puberale joyriders uit het stadje zelf.

Door deze rust en stilte had de twintigkoppige politie van Belle Meade alle tijd om te doen waar ze beroemd om waren: genadeloos toezien op het naleven van de verkeersregels. Voor collega's werd geen uitzondering gemaakt. Lamar reed langzaam en voorzichtig over Belle Meade Boulevard.

Hij sloeg af, reed langs het huis van de familie Gore en vond al snel het adres. Een zachtroze villa met een plat dak, tien keer zo groot als een normaal huis. Het lag achter een ijzeren hek, maar had vrij uitzicht over een hectare aan veldbeemdgras. Midden op een ronde oprit stond een fontein te spuiten. De rode Benz stond voor het huis, samen met een Volvo stationwagen. Pijnbomen die bijna zwart waren en in kegelvorm waren gesnoeid stonden als schildwachten voor het huis. Aan de voorkant van het perceel, half boven het hek, torenden de grootste eikenbomen die de rechercheurs ooit hadden gezien.

Terwijl ze de auto parkeerden en naar het hek liepen, zag Lamar hoe theatraal de omgeving was. De bomen en het gebladerte waren zodanig gemanipuleerd dat het twee verdiepingen hoge huis in de schaduw lag. Er zat geen slot op het hek. Ze liepen het eind naar de voordeur en belden aan.

Ze waren in de volle verwachting dat er een dienstmeid in uniform zou opendoen, of misschien zelfs wel een butler, maar in plaats daarvan deed een aardig uitziende dame van middelbare leeftijd in een roze kasjmieren trui met capuchonkraag, getailleerde witte broek en roze sandalen open. Nagellak op haar teennagels, maar niet felroze, gewoon transparant. Net als haar vingernagels, die verrassend kort geknipt waren. Geen sieraden, alleen een platina trouwring.

Ze had donker haar tot op haar schouders dat onderaan iets golfde, een zachte huid en blauwe ogen – echt blauw, niet als de psycholoog. Haar gezicht was een volmaakte ovaal, iets te strak aan de randen, maar wel mooi.

'Mevrouw Poulson?'

'Ik ben Cathy.' Een zachte, iele stem.

De rechercheurs stelden zich voor.

'Rechercheurs uit Nashville? Gaat dit om een geldinzameling? Hoofdcommissaris Fortune heeft daar niets over gezegd.'

Ze liet hun weten dat ze connecties had, dat ze hen als bedelaars zag.

Baker zei: 'We zijn hier vanwege een incident dat in de stad heeft plaatsgevonden, mevrouw.'

Lamar zei: 'Een moord, ben ik bang. Op Jack Jeffries.'

Geen schrik op Cathy Poulsons gladde gezicht. Ze knikte, liet haar schouders zakken.

'O, Jack,' zei ze. 'Komt u binnen.'

Ze ging hen voor door een hal die groter was dan hun eigen woning en liep naar een zonverlichte kamer die uitkeek over de verzorgde hectares heuvels, riviertjes, rotsige watervallen en de bomenrij aan de achterkant. Een koningsblauw zwembad van Olympisch formaat met gouden tegels aan de randen en op de hoeken nog meer beelden: naakte nimfen. Links bruiste het van kleur waar een weelderig rosarium was aangelegd. Een hekwerk met groen zeil ertegenaan riep in de verte: *Zullen we een balletje slaan?*

Een dienstmeid in uniform – jong, zwart, slank – was antieke meubeltjes aan het afstoffen.

Een rijke dame die haar eigen voordeur opendeed, dacht Lamar. Is ze ergens zenuwachtig over?

Cathy Poulson liep naar de vrouw en legde haar hand op haar schouder. 'Amelia, ik moet even met deze heren praten. Zou jij ons alsjeblieft wat van die overheerlijke limonade willen brengen en daarna kijken of de keuken nog opgeruimd moet worden?'

'Ja, mevrouw.'

Toen Amelia weg was, zei Cathy: 'Gaat u zitten. Ik hoop dat u van limonade houdt.'

Baker en Lamar lieten zich wegzakken in de reusachtige, met zijde beklede stoelen, dronken de lekkerste limonade die ze ooit hadden gehad en keken om zich heen. Vijftien bij acht meter met een hoog plafond met kroonlijsten die minstens zo complex waren als in de lobby van het Hermitage. De stijfjes geplaatste glanzende houten tafels met ronde poten, elegante stoelen en Franse banken met hoge leuningen stonden in contrast met de zachte stoffering. Aan de met lichtgroene zijde beklede wanden hingen vergulde lijsten met stillevens en landschapstaferelen. De stenen haard aan de andere kant was zo groot dat je erin zou kunnen staan. Op de uitgehouwen schoorsteenmantel stonden een paar kleurenfoto's.

Lamar zei dat hij de limonade heerlijk vond.

Cathy Poulson zei: 'Is het niet fantastisch? Het geheim is om Meyer-citroenen te gebruiken in combinatie met gewone. Dan wordt hij iets zoeter. Dat heb ik van mijn man geleerd. Hij kwam oorspronkelijk uit Californië. Fallbrook, in de buurt van San Diego. Zijn familie teelde citrusvruchten en avocado's. Door een droge periode en een aantal slechte investeringen gingen ze failliet. Lloyd moest helemaal overnieuw beginnen en was meer dan succesvol. Hij is een halfjaar geleden overleden. Hij was een fantastische man.'

Ze stond op, liep naar de schoorsteenmantel, pakte een van de foto's en kwam ermee terug.

Het leek op een foto van een liefdadigheidsbal waar rijkelui poseren voor de fotograaf op het moment dat ze de balzaal ingaan. Cathy Poulson stond naast een kleine, dikke, kalende man met witte krullen langs zijn oren. Zij droeg een rode designerjurk – dezelfde kleur als haar auto – hij een smoking. Lloyd Poulson had rimpeltjes rond zijn ogen als hij glimlachte. Zijn mollige vingertoppen waren zichtbaar rond de smalle taille van zijn vrouw.

Hij droeg een zwarte bril met dikke glazen en had een pens die over zijn ceintuur hing. Hij leek minstens zeventig. Cathy Poulson zag er op de foto uit als een filmster. Die avond droeg ze genoeg juwelen – diamanten op elke strategische locatie. Het lijfje van haar rode japon was zo laag uitgesneden dat er een groot deel van haar gladde volle borst zichtbaar was. Een volmaakt decolleté, dacht Lamar. Dat zou je niet denken als je haar zo in die trui zag.

'Zo'n vitale man,' zei ze met een zucht. 'Prostaatkanker. Hij had pijn, maar hij klaagde nooit.'

'Gecondoleerd, mevrouw.'

Cathy Poulson plukte een onzichtbaar stofje van haar trui, pakte de lijst en legde hem met de foto naar boven op schoot. 'Ik wil u niet lastigvallen met mijn problemen. U hebt belangrijk werk te doen en wilt weten waarom ik eergisteravond met Jack heb gesproken.'

'Inderdaad.'

'Om te beginnen,' zei ze, 'is wel duidelijk dat ik niets heb willen verbergen. Je gaat niet met een auto als de mijne naar die buurt en parkeert pal voor de deur als je eigenlijk niet gezien wilt worden.' Ze tikte op de foto. 'Wie heeft me gezien, dat meisje?'

'Welk meisje?'

'Een klein blond meisje. Volgens mij was ze serveerster of iets dergelijks. Zij en een Mexicaan waren de enigen die binnen zaten. Ik zag dat ze vanuit de deuropening naar Jack en mij stond te kijken.'

'Te bespioneren?' vroeg Baker.

'Waarschijnlijk, maar ze deed haar best om niet op te vallen,' zei Cathy Poulson. 'Ze kon zich er niet van weerhouden, denk ik. Dat is ook wel begrijpelijk aangezien Jack zo beroemd is. Was.'

Ze beet op haar lip.

'Ik heb het vanmorgen gehoord. Net als iedereen. Terwijl ik mijn kopje koffie dronk en de krant las, en daar stond het.' Haar oogleden trilden. 'Ik ben naar de badkamer gelopen omdat ik er misselijk van werd.'

'U wist dus dat hij vermoord was, en toch deed u verbaasd toen we hier aankwamen,' zei Baker.

Cathy Poulson knipperde met haar ogen. 'Pardon?'

'Die opmerking over geld inzamelen?'

De vrouw bloosde. 'Dat was dom en snobistisch van me, rechercheur. Vergeeft u mij alstublieft. Ik denk dat ik... Ik weet niet waarom ik dat zei. Ik was in elk geval niet verbaasd om u hier te zien. Ik wist dat het meisje me had gezien en als ze u dat had verteld, zou u me waarschijnlijk kunnen traceren via mijn auto. En natúúrlijk wilt u mij spreken. Ik ben misschien wel de laatste geweest die Jack heeft gezien voordat hij... Is dat zo?'

'Vooralsnog.'

'Tja, dat is afschuwelijk. Weerzinwekkend en afschuwelijk.'

Beide rechercheurs zwegen.

Cathy Poulson zei: 'Heeft het meisje u verteld dat Jack en ik niet samen zijn vertrokken? Dat ik weggereden ben en hij achterbleef?'

'Nee, mevrouw,' antwoordde Lamar.

'Nou, zo is het gegaan. Dus ik ben duidelijk niet de dader.' Ze glimlachte, probeerde luchtig te klinken, maar de vingers van haar ene hand knepen in haar knie.

Baker zei: 'Waarom had u met meneer Jeffries afgesproken in The T House?'

'Hij had het uitgekozen, zei dat het een beetje afgelegen was... Nou, dat klopte wel. Ik wist dat het een obscure tent was, maar

Jack kon erg volhardend zijn.' Ze schudde het hoofd. 'Het was de bedoeling dat ik eerder zou komen. Ik werd opgehouden en kwam pas tegen sluitingstijd. Jack vond het niet erg. Hij kon ook erg... vriendelijk zijn. Als hij wilde.'

'Zo te horen kende u elkaar al langer.'

Cathy Poulson glimlachte, leunde achterover en veegde haar donkere haar uit haar gezicht. Het licht van achter uit de kamer weerkaatste op haar platina ring.

'Zo zou je het kunnen zeggen.'

'Wilt u zo goed zijn ons het hele verhaal te vertellen?' zei Lamar.

'Over mijn relatie met Jack?'

'Ja.'

'Is dat echt nodig? Aangezien ik niet de dader ben.'

'Hoe meer informatie we hebben, hoe makkelijker het voor ons wordt.'

'Geloof me,' zei Cathy Poulson, 'ik zal uw werk niet makkelijker kunnen maken, want ik kan u alleen maar zeggen dat Jack en ik elkaar even hebben gesproken en dat ik toen weggegaan ben.' Een gemanicuurde hand gleed langs haar linkerborst. 'Toe jongens, met alles wat ik het afgelopen jaar heb meegemaakt, kan ik echt niet nog meer spanning aan.'

Ze ging van 'heren' naar 'jongens'. De charme lag er wel heel dik op. Lamar vroeg zich af hoeveel ze geoefend had en wist dat Baker hetzelfde dacht.

Baker leunde naar voren en zei op zijn allerliefst: 'We willen u geenszins onder druk zetten, mevrouw, maar we moeten informatie vergaren.'

Ze staarde hem aan alsof ze hem voor het eerst zag. Toen wendde ze zich tot Lamar. 'Aan universiteitsbasketbal gedaan?'

'Nee, mevrouw.'

'Het spijt me, dat was niet gepast. Maar ziet u, mijn zoon is erg sportief... basketbal, football, honkbal, noemt u maar op. Hij is net met zijn studie begonnen. Ik zit hier heel alleen. Ik vóél me heel alleen.'

'Vanderbilt?'

'O, nee,' zei ze fel. 'Vanderbilt zou ik geweldig hebben gevonden, dan had hij op kamers kunnen gaan – hij weet dat ik me niet met zijn leven wil bemoeien – maar dan had hij nog altijd de gelegenheid om in het weekend thuis te komen, zijn wasgoed hier te brengen en me zo nu en dan gedag te zeggen. Nee, Tristan studeert aan Brown in Rhode Island. De kleinste staat van het land en die kiest hij.'

'Het schijnt een goede universiteit te zijn,' zei Lamar. 'Een van de beste.'

'Ja, en? Mijn man heeft aan Chicago State College gestudeerd en hij was de meest succesvolle man die ik ooit heb ontmoet. Goed, Tristan is een uitstekende student, hij scoorde hoog op zijn eindexamen en zijn aanbevelingsbrieven waren stuk voor stuk indrukwekkend. Zijn studiebegeleider zei vanaf het begin al dat hij naar een eersteklas universiteit moest. Maar Vanderbilt is net zo goed. Nu komt hij nooit meer thuis. Nóóit.'

Ze ging steeds harder praten zodat haar stem op het laatst heel anders klonk: schril, boos. Haar gezicht kreeg een dieprode kleur en er vormden zich rimpeltjes langs de randen van haar makeup als breuklijnen.

Een soort persoonlijkheidsstoornis, vroeg Lamar zich af. Of probeert ze ons iets te vertellen? Want deze dame beheerst de situatie alsof ze de boel regisseert. Van de manier waarop ze haar bomen plant en haar kostbare meubeltjes arrangeert tot aan de limonade waar we niet om gevraagd hebben.

De touwtjes in handen houden.

Maar als er een boodschap was, behalve het feit dat ze haar kind miste, dan wist hij niet wat die was. En voor een vrouw die nog niet zo lang weduwe was, was dat waarschijnlijk een normale reactie.

Maar toch had ze iets... Hij zei: 'Het zal wel moeilijk zijn, zo alleen in een groot huis.'

'Alleen zijn is overal moeilijk,' zei Cathy Poulson.

Baker glimlachte. 'Zou ik misschien van uw toilet gebruik mogen maken?'

Toen hij de kamer uitliep, wierp hij een blik op de schoorsteenmantel en bleef daarna een tijd weg. Lamar leidde Cathy Poulson af door over haar schilderijen te beginnen. Ze greep de kans om met hem de kamer door te lopen, titels en kunstenaars te noemen en te beschrijven hoe en waar en wanneer haar overleden man aan de schilderijen was gekomen. Toen ze bij de schoorsteenmantel kwamen, zag hij voornamelijk foto's van haar en een paar kiekjes van haar samen met haar man. Niet een van het kind.

Baker kwam terug met een scherpe blik in zijn ogen en stond op het punt om iets te zeggen.

Cathy Poulson was hem voor en zei: 'Goed, ik zal open kaart spelen en alles vertellen. Als u belooft dat u uw best zult doen om ervoor te zorgen dat mijn privacy niet geschonden wordt.'

Baker zei: 'We zullen ons uiterste best doen, mevrouw Poulson.' Hij keek ontspannen – iets te ontspannen – en Lamar kon merken dat zijn partner ergens over zat te denken.

Alle drie gingen ze weer zitten.

'Jack en ik hebben een relatie gehad – lang geleden, voordat ik Lloyd kende. Ik kom ook uit Californië. L.A. Daar heb ik Jack ontmoet.'

Alweer een westkustconnectie, net als de psycholoog. Lamar vroeg zich af of Delaware haar kende, maar bedacht toen dat dit absurd was. Hoe groot was die kans in een gigantische stad als L.A.?

Cathy Poulson zei: 'Dat was het.'

Baker zei: 'Een relatie.'

'Ja.'

'Waarom had u gisteravond afgesproken?'

'Jack belde me om te laten weten dat hij in Nashville was. Zomaar ineens, ik was stomverbaasd. Hij zei dat hij had gehoord dat Lloyd was overleden en hij was heel lief – zo was Jack soms. Hij zei dat hij zelf ook moeilijke tijden had meegemaakt, maar natuurlijk niets vergeleken met wat ik doormaakte... Dat vond ik bijzonder meelevend van hem. Ik had gehoord wat Jack had meegemaakt – via de media, niet van hemzelf. De problemen door zijn leefstijl, de ups en downs in zijn carrière. Dat hij dat zomaar even vergat en aandacht besteedde aan mijn verdriet vond ik heel... aardig.'

Baker zei: 'Dus hij belde op om even een babbeltje te maken.'

'We praatten wat. Hij vertelde dat hij een vreselijke vliegangst had overgehouden aan die helikopterervaring – daar had ik ook over gelezen. Hij zei dat hij eindelijk had besloten zijn angst te overwinnen en in therapie te gaan. De vlucht naar Nashville was een enorme stap. Hij klonk ongelooflijk tróts. Alsof hij net een nummer-één-hit had gescoord. Ik zei dat ik het geweldig van hem vond. Toen hebben we het nog een tijdje over Lloyd gehad. En daarna stelde hij voor om iets af te spreken. Ik had denk ik niet verbaasd moeten zijn, maar het overviel me. Ik wist niet wat ik daarvan vond.'

'U wist niet zeker of u hem wilde zien.'

'Om u de waarheid te zeggen,' zei ze, 'was ons afscheid niet erg vriendelijk. Jack kon vroeger behoorlijk hard zijn.'

'In welk opzicht?' vroeg Baker.

'Listig... humeurig. Door de drugs werd het erger. En al die vrouwen. Groupies... worden die nog steeds zo genoemd?'

'Ja,' zei Lamar, en hij dacht: alle schnabbels die ik heb gehad, maar ik heb nooit één groupie gezien.

'Al die groupies,' zei Cathy Poulson, 'je kunt van een man ook niet verwachten dat hij trouw blijft... Maar goed, het was een schok om zoveel jaar later weer iets van hem te horen. Misschien zei ik ja door mijn verdriet, ik weet het nog steeds niet. Later zei hij dat hij naar een club aan First Avenue ging en dat we daar konden afspreken. Toen heb ik ingestemd. Maar ik had nog niet opgehangen of ik had er al spijt van. Wat zou ik er in vredesnaam mee bereiken? Ik heb even overwogen om hem af te bellen, maar ik wilde hem niet kwetsen. Zeker niet nadat hij zijn angst had overwonnen – ik wilde dat niet in gevaar brengen. Begrijpt u wel?'

'O, ja,' zei Baker.

'Ik zou me alleen maar schuldig voelen als ik wist dat ik hem zoveel spanningen had bezorgd dat hij achteruitging.' Ze wierp een blik opzij. 'In de goeie ouwe tijd had ik genoeg ervaring met achteruitgaan.'

'Drugs,' zei Baker.

'Die hele idiote wereld,' zei ze. 'Het gekke was dat ik de enige was die het idioot vond. Ik heb me er nooit mee ingelaten. Niet één keer, nooit. Ik heb veel te veel respect voor mezelf. Maar Jack was natuurlijk een heel ander verhaal. Ik heb vele nachten met hem rondgelopen. Als er een arts gebeld moest worden, was ik meestal degene die dat deed.'

'Dan had u een heel hechte band,' zei Lamar.

'Ach, ja. Maar het is heel, héél lang geleden, heren. Daarom wist ik ook niet goed of ik wel herinneringen met hem wilde ophalen. Maar goed, ik wilde Jack geen pijn doen, dus heb ik niet afgezegd. In plaats daarvan was ik laat.' Een glazige glimlach, bijna alsof ze bedwelmd was. 'Ik dacht dat het de volmaakte oplossing was.'

'Laat komen?'

'Natuurlijk. Op die manier was het contact minimaal en had ik wel aan mijn verplichting voldaan.'

Opnieuw bedacht Lamar dat Cathy een meester in het regisseren was. Baker zei: 'Dus u hebt hem begroet, even een babbeltje gemaakt, en daarna bent u ieder uw eigen weg gegaan.'

'Precies,' zei Cathy Poulson. 'Eerlijk gezegd was ik nogal geschokt toen ik Jack zag, en dat maakte het makkelijker. Ik zag hem nog voor me zoals hij was toen we nog samen waren. Hij was destijds een aantrekkelijke man. Maar nu...'

Ze haalde haar schouders op.

'Niet geweldig geconserveerd,' zei Lamar.

'Dan lijkt hij net een kweek in een laboratorium, maar ik ben bang dat u gelijk hebt.' Ze zuchtte. 'Arme Jack. De tijd was niet vriendelijk voor hem geweest. Ik reed ernaartoe in de veronderstelling een aantrekkelijke man te ontmoeten – wat natuurlijk dwaas was na al die jaren. In plaats daarvan was hij een dikke oude kale man.'

Net als haar eigen man, dacht Lamar.

Ze pakte haar glas limonade. 'We hebben elkaar even omhelsd, kort gepraat en daarna zijn we ieder ons weegs gegaan. Ik kan u wel zeggen: Jack vond het niet erg. Onze ontmoeting was heel goedmoedig. Ik kreeg het idee dat hij er hetzelfde over dacht.'

'En wat was dat?'

'Dat je iets niet moet forceren als het er niet is,' zei Cathy Poulson. 'Degene die dat heeft gezegd, heeft gelijk. Je kunt het verleden niet terughalen. Psychisch gezien, bedoel ik.'

Lamar had nog steeds een merkwaardig gevoel bij de vrouw en had graag nog even willen blijven om te kijken of hij nog meer informatie uit haar kon peuteren. Maar hij merkte dat Baker ongedurig was. Na nog een paar vragen van Lamar was hij echt onrustig, ging op de rand van de bank zitten, klaar om op te springen.

Lamar zei: 'Dank u wel, mevrouw Poulson. Als u nog iets bedenkt, hebt u hier ons nummer.' Hij gaf haar een visitekaartje en ze legde het afwezig op tafel. Het gaf wel aan dat hij nooit meer iets van haar zou horen.

Ze zei: 'Natuurlijk. Zal ik nog wat limonade voor u in een flesje doen?'

9

In de auto zei Lamar: 'Oké, zeg het maar.'

'Oké, zeg wát maar?'

'Waarom zat je zo te wiebelen, B.? Heb je ergens jeuk?'

Baker kreeg een brede grijns op zijn gezicht – dat kwam niet vaak voor. 'Rij nou maar.'

Lamar reed langs verschillende landhuizen terug naar Belle Meade Boulevard. Achter hen klonk het gebulder van een motor. Een paar rijke jochies die de snelheidslimiet van een BMW cabrio aan het testen waren. Ze kwamen tot een paar centimeter van zijn bumper. Hij liet hen passeren, er werd hard gelachen.

Baker zei: 'Was je opgevallen dat er in de woonkamer helemaal geen foto's van het kind zijn?'

'Inderdaad. Ook niet veel van wijlen haar fantastische man Lloyd. Ze zal wel zo'n narcistisch type zijn, *de wereld draait om mij.*'

'Of er is misschien iets anders,' zei Baker. 'Toen ik naar het toilet liep zag ik allemaal alkoven. Ze heeft overal alkoven, nisjes, hoe je het maar wilt noemen. Met van die truttige beeldjes, glazen bollen, dat soort dingen. Maar in de nis vlak bij de plee staat een foto. Een mooi lijstje net als die op de schoorsteenmantel met een foto van haar kind. Een grote blonde jongen die een tweelingbroer zou kunnen zijn van de jongen op de foto in Jeffries' hotelkamer.'

'Owen de rugbyspeler,' zei Lamar. 'Dat is trouwens ongetwijfeld Melinda's kind. Ik heb een foto van ze in een oude *People* zien staan.'

'Fijn voor je,' zei Baker. 'Maar blijf nou even bij de les, Lange. Dat andere kind – dat van Poulson – draagt ook een outfit, een echt footballtenue met van die beschermers en zwarte strepen onder de ogen. En ik zweer je, hij zou dezelfde vader als Owen gehad kunnen hebben. Dezelfde gelaatskleur, dezelfde stevige, grote kaak. Ik vond dat hij zelfs nog meer op Jack Jeffries leek dan Owen. Vandaar dat ik een beetje nieuwsgierig werd, dus draaide ik de foto om en achterop stond iets geschreven: *Fijne moederdag, mam, je bent geweldig, liefs Tristan*. En wat pas écht interessant is, is het handschrift. Blokletters met zwierige krulletjes bij de hoofdletters. Ik ben geen grafoloog, maar volgens mij is dat exact hetzelfde handschrift als waarin die dwaze songtekst is geschreven die we in de hotelkamer hebben gevonden.'

'"Music City Breakdown".'

'Volgens mij is hier een heleboel niet in de haak,' zei Baker.

Ze reden terug naar de stad, haalden onderweg nog even een snelle hap en namen de hamburgers en cola mee naar de paarse kamer waar Brian Fondebernardi bij hen aan de tafel in het midden kwam zitten. Het overhemd van de brigadier paste precies bij de muren. Er zaten keurige plooien in zijn grijze broek, zijn zwarte haar was kortgeknipt en zijn blik was scherp en onderzoekend. Hoewel hij de hele ochtend de pers te woord had moeten staan, was hij niet aangeslagen en wilde een voortgangsrapport.

Lamar zei: 'Toevallig hebben we iets te melden.'

Toen ze hem het hele verhaal hadden verteld, zei Fondebernardi: 'Hij was een rockster, had vriendinnen bij de vleet, zij was er een van en ze raakte zwanger van hem. Nou en?'

'Nou en?' zei Baker. 'Dat joch is eerstejaarsstudent, is misschien achttien of negentien. Als hij dom is misschien wel twintig, maar dat is niet zo, want hij is op Brown aangenomen. Zij

70

is zesentwintig jaar met haar man getrouwd geweest.'

'Oeps.'

'Inderdaad, oeps,' zei Lamar. 'In Belle Meade hebben ze een geheim dat het geheimhouden waard is.'

'Plus,' zei Baker, 'we weten dat het kind – Tristan, heet-ie – contact heeft gehad met Jeffries.'

'Via het handschrift van die songtekst,' zei Fondebernardi. 'Dat kan hij hebben opgestuurd.'

'Misschien, maar Jeffries heeft het bewaard. Dus is er misschien een band tussen die twee geweest.'

'Of hij vond het een goede tekst.'

Baker bewoog zijn gespreide handpalm heen en weer. 'Dan moet hij wel hartstikke doof zijn geweest.'

'De tekst kon stukken beter, dat is een feit,' zei Lamar, 'maar hij zat vol met frustratie – alsof Nashville hem had bedonderd. Dat klinkt niet als een verwend rijk jochie, dus misschien heeft Tristan een kant die we niet kennen.'

'Iemand van die leeftijd?' zei Fondebernardi. 'Die heeft toch nog helemaal niet genoeg tijd gehad om gefrustreerd te raken?'

'Rijkeluiskinderen,' zei Baker. 'Die zijn eraan gewend hun zin te krijgen en beginnen heel snel te piepen. Misschien wilde deze knul erkenning van Jeffries, kreeg die niet en ging toen door het lint.'

'Hij zit in Rhode Island, Baker.'

'Dat hebben we niet gecontroleerd.'

'Waarom niet?' zei Fondebernardi, maar hij wist het antwoord al. 'Jullie wilden mijn toestemming voordat jullie bellen.'

Baker zei: 'We hebben het per slot van rekening wel over Belle Meade.'

Einde discussie.

De pedel van Brown University deed moeilijk over het prijsgeven van informatie over studenten.

Lamar zei: 'Jullie hebben toch jaarboeken?'

'Ja.'

'Dan is dat dus niet geheim. U kunt het allemaal een stuk makkelijker voor me maken.'

'Ik weet het niet.'

'Ik hoef zijn studieresultaten niet te hebben, ik wil alleen weten of hij aanwezig is.'

'En waarom is dat?'

'Vanwege een politieonderzoek,' zei Lamar. 'Als u niet meewerkt en er gebeurt iets, dan zal dat Brown in diskrediet brengen. En ik weet wat een geweldige opleiding Brown is. Mijn zus heeft er gestudeerd.'

'Hoe heet ze?'

'Ellen Grant,' zei hij. Een keurige blanke Amerikaanse naam, uit zijn duim gezogen. 'Ze heeft het er geweldig naar haar zin gehad.'

'Tja,' zei de pedel.

'Aanwezig of afwezig, wij doen de rest.'

'Een ogenblikje, hoofdinspecteur.' Nog zo'n klein leugentje.

Nog geen minuut later: 'Nee, hoofdinspecteur, Tristan Poulson heeft het tweede semester vrij genomen.'

'Hij heeft het herfstsemester gedaan en daarna is hij vertrokken.'

'Ja,' zei de pedel. 'Het eerste jaar kan behoorlijk zwaar zijn.'

Ze lieten Fondebernardi weer naar de paarse kamer komen en brachten hem op de hoogte.

Hij zei: 'Een rijkeluiskind dat denkt dat hij songwriter is houdt op met zijn studie om zijn droom na te jagen?'

'Dat, en misschien raakte hij van het pad toen Lloyd Poulson overleed,' zei Lamar. 'Mogelijk is Tristan er op een of andere manier achter gekomen dat Jack zijn biologische vader was. En misschien heeft hij nog wel meer ontdekt. De patholoog-anatoom zei dat Jacks organen een ramp waren, dat hij niet lang meer te leven had. Misschien heeft Tristan in een of ander fanblaadje gelezen dat Jack gezondheidsproblemen had, begon hij zich daar zorgen over te maken en is hij daardoor doorgeslagen – wilde in contact komen met zijn biologische vader voordat hij de pijp uitging. Muziek gebruiken als band. En waar zou hij dat anders doen dan thuis, want hier zit de muziek. Om nog maar te zwijgen van mammies geld en connecties.'

'Of,' zei Baker, 'Tristan wist niet dat Jack zijn echte pappie was, maar wilde Jack gewoon ontmoeten. Mammies vroegere vriendje die toevallig ooit een superster was, en dan Tristan die liedjes schrijft. Jeffries was misschien niet meer in staat hits te produceren, maar voor een zielig kind was hij misschien nog heel imposant.'

'Zeker als mammie hem van alles over de goeie ouwe tijd had verteld,' zei Lamar. 'Ze is tegenwoordig een deftige rijke dame, maar ze is dol op aandacht. Ik zie haar al genieten van de roemruchte tijd van weleer.'

Fondebernardi zei niets.

'Roem,' zei Lamar, 'is de ergste drug die er is, nietwaar brigadier? Tristan ontdekt zijn voorliefde voor het schrijven van nummers, schrijft een klagelijk deuntje dat hij Jack toestuurt.'

'Die toevallig zijn echte vader is,' zei Baker.

Lamar zei: 'Ik heb nog geen foto van die jongen gezien, maar volgens Baker is er een erg sterke gelijkenis.'

Baker knikte. 'Sterk genoeg voor mammie om de foto's van het joch van de schoorsteenmantel te halen voor het geval we langs zouden komen. Jammer genoeg voor haar was ze die ene in de nis vergeten.'

'Lang leve Bakers blaas,' zei Lamar.

Fondebernardi zei: 'Zoek alles op wat je over dat kind kunt vinden.'

Ze begonnen waar iedereen begint: Google. Twintig hits, allemaal uitslagen van football- en hockeywedstrijden die Tristan Poulson had gespeeld. Uitblinker in sport op de middelbare school, een chique opleiding in Brentwood waar ze wel eens over hadden gehoord omdat de zoon van inspecteur Shirley Jones daar met een basketbalbeurs was aangenomen. Een van de twee zwarte kinderen die er drie jaar geleden waren toegelaten.

Ze vroegen haar of ze met Tim mochten praten en vertelden waarom.

Ze zei: 'Reken maar. En hij weet hoe hij met vertrouwelijke informatie moet omgaan.'

Tim Jones kwam na schooltijd naar het bureau. Een meter achtennegentig, achteloos aantrekkelijk in zijn blazer en broek, witte overhemd en stropdas. Hij omhelsde en zoende zijn moeder, liep achter haar aan naar de paarse kamer, ging zitten en viel aan op een broodje steak, rozemarijn, Parmezaanse kaas, mozzarella, champignons en gebakken uien dat ze voor hem had gekocht.

Baker en Lamar keken vol bewondering toe hoe de jongen het hele broodje in ogenschijnlijk maar een paar happen wegwerkte en het wegspoelde met een enorme beker limonade zonder een kruimeltje op zijn ballerige kleren achter te laten.

'Lekker,' zei hij tegen de inspecteur. 'Meestal koop je de Italian voor me.'

'Speciale gelegenheid,' zei Shirley Jones en ze legde haar hand even op het hoofd van haar zoon voordat ze naar de deur liep. 'Praat met mijn eersteklas rechercheurs. Vertel ze alles wat ze willen weten en vergeet het dan weer. Hoe laat kom je naar huis?'

'Als ik hier klaar ben, denk ik,' zei Tim. 'Bergen huiswerk.'

'Denk je?'

'Als ik hier klaar ben.'

'Ik zal wat Dreyers meenemen op de terugweg.'

'Lekker. Rocky Road.'

'Pardon?'

'Alsjeblieft.'

'Die ken ik nog wel,' zei Tim, 'al gingen we niet met elkaar om. Leek me wel oké.'

'Zaten jullie in hetzelfde team?' vroeg Baker.

'Nee. Hij speelde wel wat, maar alleen als junior. Football is zijn sport. Daar heeft hij de lichaamsbouw voor.'

'Forse knul.'

'Net een kleerkast.'

'Maar jij vond hem wel oké?' vroeg Lamar.

Tim knikte. 'Leek me een rustige jongen. Op het veld was hij agressief, maar de rest van de tijd niet. Ik ben een paar keer met hem naar een feest geweest – sportfeesten, na de wedstrijd – maar we gingen verder niet met elkaar om.'

'Met wie ging hij wel om?'

'Andere lui van het football, denk ik. Hij had een vriendin. Op Briar Lane.'

'Weet je nog hoe ze heet?'

'Sheralyn,' zei Tim. 'Haar achternaam weet ik niet.'

'Cheerleader?'

'Nee, meer een studiebol.'

'Een goede leerlinge?'

'Haar cijfers weet ik niet,' zei Tim. 'Maar een studiebol is meer dan goede cijfers, het is een categorie, snap je? Altijd bezig met boeken, kunst, muziek en al die goeie mooie dingen.'

'Muziek,' zei Baker.

'Ze speelt piano. Ik heb haar een keer op een feest gezien. Tristan stond naast haar en zong met haar mee.'

'Goeie stem?'

'Hij klonk wel oké.'

'Wat voor muziek?'

Tim fronste zijn wenkbrauwen. 'Ouwe jazz of zo, Frank Sinatra misschien, dat was wel raar. Iedereen vond het wel melig dat ze ouwe-mensenmuziek speelden, maar zij waren serieus. Mijn moeder draait Sinatra. Sammy Davis Junior, Tony Bennett. Ze heeft die platen, weet je?'

'Antiek,' zei Baker.

Tim zei: 'Ze heeft ook nog een typemachine. Ze wil dat ik weet hoe het vroeger was.'

'Wat weet je over Tristans muziek?'

'Zijn wat?'

'We hebben gehoord dat hij liedjes schreef.'

'Dat hoor ik voor het eerst,' zei Tim. 'Ik heb nooit geruchten gehoord dat het uit was tussen hem en Sheralyn, maar misschien was hij op zoek naar een nieuw meisje.'

'Waarom zeg je dat?'

'Daarom schrijven de meeste jongens liedjes.'

10

De zoekopdracht *Briar Lane Academy Sheralyn* leverde via Google een recensie op in de campuskrant *The Siren Call* van de meisjesschool. Afgelopen oktober had de toneelvereniging een 'postmoderne versie van *As You Like It*' gepresenteerd. De recensent had de voorstelling geweldig gevonden en had Sheralyn Carlsons vertolking van Rosalind 'genadeloos relevant en psychologisch intens' genoemd.

Het meisje woonde op een adres in Brentwood – de andere rijke kant van Nashville. Brentwood lag acht kilometer ten zuiden van Belle Meade en had een hogere concentratie nouveaux riches. Met glooiende heuvels en een weids landschap vormde het een magneet voor muzikale types die goed hadden geboerd. Faith en Tim en Dolly hadden optrekjes in Brentwood. Alan Jackson en George Jones ook. De huizen varieerden van stoeterijen tot ranke ranches. Vierennegentig procent blank, zes procent overig.

Sheralyn Carlson zou voor de volkstelling een probleem kunnen vormen met een Chinese radiologe als moeder en als vader een stevige, blonde radioloog, die er gekleed in vikingkleren niet vreemd zou uitzien. Het meisje was beeldschoon, lang en elegant met lang glanzend goudbruin haar, amandelvormige amberkleurige ogen en een vriendelijke uitstraling die volwassenen geruststelde.

Elaine en Andrew Carlson leken zelf ook rustige, onschuldige types. Ze vertelden de rechercheurs dat hun enige kind altijd hoge cijfers haalde, nooit enig probleem had, een plaats aangeboden had gekregen in het schrijversprogramma van Johns Hopkins, maar die had afgewezen omdat, zoals Elaine het verwoordde, 'Sheralyn zich onthoudt van ongelijke stratificatie'.

'Daar zijn we het mee eens,' zei Andrew.

'We doen ons best de gezinscohesie te bewaren,' zei Elaine. 'Zonder vrije expressie op te offeren.' Ze streelde haar dochters schouder. Sheralyn pakte haar moeders hand vast. Elaine gaf er een kneepje in.

'Mijn dochter... onze dochter,' zei Andrew, 'is een fantastische jonge vrouw.'

'Dat is wel duidelijk,' zei Baker. 'We zouden haar graag even alleen willen spreken.'

'Dat weet ik niet,' zei Andrew.

'Dat weet ik ook niet,' zei Elaine.

'Wéét het,' zei Sheralyn. 'Alsjeblieft.' Ze wierp kort een afgemeten glimlach op haar ouders.

De Carlsons keken naar elkaar. 'Goed dan,' zei Andrew. Hij en zijn vrouw verlieten de grimmige witte moderne woonkamer van hun grimmige witte moderne huis alsof ze aan een trektocht door Siberië begonnen. Ze wierpen nog een blik achterom en zagen dat Sheralyn vrolijk zwaaide.

Toen ze weg waren, werd de blik van het meisje ernstig. 'Eindelijk een gelegenheid om te uiten wat me al een tijd dwarszit! Ik maak me bijzonder veel zorgen om Tristan.'

'Waarom?' vroeg Baker.

'Hij is depressief. Op dit moment niet klinisch gezien, maar hij komt wel gevaarlijk dichtbij.'

'Depressief vanwege zijn vader?'

'Zijn vader,' zei ze. Ze knipperde met haar ogen. 'Ja, dat ook, natuurlijk.'

'Wat nog meer?'

'De gebruikelijke postpuberale problemen.' Sheralyn wapperde met haar slanke handen. 'Het leven.'

Lamar zei: 'Zo te horen ben je erg geïnteresseerd in psychologie.'

Sheralyn knikte. 'De ultieme vragen draaien altijd om menselijk gedrag.'

'En Tristans gedrag baart je zorgen.'

'Eerder het gebrek aan gedrag,' zei ze. 'Hij is depressief.'

'Heeft het moeilijk.'

'Tristan is niet wat hij lijkt,' zei ze, alsof ze het niet had gehoord. Ze had het verfijnde, fraaie uiterlijk van een schoonheidskoningin, maar wilde ook graag gewaagd zijn. Mini-jurk met bloemetjesdessin, kistjes, hennatekeningen op haar handen, vier gaatjes in het ene oor, drie in het andere. Er zat een piepklein puntje op haar rechterneusvleugel waar een knopje had gezeten.

'Hoe bedoel je?'

'Op het eerste gezicht,' zei ze, 'lijkt Tristan een suffe atleet met te veel testosteron. Maar hij is buitengewoon sensitief.'

'Sensitief,' zei Baker.

'We dragen allemaal maskers,' merkte de tiener op. 'Een minder eerlijk mens zou er geen moeite mee hebben om het op te zetten. Tristans ziel is eerlijk. Hij lijdt.'

De rechercheurs wisten niet goed wat ze bedoelde. Lamar zei: 'Maakt hij een soort identiteitscrisis door?'

Ze keek hem aan alsof hij bijles nodig had. 'Ja, ook goed.'

'Hij was aan het veranderen,' zei Baker.

Stilte.

Lamar zei: 'We weten dat hij het semester vrij heeft genomen. Waar is hij?'

'Thuis.'

'Hij woont bij zijn moeder?'

'Alleen letterlijk gezien.'

'Hebben ze geen goede relatie?'

'Tristans thuis is geen fijne plek.'

'Problemen met zijn moeder?'

'O, nee,' zei Sheralyn Carlson. 'Problemen vereisen betrokkenheid.'

'Mevrouw Poulson is niet betrokken.'

'O, jawel.' Het meisje fronste haar wenkbrauwen. 'Bij zichzelf. Zo'n gezellige relatie.'

'Je mag haar niet,' zei Baker.

'Ik denk niet vaak genoeg aan haar om haar niet te mogen.' Een seconde later: 'Ze vertegenwoordigt iets wat ik verafschuw.'

'Hoezo?'

'Hebt u haar ontmoet?'

'Jazeker.'

'En toch stelt u die vraag,' zei Sheralyn Carlson, en ze deed haar best om geamuseerd te kijken.

Baker zei: 'Wat is het probleem behalve dat ze een afstandelijke moeder is?'

Het meisje nam de tijd met antwoorden. Zat maar met die vingers te draaien. Speelde met haar haar en de zoom van haar jurk. 'Ik hou van Tristan. Niet in de seksuele zin, die vonk hebben we niet langer.' Ze sloeg haar benen over elkaar. 'Woorden doen het geen eer aan, maar als ik zou moeten resumeren, zou ik "broederliefde" zeggen. Maar vat dat nu niet als een freudiaanse hint op. Tristan en ik zijn er erg trots op dat we erin geslaagd zijn onze relatie van het lichamelijke naar het idealistisch kameraadschappelijke te brengen.' Weer een lange stilte. 'Tristan en ik hebben de mantel van het celibaat aangetrokken.'

Stilte.

Sheralyn Carlson glimlachte. 'Zogenaamde volwassenen huiveren bij het idee van zogenaamde tienerseksualiteit, maar als de zogenaamde tiener de seksualiteit schuwt, vinden de zogenaamde volwassenen dat bizar.'

'Ik denk dat dat in deze contreien geen vreemde gedachte is,' zei Baker. 'Elke woensdag en zondag naar de kerk.'

Ze fronste haar wenkbrauwen. 'Waar het om gaat is dat Tristan en ik hebben gekozen voor een veel innerlijker leven. Sinds zijn vierde jaar.'

'Kunst en muziek,' zei Lamar.

'Het innerlijke leven,' herhaalde het meisje.

'Tja, dat is allemaal heel mooi, Sheralyn. En nu woont hij dus thuis. Zien jullie elkaar vaak?'

'Thuis en op straat.'

'Waar?'

'Hij gaat meestal naar Sixteenth Street.'

'Op zoek naar een platencontract?'

'Tristan heeft vrijwel geen muzikaal gehoor, maar hij houdt van schrijven. De logische keuze is dan liedjes schrijven. Afgelopen maand heeft hij geprobeerd om zijn teksten te verkopen aan die cultuurbarbaren aan Music Row. Ik had hem al gewaarschuwd dat hij alleen maar ordinaire vercommercialisering zou tegenkomen, maar Tristan kan erg vastberaden zijn.'

'Van atleet tot songwriter,' zei Baker. 'Wat vond zijn moeder daarvan?'

'Die zou zich in hem moeten interesseren om er een mening over te hebben.'

'Apathisch.'

'Ze zou moeten geloven in het bestaan van anderen om in een categorie als "apathisch" te passen.'

Lamar zei: 'Mevrouw Poulson leeft in haar eigen kleine wereldje.'

'Klein,' zei Sheralyn Carlson, 'is wel het sleutelwoord. Ze wist nog net uit te breken om Tristan te vertellen dat hij te goed voor me was.' Een scheve glimlach. 'Hierom.' Ze wees naar de zijkant van haar oog. 'De mongolenplooi overtreft alles.'

'Ze is een racist,' zei Baker.

'Tja,' zei het meisje, 'het komt al eeuwen voor in verschillende civilisaties.'

Ze bracht het luchtig, maar haar stem klonk gespannen bij de herinnering aan deze blijk van minachting.

Zo'n type met een hoog IQ dat zich achter haar woorden verborg, dacht Lamar. Dat werkte nooit lang.

Hij zei: 'Daar kon Tristan niet gelukkig mee zijn.'

'Tristan lachte erom,' zei Sheralyn Carlson. 'Ik lachte erom. We deelden de vreugde.'

De rechercheurs reageerden niet.

'Zíj,' zei het meisje. Ze liet het woord een paar seconden in de lucht hangen. 'Zij... Nou ja, laat me het illustreren met een anekdote. Toen Tristan met zijn studie begon was hij de belichaming van een sportfanaat met zijn kaalgeschoren kop en zijn frisse optimisme. Aan het eind van het eerste semester hing zijn haar op zijn schouders en had hij een dikke, wollige baard; hij liet een prachtige, mannelijke baard groeien. Toen begon hij iets te vermoeden, maar zíj ontkende alles.'

'Wat begon hij te vermoeden?' zei Baker.

'Wie zijn echte vader was.'

'Hij betwijfelde of meneer Poulson zijn...'

'Rechercheur Southerby,' zei het meisje, 'laten we open kaart spelen. U bent hier vanwege de moord op Jack Jeffries.'

Baker had zijn achternaam één keer genoemd toen de deur openging. De meeste mensen onthouden dat niet. Dit kind had alles door.

Hij zei: 'Ga door.'

'Toen Tristan klein was, had zíj het altijd over Jack. Soms hield ze gewoon niet op. Tristan wist dat haar relatie met Lloyd seksloos was en hij zag de fonkeling in haar ogen als Jacks naam werd genoemd. Hij vroeg zich af wat iedereen met hersens zich zou afvragen. En toen de innerlijke wereld zijn kracht begon te tonen en hij met schrijven begon, werd de vraag een fantasie.'

'Dat Jack Jeffries zijn echte vader was,' zei Baker.

'Elke tiener heeft die fantasieën,' zei Sheralyn Carlson. 'Ontsnappingsfantasieën, de zekerheid dat je geadopteerd bent omdat deze vreemde mensen bij wie je woont onmogelijk biologisch bij jou kunnen horen. In Jacks geval werd de fantasie in stand gehouden door een vrij dramatische uiterlijke gelijkenis.' Weer een scheve glimlach. 'En wat blijkt dan...'

Ze sloeg haar ene been over het andere, ontblootte een stuk dij, trok haar jurk omlaag en liet haar vinger over de rand van een laars glijden.

Lamar zei: 'Tristan vond dat hij op Jack Jeffries leek.'

'Ja, en ik ook. Dat vond iedereen die foto's van Jack Jeffries op die leeftijd zag. En toen gebeurden er twee dingen die zijn fantasie voedden voordat hij werkelijkheid werd. Voordat Tristan ging studeren, kwam ik een foto van een jongen tegen in een tijdschrift. In *People*, een artikel over spermadonoren.'

'Melinda Ravens zoon van Jack Jeffries.'

'Owen,' zei Sheralyn, alsof ze aan een oude vriend dacht. 'Hij zou Tristans tweelingbroer kunnen zijn geweest. Door hun overeenkomst in leeftijd was de gelijkenis onmiskenbaar. Daarom liet Tristan als eerste zijn haar en baard groeien toen hij ging studeren. Om zichzelf te vergelijken met oude foto's van Jack. Over het resultaat viel niet te twijfelen. Tristan kwam in een soort crisis terecht. We zaten urenlang aan de telefoon en besloten dat hij een wezenlijke verandering nodig had. Hij nam het tweede semester vrij, ging naar huis, trok in het gastenverblijf van mammies landhuis en bereidde zich voor op de confrontatie. We hadden van tevoren zijn strategie bepaald over hoe hij haar het beste kon benaderen en besloten uiteindelijk dat eenvoud het beste was: zeg haar dat je het weet en vraag om bevestiging. Het kostte Tristan wat tijd om al zijn moed te verzamelen, maar hij deed het uiteindelijk toen zij op het punt stond naar de countryclub te gaan. We hadden in eerste instantie ontkenning verwacht, daarna een bekentenis en daarna een vorm van emotie. Zíj vertrok geen spier. Ze zei dat hij gek was en dat hij zich moest omkleden als hij van plan was samen met haar op de club te lunchen.'

'Wat deed Tristan?' vroeg Lamar.

'Niets.'

'Niets?'

'En dus, depressie.'

'Heeft hij geprobeerd om contact te zoeken met Jack Jeffries?'

'Het was meer dan proberen. Het is hem gelukt.'

'Hebben ze elkaar ontmoet?'

'In cyberspace.'

'E-mail,' zei Baker.

'Tristan nam via Jack Jeffries' website contact met hem op, stelde zich voor, stuurde een JPEG-bestand van een schoolfoto en een wat recentere, behaarde foto en wat teksten die hij had geschreven. Hij verwachtte er eigenlijk niets van, maar Jack reageerde, zei dat hij blij was iets van Tristan te horen. Zei dat Tristans teksten "waanzinnig" waren.'

'Wat vond Tristan daarvan?'

Het meisje wendde haar gezicht af. Ze legde haar hand op een klein wit abstract beeldje dat op een tafel van glas en chroom stond.

Het lijkt hier wel een iglo, dacht Baker. 'Wat vond Tristan daarvan?'

Het meisje beet op haar lip.

'Sheralyn?' zei Baker.

'Hij moest huilen,' zei ze. 'Van blijdschap. Ik hield hem in mijn armen.'

Tien minuten later staken Andrew en Elaine hun hoofd om een hoekje.

Sheralyn zei: 'Alles is goed.' Ze wuifde hen weg en ze verdwenen weer.

Intussen had ze bevestigd dat Tristan de tekst van 'Music City Breakdown' naar Jack Jeffries had gestuurd. Maar ze zei dat ze niets wist van een ontmoeting tussen Tristan Poulson en Jeffries. Ook wilde ze niet zeggen waar Tristan verder nog was geweest behalve in het gastenverblijf op het terrein van zijn moeder.

'Zit hij daar nog steeds?' vroeg Baker.

'Volgens mij wel.'

'Je weet het niet zeker?'

'Tristan en ik hebben elkaar al een paar dagen niet meer ge-sproken. Daarom maak ik me zorgen. Daarom praat ik nu met u.'

'Wat dacht je toen je hoorde dat Jack Jeffries was vermoord?'

'Wat dacht ik?' zei ze. 'Ik dacht helemaal niets. Ik vóélde me bedroefd.'

'Heb je enig moment gedacht dat Tristan het misschien gedaan zou kunnen hebben?'

'Nee.'

'Draagt Tristan een wapen bij zich?'

'Nee.'

'Heeft hij ooit een gewelddadige kant van zichzelf laten zien?'

'Nee. Nee, nee, nee op alle bezwarende vragen die jullie wil-len stellen. Als ik dacht dat hij schuldig was, zou ik nooit met jullie hebben gesproken.'

'Waarom niet?'

'Omdat ik nooit iets zou doen wat de verdenking op Tristan zou laden.'

'Zelfs niet als hij iemand had vermoord?'

Sheralyn wreef over de plek naast haar oog. Dezelfde plek die ze had aangeraakt toen ze het over Cathy Poulsons racistische opmerking had gehad. Toen ging ze rechtop zitten en staarde recht in Bakers ogen – iets wat maar weinig mensen probeerden.

'Ik,' verkondigde ze, 'veroordeel niet.'

'Even voor de duidelijkheid,' zei Baker. 'Waar was je eergis-ternacht tussen twaalf en twee?'

'Dat is niet nacht, dat is ochtend.'

'Staat genoteerd, jongedame. Waar was je?'

'Hier. In bed. Ik lag te slapen. Ik ben op een goede nachtrust gesteld.'

'Een goede gewoonte,' zei Lamar.

'Ik heb verplichtingen... school, mijn examens, de toneelver-eniging, de vn in het klein. Et cetera.'

Het klonk verbitterd.

'Ga je ook aan Brown studeren?'

'Echt niet. Ik ga naar Yale.'

'Dus je lag te slapen,' zei Baker. 'Wanneer hoorde je het nieuws van Jack Jeffries?'

'Toen mijn vader het vertelde. Hij is onze eigen stadsomroeper. Hij leest 's morgens de krant en heeft bij elk artikel opmerkingen.'

'Je had er geen mening over, je vond het alleen triest.'

'Het verlies van leven,' zei het meisje. 'Elk leven.'

'Meer niet?' zei Baker. 'Ook al wist je dat het Tristans biologische vader was en Tristan onlangs contact met hem had gekregen?'

'Voor Tristan vond ik het het ergst. Vind ik het het ergst. Ik heb zijn mobiel al achtentwintig keer geprobeerd, maar hij neemt niet op. U moet hem vinden. Hij heeft steun nodig.'

'Waarom neemt hij niet op, denk je?'

'Dat heb ik al uitgelegd. Hij is depressief. Zo is Tristan. Dan zet hij zijn telefoon uit en keert zich naar binnen. Dan schrijft hij ook.'

'Je denkt niet dat hij is weggelopen?'

'Waarom zou hij?'

'Uit schuldgevoel.'

'Dat is absurd,' zei ze. 'Tristan heeft hem niet vermoord.'

'Omdat...'

'Omdat hij van hem hield.'

Alsof dat alles verklaart, dacht Lamar. Een intelligent kind, maar ze begreep er niets van. 'Tristan hield van Jack, ook al had hij hem nog nooit ontmoet.'

'Niet relevant,' zei Sheralyn Carlson. 'Je houdt niet van een mens. Je houdt van een idéé.'

11

Andrew en Elaine Carlson bevestigden dat Sheralyn de nacht/ochtend van de moord van vijf uur 's middags tot halfnegen 's morgens thuis was geweest, waarna Andrew Carlson haar in zijn Porsche Cayenne naar de Briar Lane Academy had gebracht.

'Niet dat dat iets zegt,' mompelde Baker toen ze weer in de auto stapten. 'Zij heeft ze rond haar intelligente vingertje gewonden. Ze kan zo uit het raam zijn geklommen en met Tristan hebben afgesproken zonder dat zij er iets van wisten.'

'Denk je dat ze er iets mee te maken heeft?' vroeg Lamar.

'Ik denk dat ze alles zou doen om Tristan te beschermen.'

'Haar celibataire minnaar. Geloof je dat?'

'De jeugd van tegenwoordig? Ik geloof alles. Laten we die getergde ziel maar eens zien te vinden en hem wakker schudden.'

'Terug naar mammies landhuis.'

'Het is maar een klein stukje.'

Toen ze bij het verblijf van de Poulsons kwamen, leek het huis grijs in de ondergaande zon en zat er een hangslot op het hek. De rode Benz stond nog op dezelfde plek. De Volvo was weg.

Geen intercom, alleen een bel. Baker gaf er een duw op. De voordeur ging open en iemand keek naar hen.

Zwart uniform met een witte rand, een donker gezicht. De dienstmeid die de limonade had gehaald – Amelia.

Baker zwaaide.

Amelia bleef staan.

Hij riep haar naam. Hard.

Het geluid was als een klap in het verfijnde, stille gezicht van Belle Meade.

Ze liep naar hen toe.

'Niet hier,' zei ze door de smeedijzeren spijlen van het hek. 'Alstublieft.'

Ze had grote ogen van angst. Er liep zweet over haar gezicht van de haargrens tot aan haar wenkbrauw, maar ze deed geen poging het weg te vegen.

'Waar is mevrouw naartoe?' vroeg Baker.

Stilte.

'Zeg het, nu meteen.'

'Naar Kentucky, meneer.'

'Haar stoeterij.'

'Ja.'

'Wanneer is ze vertrokken?'

'Twee uur geleden.'

'Heeft ze Tristan meegenomen?'

'Nee.'

'Weet je dat zeker?'

'Ja, meneer.'

'We kunnen hier dagenlang voor het huis surveilleren,' zei La-mar. 'We kunnen ook terugkomen met een huiszoekingsbevel, al-les doorzoeken en er een bende van maken.'

Geen reactie.

Baker zei: 'Dus je blijft bij dat verhaal. Ze heeft Tristan niet met zich meegenomen.'

'Nee.'

'Nee, je blijft daar niet bij, of nee, ze heeft hem niet meege-nomen?' Baker had er rode oren van gekregen.

'Ze heeft hem niet meegenomen.'

'Dus hij is nu thuis?'

'Nee.'

'Waar is hij dan?'

'Dat weet ik niet.'

'Wanneer heb je hem voor het laatst gezien?'

'Toen u hier was.'

'Toen we met mevrouw Poulson zaten te praten was Tristan hier?'

'In het gastenverblijf.'

'Wanneer is hij weggegaan?'

'Na u.'

'Waarom?'

'Dat weet ik niet.'

'Is hij met de auto vertrokken?'

'Met zijn auto,' zei Amelia.

'Welk merk?' vroeg Lamar, en hij haalde zijn notitieboekje te-voorschijn.

'Een Kever. Een groene.'

'Had hij verder nog iets bij zich?'

'Dat heb ik niet gezien.'

'Je maakt neem ik aan zijn kamer schoon.'

'Ja.'

'Ontbraken er kleren?'

'Ik ben er vandaag nog niet geweest.'

'Wat we willen weten,' zei Baker, 'is of hij even de stad in is of dat hij de stad úít is.'

'Dat weet ik niet. Het is een groot huis. Als ik aan de ene kant begin, ben ik twee dagen later klaar.'

'En wat wil je daarmee zeggen?'

'Dat ik lang niet alles hoor.'

'Of wilt horen.'

Aan Amelia's gezicht was niets af te lezen.

Lamar zei: 'Tristan is direct na ons vertrokken. Hebben zij en zijn moeder elkaar nog gesproken?'

'Dat weet ik niet.'

'Waarom besloot mevrouw Poulson om opeens naar Kentucky te vliegen?'

'Dat was niet opeens,' zei de meid. 'Daar gaat ze zo vaak naartoe. Om haar paarden te zien.'

'Ze is gek op haar paarden?'

'Kennelijk.'

'Dus het reisje was gepland.'

'Ja. Ik hoorde haar vijf dagen geleden de charterservice bellen.'

'Dus je hoort toch wel eens wat.'

'Hangt ervan af in welke kamer ik aan het werk ben. Ik was het terras bij de studeerkamer aan het opfrissen en zij zat te telefoneren.'

'Kun je je de naam van de charterservice nog herinneren?'

'Niet nodig,' zei Amelia. 'Ze gebruikt altijd dezelfde. New Flight.'

'Dank je,' zei Lamar. 'En waar kunnen we Tristan vinden?'

'Dat weet ik niet.'

'Weet je dat zeker?'

'Meer dan zeker.'

Toen ze weer in de auto zaten, haalden ze de kentekengegevens van Tristan Poulsons Volkswagen erbij en lieten een opsporingsbevel uitvaardigen. Ze belden met New Flight Charter en kregen onomwonden te horen dat cliëntgegevens strikt vertrouwelijk waren en dat alleen een bevelschrift daar iets aan kon veranderen.

'Dat is zo... nou, goed hoor,' zei Baker, en hij hing grommend op.

'Wat?'

'Ze vliegen hoge omes als Bill Clinton en Tom Brokaw, dus alles is topgeheim.'

'Topgeheim, maar ze vertellen wel dat ze Clinton vliegen.'

'Die stijgt zeker boven alles uit. Rijen maar, Lange.'

Op de terugweg kregen ze een telefoontje van Trish, de receptioniste van het hoofdbureau. Een dokter Alex Delaware had vanmorgen gebeld en om twee uur opnieuw. Geen bericht.

Baker zei: 'Die wil waarschijnlijk graag naar huis.'

'Hij werkt samen met de politie,' zei Lamar. 'Je zou toch denken dat hij wel weet dat hij vrij is om te gaan en te staan waar hij wil, dat we hem juridisch gezien niet vast kunnen houden.'

'Dat zou je denken.'

'Hmm... Misschien moet je hem terugbellen. Of nog beter, laten we langs zijn hotel rijden. Eens kijken of hij Cathy Poulson nog uit haar tijd in L.A. kent. Als we daar toch zijn, kunnen we Tristans foto aan het personeel laten zien.'

'Jammer dat we niet twee foto's hebben,' zei Baker. 'Eentje met al dat haar.'

'Zo vader, zo zoon,' zei Lamar. 'Het komt toch altijd weer op familie neer, hè?'

Delaware was niet op zijn kamer. De manager wist het zeker. De dokter had rond de middag gevraagd hoe hij bij Opryland moest komen en was nog niet terug.

Niemand in het Hermitage kon zich Tristan Poulson, de frisse middelbare scholier, herinneren. Toen ze vroegen of ze zich hem wilden voorstellen met lang haar en een baard, kregen ze alleen bevreemde blikken als reactie.

Net toen ze wilden vertrekken om een ritje langs Music Row te maken, kwam Delaware binnen. In L.A.-stijl gekleed: blauwe blazer, witte polo, blauwe spijkerbroek, bruine instappers. Hij zette zijn zonnebril af en knikte naar de manager.

'Dokter,' zei Baker.

'Fijn, u hebt mijn bericht ontvangen. Gaat u mee naar boven? Ik wil u iets laten zien.'

Toen de lift omhoogging vroeg Lamar: 'Hoe was Opryland?'

Delaware zei: 'Ah, u houdt me in de gaten. Het was meer Disneyland dan rustiek, maar met een naam als Opryland had me dat ook niet moeten verbazen. Ik heb geluncht in dat restaurant met die reusachtige aquaria, en dat was best lekker.'

'Een stevige vismaaltijd?'

De psycholoog lachte. 'Steak. Is er al meer bekend over Jacks moord?'

'We doen ons best.'

Delaware deed zijn best om zijn medeleven te verbergen.

Zijn kamer was weer net zo keurig. De gitaarkist lag op bed.

Hij trok een lade open en haalde er wat papieren uit. Het voorblad van een hotelfax met daaronder nog wat papieren.

'Toen u weg was, ben ik gaan nadenken over mijn sessies met Jack. Ik herinnerde me iets wat hij kort voor de vlucht had gezegd. Doden genieten geen vertrouwelijkheid. Ik heb mijn vriendin, Robin, gevraagd zijn dossier door te nemen en me de relevante papieren te faxen. Alstublieft.'

Twee gelinieerde blaadjes met een compact, schuin handschrift. Niet de duidelijkste fax. Moeilijk leesbaar.

Delaware zag hen turen. 'Mijn excuses, mijn handschrift is waardeloos. Zal ik het voor u samenvatten?'

Lamar zei: 'Dat zou fijn zijn.'

'Naarmate de vlucht dichterbij kwam, werd Jack angstiger. Dat was begrijpelijk en te verwachten. We verdubbelden onze spierontspanningsoefeningen, stelden de stimuli vast die zijn angst veroorzaakten – we pakten het op alle fronten aan. Ik dacht dat het goed ging, maar ongeveer een week geleden belde Jack me midden in de nacht op. Hij kon niet slapen, was onrustig. Ik stelde voor dat hij langskwam, maar hij zei dat hij wel tot de volgende ochtend zou wachten. Ik vroeg of hij het zeker wist, hij zei ja en beloofde om om negen uur te komen. Hij kwam om elf uur en zag er beroerd uit. Ik ging ervan uit dat het angst voor de vlucht was, maar hij zei dat hij andere dingen aan zijn hoofd had.

89

Ik heb hem toen aangemoedigd om over alles wat hem dwarszat te praten. Hij maakte er nog een grapje over. Zoiets als: "Mag dat? Ouderwetse psychologie in plaats van cognitieve hocus pocus?"'

Delaware ging op het bed zitten en legde zijn hand even op de gitaarkist. 'Dat was al vanaf het begin een probleem. Jack wilde beslist geen psychotherapie. Hij zei dat hij daar genoeg van had gehad tijdens zijn verblijf in verschillende afkickklinieken en dat hij zo langzamerhand moest kotsen van zijn eigen gezeik.'

'Was hij ergens bang voor?' vroeg Baker.

'Zijn we dat niet allemaal?' Delaware trok zijn jasje uit, vouwde het keurig op en legde het op bed. Veranderde toen van gedachten en hing het in de kast.

Hij ging weer zitten. 'Dat is natuurlijk altijd mogelijk. Maar ik geloof mensen op hun woord, tenzij ik zeker weet dat ik dat niet moet doen, en dus ging ik erin mee dat Jack het uitsluitend over vliegen wilde hebben. We hadden een deadline die naderde en als Jack niet in dat toestel stapte, zou ik hem nooit meer zien, dat wist ik zeker. Maar nu was hij van gedachten veranderd en hij wilde praten. Ik zal niet beweren dat wat hij zei van wezenlijk belang is voor jullie zaak, maar ik vond wel dat jullie het moesten weten.'

'Dat stellen we op prijs,' zei Baker, en hij stak uitnodigend een hand op.

'Jack wilde het over familie hebben,' zei Delaware. 'Dat verbaasde zelfs mij, want Jack was altijd een bijzonder doelgerichte patiënt geweest. Ik weet zeker dat de spanning voor de vlucht een vloed aan onaangename emoties bij hem losmaakte. Hij begon met zijn nare jeugd. Een vader die hem mishandelde, een moeder die hem verwaarloosde. Allebei artsen, eerbiedwaardige mensen aan de buitenkant, maar ernstige alcoholisten die van zijn leven een nachtmerrie maakten. Hij was enig kind en kreeg dus de volle laag. Zijn herinneringen waren zo traumatisch dat hij serieus had overwogen zich te laten steriliseren toen hij ergens in de twintig was, maar hij had het niet gedaan omdat hij, naar eigen zeggen, gewoon te lui en te stoned was geweest en er niets voor had gevoeld om er een knoop in te leggen voordat hij voldoende lol had gehad. Maar ik weet niet zeker of dat het was.

Ik denk dat hij deels erg verlangde naar die ouder-kindrelatie, want hij werd altijd bijzonder somber als hij vertelde dat hij zelf geen gezin had. En toen vertelde hij iets waar hij een glimlach van op zijn gezicht kreeg: dat hij een kind had bij een actrice die lesbisch was en hem had uitgezocht omdat ze zijn muziek bewonderde.'

'Melinda Raven,' zei Lamar.

'Dat weet u dus.'

'Dat is dan ook het enige wat we weten. Haar naam.'

'Het verhaal dat zij in de media liet circuleren was dat het om spermadonatie ging,' zei Delaware. 'De waarheid was dat Jack en zij vreeën. Meerdere keren, totdat ze zwanger was. Ze kreeg een jongetje. Jack was verder niet betrokken bij zijn leven.'

'Waarom niet?'

'Hij beweerde dat het angst was,' zei Delaware. 'Bang dat hij de jongen zou verpesten. Ik weet dat Jack het imago van een ouwe rocker had, voor niets en niemand bang. En hij had tijdens het begin van zijn carrière inderdaad een aantal absurde risico's genomen, maar die waren gevoed door drugs. Vanbinnen was hij een zeer angstig man. Hij werd geleid door angst. Toen hij over Owen begon, keek hij trots. Maar toen hij vertelde dat Owen geen deel uitmaakte van zijn leven, stortte hij in. Vervolgens begon hij een lange klaagzang over alle kinderen die hij mogelijk had verwekt. Alle groupies, vluggertjes, jaren van willekeurig overspel. Hij maakte er een grapje over: "Ik ben vrijgezel, dus geen kinderen. Niet veel, in elk geval." En toen begon hij weer te huilen. Hij vroeg zich af hoe het leven had kunnen zijn. Stelde zichzelf voor als een oude man aan het eind van zijn leven.'

'Je zou toch verwachten dat sommige van die vrouwen dan wel een vaderschapsactie zouden hebben gestart, gezien al zijn geld,' zei Lamar.

'Precies, dat zei ik hem dus ook. Hij zei dat een paar het geprobeerd hadden, maar dat die vrouwen leugenaars waren gebleken. Wat hem zorgen baarde waren de eerlijke vrouwen die te aardig waren om van hem te profiteren. Of vrouwen die het gewoon niet wisten. Zijn woorden waren: "Het heeft in mijn tijd sperma geregend, dat moet toch ergens zijn ontkiemd".'

'Waarom zouden die vrouwen het niet weten?'

Delaware haalde zijn vingers door zijn haar. 'Op het hoogte-punt van Jacks carrière bevond hij zich in een waas van seks, or-giën, alles wat je je maar kunt voorstellen.'

'Hij feestte tot hij erbij neerviel en nu maakt hij zich zorgen om kinderen die hij al of niet heeft?' zei Baker.

'Hij was een oude man,' zei de psycholoog. 'Het naderen van de eigen sterfelijkheid kan een mens naar binnen doen keren.'

Dat had Sheralyn ook over Tristan gezegd.

Vader en zoon...

Delaware zei: 'Wat ik wil zeggen is dat het onderwerp van fa-milie – het niet hebben van familie – steeds meer in zijn gedach-ten was naarmate de reis dichterbij kwam. En nog iets anders wat hij me vertelde – iets wat ik op het moment zelf niet zo be-langrijk vond – waardoor ik me afvraag of de hele reis niet om familie ging.'

Lamar verborg zijn enthousiasme. 'Het verhaal ging dat hij hier vanwege het benefietconcert in The Songbird was.'

'Ja, dat klopt, maar u weet hoe dat gaat met mensen als ik, hè?' Hij glimlachte even. 'Altijd op zoek naar de diepere beteke-nis.'

'Wat vertelde hij u dan?'

'De dag nadat hij zijn hart had uitgestort, kwam hij opgewekt bij me langs. Zijn rug was rechter, hij liep zelfverzekerder, keek helder uit zijn ogen. Ik zei dat hij eruitzag als een man met een missie. Daar moest hij om lachen en hij zei dat ik helemaal ge-lijk had. Hij was klaar om te vliegen, klaar voor alles wat God of Odin of Allah of wie er dan ook de dienst uitmaakte op zijn pad zou brengen. "Ga mijn longen uit mijn lijf zingen, ga mijn kinderen terugwinnen." Dat is het stuk dat ik de eerste keer dat ik met u sprak over het hoofd heb gezien. "Mijn kinderen." Ik dacht dat hij het over zijn muziek, zijn fans had. Jack maakte al-tijd geintjes, dat was zijn stijl. Hij deed altijd luchtig over de din-gen waar hij bang voor was, totdat hij er volledig door werd overweldigd.'

'Zijn kinderen terugwinnen,' zei Baker. 'Een vaderschaps-kwestie?'

'De dag ervoor had hij het over niets anders. Ik had de link moeten leggen.'

'En waarom denkt u dat het relevant is?'

'Ik ben geen expert als het om moord gaat,' zei Delaware. 'Maar ik heb een aantal plaatsen delict gezien. In de krant stond dat Jack was neergestoken en een mes kan een erg intiem wapen zijn. Je moet heel dichtbij komen als je een mes gebruikt. Als u me zegt dat Jack is beroofd, dan gaat mijn theorie niet op, maar als dat niet zo is, zal ik me toch blijven afvragen of hij niet door een bekende is neergestoken. Gezien zijn opmerking over kinderen en zijn zelfverzekerde houding toen we weggingen, vraag ik me nu ook af of hij Nashville niet heel bewust had gekozen – dat hij dát benefietconcert had uitgekozen, terwijl er zoveel andere zijn – omdat hij hier om een persoonlijke reden wilde zijn. En dat die reden zijn dood is geweest.'

Beide rechercheurs waren stil.

Delaware zei: 'Als ik uw tijd heb verspild, dan spijt me dat. Het zou me niet lekker hebben gezeten als ik het u niet had verteld.'

Baker zei: 'Dat stellen we op prijs.' Hij leunde naar voren en pakte de fax. 'Kent u een zekere Cathy Poulson?'

'Sorry, nee.'

'Ook niet nieuwsgierig waarom ik het vraag?'

'Ik heb geleerd mijn nieuwsgierigheid te temperen. Maar goed, wie is dat?'

'Een oude vriendin van Jack. Uit zijn tijd in L.A., zo'n dertig jaar geleden.'

'Dertig jaar geleden was ik een kind in Missouri.'

'Het punt is,' zei Lamar, 'dat ze negentienenhalf jaar geleden ook met hem omging.'

Delaware keek hen onderzoekend aan. 'Dat is een wel heel duidelijk tijdsbestek. U weet dit omdat het werd gekenmerkt door een specifieke gebeurtenis.'

Baker keek naar Lamar. Lamar knikte.

'Een gezegende gebeurtenis,' zei Baker.

'Nog een kind,' zei de psycholoog. 'Een van de vrouwen waar Jack over piekerde. Woont ze hier?'

'Ja. Maar we willen u vragen om dit voorlopig voor u te houden. Ook al genieten de doden geen vertrouwelijkheid.'

'Natuurlijk. Een jongen of een meisje?'

'Een jongen.' Ze lieten hem de foto van Tristan zien.

Hij zei: 'Jemig, hij lijkt precies op een jonge Jack.'

'Hij schrijft liedjes,' zei Lamar. 'Althans, dat denkt hij.'

Delaware zei: 'Dus een reünie zou misschien ook een auditie kunnen zijn geweest?'

'Maar dan geen goeie.' Baker trok een opgevouwen fotokopie van het lied uit zijn notitieboekje.

Delaware las de songtekst. 'Ik begrijp wat u bedoelt. Had Jack dit bij zich?'

'Het lag op zijn kamer. Hoe zou Jack op zoiets reageren?'

Delaware dacht na. 'Moeilijk te zeggen. Ik denk dat het afhangt van zijn stemming op dat moment.'

'Hoe bedoelt u?'

'Zoals ik al zei, kon Jack nogal wispelturig zijn.'

'U bent niet de enige die dat heeft gezegd,' antwoordde Baker. 'Misschien had hij zelfs een lichte persoonlijkheidsstoornis. Zijn vriendelijkheid kon heel snel omslaan in valsheid. Tijdens de therapie heb ik zijn boze kant maar een paar keer gezien en dat viel wel mee. Ergernis, voornamelijk in het begin toen hij begon te twijfelen als ik te diep groef. Zoals ik u de eerste keer al heb verteld, was hij voornamelijk vriendelijk.'

'Toen hij eenmaal besloot dat hij u echt nodig had om die vlucht te maken, wist hij zich te gedragen.'

'Zou kunnen,' zei Delaware.

'Dus hij is nooit agressief geweest in uw bijzijn?'

'Nee, helemaal niet. Ik hoopte dat Jack emotioneel evenwichtiger zou worden als hij concrete resultaten zag – als hij zich kon voorstellen dat hij bij een vliegveld kwam zonder misselijk te worden. En zo is het ook gegaan. Op die ene nacht dat hij me belde na, heb ik hem voornamelijk van zijn charmante kant gezien.'

'Maar die andere kant verdween niet,' zei Lamar. 'Hij hielᵗ zich gewoon in.'

'Dat is mogelijk.'

'Dus als iemand hem op het verkeerde moment trof en hem een waardeloze tekst liet zien, zou hij gemeen kunnen worden.'

Delaware knikte.

Baker zei: 'Als je dat met een kind doet – een kind dat je nooit hebt erkend en net hebt ontmoet – dan zou het wel eens heel akelig kunnen worden.'

Delaware keek naar Tristans foto. 'Is hij uw eerste verdachte?'

'Hij zou het gedaan kunnen hebben, maar we hebben geen bewijsmateriaal.' Lamar glimlachte. 'Alleen psychologie.'

Baker zei: 'Eerst zullen we hem moeten vinden, dus we moeten maar weer eens aan het werk. Fijn dat u uw werk hebt gedaan, dokter. U mag nu naar huis. Als we u nog nodig hebben, dan bellen we wel.'

Delaware gaf de foto terug. 'Ik hoop dat hij het niet is.'

'Waarom?'

'Het is moeilijk als ze jong zijn.'

12

In de auto zei Lamar: 'Slimme vent.'

Baker zei: 'Dat zeiden ze in L.A. ook over hem.'

'Wat vond je van zijn theorie?'

'Ik krijg dat warme, wollige gevoel vanbinnen dat ik krijg als alle puzzelstukjes op zijn plaats beginnen te vallen.'

'Nu nog dat joch vinden.'

'Dat is het plan.'

Ze reden heen en weer door Sixteenth Avenue, probeerden daarna de aangrenzende straten op zoek naar een groene Kever of een grote, onbeholpen hippie met lang haar en een baard. Maar misschien had Tristan Poulson zijn gladgeschoren uiterlijk wel weer aangenomen.

Een paar mogelijke kandidaten bleken gewoon daklozen te zijn. Een van hen stond te bedelen en Lamar gaf hem een dollar.

'Vader Teresa,' zei Baker.

'Je moet geven om te krijgen. Waar nu naartoe?'

'Rijen maar.'

Een zoektocht door het centrum van de stad leverde niets op.

Baker zei: 'Rijkelui liegen met meer stijl.'

'Met andere woorden, hij zou ook in Kentucky kunnen zitten, ongeacht wat de dienstmeid zei.'

'Of in het gastenverblijf met de Kever in de garage. Heb je gezien dat ze er vijf hebben? Garages.'

'Nee,' zei Lamar. 'Eén ding is zeker, mammie heeft gelogen. Dat hele verhaal dat hij zo ver weg studeerde, dat ze hem zo miste... Dat was één groot dwaalspoor... net als het feit dat ze de foto's van de schoorsteenmantel had gehaald voordat we kwamen.'

'De schoorsteenmantel,' zei Baker, 'zou misschien ook iets anders kunnen betekenen. Misschien hebben er nooit foto's van hem op gestaan.'

'Waarom niet?'

'Er stonden er maar twee van de echtgenoot en in allebei stond zij er ook op en wel vooraan. De andere waren allemaal van haar alleen. Een heleboel.'

'Buitengewoon egocentrisch,' zei Lamar. 'Net als Sheralyn al zei.'

'Denk eens na, Lange. Haar kind sjeest, verandert zijn uiterlijk, wordt depressief. Plotseling zit hij behoorlijk in de nesten als moordverdachte. En wat doet zij? Zij gaat naar haar paarden.'

'Tenzij ze hem heeft meegenomen.'

'We hebben hoe dan ook geen grond voor een huiszoekingsbevel en ondertussen waden we door een moeras van leugens.'

'Waarom wilde ze Jack werkelijk spreken, denk je?'

'Misschien om hem te waarschuwen dat hij uit de buurt van het kind moest blijven?'

'Zeggen dat hij geen slechte invloed op hem mocht hebben,' zei Lamar. 'Of misschien was het gewoon zoals ze zei. Jack begon te verlangen naar het vaderschap en wilde zijn kind en de moeder van zijn kind zien. Een soort familiereünie, maar zij wilde er niets van weten. Als Jack niet wilde meewerken, had ze sowieso een reden om boos op hem te zijn.'

'Dat is waar, maar volgens Greta Barline hadden ze geen ruzie.'

'En Cathy wil dat we denken dat er niets aan de hand is en dat ze die avond gewoon is weggereden. Zelfs als dat waar is, wil dat nog niet zeggen dat ze niet vervolgens een rondje heeft gereden en Jack achterna is gegaan toen die de duisternis inliep.'

'Om vervolgens zijn keel door te snijden?' vroeg Baker. 'Denk je dat een keurige, welopgevoede rijke dame zich daartoe zou verlagen?' Een bittere glimlach.

'Ik denk eerder dat het de jongen was, B. Groot genoeg om het voor elkaar te krijgen.'

'We hadden iemand in gedachten die kleiner was dan Jack.'

Lamar gaf geen antwoord.

Baker wreef over zijn hoofd. 'Een moeras van leugens.'

'Voel je nou niet persoonlijk gekwetst. Dit hoort bij het werk. Je hoorde het, zelfs psychologen hebben er last van.'

Baker keek op zijn horloge. Het was bijna één uur 's nachts en ze stonden met lege handen. Hij belde het hoofdbureau om te controleren of het opsporingsbevel voor Tristan en zijn auto nog steeds van kracht was. Toen hij ophing zei hij: 'Hoe groot is de kans dat Belle Meade ons wil helpen bij het surveilleren bij het huis?'

'Ha,' zei Lamar, 'hoe groot is de kans dat ze ons niet bekeuren als we het zelf doen?'

Het was geen spontane actie om inspecteur Jones om 1.42 uur wakker te bellen zonder eerst contact op te nemen met Fondebernardi. Ze waren het er allebei over eens.

'Ik vind dat we het moeten doen,' zei Lamar. 'Waarom zouden we het risico lopen dat er twee mensen boos op ons zijn?'

Baker zei: 'Mee eens.' Hij belde. Het was een kort gesprek.

'Ze deed totaal niet moeilijk, Lange, zo te horen was ze nog wakker. Zij gaat de hoofdcommissaris van Belle Meade bellen. Misschien is hij ook een nachtbraker.'

Even later belde Jones terug: 'Hoofdcommissaris Bobby Joe Fortune heeft beloofd om met regelmatige tussenpozen een agent in uniform langs het huis van Poulson te laten gaan. Morgenochtend zal hij de enige misdaadonderzoeker van zijn bureau op de hoogte brengen. Wes Sims, die heeft nog als rechercheur in Nashville gewerkt. Ik ken Wes, dat is een goeie.'

Lamar en Baker mochten dus zelf niet surveilleren.

'Ach, man,' zei Lamar.

'Bobby Joe heeft wel gelijk,' zei Shirley Jones. 'In zo'n rustige straat vallen jullie alleen maar op.'

'En een agent die daar regelmatig langsloopt niet?' vroeg Baker.

De inspecteur zei: 'Dat doen ze toch al.'

'Met andere woorden, ze doen niets extra's voor ons.'

'Baker,' zei Jones, 'dit is de aarde, niet Mars. Vertel me nu maar eens waarom jullie die rijkeluisjongen zo graag willen hebben.'

Baker gaf hieraan gehoor. Toen hij was uitgesproken zei de inspecteur: 'Ik ben het met jullie eens, goed werk. Ik zal ervoor zorgen dat de agenten in uniform hier op straat wel hun best doen. Laten we nu maar gaan slapen, dan zijn we morgenochtend zo fris als een hoentje om weer een dag te beschermen en te dienen.'

13

De slaap was van korte duur. Om vier uur 's morgens belde het hoofdbureau om Baker te melden dat Tristan Poulson door een plaatselijke patrouillewagen was gesignaleerd en dat hij voor ondervraging naar het hoofdbureau was gebracht.

'De politie van Nashville?'

'We hadden mazzel, meneer.'

Tristan had ongewapend langs de rivier gelopen en had geen weerstand geboden. De Volkswagen had open en bloot bij een pakhuis gestaan. Baker wekte Lamar en met zijn tweeën reden ze naar hun werk, waar ze in de verhoorkamer op hun verdachte wachtten.

Tristan werd ongeboeid door een agente binnengebracht. Er was geen reden om hem te boeien, hij was niet gearresteerd en had geen tekenen van geweld getoond.

Lamar dacht: Mazzel dat zijn moeder de stad uit is. Er is geen advocaat gebeld en aangezien het joch negentien is, zijn we wettelijk niet verplicht om haar te bellen. De connectie met Belle Meade zal de situatie er waarschijnlijk alleen maar lastiger op maken, maar laten we eerst maar eens kijken of hier iets uitkomt.

Tristan was niet keurig verzorgd, maar hij was ook geen groezelige hippie. Zijn blonde haar was lang, maar gewassen en gekamd. Zijn baard was teruggeknipt tot een sik. Hij droeg een zwart Nike T-shirt, een wijde blauwe spijkerbroek en witte gympen. Hij had een klein gouden knopje in zijn oor. Zijn nagels waren schoon. Een knappe jongen, door de zon gebruind, en zo te zien behoorlijk gespierd. Fitter dan de foto's die Lamar van Jack Jeffries had gezien, maar de gelijkenis met Jack was niettemin opvallend.

De jongen weigerde oogcontact te maken. Ondanks het gespierde lijf en het fatsoenlijke uiterlijk was de depressie waar Sheralyn Carlson het over had gehad duidelijk zichtbaar. Hij liep voorovergebogen, schuifelde, staarde naar de grond met zijn armen slap langszij.

Hij ging in elkaar gezakt zitten en bestudeerde de vloertegels. Schone tegels; ze roken naar ontsmettingsmiddel. Wat je ook kon zeggen over Recherche Moordzaken, de schoonmaakploeg was eersteklas.

Lamar zei: 'Hoi, Tristan. Ik ben rechercheur Van Gundy en dit is rechercheur Southerby.'

Tristan zakte nog verder onderuit.

Baker zei: 'We snappen dat het moeilijk is, jongen.'

Er spetterde iets op de tegels. Een traan. En toen nog een. De jongen deed geen moeite om te stoppen met huilen of om zijn tranen weg te vegen. Ze lieten hem een tijdje huilen. Tristan bewoog niet en zei niets, hij zat daar maar als een lekkende robot.

Lamar deed een nieuwe poging. 'Je hebt het zwaar, Tristan.'

De jongen ging iets rechter op zitten. Hij haalde zwaar adem, blies uit en keek toen plotseling recht in Lamars ogen. 'Leeft uw vader nog?'

Lamar was even van zijn à propos. 'Goddank wel, Tristan.' Heel even vroeg hij zich af wat Baker zou hebben gezegd als Tristan het aan hem had gevraagd. Toen nam hij zijn rechercheurshouding weer aan en hoopte dat zijn antwoord en de daarop-volgende glimlach iets van wrok, jaloezie, wat dan ook zouden losmaken, zodat de jongen alles zou opbiechten en ze gauw klaar waren.

Toen Tristans blik weer naar de vloer gleed, zei Lamar: 'Mijn vader is een geweldige vent, nog heel gezond voor zijn leeftijd.'

Tristan keek weer op. Hij glimlachte flauwtjes alsof hij net goed nieuws had gekregen. 'Dat is fijn voor u. Mijn vader is dood en dat kan ik nog steeds niet begrijpen. Hij was dol op muziek. We zouden gaan samenwerken.'

'We hebben het over Jack Jeffries.' Een voor de hand liggen-de vraag die gesteld moest worden om de informatie duidelijk te houden.

'Jack was mijn echte vader,' zei Tristan. 'Biologisch en spiri-tueel. Ik hield ook van Lloyd. Tot een paar jaar geleden dacht ik dat híj mijn echte vader was. Zelfs toen ik erachter kwam dat dat niet waar was, heb ik nooit iets tegen Lloyd gezegd, want Lloyd was een fijne vent die altijd goed voor me is geweest.'

'Hoe ben je erachter gekomen?'

Tristan klopte op zijn borst. 'Ik denk dat ik het altijd diep van-binnen heb geweten. De manier waarop mijn moeder het altijd over Jack had. Meer dan alleen de goeie ouwe tijd. En dat deed ze nooit waar papa bij was. Lloyd. En later lieten vrienden me wel eens foto's van Jack zien. Iedereen zei het.'

'Wat?'

'Dat we net klonen waren. Niet dat de doorsneemening iets betekent. Soms juist het tegenovergestelde. Ik wilde het niet echt geloven. Lloyd was aardig voor me. Maar...'

'Het bewijs was overweldigend,' zei Lamar.

Tristan knikte. 'En... het bevestigde dingen die ik altijd had gevoeld.' Weer sloeg hij tegen zijn borst. 'Diep vanbinnen. Lloyd was een goeie man, maar – geen gemaar, hij was een goeie, goeie man. Hij is ook dood.'

'Je hebt veel verlies te verwerken gehad, jongen,' zei Baker.

'Het is alsof alles naar binnen explodeerde,' zei Tristan. 'Im-plodeerde moet ik eigenlijk zeggen. Implosie.'

Hij sprak het woord uit alsof hij het probeerde te spellen.

'Implosie,' zei Baker.

'Het was... alles!' Tristan keek weer op. Keek naar de rechercheurs. 'Daarom schoot dat door mijn gedachten.'

'Wat precies, jongen?'

'Om erin te springen.'

'In de Cumberland?'

Weer een flauwe glimlach. 'Net als dat oude folknummer.'

'Welke?'

'"Goodnight Irene".'

'Goed nummer. Van Leadbelly,' zei Baker, en Lamar kreeg bijna een stijve nek, zo moest hij zijn best doen om niet direct naar zijn partner te kijken.

De jongen gaf geen antwoord.

Baker zei: 'Ja, dat is een steengoed oud nummer. Zoals de tekst je raakt, alsof het geen deel uitmaakt van de rest van het nummer en dan opeens *boem*.'

Stilte.

Baker zei: 'Die ouwe Leadbelly had iemand vermoord, kwam in de gevangenis terecht en daar schreef hij dat nummer en ook...'

'"Midnight Special".'

'Je houdt van de oude nummers, jongen.'

'Ik hou van alles wat goed is.'

'Logisch,' zei Baker. 'Dus je implodeerde. Ik moet je zeggen, ik begrijp wel hoe iemand zich door omstandigheden zo zou kunnen voelen, en dan een paar stappen en...'

Tristan reageerde niet.

Baker zei: 'Dat heb je soms als je je schuldig voelt.'

'Of als je saaie leven gewoon klote is,' was Tristans weerwoord. Hij liet zijn hoofd zakken en duwde zijn handpalmen tegen zijn wangen.

Baker zei: 'Jongen, het is duidelijk dat jij niet dom bent, dus ik zal je niet beledigen met allerlei theorieën. Het feit is: biechten is goed voor de ziel.'

'Dat weet ik,' zei Tristan. 'Daarom heb ik het u verteld.'

'Wat verteld?'

'Dat ik erover dacht om het te doen. De rivier. Heeft mijn moeder u gestuurd? Helemaal uit Kentucky?'

'Waarom zou ze ons sturen?'

'Om me tegen te houden.'

Baker wreef over zijn kale hoofd. 'Je denkt dat we je hebben opgepakt wegens een poging tot zelfmoord?'

'Mama zei dat ze me zou laten arresteren als ik het nog een keer deed.'

'Nog een keer,' zei Lamar.

'Ik heb het twee keer eerder geprobeerd,' zei Tristan. 'Niet de rivier, pillen. Haar Prozac. Ik geloof niet dat ik het serieus meen-de... de eerste keer. Het was waarschijnlijk een... een roep om hulp, om maar eens een cliché te gebruiken.'

'De pillen van je moeder.'

'Haar tas lag open. Ik had geld nodig en ze vindt het prima als ik dat pak. De pillen lagen in een flesje boven op haar por-temonnee. Ik verlangde zo naar slaap, begrijpt u?'

'Wanneer was dat, jongen?'

'U noemt me steeds "jongen".' Tristan glimlachte. 'De politie van Nashville die op me past. Verbijsterend wat je met geld al niet kan kopen.'

'Denk je dat we dit voor je moeder doen?' vroeg Lamar.

Tristan grijnsde en ze zagen het verwende jochie in hem. 'Ze heeft er geld genoeg voor.'

'Tristan,' zei Baker, 'laat me even iets duidelijk maken. We zijn hier niet om op jou te passen of om te voorkomen dat je jezelf iets aandoet. Al zou het wel ontzettend stom zijn om in dat mod-derige water te springen. We hebben je moeder niet meer ge-sproken sinds we haar gisteren bij jullie thuis hebben onder-vraagd en zij gaf ons het idee dat je in Rhode Island was.'

Tristan staarde hem aan. 'Maar waarom dan?'

'Je wordt ondervraagd in verband met de moord op Jack Jef-fries.'

Tristans mond viel open. Hij ging rechtop zitten. 'Jullie den-ken... o, man dat is belachelijk, dat is echt psychotisch beláche-lijk.'

'Waarom?'

'Ik hield van Jack.'

'Je nieuwe vader.'

'Mijn altíjd vader, we waren...' zei Tristan. Hij schudde zijn hoofd. Schoon blond haar wapperde op en daalde weer neer.

'Wat waren jullie?'

'We waren bezig met elkaar te leren kennen. Ik bedoel, hij voelde het en bij mij begon het – de band. Maar we wisten allebei dat zoiets tijd nodig heeft. Daarom was hij naar Nashville gekomen.'

'Om een band met je op te bouwen.'

'Om me te ontmoeten.'

'Voor de eerste keer?' vroeg Lamar.

Hij knikte.

'Hebben jullie elkaar gezien?'

'Nee.'

'Wanneer heb je hem dan jouw songtekst gegeven, die van "Music City Breakdown"?'

'Die had ik hem toegestuurd. 502 Beverly Crest Ridge, Beverly Hills 90210.'

'Hoe lang geleden?'

'Een maand. Ik had hem een heel stel songteksten gestuurd.'

'En daarvoor? Hadden jullie elkaar al eerder geschreven?'

'Per e-mail. We e-mailden al zes maanden; dat kunt u controleren, ik heb alles van ons op de computer bewaard.'

'Waarom stuurde je hem "Breakdown" dan per post?'

'Ik wilde dat hij iets had... iets tastbaars. Het zat in een schrijfblok dat ik hem had opgestuurd, al mijn teksten. Jack vond er vier mooi, de rest was te vormeloos, zei hij – die woorden gebruikte hij. Maar die vier nummers hadden mogelijkheden als ze "volwassen werden". Hij zei dat hij me zou helpen om ze volwassen te maken. Hij zei dat we ons moesten concentreren op "Breakdown" omdat het de beste was, ook al moest er nog wel aan gewerkt worden. En als het dan... Ik dacht erover om naar L.A. te verhuizen, een cursus creatief schrijven te gaan volgen aan de universiteit of zo.'

'Jij en Jack waren plannen aan het maken.'

Het bleef lang stil. Toen schudde Tristan zijn hoofd. 'Jack wist dat niet. We waren alleen bezig met "Breakdown".'

'Om het volwassen te maken.'

'Dat zouden we vóór het concert doen – hij zou optreden tijdens een concert in The Songbird. Als het lukte zou hij het daar zingen en me dan op het podium uitnodigen en me voorstellen als de schrijver. En misschien wel meer.'

'Als zijn zoon.'

Een langzame, gekwelde knik. 'Nu heeft ze het allemaal verpest.'

'Wie?' vroeg Baker.

Stilte.

'Geen ideeën, jongen?'

'Sorry, hoor,' zei de Tristan, 'maar ik voel me alleen maar ellendiger door dat vaderlijke "jongen" van u.'

'Mijn excuses,' zei Baker. 'Wie heeft het voor je verpest?'

Geen antwoord.

Baker zei: 'Je bedoelt...'

'Mama.'

'Denk je dat zij Jack heeft vermoord?'

'Ik denk niet dat ze hem zelf heeft neergestoken, veel te rommelig.'

'Wat dan?'

'Dat ze iemand heeft ingehuurd. Een of ander stuk tuig uit Lexington; er werken allerlei lieden op de stoeterij. Ik haat het daar.'

'Hou je niet van paarden?'

'Ik hou niet van paardenstront en al het racisme dat daar heerst.'

'Een of ander stuk tuig uit Lexington,' zei Baker. 'Waarom zou je moeder Jack hebben willen vermoorden?'

'Om te voorkomen dat ik zijn wereld inging. Zo noemde ze het – zíjn wereld, alsof het de onderwereld was, een of andere helse, diepe duistere zonde. Terwijl ze al die jaren liep op te scheppen over het feit dat ze Jack kende, dat ze met al die rocklegendes omging.'

'Maar niet waar Lloyd bij was.'

'Soms, als ze te veel had gedronken.'

'Vond hij dat vervelend?'

'Dan glimlachte hij en las hij zijn krantje.'

'Een ontspannen type,' zei Lamar.

'En hij had zo zijn eigen vriendinnen,' zei Tristan.

Zijn glimlach was mat. 'Het was een vrij milieu, als je het zo mag noemen. Totdat ik mijn éígen vorm van vrijheid wilde. Toen was mama niet blij.'

'De muziek,' zei Lamar.

'Dat noemt zij het minste van het minste.'

Lamar onderdrukte weer een neiging om naar Baker te kijken. 'Denk je echt dat ze in staat is om een man te vermoorden zodat hij geen slechte invloed op jou kan zijn?'

'Ze is wel naar hem toe gegaan om hem te waarschuwen,' zei Tristan.

'Wanneer?'

'De avond dat hij naar Nashville kwam. Tenminste, ze zei dat ze dat ging doen. Ze reed zo naar de plek waar ik met hem had afgesproken, zei dat ik daar niet naartoe mocht, dat ik weg moest blijven tenzij ik getuige wilde zijn van een vreselijke scène.'

'Waar is daar?'

'De plek waar Jack zou zijn. Ergens aan First waar geen andere clubs zijn.'

'The T House.'

'Ja.'

'Jij had daar met Jack afgesproken.'

'Ja. Hij belde me die avond, zei dat hij daarnaartoe ging en dat ik de extra coupletten voor "Breakdown" mee moest nemen zodat hij die kon bekijken. Daarna zou ik hem terugbrengen naar zijn hotel en zouden we de hele nacht doorwerken, zodat het klaar zou zijn voor het concert.'

'Maar je moeder verbood het en dus ben je niet gegaan.'

'Ik heb Jack gebeld en gevraagd wat ik moest doen. Hij zei dat ik me gedeisd moest houden, dat hij haar wel zou kalmeren en dat we elkaar daarna konden treffen.'

'Wat vond je daarvan?'

'Ik was hartstikke kwaad, maar Jack beloofde dat we elkaar ruim voor het concert zouden zien.'

'Het concert was belangrijk.'

'Hij zou me op het podium uitnodigen.'

'Waar ben je wel naartoe gegaan in plaats van The T House?'

'Nergens,' zei de jongen. 'Ik ben thuis gebleven en heb aan "Breakdown" gewerkt. Ik ben om een uur of drie, vier aan mijn bureau in slaap gevallen, ik weet het niet precies. Toen ben ik opgestaan en heb ik nog wat gewerkt. Kijk maar in mijn computer, want als ik iets schrijf hou ik dat bij.'

'Waarom?'

'Om het te bewaren. Ik bewaar alle versies van wat ik schrijf. U kunt mijn computer zo hebben, als u het wilt bewijzen. Hij ligt op de achterbank van de auto.'

'Je wilt wel erg graag dat we je computer bekijken.'

'Alles over mij staat op de harde schijf.'

Lamar zei: 'Als we zien dat je computer op een bepaalde tijd is gebruikt, zegt dat nog niet wie hem heeft gebruikt.'

De jongen keek nijdig. 'Nou, ik was het – vraag maar aan Amelia, onze dienstmeid. Ik was de hele nacht thuis en ben niet weg geweest.'

'Hoe ben je bij de rivier terechtgekomen?'

'Daar ben ik naartoe gegaan nadat ik had gehoord wat er was gebeurd.' Tristans oogleden zwollen op alsof hij allergisch was voor de herinnering. 'Het was alsof een grote hand me vanbinnen kapotrukte.' Hij duwde zijn vuist tegen zijn maag.

'Hoe laat?'

'Zeven uur, negen uur, 's middags, ik heb geen idee. Ik reed als in een droom.'

'Waar?'

'Over de snelweg heen en weer, overal.'

'Welke snelweg?'

'De I-40.'

'Heeft iemand je gezien?'

'Nee, er stonden alleen maar bomen – ik ben naar de oude gevangenis gereden in het westen, waar ze wel eens films opnemen. Er liepen mannen in wit met blauw gestreepte broeken. Het zullen wel licht beveiligde gevangenen zijn die daar altijd rondlopen, schoonmaken.'

'Zo te horen kom je daar wel vaak.'

'Het is er stil,' zei Tristan. 'Dan kan ik beter nadenken. Daar ben ik die ochtend naartoe gegaan. Boven op de heuvel geparkeerd en uitgekeken over die vieze grijze muren en een van hen zag me. Hij had een hark, was bladeren bijeen aan het harken. Hij zag me en zwaaide. Ik zwaaide terug. Ik heb daar nog een tijdje gezeten, ben toen teruggereden naar de stad, heb de auto bij de rivier gezet, in een leegstaand gebouw gezet en... daar zat ik toen die politieagenten me vonden.'

'Na te denken over zelfmoord.'

'Ik had het waarschijnlijk toch niet gedaan.'

'Waarschijnlijk?'

'Dat zou toch erg egoïstisch zijn? Net als zij.'

'Je moeder.'

'Ze had een hekel aan Jack,' zei de jongen. 'Dat zei ze toen ze stond te krijsen dat ik absoluut niet naar hem toe mocht, omdat ze anders een scène zou schoppen.'

'Waarom had ze zo'n hekel aan hem?'

'Omdat hij haar destijds in de steek liet en omdat hij vervolgens terugkwam toen ze dat niet wilde.'

'Ze was met Lloyd getrouwd toen ze zwanger werd van jou.'

'Maar het ging toen niet zo goed tussen hen,' zei de jongen. 'Althans, dat heeft ze me verteld. Ze verveelde zich, dacht erover om bij Lloyd weg te gaan. Mijn moeder was vroeger Jacks grootste fan en groupie, ze deed alsof het meer was, maar volgens mij was dat niet zo. Toen dumpte hij haar en zagen ze elkaar heel lang niet. Op een gegeven moment was ze bij een vriendin in L.A. op bezoek en zocht hem op. Ze waren een paar dagen samen. Toen ze ontdekte dat ze zwanger was, belde ze hem op, maar hij nam niet op. Dus is ze teruggegaan naar Lloyd en is ze Jack verder vergeten.'

'En nu kwam hij terug,' zei Baker. 'En was hij een slechte invloed voor jou. Denk je echt dat ze hem daarom heeft vermoord?'

'U kent haar niet. Als ze iets in haar hoofd heeft, laat ze zich door niemand daarvan afbrengen. Er werken allerlei types op de stoeterij. Een boel tuig.' Tristans gezicht was iets levendiger geworden. 'U gelooft me niet omdat ze rijk en ontwikkeld is.'

'Tja,' zei Baker. 'Als we nu bewijsmateriaal hadden.'

'Als zij het niet gedaan heeft, wie dan wel?'

Baker leunde achterover en vouwde zijn handen achter zijn hoofd. 'Het toeval wil, jongen, dat we aan jou hebben zitten denken.'

De jongen schoot overeind. Een grote vent, met al die spieren. Zijn kaak was gespannen en zijn vuisten gebald. 'Ik héb het toch al gezegd! Dat is goddomme gestóórd! Jack ontmoeten was het gaafste wat me ooit is overkomen! Ik zou naar L.A. gaan!'

'Jouw plannen, niet de zijne.'

'Hij zou dat ook hebben gewild!'

De rechercheurs bleven zitten. Tristan staarde boos op hen neer.

Lamar zei: 'Ga zitten, jongen.'

'Nóém me niet de hele tijd zo!'

Lamar hees zijn lange lijf uit de stoel en ging rechtop staan. Tristan was niet gewend om tegen iemand op te kijken. Hij kromp ineen.

'Ga alsjeblieft zitten, Tristan.'

De jongen gehoorzaamde. 'Ben ik echt een verdachte?'

'Je bent op dit moment een persoon die we in de gaten houden.'

'Dat is gestoord. Hartstikke gestoord. Waarom zou ik iemand vermoorden van wie ik hield?'

Baker zei: 'Misschien besloot hij dat hij jouw nummer toch niet wilde zingen.'

'Niet waar,' zei Tristan. 'Maar dan nog is het geen reden om iemand te vermoorden.'

'Mensen worden om allerlei redenen vermoord.'

'Niet door normale mensen – afijn, zo is het niet gegaan, hij vond mijn nummers mooi. Lees mijn e-mails maar, alles is positief, alles is goed – mijn laptop ligt op de achterbank van mijn auto. De accu is leeg, maar die kunt u opladen. Mijn wachtwoord is DDPOET, afkorting voor *Dead Poet*.'

'Dat zullen we doen,' zei Baker. 'Maar wat er ook in je e-mails staat, het betekent niet dat Jack niet van gedachten kan zijn veranderd en jouw song niet wilde zingen.'

Lamar zei: 'Mensen veranderen hun mening zo vaak. En Jack was erg wispelturig.'

'Tegenover mij was hij niet wispelturig,' zei Tristan. 'Ik was belangrijk voor hem. Niet zoals de anderen.'

'Welke anderen?'

'Al die ordinaire suffe vrouwen die beweerden dat ze een kind van hem hadden, die foto's van hun sukkelige kinderen stuurden. En spulletjes – liedjes, cd's waar hij nooit naar luisterde. Ik was de énige van wie hij zeker was. Want hij vond mijn nummers mooi en hij kon zich ook nog exact herinneren wanneer het was gebeurd.'

'Wanneer je bent verwekt?' vroeg Baker.

'Heeft hij je daarover verteld?' vroeg Lamar.

'Het staat in een van de e-mails – als u die ooit gaat lezen. Hij had zelfs een e-mailtje doorgestuurd dat zij hem vijf jaar geleden had gestuurd toen hij erover dacht om me op te zoeken. Ze zei dat ze Lloyd niet kwijt wilde en dat ik hem nooit zou accepteren omdat ik zo'n hechte band met Lloyd had. Dat hij weg moest blijven als hij haar en mij en alles wat ze samen met Lloyd had opgebouwd niet kapot wilde maken. En daar stemde hij mee in. Voor míj. Het staat er allemaal. En hij heeft hem jarenlang bewaard.'

Lamar zei: 'Je moeder wilde Lloyd niet kwijt.'

Het joch grijnsde weer. 'Ze wilde niet kwijt wat hij haar kon geven.'

'Jack had ook geld,' zei Baker.

'Niet zoveel als Lloyd. Geld is altijd haar eerste en enige liefde geweest.'

'Je hebt sterke gevoelens voor je moeder.'

'Ik hou van haar,' zei Tristan, 'maar ik weet wat ze is. U moet met haar gaan praten. Ik zal haar nummer in Kentucky geven. Ik weet dat ze daar is, ook al heeft ze mij niet gezegd dat ze daarnaartoe ging.'

'Hoe weet je dat dan?'

'Ze gaat altijd naar haar paarden als ze genoeg van me heeft. Paarden zeggen niets terug en als je tijd in ze investeert, kun je ze uiteindelijk temmen.'

Ze haalden een IBM Thinkpad van de achterbank van de VW, startten hem op en bekeken een uurlang Tristans ontvangen en verstuurde mail. Een technicus maakte een scan van de internetgeschiedenis van de jongen.

'Dat is raar,' zei de technicus.

'Wat?'

'Alleen maar muziek – allemaal downloads, artikelen. Helemaal geen porno. Dit moet voor het eerst in de geschiedenis van het internettijdperk zijn dat een tiener zijn laptop niet als opblaaspop gebruikt.'

Lamar grinnikte. 'Het is wel weer duidelijk wat jij 's avonds doet, Wally.'

'Het houdt me van de straat en ik hoef mijn tanden niet eerst te poetsen.'

De e-mailwisseling tussen Jack Jeffries en Tristan bevestigde het verhaal van de jongen. Er was correspondentie van ten minste een halfjaar die begon met aanvankelijke gereserveerdheid aan beide kanten en overging naar vriendelijkheid, warmte en uitingen van liefde tussen vader en zoon.

Geen geflikflooi, niets seksueels. De brieven zouden instructiemateriaal voor communicatie van Dr. Phil kunnen zijn of van die andere predikende televisiedokters.

Jack Jeffries prees de songteksten van zijn zoon, maar was niet overdreven uitbundig. Kritiek op de mindere nummers was tactvol maar eerlijk, en Tristan reageerde op elk commentaar met makke dankbaarheid.

Niets wees erop dat Jack van gedachten was veranderd over 'Music City Breakdown'.

Baker en Lamar zaten een uur lang aan de telefoon met de nieuwe hightech gevangenis om de namen te achterhalen van de mensen die het oude gevangenisterrein verzorgden. Twee gevangenen konden zich nog herinneren dat ze vlak voor de waterpauze de groene vw op de heuvel hadden zien staan, en eentje wist nog dat hij had gezwaaid naar iemand die naast de auto had gestaan.

Geen van beide was een waterdicht alibi; de moord had daarvoor plaatsgevonden toen Tristan Poulson naar eigen zeggen aan zijn nummer had gewerkt, had geslapen en over het internet had gesurft. Ongetwijfeld zou de meid, Amelia, dat bevestigen.

Zelfs zonder bevestiging begonnen de rechercheurs te twijfelen of ze Tristan nog langer als hoofdverdachte moesten zien. De jongen had tijd genoeg gehad om een fatsoenlijk alibi te verzinnen, maar had dat niet gedaan. Tristans houding was open geweest, ondanks alles wat hij had meegemaakt. Als een van beide mannen het had willen toegeven zouden ze het 'ontroerend' hebben genoemd.

En voor zover de rechercheurs konden nagaan had de jongen niet gelogen.

In tegenstelling tot zijn moeder.

Baker en Lamar waren het erover eens dat Tristans theorie over zijn moeder intrigerend was.

Herhaalde telefoontjes naar Al Sus Jahara Arabian Farms leverden alleen een kort, bijna bot bericht op het antwoordapparaat op.

Lamar zocht de stoeterij op via Google. Die bestond uit meer dan vierhonderd hectare glooiende heuvels, grote bomen en prachtige paarden. Kampioensstambomen, grote vooroorlogse landhuizen, omheinde weiden, stallen, fokprogramma's, cryogene spermaopslag, alles. Bij zo'n luxe onderneming zou je toch verwachten dat je een mens aan de lijn zou krijgen, geen machine.

Tenzij iemand zich schuilhield.

Aan het eind van de dag, nadat ze de situatie met Fondebernardi en Jones hadden besproken, besloten ze dat Cathy Poulson een 'serieuze verdachte' was geworden, maar het was niet makkelijk om bewijsmateriaal tegen haar te verzamelen.

Voordat ze in de sociale kringen van Belle Meade gingen spitten, besloten ze om opnieuw contact op te nemen met een ooggetuige – min of meer. Iemand die Cathy en Jack had gezien kort voordat Jacks keel was doorgesneden.

14

Het Happy Night Motel zag er niet veel beter uit dan in zijn bordeeltijd. Grijs pleisterwerk dat losliet met daaronder kippengaas. De groene houten rand was helemaal vergeeld. Op de geasfalteerde parkeerplaats vol met barsten stonden een paar grote vrachtwagens, een smerige pick-up en een gedeukte Celica.

De nachtportier was een oude man met een verfrommeld gezicht die Gary Beame heette. Wild wit haar, een overhemd vol vetvlekken, een kunstgebit dat niet paste, vochtige ogen die overal naartoe flitsten. Misschien een uit de goot gekropen dakloze die door de eigenaars goedkoop was ingehuurd.

Hij herkende de rechercheurs direct en sprak op rasperige toon door een wolk van sigarettenrook. 'Goedenavond, agenten. We verhuren hier niet aan hoeren. Meneer Bikram is een keurige zakenman.'

Het klonk als een geoefende speech.

'Gefeliciteerd,' zei Baker. 'Welke kamer is van Greta Barline?'

Beames gezicht betrok. Hij rukte de sigaret uit zijn mond, morste as op de *Star* die op de toonbank openlag. 'Dat kleine... Ik wist wel dat ze meneer Bikram in de problemen zou brengen.' Hij krabde aan zijn ingevallen mondhoek, tuurde ergens naar en gooide iets weg. 'Die smerige hoererij en vervolgens boort ze meneer Bikram een week huur door de neus.'

Lamar zei: 'Ze hing hier de hoer uit?'

'Niet zoals u denkt,' zei Beame. 'Ze plukte ze niet van de straat in een kort topje en hotpants.'

'Niet zoals de goeie ouwe tijd.'

'Dat zou ik niet weten,' loog Beame.

'Hoe dan? Ze zat hier en de klanten kwamen naar haar toe?'

'Wie?'

'De hoerenlopers?'

'Ik heb nooit iemand naar binnen zien glippen,' zei Beame, die zijn leugens steeds leuker begon te vinden. 'In elk geval niet op gezette tijden. Ik zit hier alleen, dus ik kan niet alles in de gaten houden.'

'Hoe weet je dan dat ze hier een peeskamertje had?'

Beame hijgde dwangmatig en ging met zijn kaken op en neer terwijl hij een antwoord bedacht. 'Ik kwam erachter toen er een gezin in de kamer ernaast zat. Toeristen uit Missouri of zo. De moeder belde me op en klaagde over drie verschillende mannen in een nacht. Het lawaai ging dwars door de muur heen. Het was al erg genoeg dat zij het moesten horen, maar ze hadden ook nog kinderen.'

'Wat hebt u eraan gedaan?' vroeg Lamar.

'Wat kon ik?' zei Beame. 'Ik heb mijn verantwoordelijkheden hier. Dus heb ik meneer Bikram gebeld. Maar die zat in Calcutta, India. Daar komt hij vandaan. Volgens mevrouw Bikram zou hij over drie dagen thuiskomen en dan zou hij het wel regelen. De eerstvolgende keer dat ik Barline hier zag, heb ik geprobeerd met haar te praten. Had die kleine hoer toch het lef om me gewoon te negeren! Toen meneer Bikram terug was, heb ik hem alles verteld en hij is regelrecht naar haar kamer gegaan. Maar ze had haar boeltje al gepakt en was gevlogen. Toen bleek dat ze een valse postwissel had gegeven. Die vuile hoer hoort nog een week huur te betalen. Als u haar vindt, moet u me dat maar zeggen. Of u kunt meneer Bikram zelf bellen. Dit is zijn kaartje.'

'Heeft de huishoudelijke dienst nooit iets over de prostitutie gezegd?'

'Welke dienst?' zei Beame. 'Er werkt hier overdag een Mexicaans echtpaar. Die lui spreken niet eens Engels.'

Ze vroegen of ze Greta Barlines kamer konden zien.

Beame zei: 'Sorry, dat gaat niet. Daar heb ik gasten zitten.'

'Nog meer keurige toeristen?' vroeg Lamar.

Geen reactie.

'Misschien één-uur-toeristen?' suggereerde Lamar.

'Hé,' zei Beame, 'ze betalen, dan stel ik geen vragen. Misschien zijn ze wel getrouwd. Als u die kleine hoer vindt, dan moet u meneer Bikram bellen.'

'Enig idee wáár we haar zouden kunnen vinden?'

Beame leek eindelijk serieus na te denken. 'Misschien weet ik iets. Ik heb haar een keer met iemand zien vertrekken. En dat was geen vrachtwagenchauffeur. Maatpak en stropdas, en hij reed in een Lexus. Zilverkleurig. Er hing een witte jas achterin. Als van een dokter.'

Op de parkeerplaats van het motel bladerden ze door hun aantekeningen op zoek naar de naam van de tandarts die de eigenaar van The T House was.

'Ik heb hem,' zei Lamar. 'McAfee. Woont in Brentwood.'

Baker zei: 'Als ze niet heeft gelogen.'

'Ze kan alles wel gelogen hebben. Een hoertje dat valse papieren uitschrijft, echt een lief meisje.' Lamar keek op. 'Misschien valt er toch iets te zeggen voor een kerkgaande levensstijl.'

'Dan weet je in elk geval waar de kinderen op woensdag en zondag zijn.' Baker wreef over zijn hoofd. 'Laten we maar eens een babbeltje maken met de tandarts en eens kijken van wat voor spelletjes Gret nog meer houdt.'

Volgens de Dienst Wegverkeer woonde Donald J. McAfee zes straten voorbij Carlsons witte moderne woning.

'Zeker typisch iets voor medici,' zei Baker, toen ze die kant op reden.

Het huis was een ranch met een dak van dakspanen die in een merkwaardige hoek omlaag liepen zodat het op een pagode leek. Een kleine stenen fontein aan de voorkant en de border met oosterse planten maakten het Aziatische beeld compleet.

McAfee had twee auto's op zijn naam staan, een zilverkleurige vierdeurs Lexus en een zwarte Lexus RX. Ze stonden er geen van beide, maar in de oprit stond wel een tien jaar oude rode Mustang. Hij was gedeukt en hing door, hij had roest op de bumpers en een barst in het zijraam.

Een kenteken uit Texas.

Lamar zei: 'Ja ja, dus Gret had geen auto. Waarom zou ze liegen om zichzelf armer te laten lijken dan ze is?'

'Om op ons gevoel in te spelen,' zei Baker.

'Maar waarom?'

'De kleine meid denkt dat ze kan zingen. Misschien houdt ze ook van acteren.'

Er scheen niet veel licht bij de rode deur. Ze klopten aan.

Er galmde een gong en Greta Barlines stem zong: 'Een ogenblikje.'

Toen de deur openzwaaide stond ze daar met haar lange blonde haar los in een piepklein kanten schortje, naaldhakken en verder niets. In de ene hand een garde en in de andere een spatel.

Er zijn maar weinig mensen die er naakt beter uitzien dan gekleed. Dit meisje was de uitzondering. Elke zichtbare centimeter van haar huid was glad en goudbruin en aantrekkelijk en wulps en allerlei andere goede bijvoeglijke naamwoorden. Ze was met een brede glimlach naar de deur gekomen en likte haar lippen. De glimlach stierf snel weg.

Baker zei: 'Onze excuses dat we de voorstelling verstoren, Gret.'

Het meisje sperde haar ogen en – het was niet te geloven maar haar roze tepeltjes werden hard en de tepelhof trok samen, of hoe je dat ook maar noemt.

Lamar zei: 'Is dit je werkkleding?'

Hij zou het nooit toegeven, maar hij was erg afgeleid door die tepels toen ze met de spatel op hem afkwam.

Ze wisten haar in bedwang te krijgen, maar dat kostte nog verrassend veel moeite. Zelfs geboeid, met haar gezicht op de met rode Aziatische zijde beklede bank bleef ze schoppen en schreeuwen – allemaal onzin over verkrachting.

Het interieur van het huis zag eruit alsof iemand elke toeristenval in Bangkok had leeggeplunderd. Lamar vond Greta's kleren in de slaapkamer – een grote ruimte met hoogpolig tapijt die werd gedomineerd door een enorme gipsen, met goudverf bespoten Boeddha. In een teakhouten dressoir was een la gevuld met bikini's, strings en slipjes zonder kruis. In een deel van de inloopkast hingen negligés, mouwloze topjes en t-shirts en drie spijkerbroeken van het merk Diesel, maat 32. Hopen make-up en andere damesproducten in de badkamer. Ze had er een bende van gemaakt met natte handdoeken en verfrommelde *National Enquirers* op de vloer.

Kennelijk woonde ze hier zo nu en dan als ze geen hoerenlopers vermaakte of karaoke uitgalmde.

Lamar koos de netste kleren die hij kon vinden – een geel t-shirt en een spijkerbroek – en nam ze mee naar de woonkamer. Misschien was het wel zo verstandig om er een vrouwelijke agent bij te roepen, maar ze hadden geen zin om nog langer te wachten met dit vloekende en tierende meisje dat schreeuwde dat ze verkracht werd.

De rechercheurs slaagden erin om haar de kleren aan te trekken, al kostte het wat zweetdruppels.

Toen bedacht Lamar: geen ondergoed. Alsof het haar iets uitmaakte.

Ze hesen haar overeind en hadden haar net iets te drinken gegeven, toen een grote man met een hoogrood gezicht in een uniform van een Domino's pizzakoerier verscheen. Zijn kleren waren een maat te klein en zagen er gewoon belachelijk uit voor een dikke grijze sukkel met een staalgerande bril.

In zijn trillende handen zat een pizzadoos geklemd.

'Meneer McAfee?'

De tandarts kreeg een wilde blik in zijn ogen alsof hij erover dacht te vluchten.

Baker zei: 'Slecht idee, gaat u hier maar zitten.' Hij pakte de doos, maakte hem open en vond een doosje geribbelde condooms, een spuitbus met slagroom en een paar enge grote kralen aan een touwtje.

'Nou, wat voedzaam,' zei Lamar.

De tandarts klemde zijn hand tegen zijn borst, maar toen dat niet werkte, liet hij een rij witte tanden zien en keek naar Greta. 'Ik ken haar niet, heb haar pas ontmoet, agenten. Ze stond erop om langs te komen. Het zou gewoon wat ouderwetse pret achter gesloten deuren van mijn eigen huis zijn.'

'Klootzak!' riep het meisje. 'Je zei dat ik de beste was!'

McAfees blik was vol medelijden.

Greta Barline kneep haar ogen samen. 'Ik vermoord je, klootzak. Ik rijt je open, net als hem.'

McAfee trok bleek weg. 'Ik moet geloof ik maar eens beter oppassen door wie ik me laat oppikken.'

Baker en Lamar sleepten het meisje weg. Toen ze bij de deur kwamen, stond McAfee daar nog steeds in zijn belachelijke uniform.

'Mag ik me verkleden?'

Baker zei: 'Ik zou het maar doen.'

15

'**H**ij verdiende het.'

Dezelfde verhoorkamer, dezelfde stoelen, een ander kind.

Lamar zei: 'Hij verdiende het omdat...'

'Omdat hij niets nakwam.'

'Wat moest hij nakomen?'

'Zijn verantwoordelijkheden.'

'Tegenover wie?'

'Al dat sperma dat hij maar liet stromen, alsof het rioolwater was.' De boeien waren van de smalle polsen van het meisje gehaald. De dikke laag dramatische make-up die ze op had gehad voor haar rollenspel met de tandarts glom oranjeroze in het felle licht.

'Een vruchtbare man,' zei Baker.

Hij en Lamar gingen behoedzaam te werk. De uitspraken van het meisje tijdens haar scheldkanonnade tegen McAfee zouden kunnen worden gezien als een spontane bekentenis: mits je ervan uitging dat ze met 'hem' Jack bedoelde. Maar wie kon zeggen wat een rechter ervan zou maken? Ze hadden haar niet haar rechten voorgelezen, uit angst dat ze een advocaat zou nemen. En ook omdat ze geen gronden hadden, alleen de zekerheid die was gebaseerd op jaren omgaan met de ellende die anderen van hun door God gegeven leven hadden gemaakt.

Baker had het idee dat het meisje een psychopaat was. Toch kon hij nog wel een beetje met haar meeleven. De mens was per slot van rekening een kwetsbaar wezen.

Nu zei ze: 'Vruchtbaar, ha!' Haar bruine ogen zagen er verhit en een beetje eng uit, ze had een bijna gestoorde blik in haar ogen.

Toen ze haar naam door de computer haalden, ontdekten ze dat ze achtentwintig was en niet een-, tweeëntwintig zoals ze hadden gedacht. Ze naderde de dertig en was oud.

Haar geschiedenis van de afgelopen tien jaar bestond uit valse cheques, overtredingen, tippelen, vervalsing, kruimeldiefstal. Ze had ongeveer een halfjaar gezeten, allemaal in huizen van bewaring. Die gladde kleine armen waren behoorlijk gespierd. Op haar onderrug had ze een vlindertatoeage. Lamar kon zich nog herinneren hoeveel moeite het hun beiden had gekost om haar in bedwang te houden. Toen ze haar hadden geverbaliseerd kwam ze met kleren en al op negenenveertig kilo.

Hij zei: 'Waar had hij dan voor moeten opkomen?'

'Niet wáár, idioot, wíé!' zei ze. 'Hij had voor mij moeten opkomen – zijn eigen vlees en bloed.'

'Je weet heel zeker dat jullie familie zijn?'

'Dat heeft mijn moeder me verteld en over dat soort dingen liegt ze niet.'

'Wanneer heeft ze je dat verteld?'

'Dat vertelt ze me al zolang ik me kan herinneren. Ik heb nooit een echte vader gehad, alleen maar van die pleegtypes en klootzakken die voor mijn moeder kwamen.' Ze lachte weer. 'En ze kwamen regelmatig. Mama had het altijd over hem: Jack voor en na.' Een hatelijke glimlach. 'Jack wist wel te komen.'

'Hoe kenden ze elkaar?'

'Hij en Denny en Mark hadden een concert in San Antone.'

Ze had het over de twee andere leden van het trio alsof het lievelingsooms waren.

'En?' zei Baker.

'En ze had een vriend die bij de beveiliging zat. Hij regelde een backstagepasje voor haar en zo kon ze ze allemaal ontmoeten. Ze vonden haar allemaal leuk, maar Jack het meest. Ze was vroeger heel sexy voordat ze meer dan veertig kilo te zwaar werd.'

Ze gaf met haar handen aan hoe dik en stak vol afkeer haar tong uit.

'Dus Jack en je moeder gingen met elkaar om,' zei Lamar.

'Ze neukten de hele nacht, dát deden ze,' zei Gret. 'En het resultaat was *moi*.' Ze wees naar haar borst.

Haar tepels drukten door de stof van het gele T-shirt, verdraaid, hij had aan een beha moeten denken. 'Dus je weet het al je hele leven,' zei Lamar.

'Als er ergens een computer stond dan volgde ik zijn leven op die manier. In internetcafés googelde ik naar hem. De afgelopen... tien jaar gebeurde er niet veel, maar toch deed ik het. Om te zien of ik het moest proberen.'

'Wat?'

'Proberen hem te ontmoeten. Misschien zou hij me willen zien en dan...' Een zenuwachtige glimlach. 'Als mensen me ontmoeten, vinden ze me altijd leuk.'

'Dat kan ik me voorstellen.'

Ze knipperde met haar wimpers. Kromde haar rug.

Lamar zei: 'Dus uiteindelijk besloot je om...'

'Ik ben ongeveer een halfjaar geleden naar Nashville verhuisd.

Dus het leek voorbestemd toen ik ontdekte dat hij hiernaartoe kwam.'

'Woonde je direct al in het Happy Night Motel?'

'Ook nog een paar andere tenten. Happy Night was de beste.'

'En toen wist je een baantje in The T House te krijgen.'

Ja.'

'Hoe ging dat?'

Gret dronk de koffie die ze voor haar hadden gehaald en raffelde haar verhaal af. De geile tandarts was een van de velen die bij haar in het hotel kwamen. Omdat hij rijker was dan de rest had ze erg haar best voor hem en zijn kleine theaterproducties gedaan. McAfee was al lang gescheiden en woonde alleen, en dus besloot hij de show naar Brentwood te verhuizen voor incidentele fantasiespelletjes. Nadat het toeristengezin had geklaagd, vond ze het tijd om permanent te verhuizen.

'Wanneer kwam je erachter dat hij een club had?'

'Algauw,' zei ze. 'Ik zag de rekening voor de karaokemachine en hij vertelde waar die voor was. Ik zei dat het goedkope neptroep was, dat hij een echte band moest inhuren. Maar dat wilde hij niet omdat hij toch al met verlies draaide.'

'En toen ben jij er gaan werken.'

'Het was de perfecte combinatie,' zei ze. 'Ik kreeg een podium en hij kreeg mij. Ik móét zingen.'

'Een creatieve drang,' zei Lamar.

Het meisje leek dit niet helemaal te snappen, maar ze glimlachte en knikte.

Hij vroeg: 'Wanneer kwam het idee om meneer Jeffries te ontmoeten?'

'Menéér Jeffries,' zei ze. Ze schudde haar hoofd en nam uitgebreid de tijd om haar gele lokken goed te doen. 'Die titel verdient hij niet. Hij is een hufter, net als mama al zei.'

'Waarom zei ze dat?'

'Omdat hij haar zwanger had gemaakt en niet reageerde op haar brieven.'

'Waarom heeft ze nooit een vaderschapszaak aangespannen?'

'Dat heeft ze geprobeerd, ze had een sukkel van een advocaat uit San Antone. Die schreef een brief en werd toen teruggebeld door een topadvocaat uit Beverly Hills die zei dat ze een contant bedrag kon krijgen maar dan voorgoed haar kop moest houden. Anders moest ze het maar op een rechtszaak laten aankomen en failliet gaan omdat zij het geld hadden om de zaak jarenlang te rekken. Ze koos het geld.'

'En je moeder heeft dat allemaal verteld?' vroeg Baker.

'Constant,' zei Gret. 'Constant en altijd. Het was haar favoriete verhaaltje voor het slapengaan.'

'Toen je klein was.'

'Later ook. Ik wil maar zeggen dat ze het zo vaak heeft verteld dat zíj er zelfs van in slaap viel.' Ze lachte. 'Ze snurkt als een varken.'

'Wat is er met het geld gebeurd?' vroeg Lamar.

'Nou, eens even kijken. Eh, o ja, de helft heeft ze verzopen. En de rest... eh, even kijken. O ja, die heeft ze opgerookt. Er moet meer te halen zijn. Daar heb ik récht op.'

'Hoe wist je waar je Jack Jeffries moest vinden?'

'Een week voordat hij zou komen heb ik het hotel gebeld en gezegd dat ik bloemen voor hem moest afgeven. Zij zeiden wanneer ik langs moest komen.'

'Hoe wist je welk hotel je moest hebben?'

'Ik heb het daar geprobeerd en bij het Loews Vanderbilt. Waar zou hij anders moeten logeren?'

Baker vroeg: 'Heb je geprobeerd hem persoonlijk te ontmoeten?'

Gret grijnsde. 'Dat heb ik niet alleen geprobeerd, dat is me gelukt ook.'

'Hoe?'

'Ben ernaartoe gegaan. Heb me opgetut en in de lobby gewacht. Ik had een glas ijsthee... tien dollar van mijn eigen geld betaald om daar te zitten en naar rijkelui te kijken. Eindelijk kwam hij. Toen bedacht hij iets en liep hij weer terug naar de lift. Ik ben met hem mee omhoog gegaan. Drukte op het knopje van dezelfde verdieping en deed alsof ik in het hotel logeerde. We hebben leuk gebabbeld.'

'Waarover?'

'Eerst heb ik hem gepaaid,' zei ze. 'Dingen als... "O, ik herkende je direct, net als op je cd's." Wat natuurlijk gelul is, want hij is veel te dik en hartstikke oud. Maar hij vond het leuk om die leugens te horen, iedereen heeft zijn eigen favoriete leugens. Toen heb ik hem gezegd dat ik naar het Songbird-concert ging... dat ik in het achtergrondkoor van Johnny Blackthorn zat. Hij zei: "Goh, Johnny is een ouwe vriend van me." En toen begonnen we over muziek. Ik weet alles van muziek, het is mijn leven.'

'Allemaal op de gang?' vroeg Lamar.

'Bij zijn deur. Ik had zo bij hem binnen kunnen komen, maar dat wilde ik niet. Dan zou hij me willen neuken en dat zou goor zijn.'

'Goor, omdat hij je vader is.'

'Reken maar. Maar ook omdat híj goor was.' Ze stak haar tong uit.

'Hoe wist je hem naar The T House te krijgen?'

'Ik zei dat ik daar zou zingen en dat ik er ook hielp in de bediening omdat de tent van mijn vader was. Ik zei dat hij maar langs moest komen als hij zin had in goeie muziek en niet te moe was. Toen zei ik dat ik erover dacht om uit de business te stappen omdat ik de manier van leven erg zwaar vond. Ik zei dat ik was toegelaten tot de opleiding tandheelkunde aan Vanderbilt en dat ik dat misschien ging doen.'

'Waarom tandheelkunde?'

'Omdat het zo geleerd klonk. Jack was onder de indruk, vond het cool. Toen zei hij: "Maar als zingen je passie is, moet je je droom niet opgeven." '

'Je probeerde hem aan jouw hand te krijgen,' zei Baker.

'Ik wilde dat hij me zou horen zingen, want ik ben de moeite waard,' zei Gret. 'Maar ik wist dat ik het nonchalant moest brengen. Zo werkt dat bij ze.'

'Wie zijn "ze"?'

'Mannen. Het zijn net vissen. Je werpt een lijntje uit, laat wat aas voor hun neus hangen, beweegt het heel achteloos heen en weer. Ik dacht wel dat hij zou komen. En dat was ook zo.'

'Hoe laat?'

'Aan het eind van mijn laatste optreden. Kwart voor.'

'Kwart voor twaalf.'

Ze had hun de eerste keer gezegd dat het kwart over elf, halftwaalf was geweest. Liegen om het liegen.

'En toen?'

'Ik begroette hem alsof we oude vrienden waren en liet hem aan een tafeltje vooraan zitten. Ik gaf hem zelfs nog gratis een kop thee en scones met gele rozijnen. En toen zong ik. Een nummer van KT Islin en Rosanne Cash. Ik eindigde met 'Piece of My Heart' – zoals van Janis, niet Faith Hill. Hij luisterde. En toen...' Haar bruine ogen werden mistig. 'Hij stond zomaar op en ging weg. Ik had de klootzak gratis een kop thee aangeboden en hij had niet eens de beleefdheid om even gedag te zeggen.'

Net als bij haar moeder, dacht Lamar. 'Dus toen liep je naar de deur en zag...'

'Die rijke trut met haar rode Mercedes. Ik heb ook een rode auto, het is mijn lievelingskleur. Maar die van mij glimt niet zo...' Ze gooide haar haar naar achteren. 'Ze praatten alsof ze elkaar kenden, keken niet bepaald vriendelijk. Toen reed zij weg en liep hij verder.'

Ze pakte haar koffie en nam een slokje. 'Mmm, lekker en romig! Dank u, heren!'

Baker zei: 'En toen?'

'Pardon?'

'Wat gebeurde er toen?'

'Niets.'

'Gret,' zei Lamar, 'we hebben het mes in je tas gevonden. Het komt overeen met de wond in Jacks nek. En we hebben je vingerafdrukken op zijn kleren en in zijn nek gevonden.'

Pure leugens. Het bewijsmateriaal was nog lang niet allemaal onderzocht.

Stilte.

Baker zei: 'Waarschijnlijk heb je dat mes bij je omdat klanten nog wel eens hardhandig kunnen zijn, nietwaar?'

'Inderdaad.'

'Dat kunnen we best begrijpen,' voegde Lamar eraan toe. 'Een meisje moet zichzelf beschermen.'

'Precies.'

'Waarom vertel je ons niet wat er tussen jou en Jack Jeffries gebeurde?'

'Eh,' zei ze, en ze dronk haar koffie op. 'Mag ik nog zo'n romige koffie verkeerd? Die zijn zo duur. Zelf kan ik me maar één kopje per week veroorloven.'

Ze haalden een kop koffie en een croissant voor haar. Toen ze die allebei ophad wilde ze naar het toilet.

'Prima,' zei Lamar, 'maar eerst moet ik hier iemand van de technische recherche hebben om eventueel bewijsmateriaal onder je vingernagels vandaan te halen.'

'Hoezo?'

'Dan kunnen we kijken of dat overeenkomt met Jacks huid.'

'Ik heb mijn handen gewassen,' zei ze.

'Wanneer?'

'Direct nadat ik...' Ze keek naar het plafond, speelde met haar haar en liet een hand naar haar rechterborst glijden.

Lamar zei: 'Maak het verhaal af, Gret. We moeten het in zijn geheel horen.'

'En ík moet naar de wc.'

Fondebernardi kwam de ruimte binnen, deed alsof hij van de technische recherche was en schraapte materiaal onder haar nagels vandaan. Greta Barline werd door een vrouwelijke agent naar het toilet begeleid en kwam opgefrist terug.

'Dat was lekker,' zei ze, en ze keek Lamar aan.

Baker zei: 'Maak het verhaal alsjeblieft af.'

'Het stelt niet veel voor.'

'Doe ons een lol en vertel het toch maar.'

Ze haalde haar schouders op. 'Ik zag hem gaan en ben hem achternagelopen... om hem te vragen waarom hij zonder dag te zeggen was vertrokken. De klootzak keek me nogal typisch aan en liep gewoon door... negeerde me. Hij was hartstikke over de zeik. Waarschijnlijk door dat mens. Was niet mijn schuld, maar hij reageerde het op mij af, snap je? Een heel andere Jack dan de Jack in de lift. Het was heel donker, maar ik kon de vijandigheid aan zijn... houding zien. De manier waarop hij zijn armen over elkaar had geslagen en recht voor zich uit keek. Alsof ik niet bestond. Daar werd ik echt superpissig van.'

'Omdat hij niet met je wilde praten.'

'Omdat hij onbeschoft was. Als je rijk bent, hoef je nog niet zo onbeschoft te doen. O nee, dat dacht ik niet, meneer Jeffries. Zo zit de wereld niet in elkaar.'

Haar tweede waanidee. Het eerste was denken dat ze kon zingen.

Baker zei: 'Dat is ook niet eerlijk.'

Ze keek naar Lamar. Die zei: 'Ronduit onbeschoft.'

'Ik bedoel, wie denkt hij wel niet dat hij is? Een grote gore dikzak die ooit beroemd was, maar nu geeft niemand een zak meer om hem? Waar haalt hij het lef vandaan om niks te zeggen, chagrijnig te zijn en zonder dag te zeggen weg te lopen? Maar goed, ik bleef nog altijd beleefd en zei: 'Wat is er? Was de thee niet lekker?'

Lamar zei: 'Hij was onbeschoft, maar jij wist je waardigheid te bewaren.'

'Precies! Waardigheid, dáár gaat het om. Iedereen verdient een beetje waardigheid, nietwaar?'

'Verdomd waar,' zei Baker. 'En wat gebeurde er toen?'

'Hij bleef me negeren en ik bleef gewoon naast hem lopen. We liepen en liepen en liepen en toen bleef hij opeens staan en liep de andere kant op. Alsof ik daarvan in de war moest raken.' Ze lachte kort. 'Alleen had hij zelf geen idee meer waar hij naartoe ging en hij kwam uit op een of andere verlaten terrein. Ik bleef dicht bij hem. Hij draaide zich om, keek niet goed waar hij liep en kwam met zijn voet tegen een muur. Hij begon te vloeken en te tieren en toen... en toen begon hij tegen míj te schreeuwen. Dat ik uit zijn buurt moest blijven, dat is toch niet te geloven?'

De rechercheurs schudden het hoofd.

Ze legde haar hand op haar haar, likte aan haar vinger en trok een spoor over haar oogleden. 'Hij klonk gestoord en ik werd bang. Echt, rechercheurs, die ouwe was aan de drugs, of zo.'

'Probeerde je weg te komen?'

'Ik was te bang.' Gret sperde haar ogen. 'Het was zo donker en hij ging zo tegen me tekeer. Hij schold me voor alles en nog wat uit... een leugenachtige, talentloze trut als je het zo nodig moet weten.'

Ze snifte, vertrok haar gezicht en wreef in haar ogen om er een paar tranen uit te persen. Sinds Tristan Poulsons tranenfestijn was de vloer weer droog. Dat bleef zo.

'Het was afschuwelijk,' zei ze. 'Zo heeft er nog nooit, nooit, nooit iemand tegen me gesproken. Dat zei ik ook tegen hem – omdat ik niet wilde dat hij zo onbeleefd tegen me was. Toen keek ik hem recht aan en zei: "Hou je mond eens en luister naar de waarheid. Ik ben je dóchter en weet je, dat interesseert me niet eens, dat betekent niets voor me! En zal ik jou eens wat vertellen? Ik ben blij dat je nooit in mijn leven bent geweest, je verdient geen plaats in mijn leven, jij kansloze húfter!!'

Het werd stil in de kamer.

'Jij hebt het hem goed laten weten,' zei Lamar.

'Wacht, wacht, het wordt nog mooier. Hij kreeg een bezeten blik in zijn ogen, echt gestoord en hij zei: "Je liegt, het is gewoon weer een leugen, je liegt al vanaf het eerste moment dat ik je zag, trut." En toen zei ik: "Ik ben de dochter van Ernestine Barline. Jij kent haar beter als Kiki. Weet je nog die nacht dat je haar suf geneukt hebt? Ik ben het resultaat.'

Ze zweeg. Hijgde, haalde diep adem.

En eindelijk kwamen de tranen... een paar druppeltjes die eindigden met een snik.

Lamar zei: 'Wat had Jack daarop te zeggen?'

'Zijn stem werd heel kalm en hij keek me aan. Die wilde blik was weg, dit was anders. Enger. Kil, echt heel, heel kil. Alsof ik helemaal... niets was. Hij glimlachte, maar geen vriendelijke glimlach, een lelijke glimlach. En toen zei hij: 'Ik kan me haar niet herinneren en jij interesseert me geen zak. En zelfs al heb ik met haar geneukt, jij was echt niet het resultaat. Weet je hoe ik dat zo zeker weet?'

Ze hapte naar adem en sloeg haar handen voor haar ogen. Lamar dacht er even over om haar op haar schouder te kloppen, maar aarzelde. Baker leunde naar voren en deed het voor hen allebei.

'Ik zei niets,' zei ze. 'Maar hij zei het toch.' Ze rilde.

De rechercheurs bleven allebei stil.

Gret liet haar hand van haar gezicht vallen. Even leek ze jong, onschuldig, kwetsbaar. Toen spoten de bruine ogen vuur.

'De klootzak raakte me aan. Hier.' Gret legde haar vinger onder haar kin. 'Gaf er een tikje tegen, weet je? Alsof ik een baby was, een dom klein kind.' Weer rilde ze. Als ze deed alsof, dan was haar optreden wel een oscar waardig. 'Toen zei hij: "Ik weet dat je niet van mij bent omdat je geen talent hebt. Je kan voor geen meter zingen, ik luister nog liever naar nagels op een schoolbord dan dat ik naar jouw valse gekras moet luisteren. Ik heb Janis gekend en ze mag blij zijn dat ze dood is en niet hoeft te horen hoe jij zo'n klassieker van haar compleet verkracht. Meisje, jouw stem is alleen maar geschikt om mee te praten, en misschien kun je maar beter helemaal je mond houden."'

Het kostte haar moeite om op adem te komen. Ze staarde de beide rechercheurs aan alsof ze het hiernamaals had gezien en het geen fraai beeld was.

'O man, wat hard,' zei Lamar.

Baker zei: 'Jezus, wat een klootzak.' Het klonk alsof hij het meende.

Greta Barline zei: 'Hij zei allemaal van die dingen... die gemene dingen... over mij... over mijn zingen... over mijn leven... Ik kan gewoon niet praten, het is alsof ik vanbinnen bloed.'

Ze knarste met haar tanden en balde haar vuisten.

'En toen begon hij me te duwen, dúwen – alsof ik weg moest. Echt waar, ik wist niet wat me overkwam. Hij was zo groot en ik ben zo klein en hij duwde maar, duwde maar... Ik was zo bang. Ik weet niet hoe het mes in mijn hand terechtkwam, echt niet. Ik kan me alleen herinneren dat hij zijn handen tegen zijn nek hield en me aankeek en een gorgelend geluid maakte. Toen viel hij met een plof op de grond. En gorgelde nog wat.'

Een vreemde, afwezige glimlach gleed over haar lippen. 'Ik stond daar maar en dacht na over dat gorgelende geluid en toen zei ik hardop: "Jij klinkt zelf ook niet zo lekker, Jack Jeffries." En toen werd hij stil.'

Het leek alsof er geen lucht meer in de kamer was. Lamar wachtte tot Baker iets zou zeggen, maar B. had een merkwaardige, glazige blik op zijn gezicht.

Lamar zei: 'Fijn dat je het ons hebt verteld, Gret. Nu zal ik je op je rechten wijzen.'

'Net als op tv,' zei ze. Toen ging ze rechtop zitten. 'Wat denken jullie? Zelfverdediging, toch zeker?'

16

Lamar kwam die ochtend om halfvijf thuis. Sue lag te slapen, maar werd wakker, zette een pot cafeïnevrije koffie en hield hem gezelschap terwijl hij koude pasta, een paar haastig opgebakken ontbijtworstjes en vijf geroosterde boterhammen at.

De gebruikelijke hap als een zaak erop zat.

'En weer een gepakt,' zei ze. 'Gefeliciteerd, schatje.'

Nadat hij haar de details had verteld, zei Sue: 'Dat meisje is duidelijk gestoord, maar je kunt het van haar kant toch ook wel een beetje begrijpen.'

'Hoe bedoel je? Ze heeft die arme man zijn keel doorgesneden omdat hij haar zangtalent had beledigd.'

'Als wat ze zei waar is, was het wel heel wreed van hem om haar droom zomaar te vertrappen, schatje. Natuurlijk rechtvaardigt het niet wat ze heeft gedaan. Maar toch, om op die manier afgewezen te worden...' Ze raakte zijn gezicht aan. 'Misschien ben ik wel veel te lief, maar ik begrijp haar wel een beetje.'

'Als het allemaal waar is,' zei Lamar. 'Ze liegt over alles.' Maar hij wist dat hij ontkende wat allang duidelijk was. Ondanks alle leugens die Greta Barline had verteld, was hij er zeker van dat ze de waarheid had gesproken over die laatste ontmoeting.

Jack Jeffries had er met zijn leven voor geboet. En nu zou Greta Barline haar straf krijgen.

Ze hadden de zaak kunnen sluiten, een mysterie dat breed was uitgemeten in de media, hun namen zouden in de krant komen. Misschien zou er zelfs een persconferentie worden gehouden.

Hij zou blijer moeten zijn.

Sue zei: 'Hoe reageerde Baker?'

'Waarop?'

'De manier waarop het is afgelopen.'

'Hij leek wel oké.' Lamar had onmiddellijk spijt van zijn leugen. Hij was altijd eerlijk tegenover Sue en er was geen reden om dat te veranderen. 'Eigenlijk reageerde hij helemaal niet, schat. Toen ze de bekentenis eenmaal had ondertekend en hij had gecontroleerd of alles op band was opgenomen, is hij vertrokken.

Fondie heeft Jones gebeld en Jones belde om ons te feliciteren, maar Baker was er niet.'

'Misschien heeft hij gelijk, Lamar.'

'Waarin?'

'De business, al die dromen. Van negenennegentig van de honderd mensen die naar deze stad komen wordt de droom vertrapt en die ene die een kans krijgt, houdt het ook niet lang vol.'

Lamar gaf geen antwoord. Hij bedacht hoe hij zelf vijftien jaar geleden vanuit New Haven naar Nashville was gekomen. Een degelijke, talentvolle bassist, met extra lange soepele vingers die acht, negen fretten konden overbruggen. En ook een verdomd goed gehoor. Als hij iets een paar keer had gehoord kon hij het vaak tot op de noot perfect naspelen.

Hij was geen componist, maar toch, een gehoor als het zijne was wat waard. Thuis zei iedereen dat hij geweldig was.

In Nashville was hij goed. Misschien zelfs wel echt goed.

Met andere woorden, bij lange na niet goed genoeg.

Hij voelde koele handen achter in zijn nek. Sue was opgestaan en gaf hem een massage. Ze droeg dat oude T-shirt van de sponsorloop van het ziekenhuis en verder niets. Haar geur... haar stevige, maar zachte huid die tegen de zijne duwde.

Hij zei: 'Laten we naar bed gaan. Bedankt voor het eten, zuster Van Gundy.'

'Altijd, lievelingspatiënt van me.'

'Een hoeraatje voor Marvin Gaye.'

Ze lachte voor de duizendste keer om dit privégrapje. Tijd voor *Sexual Healing*. Lamar vroeg zich af of hij uitdrukkingen kon bedenken die niets met muziek te maken hadden.

Sue stoorde zich er schijnbaar niet aan. Ze nam hem bij de hand en lachte weer.

Tegen de tijd dat ze de slaapkamer binnenliepen, waren ze intens aan het zoenen.

Baker liep een verlaten, stil huis binnen, trok een biertje open en ging in de keuken met zijn benen op de formicatafel zitten.

Een vijftig jaar oude tafel. Alles wat hier stond was ouder dan hij; vanaf het moment dat hij het huis had geërfd, had hij vrijwel niets meer gekocht.

Hij hield vast aan de goedkope troep die zijn ouders hadden gekocht toen ze hier waren komen wonen.

Danny en Dixie.

Als hij op die manier aan hen dacht, waren ze vreemden voor hem.

Als hij hun echte namen gebruikte, was het anders.

Danville Southerby en Dorothea Baker hadden elkaar leren kennen in het koor van de First Baptist Church in Newport, Tennessee, toen hij zestien was en zij veertien.

Het stadje aan de voet van de Smoky Mountains was rijk aan muziek en folkkunst en geschiedenis, maar arm op elk ander gebied. Danny's vader wist nauwelijks geld te verdienen met zijn tabaksplantage en Dixies vader deed het niet veel beter met maïs.

De tieners waren verbonden door het zingen van hymnen. Blinde liefde volgde al snel en binnen twee maanden was Dixie zwanger. Het kind – een klein, krijsend jongetje met een roze gezicht – dat ze Baker noemden, werd drie weken te vroeg en een half jaar na een haastige kerkbruiloft geboren. Dixie verloor veel bloed en de arts zei dat ze nooit meer zwanger zou kunnen worden. Ze huilde van opluchting en verdriet.

Zoals veel mensen in de kerk waren de tieners bijzonder muzikaal. Danny had een heldere tenor en speelde piano, orgel en gitaar zonder ooit les te hebben gehad. Dixie zat op een heel ander niveau, een wonderkind op de mandoline met een verbijsterend vibrato en volgens sommigen een betere techniek dan Bill Monroe. Om het geheel af te maken had ze ook nog eens een heel aardige sopraan die na de geboorte van haar baby nog strelender werd. Misschien hielp het dat ze voor het humeurige, rood aangelopen gezichtje zong of misschien was het zo'n merkwaardige hormonale wending. Het was hoe dan ook een genot om naar haar te luisteren.

Het jonge stel woonde bij haar familie op de maïsplantage, deed de rotklusjes en raakte in de put. In hun vrije tijd, als iemand anders voor de baby zorgde, speelden en zongen ze – zachtjes zodat ze dit kostbare goed met niemand anders hoefden te delen. Het was de enige tijd die ze samen hadden. Op die momenten vroegen ze zich allebei afzonderlijk af of het leven hun niet ontglipte, maar nooit deelden ze die gedachte met elkaar.

Nadat Dixies vader Danny een keer had uitgescholden omdat hij zo lui was, stond Danny midden in de nacht op, maakte Dixie wakker en zei haar dat ze zich moest aankleden. Ze keek toe hoe hij een tas met spullen pakte, hem naar buiten bracht en terugkwam voor zijn gitaar en haar mandoline.

'Wat...'

Met een vinger bracht hij haar tot zwijgen. Ze kleedde zich aan, liep achter hem aan naar de oude Dodge die ze het jaar ervoor van zijn vader hadden gekregen, maar waar ze nooit in konden rijden omdat ze altijd aan het werk waren op de maïsplantage.

Ze duwden de auto bij het huis vandaan zodat ze niemand wakker zouden maken. Toen ze ver genoeg waren, startte hij de motor en reed de weg op.

Dixie zei: 'Maar de baby dan?'

Danny zei: 'Ze houden allemaal van hem. Misschien nog wel meer dan wij.'

De daaropvolgende twee jaar kregen hun families alleen ansichtkaarten. Opzichtige toeristenkaartjes van populaire plaatsen in het zuiden – plaatsen waar Danny en Dixie niet naartoe gingen vanwege de attracties, maar waar ze het schnabbelcircuit van wegrestaurants afgingen en elke avond ergens anders speelden. Voornamelijk nieuw materiaal dat Rockabilly heette, maar ook bekende bluegrassnummers en gospelhymnen als het publiek daarvoor openstond, al was dat bijna nooit het geval.

Ze verdienden weinig, maar nog altijd meer dan Dixies vader hun had betaald voor hun werk in de maïsvelden, want dat was geen cent omdat ze tevreden hoorden te zijn met kost en inwoning. Daarbij kwam dat ze nu iets deden waar ze van hielden en voor betaald werden. Ze ontmoetten nieuwe mensen, allerlei mensen, maakten allemaal verrassende nieuwe dingen mee en dat zou in Newport echt niet zijn gebeurd.

Met Kerstmis stuurden ze speelgoed naar Baker met lieve briefjes in Dixies handschrift. De baby groeide op tot een stille, vastberaden peuter die nooit opgaf waar hij mee bezig was, tenzij hij ertoe gedwongen werd.

Toen hij drie was, stonden zijn ouders opeens op de stoep in chique kleren en met een vijf jaar oud Ford-busje vol instrumenten en muziek en kostuums, en ze vertelden dat ze Carl Perkins en Ralph Stanley en allemaal andere beroemde mensen uit 'hun wereld' hadden ontmoet. Ze hadden het over zwarte zangers die rhythm & blues speelden en dat je soms best veilig naar zwarte clubs kon en dat het beslist de moeite waard was.

Dixies vader keek afkeurend. Hij lepelde zijn soep naar binnen en zei: 'Ik zal het je niet kwalijk nemen dat jullie er zo vandoor zijn gegaan en je probleem bij ons hebben gelaten.' Hij bedoelde het kleine jongetje dat gewoon bij hen zat. Hij sprak over hem alsof de jongen het niet snapte. 'Morgenochtend om vijf uur kun je het goedmaken. Een hele rand van het noordelijke veld moet met de hand gedaan worden.'

Danny frunnikte aan zijn leren veterdas met een kwarts bij de kraag, glimlachte toen, stond op en legde een stapel bankbiljetten op tafel.

'Wat is dat?' zei zijn schoonvader.

'Betaling.'

'Waarvoor?'

'Oppassen, achterstallige huur, wat je maar wilt.' Hij knipoogde naar zijn vrouw.

Zij aarzelde, vermeed de blik van haar familie. Toen ze zo erg moest trillen dat ze dacht dat ze zou instorten, pakte ze Baker op en liep achter haar man aan naar het busje.

Terwijl de Ford in de verte verdween, zei Dixies moeder: 'Dat hadden we kunnen weten. Ze hadden hun spullen niet eens uit de auto gehaald.'

Baker Southerby groeide op in het schnabbelcircuit van wegrestaurants en leerde rekenen van zijn moeder. Hij pikte alles makkelijk op en maakte het haar daarmee heel makkelijk. Ze knuffelde en kuste hem veel en dat leek hij fijn te vinden. Niemand sprak over de periode waarin zij en Danny hem hadden achtergelaten.

Ze zei dat hij haar Dixie moest noemen omdat iedereen dat deed. 'Schatje, jij en ik weten toch dat ik je mama ben.'

Pas jaren later begreep Baker het. Ze was nog maar zeventien geweest, wilde zich zien als het aantrekkelijke meisje op het podium met de razendsnelle vingers en niet als een of andere huisvrouw.

Toen hij vijf was, vroeg hij of hij een keertje op haar Gibson F-5 mocht spelen.

'Lieverd, dat is een heel kostbaar ding.'

'Ik zal heel voorzichtig zijn.'

Dixie aarzelde. Baker staarde haar aan met die serieuze ogen van hem.

Ze haalde haar hand over zijn korte blonde koppie. Hij bleef staren.

'Goed dan. Maar ik kom naast je zitten. Zal ik je een paar akkoorden laten zien?'

Hij knikte ernstig.

Een uur nadat hij was begonnen, kon hij de C, G en F spelen. Aan het eind van de dag wist hij zelfs een heel aardige 'Blackberry Blossom' ten gehore te brengen. Niet op volle snelheid, maar zijn toon was helder, zijn rechterhand soepel.

'Dan, moet je eens horen.' Toen Dixie hem eenmaal had gehoord en had gezien hoe voorzichtig hij was, had ze er geen moeite mee hem op de mandoline te laten spelen zonder dat ze boven hem hing.

Danny, die op de veranda van het motel had zitten roken en tokkelen en schrijven, kwam binnen.

'Wat?'

'Luister nou maar – ga je gang, lief mannetje van me.'

Baker speelde.

'Hé...' zei Danny. En toen: 'Ik heb een idee.'

Ze kochten een mandoline voor hem. Niet een heel dure, een A-50 uit de jaren veertig die ze in een pandjeshuis in Savannah had-den gevonden, maar hij had een heel fatsoenlijke toon. Op zijn zesde had Baker een koffer vol met kleren om in op te treden en een F-4 uit de jaren dertig die bijna net zo mooi glom als Dixies F-5 en was hij een fulltime ster. De nieuwe act heette officieel The Southerby Family Band: Danny Dixie en de Kleine Baker, het Wonderbaarlijke Jongetje uit de Smoky Mountains.

Meestal was daar op de luifels geen ruimte voor en dus werd het The Southerby's.

Bakers repertoire aan akkoorden liep over het hele fretboard en omvatte de grote en de kleine tertsen, het 7-akkoord, 6-ak-koord, 9-akkoord, 11-akkoord en 13-akkoord, verminderd en overmatig. Daarnaast ontwikkelde hij nog een heleboel andere interessante aanvullingen. Die had hij zelf bedacht en konden het beste jazz genoemd worden, hoewel ze neigden naar Texas swing die toch altijd weer een beetje op bluegrass leek.

Tegen de tijd dat hij negen was, speelde hij zuiverder en snel-ler dan zijn moeder en het sierde haar dat ze met niets anders dan trots reageerde.

Het thuisonderwijs – al was dat concept nog niet uitgevonden – ging gewoon verder en Baker was intelligent genoeg om een jaar op zijn leeftijdgenoten voor te lopen. Althans, volgens een intelligentietest die Dixie uit een tijdschrift voor ouders had ge-knipt.

Baker groeide op met fastfood, tabaksrook en applaus. Niets leek zijn stille persoonlijkheid te veranderen. Op een gegeven mo-ment werden ze benaderd door een gladjanus die hen had horen spelen in een wegrestaurant in de buurt van Natchez. Deze ver-telde Danny dat hij hun alle drie een platencontract wilde aan-bieden en de nieuwe Carter Family van hen wilde maken.

Ze gingen naar de studio, speelden vijf bekende nummers en hoorden daarna nooit meer iets van de man. Ze probeerden hem nog een paar keer te bellen, maar gaven het toen op en reden naar het volgende wegrestaurant.

Toen hij twaalf was, kondigde Baker aan dat hij naar een ech-te school wilde.

Danny zei: 'Zomaar ineens? Je geeft het allemaal op?'

Baker gaf geen antwoord.

'Ik wou dat je eens wat meer zei, jongen. Het is wat lastig om te weten wat er in je omgaat.'

'Dat zeg ik je net.'

'Je wilt het allemaal opgeven?'

Stilte.

Dixie zei: 'Als hij dat nou wil. Misschien is het niet zo'n slecht idee.'

Danny keek naar haar. 'Ja, ik voelde het al aankomen.'

'Wat?'

'Dat je wilde settelen.'

'Dat had ik jaren geleden al kunnen doen,' zei Dixie. 'Ik wachtte.'

'Waarop?'

Ze haalde haar schouders op. 'Iets.'

Ze verhuisden naar Nashville omdat het in Tennessee lag en het in principe niet moeilijk was om bij hun families op bezoek te gaan. De werkelijke reden was: de stad van de muziek.

Danny was nog steeds een jongeman, hoewel hij soms het gevoel had dat hij drie levens had geleid. De spiegel zei dat hij er scherp uitzag en zijn stem was goed. Mannen met veel minder talent dan hij wisten de top te bereiken, dus waarom zou hij geen poging wagen?

Met wat geld dat hij had gespaard tijdens de jaren die ze hadden gereisd kocht hij een klein houten huis in The Nations. Een keurige blanke buurt met hardwerkende mensen. Als Dixie zo nodig vadertje en moedertje wilde spelen, prima, maar hij ging wel naar Sixteenth Street.

Baker ging naar de middelbare school en kwam in contact met andere kinderen. Hij bleef een stille jongen, maar slaagde erin een paar vrienden te vinden en op wiskunde na, waar hij wat bijles in nodig had, ging school hem behoorlijk goed af.

Dixie bleef thuis, speelde mandoline en zong puur voor de lol en dat was muziek in zijn meest zuivere vorm.

Soms vroeg ze of Baker met haar samen wilde spelen. Meestal deed hij dat.

Danny was vaak weg in een poging een carrière op te bouwen

aan Music Row. Hij wist een paar schnabbels te scoren op zijn rhythmgitaar in de Ryman als er vaste spelers ziek waren, speelde in een paar clubs en liet met zijn eigen geld wat demo's opnemen, waar hij nooit iets mee bereikte.

Toen het geld bijna op was, nam hij een baan als koordocent in een doopsgezinde kerk.

Na anderhalf jaar kondigde hij tijdens het eten aan dat het tijd was dat ze weer gingen reizen.

Baker zei: 'Ik niet.'

Danny zei: 'Jou bedoel ik ook niet.' Hij wierp een blik op zijn vrouw. Ze vertrok haar mond. 'Ik ben dikker geworden, niks past me meer.'

'Daar heeft God kleermakers voor bedacht,' zei haar man. 'Anders doe je het zelf. Vroeger kon je naaien.'

'Dat kan ik nog steeds,' zei ze afwerend.

'Kijk eens aan. We gaan maandag weg.'

Het was donderdag.

Dixie zei: 'Waar gaan we naartoe?'

'Atlanta. Ik heb een schnabbel voor ons geregeld in het voorprogramma van de Culpeppers in een nieuwe bluegrassclub. Niks bijzonders, ze willen hetzelfde als altijd.'

De bekende nummers dus.

Danny, die zichzelf een moderne man vond, had er een hekel aan gekregen.

'Zo ineens,' zei Dixie. 'Jij hebt het allemaal al geregeld.'

'Dat doe ik toch altijd? Ik zou maar wat nieuwe snaren kopen. Ik heb je gisteren horen spelen. De G en de D zijn versleten.'

'En Baker dan?'

'Die kan wel voor zichzelf zorgen, nietwaar jongen?'

'Hij is nog niet eens veertien.'

'Hoe oud was jij toen je hem kreeg?'

Hij praatte over hem alsof hij er niet bij was.

Baker veegde zijn mond af, bracht zijn bord naar de gootsteen en begon het af te wassen.

'Nou?' zei Danny.

Dixie zuchtte. 'Ik zal ze zelf wel proberen te vernaaien.'

Vanaf dat moment waren ze vaker weg dan dat ze thuis waren.

Een maand op pad en dan een week of tien dagen thuis, waarin Dixie uit schuldgevoel al haar aandacht aan Baker gaf en Danny in zijn eentje zat te roken en nummers schreef die niemand ooit zou willen horen.

De zomer van Bakers vijftiende verjaardag kondigde Danny aan dat ze hem zes weken naar bijbelkamp in Memphis stuurden. 'Tijd om wat geloof en spiritualiteit te leren, jongen.'

Het was puur toeval dat Danny en Dixie precies in die periode een zesweekse schnabbel aan boord van een cruiseschip hadden dat vanuit Biloxi vertrok.

'Het is moeilijk om je van daar te bereiken,' zei Dixie. 'Op deze manier weten we dat je op een veilige plek bent.'

De laatste week van het kamp at Baker iets verkeerds en kreeg vreselijke voedselvergiftiging. Drie dagen later was hij beter, maar hij was drie kilo afgevallen en hij was nog erg slap. De arts in het kamp was vroeg vertrokken vanwege een familiekwestie en dominee Hartshorne, de kampdirecteur, wilde niet aansprakelijk gesteld worden; de zomer ervoor had de rijke familie van een meisje hem nog aangeklaagd omdat ze een blaasontsteking had gekregen die tot bloedvergiftiging had geleid. Gelukkig had het kind het overleefd, waarschijnlijk was het haar eigen schuld geweest; het gerucht ging dat ze met de jongens had liggen rotzooien, maar vertel dat maar eens aan van die omhooggevallen advocaten...

Hartshorne zocht Baker op in zijn barak en nam hem terzijde. 'Bel je ouders op, jongen, dan kunnen ze je komen halen. En begin daarna met inpakken.'

'Dat kan ik niet,' zei een bleke, futloze Baker. 'Ze zitten op een schip, ik kan ze niet bereiken.'

'Wanneer komen ze je dan ophalen?'

'Ik ga met de bus.'

'Helemaal naar Nashville?'

'Dat lukt best.'

Heremetijd, dacht Hartshorne. Die moderne gezinnen van tegenwoordig.

'Tja jongen, hier kunnen we je ook niet hebben als je ziek bent. Heb je de huissleutel?'

'Tuurlijk.'

'Ik vind het niet erg om naar Nashville te rijden. Ik breng je wel.'

Ze reden om drie uur 's middags in Hartshornes witte vierdeurs Deville, stopten onderweg om te lunchen en reden om kwart over negen Nashville binnen.

Er brandde geen licht in het kleine houten huis.

'Red je het wel in je eentje?'

Baker wist niet hoe snel hij van Hartshornes bijbelredes en lichaamswalm af moest zijn: kauwgom en zweet en om een of andere reden graanproducten.

'Tuurlijk.'

'Goed dan. Ga met God, jongen.'

'Ja, meneer.'

Baker pakte zijn tas en kussen van de achterbank en viste de sleutel uit zijn zak. De Cadillac was al weg voordat hij bij de deur was.

Hij liep een leeg huis binnen.

Hoorde iets.

Het huis was niet leeg – een inbreker?

Hij liet zijn tas en kussen op de grond zakken, liep op zijn tenen door de keuken naar de bijkeuken waar Danny zijn pistool bewaarde.

Een oude colt. Danny noemde het bescherming, ook al had hij hem alleen een keer gebruikt voor het wegjagen van een stel Klantypes die bij hun hotel in Pulaski hadden rondgehangen en opmerkingen hadden gemaakt toen ze een negertent binnen wilden gaan.

Een blik op de colt en de idioten waren verdwenen.

Hij moest hieraan denken – herinnerde zich het poeder dat uit een kilo geslepen staal kwam – hief het pistool op en liep naar het geluid achter in het huis.

De slaapkamer van zijn ouders. Lawaai achter de gesloten deur.

Nee, niet helemaal dicht; de dunne, planken deur stond op een kier.

Baker duwde hem met zijn vinger een stukje open, had een

paar centimeter meer zicht en richtte het pistool door de opening.

Een vaag licht. Een lamp op het nachtkastje, zijn moeders nachtkastje, dat een roze schijnsel gaf.

Door een of ander zijdeachtig materiaal dat over de lampenkap was gegooid.

Zijn moeder op bed, naakt, schrijlings op zijn vader.

Nee, niet zijn vader, zijn vader zat naast het bed op een stoel met een andere vrouw, blond en mager die boven op hem zat.

De man onder zijn moeder had dikkere benen dan zijn vader. En hariger.

Twee paren die hijgden, zwoegden, stootten.

Zijn pistoolarm verstijfde.

Hij deed een stap achteruit.

Pakte zijn tas, liet zijn kussen liggen en liep het huis uit. Hij liep naar de bushalte en reed naar het centrum, waar hij een kamer in een motel aan Fourth nam.

De volgende ochtend begaf hij zich naar het rekruteringskantoor van de marine, loog over zijn leeftijd en nam dienst. Twee dagen later zat hij in een bus naar Camp Lejeune in Noord-Carolina.

Het kostte een paniekerige Dixie Southerby een week om hem te vinden.

Van de marine kreeg hij te horen dat hij over twee jaar maar terug moest komen en ze stuurden hem vervolgens naar huis.

Dixie zei: 'Waarom deed je dat?'

Baker zei: 'Ik was rusteloos. Mag ik naar de militaire academie?'

'Wil je niet thuis wonen?'

'Ik ben oud genoeg om weg te gaan.'

Danny zei: 'Dat is een heel volwassen beslissing van je, jongen. Bovendien wordt het weer eens tijd dat je moeder en ik de weg opgaan.'

De militaire academie bleek te duur, maar de theologische hogeschool Fall River in Arlington deed niet moeilijk over lesgeld als het ging om 'studenten met een hang naar spiritualiteit'.

Baker begon zijn opleiding, ontmoette wat aardige mensen en

begon zich bijna thuis te voelen. Het eerste semester was net een maand bezig toen mevrouw Calloway, de decaan, hem met tranen in haar ogen bij zich op haar kamer riep.

Toen hij daar binnenkwam, omhelsde ze hem. Dat was niet gebruikelijk bij mevrouw Calloway. In Fall River was helemaal niet veel lichamelijk contact.

'Ach, arme jongen, arm, arm lam.'

Baker zei: 'Wat is er?'

Het kostte haar moeite om het hem te vertellen, en toen ze het deed leek ze bijna bang, alsof ze ervoor gestraft zou worden.

Danny en Dixie waren onderweg naar Nashville frontaal geraakt door een dronken automobilist op de I-40.

Ze kwamen terug van een schnabbel in Columbia. De grootse opening van een autodealer, tweehonderd dollar gage, niet slecht voor een ritje van een uur.

Al die jaren op de weg, zonder ook maar een krasje. Vijftien minuten van huis en het busje lag in de kreukels.

Beiden waren op slag dood, hun podiumkleding over de snelweg verspreid.

Danny's gitaar had achter in het busje rondgeslingerd en was onherstelbaar beschadigd. Het klankbord was kapot, de hals gebroken en versplinterd.

Dixies mandoline in de harde kist met daaromheen een extra, nieuwere laag modern kunststof van Mark Leaf en in drie lagen dekens gewikkeld, zoals ze hem altijd inpakte, was onbeschadigd.

Baker pakte het instrument uit de kast zoals hij al zo vaak had gedaan.

Hij staarde ernaar, raakte de strakgespannen snaren aan, de ebbenhouten brug, het vergulde stemmechaniek met de paarlemoeren buttons.

Er waren maar weinig vergulde F-5's met een driedubbele binding. Dit was er een, en de mensen die hem gezien hadden waren van mening dat hij uit dezelfde serie kwam als die van Bill Monroe, hoewel hij uit 1924 kwam, niet uit '23. De mandoline van Monroe was jaren geleden beschadigd geraakt; het verhaal

139

ging dat een jaloerse echtgenoot de koning van de bluegrass had betrapt met zijn vrouw en zijn woede op het instrument had botgevierd.

Stom, dacht Baker. Mensen verdienden juist straf, geen dingen.

Hij staarde naar de F-5 en besefte wat hij zojuist tegen zichzelf had gezegd.

Misschien zou hij het ding kapot moeten slaan. Muziek leverde toch alleen maar zonde en ellende op?

Dat arme meisje.

Die rijke jongen, was hij beter af?

Misschien moest hij die psychiater, Delaware, bellen om te vragen of hij advies had voor Tristan.

Ach, die man zat waarschijnlijk allang weer in L.A. En wat ging het hem aan dat de jongen emotionele problemen had met die moeder van hem...

Hij had zijn werk gedaan.

Maar waarom vrat het dan aan hem?

Net als het meisje, net als de jongen, net als iedereen in deze godvergeten wereld waren het gewoon mensen. Stuk voor stuk met hun sterke en zwakke kanten, hun liefdesverdriet en hun ego's.

Mensen. Als er een god was, had hij een verdomd beroerd gevoel voor humor.

Of misschien zat er wijsheid achter.

Mensen, in staat om te veranderen. In staat zichzelf te verbeteren, ook al slaagden de meesten er niet in.

De mensen die hij en Lamar dag in dag uit ontmoetten...

Misschien was er meer...

Handen – het moesten de zijne zijn, maar ze voelden aan als van iemand anders – tilden de mandoline uit de kist. De achterkant glom met de zijdeachtige contouren die handwerkslieden uit Michigan hadden gekerfd en gebeiteld en gekerfd, dit alles onder de oplettende blik van akoestisch specialist en genie Lloyd Loar.

Loar had het instrument op 21 maart 1924 gesigneerd. Alles met zijn naam erop was tegenwoordig goud waard voor verzamelaars.

Bakers vingers gleden langs de snaren. EADG. De klank was nog altijd volmaakt na al die jaren.

Dat wist hij omdat hij een volmaakt gehoor had.

Met zijn linkerhand vormde hij een G-akkoord. Hij wilde niet dat zijn rechterhand bewoog, maar dat deed hij toch.

Een volle, zoete klank weerkaatste tegen de koude kale muren en ketste tegen goedkope meubelen en linoleumvloeren. Hij eindigde zijn vlucht diep in Bakers schedel.

Zijn hoofd deed zeer.

Zijn handen bewogen verder en dat hielp een beetje.

Een uur later was hij nog steeds bezig.

Dankwoord voor *Muzikale erfenis*

Bijzondere dank aan hoofdcommissaris Ronal Serpas, commandant Andy Garrett en adjudant Pat Postiglione van de politie van Nashville, en aan de weergaloze George Gruhn.

MISDADIGERS

BERKELEY

JONATHAN & FAYE
KELLERMAN

MISDADIGERS

BERKELEY

SIJTHOFF

ISBN 978 90 218 0097 4
NUR 332

www.boekenwereld.com

DE MORAAL

Een novelle

1

De sociëteit was hopeloos ouderwets. Net als moeder.

De Damessociëteit uit Noord-Californië, afdeling Conquistadores XVI, was gesitueerd in een luxueus kasteel in een beaux-artsbouwstijl met een tikkeltje gotiek, dat dateerde uit omstreeks 1900. Het had kantelen en torentjes en was gebouwd van grote, paarsgrijze granieten stenen uit een voormalige groeve in Maine. Het interieur was voorspelbaar: donker en somber op de glas-in-loodramen na waarop historische taferelen uit de tijd van de goudkoorts waren afgebeeld die kleurige vlekken op de muur wierpen als de zon erdoorheen scheen. Op de versleten walnotenhouten vloeren lagen antieke Perzische tapijten, de trapleuning glom van de tientallen jaren dat hij gepoetst was en de negen meter hoge plafonds hadden verzonken, goudomlijste panelen. Op de begane grond bevonden zich de openbare ruimtes en op de eerste en tweede verdieping waren slaapkamers voor de leden.

Moeder was al meer dan vijftig jaar lid van de sociëteit en logeerde soms in een kamer die veel te eenvoudig voor haar was. Maar het kostte bijna niets en nostalgie was ook wat waard. Ze dineerde vaak op de sociëteit. Dan voelde ze zich bijzonder.

Davida voelde zich er nogal opgelaten, maar ze klemde haar kiezen op elkaar en gaf moeder haar zin omdat ze per slot van rekening al tachtig was en een kwetsbare gezondheid had.

Meestal betekende een diner met moeder ook het gezelschap van haar uiteenlopende groepjes *dierbare vriendinnen*, stuk voor stuk hopeloos uit de tijd. Het hele idee van de sociëteit met haar geaffecteerde decadentie zou overal ouderwets zijn, maar nergens was het zo absurd als in Berkeley.

Op loopafstand van de sociëteit lag het People's Park, oorspronkelijk een monument voor vrijheid van meningsuiting, maar

nu een plek voor daklozen en mobiele gaarkeukens. Op papier leek het allemaal goed, maar het bruine vierkant stonk naar ongewassen lijven en bedorven eten, en op warme dagen liep iedereen die geen verstopte neus had er met een grote boog omheen.

Niet ver van het park lag Gourmet Ghetto, het culinaire mekka dat zo typerend was voor Berkeleys genotzucht en idealisme. Het beeld werd bepaald door de universiteit van Californië. Deze contrasten gaven de stad een uniek karakter, waarbij alles een scherp begrensd gezichtspunt had.

Davida was dol op de stad met al zijn sterke en zwakke kanten. Als trotse linkse was ze nu onderdeel van het stelsel, verkozen tot staatsafgevaardigde van District 14. Ze hield van haar district en ze hield van haar kiezers. Ze genoot van de energie en geestdrift van een stad die borrelde van de mensen met hart voor de zaak. Het was zo anders dan haar geboorteplaats Sacramento, waar het een gerespecteerd tijdverdrijf was om met modder te smijten.

En toch reisde ze heen en weer tussen Berkeley en de hoofdstad.

Allemaal voor de goede zaak.

In de gedempte eetzaal met het koepelplafond stonden gedekte tafels met gesteven linnen en glinsterend zilver en kristal, maar er zaten weinig gasten. De leden stierven gaandeweg uit en slechts weinig vrouwen kozen ervoor om in hun moeders voetstappen te treden. Davida was een paar jaar eerder lid geworden van de sociëteit omdat het politiek verstandig was. De meeste leden waren vriendinnen van haar moeder die genoten van haar aandacht. Hun geldelijke steun was karig vergeleken bij hun vermogen, maar ze gaven tenminste iets, en dat was meer dan Davida kon zeggen van haar eigen zogenaamd onzelfzuchtige vrienden.

Vanavond waren alleen Davida en moeder aanwezig. De ober gaf hun de menukaart en Davida en haar moeder tuurden zwijgend naar de keuzes van vanavond. De hoofdgerechten, vroeger meestal runderlapjes en koteletjes, waren aangepast aan de realiteit en bestonden nu meer uit kip en vis. Het eten was uitstekend, dat moest Davida toegeven. In Berkeley was slecht eten bijna net zo'n onrecht als republikeinse ideeën.

Moeder kon het niet laten om met de ober te flirten, een schalkse man van in de dertig die Tony heette en ongetwijfeld homo was. Moeder wist verdraaid goed dat hij homo was, maar ze knipperde niettemin met haar wimpers alsof ze een dromerige tiener was.

Tony speelde het spelletje mee, glimlachte en knipperde terug. Zíjn wimpers waren mooier dan die van moeder – voller en donkerder dan ze bij een man hoorden te zijn.

Davida wist dat haar moeder zich zorgen maakte en het probeerde te verbergen met gemaakte opgewektheid. Ze piekerde nog steeds over het *incident*.

Hoewel het vorige week heel heftig was geweest – en vernederend – zag Davida het nu voor wat het was: een rotgrap van domme mensen.

Eieren. Plakkerig, weerzinwekkend, maar niet gevaarlijk.

Toch piekerde haar moeder erover terwijl ze in haar garnalencocktail prikte. Davida's minestrone bleef onaangeroerd omdat haar keel altijd werd dichtgeknepen van de spanning als ze bij haar moeder was. Als die muur van stilte niet snel werd afgebroken, zouden ze allebei maagklachten krijgen en zou Davida de sociëteit verlaten vol verlangen naar... iets.

Davida hield van haar moeder, maar Lucille Grayson was een enorme lastpak. Lucille wenkte meneer Wimper, vroeg nog een glas chardonnay en dronk dat snel leeg. Misschien dat alcohol haar tot rust kon brengen.

Tony kwam terug en vertelde wat de specialiteiten van de dag waren. Moeder bestelde de gegrilde Chileense zeebaars en Davida koos de linguine in een saus van wodka en zongedroogde tomaten. Tony boog en schreed weg.

'Je ziet er goed uit,' zei Davida. En dat was geen leugen. Lucille had nog altijd helderblauwe ogen, een scherpe neus, een vooruitstekende kin en sterke tanden. Dik, weelderig haar voor een oude vrouw, eens kastanjebruin maar nu een tint grijs die niet veel verschilde van de granieten muren van de sociëteit. Davida hoopte dat zij zo mooi oud zou worden. Die kans was aannemelijk; ze leek griezelig veel op moeder en met haar drieënveertig jaar vertoonde haar eigen kastanjebruine kapsel nog geen spoortje grijs.

Moeder gaf geen antwoord.

'Je huid ziet er mooi uit,' zei Davida.

'Dat komt door de gezichtsbehandelingen,' antwoordde moeder. 'Als je ooit naar de beautysalon gaat, vraag dan naar Marty.'

'Ik ga heus wel een keer.'

'Dat zeg je altijd. Hoe lang is het geleden dat je goed voor je eigen huid hebt gezorgd, Davida?'

'Ik heb andere dingen aan mijn hoofd.'

'Ik heb je die cadeaubon gegeven.'

'Dat was een geweldig cadeau, moeder, dank je wel.'

'Het is een belachelijk cadeau als je het niet gebruikt.'

'Moeder, hij heeft geen vervaldatum. Maak je geen zorgen. Ik ga heus nog wel. En anders wil Minette maar wat graag.'

Moeder klemde haar kaken op elkaar. Ze glimlachte geforceerd. 'Ongetwijfeld. Maar zíj is mijn dochter niet.' Ze pakte haar wijnglas en nam een slokje. Ze probeerde nonchalant te doen, maar haar trillende lip verraadde haar. 'Je hebt een blauwe plek... op je rechterwang.'

Davida knikte. 'De camouflagecrème is er zeker af. Ziet het er erg uit?'

'Tja lieverd, je wilt niet dat je kiezers je zo zien.'

'Dat is waar.' Davida glimlachte. 'Straks denken ze nog dat je me slaat.'

Moeder kon de humor niet waarderen. Haar ogen werden troebel. 'De rotzakken!'

'Helemaal mee eens.' Davida nam de hand van de oude vrouw in de hare. De huid was bijna doorzichtig en de tere aderen hadden de kleur van een mistige lucht. 'Het gaat prima met me. Maak je geen zorgen.'

'Enig idee wie het heeft gedaan?'

'Vervelende kinderen.'

'Dat is onduidelijk en ontwijkend en ik ben niet van de pers, Davida. Heeft de politie iemand gearresteerd?'

'Nog niet. Wanneer het zover is, laat ik het je wel weten.'

'Wanneer het zover is, dus niet áls het zover is?'

Davida gaf geen antwoord. Een latino-hulpkelner mompelde iets beleefds en ruimde de borden van het voorgerecht af. Even

later keerde hij terug met het hoofdgerecht. Davida vroeg zich af waarom het hoofdgerecht in dure restaurants altijd door hulpkelners werd geserveerd. Wat waren de obers? Voedseltransportadviseurs?

Ze bedankte hem in het Spaans en draaide de pasta aan haar vork. 'Heerlijk. Hoe is dat van jou, moeder?'

'Goed.' Opnieuw werden de blauwe ogen mistig. Lucille leek bijna in tranen.

'Wat is er, moeder?'

'Het hadden wel kogels kunnen zijn.'

'Dat was gelukkig niet zo. Laten we nu gewoon lekker eten en van elkaars gezelschap genieten.' Dat was een onmogelijke opgave, want als zij bij elkaar waren was ruzie onvermijdelijk.

Moeder schraapte haar keel en toverde toen ineens een glimlach op haar lippen terwijl ze naar de andere kant van de zaal naar twee vrouwen zwaaide die net waren binnengekomen.

Darlene MacIntyre en Eunice Meyerhoff. Het tweetal liep moeizaam naar de tafel en klakte met de tong. Darlene was klein en mollig, Eunice was lang en statig en droeg haar inktzwarte haar in een streng knotje.

Lucille blies hun een kus toe.

'Lieverd!' galmde Eunice overdreven. 'Hoe ís het met je?'

'Fantastisch, wat dacht je dan? Ik geniet van een etentje met mijn drukke dochter.'

Eunice richtte haar blik op Davida. 'Alles goed met je, liefje?'

'Prima, dank u.'

'Dat was gewoon vréselijk!'

Lucille zei: 'Om niet te zeggen doodeng.'

Darlene zei: 'De klóótzakken!'

Davida schoot in de lach, maar was blij dat de zaal verder leeg was. 'Ik had het niet beter kunnen zeggen, mevrouw MacIntyre.' Ze nam een slokje wijn. 'Komt u erbij zitten?'

'We zouden niet durven,' zei Eunice. 'Je moeder ziet je toch al zo weinig.'

'Is dat wat ze u vertelt?'

'Voortdúrend, liefje.'

Davida wierp een quasi-boze blik op haar moeder en wendde

zich daarna weer tot de twee oudere dames. 'Nou, in dat geval was het leuk u even te zien. Een prettige avond.'

'Jij ook,' antwoordde Darlene. 'En laat je niet op je kop zitten door die klootzakken.'

Toen ze wegdrentelden zei Davida: 'Dus ik zie je amper?'

Moeder kleurde een beetje. 'Eunice probeert altijd te stoken... Ik klaag niet altijd over je, Davida. Die dragonder ziet scheel van jaloezie omdat háár Jane een hekel aan haar heeft.'

'Is dat niet een beetje overdreven?'

'Niet echt, Davida. Bij de laatste scheiding koos Eunice de kant van Janes ex. Ach, ik kan haar frustratie wel begrijpen, het was per slot van rekening haar dérde scheiding.' Ze glimlachte vals. 'Of misschien de zesde. Of de zesentwintigste, ik ben de tel kwijtgeraakt.'

'De derde,' zei Davida. 'Ik hoorde inderdaad dat Eunice de kant van Parker had gekozen. Niet alleen stijlloos en ontrouw, het was ook nog eens misplaatst. Parker Seldey is een gestoorde hufter.'

'Maar erg aantrekkelijk.'

'Dat was hij ooit. Ik heb gehoord dat hij nogal opvliegend is.'

'Ik ook, maar daar zit Eunice niet mee. Want hij was altijd hoffelijk tegen haar, vergat haar verjaardag nooit en dat soort onzin.' Lucille slaakte een zucht. 'Familie is familie. Aan de andere kant zou Jane niet zo'n hekel aan haar moeder moeten hebben, ondanks Eunices eigenaardigheden.'

'Ze is boos op Eunice, maar ze heeft geen hekel aan haar, moeder. Geloof me, ik kan het weten.'

Jane Meyerhoff was al vanaf de lagere school Davida's vriendin en ze waren tijdens hun studie huisgenoten geweest. Allebei waren ze opstandige pubers geweest, hadden wiet gerookt, gespijbeld en waren in Sacramento meer dan eens op het politiebureau geëindigd wegens kruimeldiefstal. Domme, zelfvernietigende daden die ze hadden gepleegd omdat ze allebei een hekel aan zichzelf hadden.

Jane was in die tijd zeker twintig kilo te zwaar en had een hekel aan haar dikke neus. Tijdens haar eerste studiejaar had ze zichzelf uitgehongerd en haar overgewicht eruit gekotst, waarna ze als derdejaars een neuscorrectie had laten doen. Maar oude

zelfbeelden zijn hardnekkig en Jane had zich nooit lekker in haar vel gevoeld.

Dat zou ook wel nooit gebeuren, dacht Davida bedroefd.

Zij had zichzelf daarentegen voor het begin van haar studie al geaccepteerd. Alles was veranderd toen ze een paar maanden voor haar eindexamenfeest uit de kast was gekomen.

Als het baren van een kind: pijnlijk, maar het was het waard. Uit de kast komen betekende dat het leven opeens eerlijk was – verlicht door een zuiver, helder licht dat Davida zich niet had kunnen voorstellen.

Ze kauwde op haar pasta en keek naar de andere kant van de tafel. Moeder had veel gebreken, maar homofobie hoorde daar niet bij. Het had haar geen zak kunnen schelen dat haar enige nog levende dochter lesbisch was.

Misschien kwam het omdat moeder over het algemeen niet in mannen was geïnteresseerd en aan Davida's vader in het bijzonder een hekel had, hoewel ze absoluut hetero was.

De edelachtbare Stanford R. Grayson, gepensioneerd arrondissementsrechter, woonde nu in Sarasota waar hij golfde met een tweede vrouw die twintig jaar jonger was dan Lucille. Moeder was verrukt geweest toen de ouweheer was hertrouwd, want daardoor had ze tenminste weer iets anders om over te kankeren. En vader had stiefkinderen bij Mixie, dus negeerde hij Davida en liet haar helemaal aan Lucille over.

Als moeder ooit verdriet had over het feit dat ze geen kleinkinderen had, liet ze dit nooit merken aan Davida.

Moeder prikte in haar eten en schoof het over haar bord. 'Zie je Janey veel?'

'Wat vaker, nu ze in Berkeley woont.' Davida glimlachte gespannen. 'Ik probeer met al mijn oude studiegenoten contact te houden.'

Moeder had gewild dat haar dochter naar Stanford ging. Davida had per se naar Berkeley gewild. Ze was er nooit echt weggegaan en was eerst de assistent van de burgemeester geweest, waarna ze naar de hoofdstad was verhuisd en hand-en-spandiensten voor Ned Yellin had verricht, het meest progressieve lid van het parlement. Door Neds onverwachte dood na een hartaanval was haar eigen carrière in een stroomversnelling geraakt.

Nu vertegenwoordigde ze haar district met de trots van een workaholic, en ze was dol op haar baan.

Toch vroeg ze zich op sommige dagen af waarom ze zich ooit in het wespennest had gestoken dat staatspolitiek was. Het was al een uitdaging op zich om met de grillen van kiezers om te gaan die het in feite met haar eens waren. Maar samenwerken met haar minder verlichte collega's was soms zo frustrerend als... Iets ergers was er eigenlijk niet.

Minder verlicht; haar eufemisme van de maand. Onverdraagzaam en vooringenomen was dichter bij de waarheid. Maar goed, iedereen had een dubbele agenda. Zij zeker, en dat had niets te maken met haar seksuele geaardheid.

Toen ze tien was, was haar oudere zus Glynnis overleden na een lang gevecht tegen een rhabdomyosarcoom, een zeldzame spiertumor. Davida was dol op haar zus geweest en had toe moeten kijken hoe Glynnis de laatste dagen van haar leven met slangen in haar lijf aan een ziekenhuisbed gekluisterd was, een klam ziekenhuishemd rond haar vaalbleke, graatmagere lichaam, met bloedingen aan haar tandvlees en neus.

Het aantal bloedcellen in haar lichaam nam gestaag af en er waren geen nieuwe donoren.

Davida was ervan overtuigd dat stamcellen Glynnis hadden kunnen redden. Hoe anders zou het leven van de familie Grayson eruit hebben gezien als de wetenschappelijke gemeenschap op een rechtvaardige manier gefinancierd was geweest?

Tweeënhalf jaar geleden had Davida moed geput uit het feit dat de kiezers hadden gestemd voor een door de staat gefinancierd stamcelinstituut. Maar jaren later was ze gedesillusioneerd en boos; het enige wat het instituut tot stand had gebracht was een raad van bestuur en een halfzachte doelstelling.

De wetenschap heeft tijd nodig, was het excuus. Davida geloofde er niets van. Mensen als Alice Kurtag hadden de oplossing, maar Alice was niet eens geraadpleegd door de nieuwe raad van bestuur – ondanks Davida's herhaalde verzoeken.

Ze had besloten dat ze lang genoeg had gewacht. Gesteund door een bataljon aan wetenschappers, artsen, geestelijken en mensen met genetische aandoeningen trok ze elke dag ten strijde in Sacramento. Ze deed haar best om haar *minder verlichte*

collega's ervan te overtuigen dat het antwoord lag in een minder hoogdravende, maar efficiëntere wettelijke aanpak.

Erg veel resultaat had ze niet geboekt.

Niet dat het de saaie politici om geaborteerde foetussen ging... Ze kwam er al snel achter dat de meeste politici alleen waren geïnteresseerd in hun eigen herverkiezing. Ondanks hun mooie babbel. Na een halfjaar was ze ervan overtuigd dat ze tegen háár waren. Om wie ze wás.

Dag in dag uit had ze haar stembanden tot het uiterste aangesproken, had ze deals gesloten die ze eigenlijk niet wilde, had ze uren verspild aan doodsaaie vergaderingen. En nu was ze letterlijk en figuurlijk besmeurd... op de treden van het parlementsgebouw, wat een vernedering.

Wat een bende... Dat was nog eens een metafoor.

Moeders stem bracht haar met een schok naar het hier en nu. Ze babbelde over de gevaren die overal loerden.

Volgens Lucille vormde Davida voor elke groep blanke racisten in Californië een belangrijk doelwit, om nog maar te zwijgen over religieuze antiabortusfanaten, ultramacho-antihomoboeren uit de San Joaquin Vallei en natuurlijk vrouwenhaters van elk pluimage en geslacht.

Davida dacht aan moeders woorden direct nadat de verkiezingsresultaten werden geteld en Davida's aanhangers stonden te juichen in de ontmoetingsruimte van de oude Finse kerk.

'Wees op je hoede, lieverd. Ga nu niet naast je schoenen lopen en denken dat je heel erg populair bent omdat je nu gekozen bent.'

Moeder was zoals altijd erg negatief, maar er zat een kern van waarheid in haar vermanende woorden. Davida wist dat ze veel mensen tegen zich in het harnas had gejaagd, mensen die ze niet eens kende.

'Maak je geen zorgen, moeder, ik red me best.'

'En bovendien werk je te hard.'

'Dat doet een ambtenaar nou eenmaal, moeder.'

'Als je zulke lange werkdagen blijft maken, zou je daar op zijn minst voor betaald moeten worden. Net als in het bedrijfsleven. Met jouw ervaring zou je je eigen...'

'Het gaat me niet om het geld, moeder.'

'Dat komt omdat je nooit armoede hebt gekend.'

'Dat is waar, moeder. Mensen die het goed hebben, gaan bij de overheid werken om iets terug te geven aan de maatschappij. Maak je nou maar geen zorgen om mij.'

Lucille Grayson keek gekwetst. En bang. Ze was al een dochter kwijt. Overleven kon zwaar zijn, dacht Davida. Ze deed haar best om met haar moeder mee te voelen. 'Er is niemand die mij iets aan wil doen. Ik ben te belangrijk.'

'Op tv zag ik iets heel anders.'

'Ze zullen binnenkort wel iemand arresteren. Degenen die dit gedaan hebben zijn niet bepaald slim. Waarschijnlijk van die achterlijke idioten van de White Tower Radicals.'

'Ze zijn misschien niet slim, Davida, maar dat betekent nog niet dat ze niet gevaarlijk zijn.'

'Ik zal extra goed oppassen, moeder.' Davida nam een hap, legde haar vork neer en veegde haar mond af. 'Het was heel gezellig, maar ik heb nog een stapel werk liggen en het is al over negenen. Ik moet terug naar kantoor.'

Moeder zuchtte. 'Goed. Ga je gang. Ik moet zelf ook nog inpakken.'

'Blijf je niet slapen?'

'Nee, ik heb morgenochtend een afspraak met mijn boekhouder.'

'Wie brengt je... Hector?'

'Guillermo.'

'Dat is een goeie.' Davida stond op en hielp haar moeder overeind. 'Heb je hulp nodig bij het inpakken?'

'Welnee.' Lucille gaf haar dochter een zoen op haar wang. 'Zal ik je een lift naar kantoor geven?'

'Het is een prachtige avond, moeder. Niet zo koud en niet al te mistig. Ik ga denk ik lopen.'

'Lopen?'

'Het is nog niet zo laat.'

'Het is donker, Davida.'

'Ik ken iedereen die ik onderweg tegenkom, en volgens mij is er niemand die me met eieren wil bekogelen. Wees jij ook maar voorzichtig. Ik vind het niet fijn dat je zo laat nog naar huis gaat. Ik wou dat je hier bleef slapen.'

Al nodigde ze moeder niet in haar eigen flat uit; er waren grenzen.

Lucille zei: 'Sacramento is maar een uurtje rijden.'

Davida glimlachte. 'Niet met Guillermo achter het stuur.'

'Een snellere rit betekent minder kans op problemen, lieverd. Jij hebt jouw zaken, ik de mijne.'

'Akkoord.' Nadat ze moeders vriendinnen gedag hadden gezegd, liep Davida samen met de oude vrouw de eetzaal uit en hielp haar de trap op naar haar kamer. 'Ik spreek je morgen wel, moeder. En ik zal Minette de groeten van je doen.'

'Dat heb ik je helemaal niet gevraagd.'

'In huiselijke kring is eerlijkheid niet altijd geboden.'

2

Terwijl ze door het uitgestorven zakendistrict van Berkeley liep, duwde Davida haar handen in haar zakken. Er hing een dunne mist die de straatnaambordjes en donkere winkelpuien omhulde en in haar neus kriebelde. Toen de stilte haar te veel werd, sloeg ze Shattuck Avenue in, het hart van Gourmet Ghetto. In de cafeetjes aan de straat wemelde het van de mensen. Het Ghetto was niet alleen een buurt, maar een concept en toonde net als Berkeley zelf verschillende architectuurstijlen, die weigerden aan een standaard te voldoen. Opgesmukt victoriaans, Arts and Crafts en art deco liepen in elkaar over. Hier en daar stond iets moderns, maar vergunningen werden nauwelijks verstrekt en ontwikkelaars gaven het vaak op.

Hoewel ze het nooit zou toegeven had Davida lang geleden al beseft dat Berkeley zijn eigen conservatieve kern had, zoals elk ander rijk stadje. Verandering was bedreigend, tenzij het in de lijn van de partij paste. In dit geval was het haar partij en genoot ze van de gecontroleerde ongelijksoortigheid.

Met gebogen hoofd liep ze door Shattuck en ademde de voch-

tige, zilte lucht in. Ze dook haar kantoor binnen en keek of ze berichten op haar mobiel had. Tientallen, maar het enige wat haar interesseerde was het bericht van Don. Ooit had ze zijn nummer uit haar hoofd gekend. Een leven geleden.

Ze belde. Zijn vrouw nam op.

'Hoi Jill, met Davi...'

'Ik zal Don even halen.'

'Dank je.' Hun standaardgesprek. Vijf woorden van Jill Newell vormden een gesprek. De vrouw kon het bestaan van een oude schoolliefde van haar man gewoonweg niet verkroppen. Davida vond Jills kinderachtige houding na al die jaren verbijsterend. Zeker als je bedacht wie Davida was. Maar logica speelde geen rol; Jill had gewoon een hekel aan haar.

Don kwam aan de lijn. 'Afgevaardigde Grayson.'

'Rechercheur Newell. Nog nieuws?'

'Toevallig wel. We hebben een paar ooggetuigen die het incident hebben gezien. Twee achterlijke broertjes, Brent en Ray Nutterly. We hebben ze opgezocht in hun caravan, waar het toevallig ook nog eens naar marihuana rook. Ze zitten nu een nachtje in de cel met de complimenten van de politie van Sacramento. Ze kunnen zes maanden tot een jaar krijgen voor wat ze je aangedaan hebben, maar meer zal het niet worden.'

'Zeg maar tegen de officier van justitie dat hij het onderste uit de kan moet halen.' Davida Grayson, acuut bekeerd tot de harde aanpak.

'Reken maar,' zei Don. 'Iedereen is kwaad dat ze ons te kakken hebben gezet, tot de hoofdcommissaris aan toe. Het is wel duidelijk dat ze niet het meest populaire duo zijn.'

Hij ging wat zachter praten. 'Davy, ik hoef je dit niet te vertellen, maar je weet dat er anderen zijn, veel boosaardiger dan deze twee klootzakken. Overweeg toch eens om een bodyguard in dienst te nemen.'

'Echt niet.'

'Alleen totdat je wat verder bent gevorderd met het wetsvoorstel. Al dat heen en weer...'

'Precies. Ik moet mobiel en toegankelijk zijn. Lief dat je je zorgen maakt, Don. Ik wil je nog iets vragen. Mijn moeder komt over een uur, anderhalf uur thuis. Ik vind dat ze er een beetje

zwak uitziet en ze weigert om iemand in huis te nemen. Guillermo zet haar straks af, maar op dit tijdstip wil ik niet dat ze erg opvalt. Zou jij een patrouillewagen langs haar huis kunnen sturen om te kijken of alles goed met haar is?'

'Geen probleem. Wanneer ben je weer eens in de buurt? Ik zat erover te denken om een barbecue te organiseren.'

'Klinkt goed, Don, maar je weet dat ik op het moment omkom in het werk.'

'Ik weet het.'

'Doe Jill en de kinderen de groeten.'

'Je had Jill toch net aan de telefoon?'

'Ze was niet zo spraakzaam.'

Het bleef even stil voordat hij antwoordde. 'Zo is Jill.'

Toen de telefoon drie keer was overgegaan, nam Minette op. Ze had net haar glas bourbon leeggedronken en kon de rokerige nasmaak nog proeven. Net als sigaretten in die goeie ouwe nicoti-netijd.

Ze rekte zich uit op de bank en liet haar hand over haar lichaam glijden. Ze droeg een roodkanten beha met bijpassende string en dijhoge kousen die ze bij Good Vibrations had gekocht. Ze had er al de hele dag naar uitgekeken om ze voor het oog van haar partner uit te trekken. Langzaam. Tergend langzaam.

Ze werd helemaal geil bij de gedachte aan een striptease. Met een verleidelijke stem nam ze op.

Davida zei: 'Dag, schatje.'

'Hal-lo.' Minette hoopte dat ze niet zo dronken klonk als ze zich voelde. 'Ik heb op je liggen wachten.'

'Dat klinkt goed,' was het antwoord aan de andere kant van de lijn. En toen de stilte die Minette haatte. 'Ik heb nog een aantal dringende zaken te regelen, Min. Daar ben ik wel even mee bezig.'

'Hoe lang is even? Een minuut, een uur, een dag, een week?'

'Langer dan een minuut, korter dan een week.'

Minette lachte niet. Davida probeerde haar geduld te bewaren. Ze wist dat Min had gedronken, want ze brabbelde een beetje, maar dit was niet het moment om daarover te beginnen. 'Ik heb over twee dagen een commissievergadering over het wets-

voorstel, het moet perfect op papier staan, anders gaat een of andere ongelikte beer er moeilijk over doen.'

'Weer een commissievergadering?'

'En daarna nog twee, maar dan wordt het snel rustiger, dat beloof ik.'

'Welnee,' zei Minette. 'Dan vind je wel weer een ander goed doel om je tijd aan te besteden.'

Davida probeerde over iets anders te beginnen. 'Heb je de reservering van Tecate nog bevestigd?'

'Ja... Hoezo? Moet ik het afzeggen?'

'Nee, nee. De hele week staat in mijn BlackBerry gegraveerd. Ik kan haast niet wachten.'

'Ik ook niet.' Maar Minette kon weinig enthousiasme opbrengen. Davida had hun kuurvakantie naar Rancho LaPuerta al twee keer afgezegd. 'Hoe laat kom je thuis?'

'Ik hoop voor één uur, maar blijf maar niet op.'

Met andere woorden, ze kwam helemaal niet thuis. Minette zuchtte. Streelde een kanten behacup. Haakte haar duim erachter. 'Werk niet te hard, schatje.'

'Fijn dat je het begrijpt, lieverd. Ik hou van je.'

Minettes 'ik hou ook van jou' werd afgekapt door de klik van de telefoon.

Pruilend hing ze op. Vijf over halftien en ze voelde zich sexy en zag er zo uit ook.

De avond was nog jong. Ze drukte op een voorkeuzetoets van haar mobiele telefoon. Toen de telefoon aan de andere kant werd opgenomen, probeerde Minette haar stem rustig te laten klinken. 'Zoals gewoonlijk komt ze vanavond weer eens heel laat thuis, als ze überhaupt nog komt. Wat zijn jouw plannen?'

'Tja, ik kom zeker naar jou toe?'

'Hoe laat?'

'Geef me een uurtje om met goed fatsoen weg te kunnen.'

'Tot straks dan. O, en neem even een fles Knob Creek mee,' zei Minette. 'We hebben helemaal geen vreugdedrank meer.'

3

Het telefoontje kwam om tweeëntwintig minuten over acht, net op tijd om Will Barnes' kwellende training op de loopmachine te onderbreken. Elke dag liet hij zijn gewrichten exploderen, in de ijdele hoop dat het stompzinnige apparaat zijn levensverwachting zou verhogen. Wills vader en opa waren allebei aan een hartkwaal overleden toen ze begin zestig waren. Volgens Wills cardioloog zag zijn rikketik er prima uit, maar de onuitgesproken boodschap kwam aan: pas extra goed op.

Hij ging wat langzamer lopen en zei: 'Barnes.'

De chef zei: 'Davida Grayson is dood in haar kantoor aangetroffen.'

Barnes was zo geschokt dat hij bijna struikelde. Hij sprong van het apparaat en sloeg een handdoek om zijn dikke, bezwete nek. 'Wat is er in vredesnaam gebeurd?'

'Daar moet jij nu achter komen. Ik zie je op de plaats delict. Amanda komt er ook aan. Gelukkig heb je een partner die weet hoe ze met de media om moet gaan, want dit komt flink in de publiciteit. De hoofdcommissaris heeft om elf uur een persconferentie belegd. Om zeven uur vanavond is er een vergadering op het stadhuis. Deze zaak moet snel opgelost worden, Will, voordat het volk op tilt slaat.'

'Mag ik mijn broek eerst nog aantrekken?'

'Tuurlijk. Zelfs met één been tegelijk.'

William Tecumseh Barnes was een breedgeschouderde man met de platte neus van een footballspeler en zachtblauwe ogen. Met zijn beginnende buikje en een dubbele onderkin vond hij zelf vaak dat hij zijn beste tijd had gehad, maar vrouwen waren dol op die babyblauwe ogen en hij had zijn eigen haar, waarvan het meeste nog bruin was met hier en daar wat donkergrijs bij de slapen. Na de middelbare school was hij het leger ingegaan, daarna bij de politie, waarvan vijftien jaar bij de politie van Sacramento en tien jaar als rechercheur Moordzaken, totdat hij vanwege een familiekwestie naar de Bay Area was gekomen.

Wills enige broer, Jack, was een homoseksuele man die zijn geld verdiende als homoseksuele man. Jack was op zijn zestiende van Sacramento naar San Francisco verhuisd en tegen de tijd dat hij twintig was, was hij een 'bekende activist', een fanatieke, opdringerige vent die iedereen wist te beledigen.

Will wist dat die agressieve houding niet alleen door idealisme kwam; zijn hele leven had hij al Jacks rotzooi moeten opruimen. Maar familie was familie, ook al had Will zijn broer nooit echt begrepen.

Toen Jack werd vermoord, waren hun ouders allang overleden en moest Will zijn verdriet alleen dragen. Toen de zaak niet verder kwam, wist hij wat hem te doen stond. Pas gescheiden en zonder kinderen of emotionele bagage vroeg hij voor onbepaalde tijd verlof aan. Het werd twee jaar, en in die tijd ging hij op zoek naar de moordenaar van zijn broer. Naarmate hij Jacks dood verder onderzocht, kwam hij steeds meer te weten over diens leven. Jacks vrienden begonnen hem te vertrouwen, vertelden fragmentjes die als een lappendeken in elkaar pasten. Uiteindelijk bleek dat Jacks dood een van die stomme gevallen was: een ruzie met de verkeerde persoon.

Toen het tijd was om terug te gaan naar Sacramento, besefte Will dat hij was gaan houden van de schoonheid van de Bay Area en dat hij met tegenzin moest toegeven dat hij respect had voor de politieke diversiteit. Hij had gesolliciteerd bij de politie van Berkeley waar net een vacature voor rechercheur was vrijgekomen. Hij voelde zich leeg en uitgeput na de zoektocht naar de moordenaar van zijn broer en dit leek hem een makkelijke, rustige baan.

Maar deze ochtend niet, met Davida Grayson als slachtoffer.

Will nam een douche, schoor zich en sloot zijn woning af, een bungalow van vijfenzeventig vierkante meter met twee slaapkamers en een badkamer. Toen Will er vijftien jaar daarvoor vijfendertigduizend dollar voor had neergeteld, was het een krot geweest. Nu was het opgeknapt en opgeleukt en zeker weten dat het de beste investering was die hij ooit had gedaan.

Het gebied rond het districtskantoor van Grayson aan Shattuck Avenue was afgebakend met gele tape. De aasgieren stonden al

klaar: de lokale tv-zender, de radio, de kranten. Barnes zag Laura Novacente van de *Berkeley Crier* en zwaaide even. Ze hadden een paar jaar geleden iets gehad en hoewel het was stukgelopen, waren ze als vrienden uit elkaar gegaan. Laura baande zich met haar ellebogen een weg door de meute, ging naast hem staan en zorgde ervoor dat haar heupen even de zijne raakten.

'Hoe gaat-ie, Willie?'

'Zeg jij het maar, Laura.' Barnes keek of hij Amanda Isis ergens zag. Zijn partner woonde in San Francisco in een herenhuis in Pacific Heights met uitzicht over alles. Het zou haar zeker nog een halfuur kosten om vanaf de andere kant van de brug hier te komen. 'Jij was hier eerder dan ik, dame.'

'Luister je niet naar jullie eigen scanners?'

'Niet om acht uur 's morgens.'

'Ik heb gehoord dat ze in het hoofd is geschoten.'

'Dan weet je meer dan ik.'

'Geef me íéts waar ik wat mee kan, Willie.'

Met een snelle blik van zijn babyblauwe ogen nam hij Laura in zich op. Ze was tien jaar jonger, had lang grijs haar dat in lange lokken in de wind wapperde. Ze was nog altijd slank; hij vroeg zich af wat er misgegaan was tussen hen. 'De hoofdinspecteur heeft een persconferentie geregeld...'

'Ik dacht dat we vrienden waren.'

Hij genoot van de aandrang in haar stem. Had het vaak gehoord in een heel andere context. 'Jouw nummer staat nog steeds in mijn geheugen gegrift, Laura. Als ik iets te weten kom, bel ik je, dan kunnen we misschien iets afspreken.'

'Ons vaste plekje?'

'Ik ben een gewoontedier, Laura.'

Davida hing over haar bureau met haar gezicht op haar arm alsof ze de laatste ogenblikken van haar leven had liggen dutten. Rechercheur Amanda Isis hoopte dat de overgang van slaap naar eeuwige rust pijnloos was geweest. Davida's nek was opengeschoten; de hagelkorrels hadden zoveel kracht gehad dat haar ruggengraat bijna door was. Bijna onthoofd.

Amanda was een middelgrote, slanke achtendertigjarige vrouw met grote bruine ogen en goudbruin haar dat in korte laagjes was

geknipt. Ze droeg een grijs broekpak waarop vuil niet zichtbaar was. Armani, maar met een snit die heel gewoon leek.

De plaats delict was gruwelijk en bloederig. Op het bureau en de muren zaten bloedspetters. Bepaald niet een moordtafereel waaraan Amanda gewend was. Moordzaken van de politie van Berkeley gingen meestal om drugsmoorden in donkere steegjes in West-Berkeley, wrede maar toch alledaagse misdrijven die met regelmaat aan Oakland ontsproten.

Amanda bestudeerde het lijk opnieuw. Het was iemand ernst geweest. Toen ze nog eens goed keek, kon ze de hagelkorrels in het vlees zien zitten. Ze veegde een paar goudbruine lokken uit haar gezicht en wendde zich tot Will. 'Dit is walgelijk.'

'Veel bloedspetters... een paar gedeeltelijke voetafdrukken.' Barnes wees naar een paar plekken. 'Als mijn ervaring me iets heeft geleerd, zou ik zeggen dat er ergens iemand zijn beboede kleding heeft gedumpt. Maar de sukkels doen dat niet graag met hun schoenen.'

'Wie heeft de politie gebeld?'

'Jerome Melchior, Davida's naaste medewerker. Ik heb hem met een kop koffie in een patrouillewagen gezet in de hoop dat hij wat kalmeert. Ik wil hem ondervragen nu alles hem nog vers in het geheugen ligt en hem tot de persconferentie bij die aasgieren van de pers weghouden.'

Barnes keek op zijn horloge. 'Dan hebben we nog maar een uur, Mandy. Klaar voor actie?'

'Als jij hem ondervraagt, neem ik het hier over. En als ik met de bazen achter de microfoons zit, kijk jij hier rond. Dan kunnen we na afloop onze indrukken vergelijken.'

'Prima.' Zijn volmaakt georganiseerde partner. Na een jaar waren ze goed op elkaar ingewerkt als radertjes in een keurig afgestelde klok. Will was niet echt blij geweest om samen te moeten werken met iemand die was getrouwd met een man die honderd miljoen waard was en hij had de roddels over de oppervlakkige ijskoningin gehoord.

Hoe kan het ook anders, had hij gedacht. Maar Amanda werkte net zo hard als ieder ander. Zelfs harder. Misschien hadden die loterijwinnaars gelijk als ze beweerden dat ze niet van plan waren om te stoppen met werken.

Met haar handen in een paar handschoenen streek ze het jasje van haar designerpakje glad, wierp nog een blik op Davida en schudde het hoofd. 'Heb je wel eens iets met haar te maken gehad, Will?'

'Niet beroepsmatig.' Barnes slaakte een zucht. 'Ze komt uit Sacramento. Ik kende haar.'

'Goed?'

Barnes schudde zijn hoofd. 'Haar oudere zus, Glynnis, was een paar jaar jonger dan ik. Ze stierf toen Davida nog een kind was. Mijn broer, Jack, kende Davida van de middelbare school. Ze gingen niet met elkaar om, maar ik weet nog dat Jack behoorlijk onder de indruk was toen Davida tijdens haar eindexamenjaar uit de kast kwam.' Hij keek haar aan. 'En jij en Larry? Jullie gaan regelmatig naar feesten met politici.'

'Een logische conclusie, rechercheur Barnes. Ja, ik ben haar een paar keer tegengekomen, maar ik heb haar nooit uitgebreid gesproken. Ze leek me een heel redelijk mens. Ze was geen fan van de politie, maar was ook niet zo vijandig als sommige andere die we gehad hebben. Maar als ze praatte, kwam ze helemaal tot leven. Geestdrift voor datgene waarin ze geloofde, denk ik.'

'Als je ergens hartstochtelijk vóór bent, kun je ervan op aan dat er iemand hartstochtelijk tégen is.'

'Die stamcelzaak, dat eierengooien vorige week,' zei Amanda. 'Wie weet heeft de politie van Sacramento daar meer informatie over.'

'Daar ken ik nog een paar mensen. Ik vraag het wel na.'

'Misschien moeten we maar eens naar het parlement,' stelde Amanda voor. 'Onderzoeken wie haar vrienden en vijanden zijn.'

'In het parlement kunnen dat dezelfde mensen zijn. Maar het is een goed idee, al denk ik dat het babbelen met dat soort mensen meer jouw sterke kant is, Mandy.'

'En wat is jouw sterke kant, vriend?'

'Met háár soort mensen praten.'

Amanda wist dat hij de homogemeenschap bedoelde. Van alle contacten die een rechercheur zou kunnen onderhouden, vond ze niets zo'n merkwaardige combinatie als Will en homo's. Maar

hij wist informatie uit ze los te krijgen waar niemand anders in slaagde. Misschien vertrouwden ze hem omdat hij wel de laatste was die op hen neerkeek. 'Zeker weten dat je het niet wilt opnemen tegen de grijze pakken, Will? Dat was toch ooit jouw terrein?'

'Mijn terrein, maar nooit mijn mensen.'

4

Jerome Melchior zat met zijn hoofd tussen zijn knieën op de achterbank van de patrouillewagen. Hij was klein en droeg een zwart T-shirt met lange mouwen die om zijn gespierde armen gespannen zaten. En hij zat vreselijk te snotteren.

Melchior keek op toen Barnes dichterbij kwam. Diepliggende, donkere ogen en kort kaneelbruin haar met een gouden gloed. Hij droogde zijn ogen en liet zijn hoofd weer zakken. Barnes kwam naast hem zitten. 'Een afschuwelijke ochtend, meneer Melchior. Gecondoleerd.'

Melchior hapte naar adem. 'Ik dacht dat ze sliep. Dat doet ze wel eens.'

'Aan haar bureau in slaap vallen?'

De medewerker knikte. 'Als ze de hele nacht doorwerkt.'

'Deed ze dat vaak?'

'De laatste tijd meer, vanwege haar wetsvoorstel.'

'Het wetsvoorstel over stamcelonderzoek?'

'Ja.'

Barnes gaf Melchior even een klopje op zijn schouder. Melchior rechtte zijn rug, wierp zijn hoofd naar achteren en staarde naar het dak van de politieauto. 'Mijn god, ik kan het niet geloven!'

Barnes gaf hem de tijd. 'Wanneer besefte u dat ze dood was?'

'Ik weet niet waarom, maar ik liep naar haar toe en schudde even zachtjes aan haar schouder. Toen ik mijn hand terugtrok,

zat er bloed aan mijn vingers. Het drong eerst niet tot me door...
en toen... wel.' Melchior deed zijn hand naar achteren en raakte zijn nek aan. 'Dat gát.'

Barnes keek naar zijn notitieboekje. 'Dus er was niet meteen
iets wat u opviel?'

'Er was niets zichtbaar anders, als u dat bedoelt.' Hij keek
naar Barnes. 'Toen heb ik haar nog een keer aangeraakt. Mijn
handen zaten onder het bloed, ik heb vast bloederige vingerafdrukken achtergelaten... O god, heb ik nu uw onderzoek verpest?'

'Niet nu ik het weet. Uw melding is rond acht uur binnengekomen. Hoe lang nadat u het lichaam had ontdekt hebt u het
alarmnummer gebeld?'

'Ongeveer... twee minuten, misschien minder. Maar ik was zo
overstuur dat ik 611 belde in plaats van 911, mijn handen trilden zo verschrikkelijk.'

'Dat is heel normaal, meneer Melchior. Even over mevrouw
Grayson. Er zijn altijd veel mensen die het niet met bepaalde politici eens zijn. Was er wat betreft mevrouw Grayson iemand in
het bijzonder?'

'Niet iemand die haar zou willen vermoorden.'

'Ik zou toch graag namen horen.'

'Ik bedoel andere afgevaardigden,' zei Melchior. 'Dat zijn misschien ratten, maar het zijn geen... goed, goed... Mark Decody
uit Orange County... Alisa Lawrence uit San Diego had ook een
hekel aan Davida. Dat zijn allebei Republikeinen. Ze had ook
problemen met een Democraat, Artis Handel. Als het om het
wetsvoorstel gaat, is hij de felste.'

'Waarom?'

'Hij is katholiek en daar gaat hij prat op. Die hele abortus-
toestand.'

'Verder nog iemand?'

'Een burger... hartstikke gestoord als je het mij vraagt. Harry
Modell. Hoofd van een over andere randgroep die Gezinnen onder God heet. Extremisten zijn het. Ik heb gehoord dat "dood li-
beralen, geen baby's" hun stilzwijgende motto is. Het is een ex-
centriekeling en een druktemaker; nooit gedacht dat hij zover
zou gaan, maar... wie weet.'

'Wat was Davida's reactie op het eierengooien?'

'Dat.' Melchior fronste zijn wenkbrauwen. 'Dat zag ze als een actie van een paar rotkinderen. Ik was het met haar eens, maar nu...'

Melchior begon weer te huilen. Toen hij stil werd, bood Barnes hem nog een kop koffie aan.

'Nee, dank u.'

'Hebt u verder nog informatie die zou kunnen helpen?'

'Nee, het spijt me.'

'Is het goed als ik u over een dag of twee bel? Soms herinneren mensen zich meer als de eerste schok voorbij is.'

'Best.'

'En tot die tijd...' Barnes gaf hem zijn visitekaartje. 'Als u zich nog iets herinnert wat me zou kunnen helpen, belt u me dan.'

Melchior stopte het kaartje in zijn broekzak.

'Nog één ding. Hebt u wellicht de computerwachtwoorden van afgevaardigde Grayson?'

'Waarom?'

Een stomme vraag, maar daar had Barnes er al zo veel van gehoord in dit soort situaties. 'Mogelijk staat er belangrijke informatie in. Het apparaat zal door een expert worden onderzocht, maar als u kunt helpen om het onderzoek te bespoedigen, stel ik dat zeer op prijs.'

'Nou,' zei Melchior, 'ze vroeg me wel eens om te kijken of ze e-mail had... als haar laptop het niet deed, of...' Hij keek naar Barnes' notitieboekje. 'Even nadenken.'

'Doe rustig aan.'

Toen de medewerker eindelijk in staat was zich een beetje te concentreren, kreeg Barnes vijf wachtwoorden. 'Dat is geweldig. Zal ik een agent vragen u naar huis te brengen?'

'Dat zou fijn zijn.' Melchior glimlachte. 'Uw broer was een legende.'

'Dat vond hij zelf ook.'

Melchior schoot even in de lach. 'Hij was heel geestdriftig. Ik kende hem niet goed.'

'Ik ook niet.'

Op de plaats delict zag het nu zwart van de mensen. Twee tech-

nisch rechercheurs, een politiefotograaf, een paar onderzoekers van het gerechtelijk laboratorium – Tandy Halligan, een dikke lange vrouw en Derrick Coltrain, een kleine zwarte man.

'Hoe gaat het met manlief?' vroeg Coltrain aan Amanda.

'Pensioen is niets voor hem.' Ze had Lawrence Isis, een half Ierse, half Egyptische softwareontwikkelaar, tien jaar eerder tijdens een campusconcert ontmoet – Keltische folk. Amanda was voor de grap gegaan omdat een vriendin had aangedrongen. Er was direct een vonk overgeslagen tussen hen, ook al leek Larry op Woody Allen, maar dan met donker haar en een diepbruine huid. Hij was in het beginstadium bij Google gaan werken, had zich binnen het bedrijf opgewerkt, had aandelen gekocht. Veel aandelen. Een tijdlang hadden ze ver beneden hun stand in Amanda's flatje in Oakland geleefd, en twee jaar geleden hadden ze de reuzensprong naar het herenhuis gemaakt. Zeventien kamers stonden nog leeg, en Amanda genoot van de echo. Maar Larry had een hobby nodig.

Derrick Coltrain zei: 'Als ik al die speeltjes had, zou ik het niet erg vinden om vroeg met pensioen te gaan.'

Hij wierp een nieuwsgierige blik op haar. De onuitgesproken vraag: wat doe jíj hier in vredesnaam?

Op een dag als deze, een verdomd goeie vraag. Ze had Graysons telefoongegevens doorgenomen en was nu bezig met de door de overheid verleende BlackBerry van de afgevaardigde. Het leven van de vrouw had bestaan uit een eindeloze reeks vergaderingen. De afgelopen twee jaar had ze een vakantie gepland – een reisje naar Tecate in Mexico. Waarschijnlijk naar het kuuroord daar. Amanda en Larry waren er ook geweest. Zij had genoten van de lichaamsbeweging, hij had geklaagd dat hij geen draadloze verbinding had.

Coltrain zei: 'Waar houdt ons genie zich mee bezig?'

'Hij denkt erover om weer een bedrijfje te beginnen.'

'Laat maar weten wanneer hij de beurs opgaat.'

Tandy Halligan zei: 'Tegen de tijd dat hij beursgenoteerd wordt, is het te laat.' Ze begon het lijk te onderzoeken. Langzaam, zenuwachtig, iets wat ongewoon was voor haar. Maar stel dat het hoofd loskwam van het lichaam?

Voorzichtig tilde ze een voor een de handen op en bekeek ze

de vingers van dichtbij. 'Geen tekenen dat ze vastgebonden is geweest. De vingers en nagels lijken schoon en gaaf. Ik denk niet dat er veel materiaal te vinden zal zijn.'

Ze haalde even diep adem en draaide toen het hoofd om dit van opzij te bekijken. 'Aan de rechterkant geen verwondingen... links ook niet. Maar ze heeft een behoorlijke bloeduitstorting op haar voorhoofd.'

'Ze zat aan haar bureau, iemand kwam van achteren binnen, schoot haar neer, waarna ze voorover viel,' zei Amanda. 'Of ze lag te slapen en door de kracht van het schot sloeg haar voorhoofd tegen het bureaublad. Het is een eikenhouten vloer. Die kraakt als je eroverheen loopt. Als je hier laat op de avond in je eentje zit, hoor je het direct als er iemand achter je staat.'

Tandy zei: 'Tenzij ze te geconcentreerd bezig was. Aan de telefoon zat of aan het typen was.'

Amanda vroeg zich af of het een inbreker was. Geen sporen van braak bij de voordeur, het was een dubbel slot, stevig. Ook de ramen waren op het oog niet beschadigd. 'Of ze maakte zich geen zorgen omdat het een bekende was. Wat nog niet betekent dat het scenario van het besluipen-en-toeslaan niet kan kloppen, als de moordenaar twee keer bij haar langs is geweest. Een keer als list om binnen te komen en de tweede keer om haar neer te schieten.'

Derrick Coltrain zei: 'Mag ik een suggestie doen? Sommige afgevaardigden willen krampachtig dat hun deur openstaat. Om toegankelijk te zijn, typisch iets voor Berkeley.'

'Op dat tijdstip?'

Het bleef stil.

Amanda zei: 'Enig idee hoe laat ze is vermoord?'

'Zes tot acht uur geleden, maar dat is nog maar een schatting.'

Will kwam het kantoor binnen en hoorde dit laatste. 'Tussen twee en vier uur 's morgens?'

'Dat is een schatting,' zei Tandy. 'Vraag maar aan dokter Srinivasan.'

Amanda zei: 'Geen sporen van braak aan de ramen en deuren. Weet je of ze de deur vaak openliet?'

'Ze had de reputatie dat ze heel gastvrij was,' zei Barnes. 'Er stonden altijd koffie en donuts klaar. Iedereen mocht binnenko-

men, ook daklozen. Het was koud gisteravond. Misschien heeft ze er een in het personeelskantoor laten slapen terwijl zij werkte. Misschien sloeg hij door.'

'Een dakloze met een jachtgeweer?'

Barnes haalde zijn schouders op.

Amanda zei: 'Ik heb haar mobiele telefoontjes van gisteravond doorgenomen. Een heleboel inkomende telefoontjes, maar ze heeft er maar een paar zelf gepleegd. Een persoon die ze heeft teruggebeld was Donald Newell in Sacramento.'

'Donnie is rechercheur Moordzaken.' Barnes slaakte een zucht. 'Volgens mij kenden ze elkaar nog van de middelbare school.'

'Weer een vriendje van vroeger. Hoe groot is die stad waar jullie vandaan komen?'

'Groot maar klein. Shit, ik vraag me af of Donnie het al weet. Ik zal hem even bellen.'

Tegelijkertijd keken ze naar Davida's levenloze lichaam. Tandy was net bezig het in plastic te wikkelen toen ze verstijfde bij het horen van geschreeuw buiten. Door het raam zag Amanda dat twee politieagenten hun best deden om een hysterische vrouw in bedwang te houden. Ze was slank, had goudblond haar tot op haar schouders, roze wangen en Marilyn Monroe-lippen. Ze droeg een strak zwart topje boven een lage spijkerbroek en hooggehakte sandalen.

De twee rechercheurs haastten zich naar buiten.

'Wat is er aan de hand?'

'Ik wil naar binnen!' schreeuwde de blondine. 'Klootzakken!'

De agenten keken naar de rechercheurs.

Amanda zei: 'Dit is een plaats delict, u mag hier niet binnen.'

De jonge vrouw vloekte. De tranen liepen over haar wangen, haar ogen waren bloeddoorlopen en haar adem rook naar alcohol. 'Weet je wel wie ik bén?'

'Nee, mevrouw.'

'Haar vriendin! Hoor je me? Ik ben verdomme haar vriendin!'

'Gecondoleerd,' zei Barnes.

'U mag toch echt niet naar binnen, maar ik wil graag met u praten,' zei Amanda. Ze sloeg haar arm rond de schouders van de blondine en kneep haar neus dicht voor de alcoholwalm. Het was een stank die ze maar al te goed kende van vroeger.

31

De blondine ontspande zich. Snifte. 'Ik ben Minette. Haar vriendin.'

Amanda gebaarde dat de agenten haar los konden laten. 'We gaan even een rustig plekje opzoeken, Minette.'

5

Het kostte Amanda al haar emotionele en lichamelijke energie om de vrouw bij de plaats delict weg te krijgen en in een patrouillewagen te gaan zitten. Minette de Vriendin snikte tot ze geen tranen meer overhad. Amanda bood haar een zakdoekje aan.

'Dank je.'

'Gecondoleerd, Minette. Wat is je achternaam?'

'Minette Padgett. Wat is er ge... gebeurd?'

'Het onderzoek is net begonnen, Minette. Ik zou je graag meer details willen geven, maar dat kan ik niet.'

'Maar ze is... dood?'

De ijdele hoop in haar stem; dit deel was altijd het moeilijkst. 'Het spijt me, maar ze is dood.' Nieuwe tranen, een explosie van verdriet. 'Minette, we hebben op dit moment informatie nodig over Davida. Heb jij informatie over haar leven die ons zou kunnen helpen?'

'Wat bedoel je? Of ze vijanden had? Massa's. Klootzakken uit het parlement die een hekel aan haar hadden omdat ze lesbisch was. Heel veel mensen wilden niet dat ze met stamcellen rommelde.'

'We hebben van haar medewerker wat namen gekregen: Harry Modell...'

'Gore klootzak.'

'Mark Decody en Alisa Lawrence...'

'Klootzakken.'

'Artis Handel...'

'De overloper.' Minette keek op. 'Er waren veel mensen van

wie ze problemen verwachtte, maar Artis... Hij is Democraat, van hem vond ze het vooral erg.'

'Kun je me nog meer over deze mensen vertellen?'

Minette dacht even na en schudde toen langzaam haar hoofd. 'Ze maakten het haar alleen moeilijk. Politiek gezien.'

'Zijn er nog anderen?'

'Ik weet het niet... Ik weet het niet. Mijn hoofd zit... Ik kan niet nadenken.'

'En privé, Minette? Had ze problemen met vrienden of familieleden?'

'Haar moeder is uitgesproken lastig, maar dat is altijd zo bij moeders en dochters. Ze heeft geen broers of zussen. Haar vader woont in Florida voor het geval je hem wilt spreken.'

'Waarom zouden we hem willen spreken?'

'Omdat hij een hufter is die Davida in de steek liet toen hij hertrouwd was.'

Amanda schreef dit op. 'Verder nog iemand?'

Twee mooie wenkbrauwen trokken even samen tot een frons en ontspanden zich toen tot hun jeugdige serene zelf. 'Toe, ik kan dit gewoon niet verwerken.' Een diepe zucht. 'Heeft iemand haar moeder gebeld?'

'Dat wordt geregeld.'

'Bedankt, want daar heb ik echt geen zin in. Het takkewijf mag me niet, nooit gedaan ook, hoe erg ik mijn best ook deed.'

'Waarom is dat, denk je?'

'Dat weet ik niet. Als ik het wist, kon ik er iets aan doen. Soms gaat dat gewoon zo, weet je. Spontane antipathie. Dat heb ik zelf ook wel eens bij mensen. In Lucilles geval denk ik dat het van beide kanten spontane antipathie was.'

'Vertel me eens iets over je relatie met Davida.'

Minettes hoofd schoot omhoog. 'Wat wil je weten?'

'Ik weet dat het erg ongevoelig klinkt, maar ik moet het vragen, mevrouw Padgett. Hadden jullie problemen?'

De jonge vrouw keek haar met een blik vol weerzin aan. 'Nee, we hadden geen problemen!'

'Ik ben zelf tien jaar getrouwd, mevrouw Padgett. Elk huwelijk kent zijn ups en downs. Vat u het alstublieft niet persoonlijk op.'

Minette gaf geen antwoord, maar het was wel duidelijk dat ze zich niet liet vermurwen.

'Dus alles was goed...'

'Daar heb ik al antwoord op gegeven.' Minette keek Amanda recht aan. 'Dus jullie bellen het ouwe mens?'

'Ja.'

'Mooi, want ik heb al genoeg ellende op mijn bord en íemand moet toch het een en ander gaan regelen. Laat zij dat dan maar doen.'

'Mijn god! Davida is dood?' Don Newells stem bulderde door de telefoon. 'Dat is verdomme gestoord! Wat is er in godsnaam gebeurd, Willie?'

'Je weet hoe dit gaat, Don. Ik wou dat ik je meer kon vertellen, maar dat kan ik niet.'

'Davida... O man, dat is... Vertel me dan tenminste hoe ze is doodgegaan.'

Barnes besloot dat het geen zin had omzichtig te zijn. 'Met een 12-kaliber jachtgeweer.'

'O, nee... Een typische jachtgeweermoord?'

'Het was niet fraai, Donnie.'

'Dat is gestoord... Godverdomme... Weet haar moeder het al?'

'Dat wordt geregeld, Donnie.'

'Als Lucille Grayson nog niet naar Berkeley is vertrokken, breng ik haar zelf. En als ze al weg is, kom ik ook.'

Er lag een merkwaardige, bijna hysterische klank in Newells basstem. Natuurlijk was hij geschrokken, maar Barnes vroeg zich toch af hoe het eigenlijk zat met de getrouwde rechercheur Moordzaken uit Sacramento en de lesbische afgevaardigde. Maar dit was niet het moment om daarnaar te vragen.

Hij zei: 'Donnie, iedereen weet dat ze vijanden in het parlement had. Misschien was dat eierengooien meer dan een geintje. We zouden je daar kunnen gebruiken. Als we het hier niet gauw oplossen, komen mijn partner en ik sowieso jouw kant op.'

Het bleef lang stil. 'Will, ik ben niet achterlijk en ik weet wat je denkt. Als de rollen waren omgedraaid, zou ik hetzelfde den-

ken. Davida en ik waren alleen maar vrienden. Verder níéts. Begrepen?'

'Natuurlijk,' loog Barnes gladjes.

'Hoe zou dat nou meer kunnen zijn, Will? Davida was lesbisch. Goed, vroeger hadden we een hechte band. Oké, oké, ik zal je niet in de weg lopen, maar ik ga wel met Lucille praten. Twee kinderen en nu is ze ze allebei kwijt.'

'Don, doe me een lol en verzamel alles over Davida wat je kunt. De eerstvolgende keer dat ik je zie, is het allemaal heel officieel.'

'Het ís officieel, Will. Het is persoonlijk, maar het is ook officieel.'

'Reken maar,' zei Barnes. 'Even voor de goede orde, Don. Heb je haar gisteravond gesproken?'

'Heb je haar mobiel nagekeken?' zei Newell. 'Ja, ik heb haar gebeld omdat we een paar White Tower-knullen hadden gearresteerd in verband met dat eierengooien. Brent en Ray Nutterly. Maar die hebben haar niet vermoord, want we hebben ze in de cel gezet.'

'En vriendjes van binnen de organisatie?'

'Dat wilden we net om andere redenen gaan onderzoeken.'

'Wat voor andere redenen?'

'Een paar maanden geleden kreeg ze een anonieme dreigbrief. Stelde weinig voor – je kent het wel, letters uit een tijdschrift geknipt. We konden het niet met iemand in verband brengen, maar ik wilde meer doen. Davida vond het nergens voor nodig, wilde niet dat ik er een hoop heisa van maakte. Ze vond dat die klootzakken met dat soort publiciteit veel te veel aandacht kregen en dat zij daarmee in een kwaad daglicht kwam te staan.'

'Hoezo?'

'Ze ging erg prat op haar publieke imago, lesbisch en progressief, maar ze stond boven het gekrakeel – haar woorden. En niemand mocht denken dat ze niet toegankelijk was. Maar zo te zien was ze verdomme veel te toegankelijk – ik had meer moeten aandringen! Godsamme, ik heb haar gisteravond nog gezegd dat ze een bodyguard moest inhuren. Vond ze onzin.'

'Vertel me eens iets meer over haar politieke vijanden.'

'Vijanden is een groot woord. Tegenstanders zou ik ze noe-

men. Niemand die zo gestoord zou zijn om haar te vermoorden, Willie.'

'Heeft ze jou wel eens gezegd dat ze voor bepaalde mensen bang was?'

'In de eerste plaats spraken we elkaar niet regelmatig. In de tweede plaats had ik jou dat dan toch wel verteld? Davida had geen paranoïde neigingen. Integendeel, ze bagatelliseerde gevaar altijd. Toen die brief kwam, deed ze heel blasé. Volgens mij was het mens nergens bang voor.'

Terwijl hun chef, de hoofdinspecteur en Amanda Isis de vragen beantwoordden van de gretige pers en luidruchtige gemeenschapsactivisten die zich overal druk om maakten, nam Barnes het bewijsmateriaal door dat de technische recherche had meegenomen. Deurknoppen waren schoongemaakt – op zichzelf al een indicatie dat er sprake was van voorbedachte rade – maar op een van de deurstijlen zat een gedeeltelijke bloederige duimafdruk. Verder waren er opvallende bloederige voetafdrukken evenals een veelheid aan rode vezels, haren, een koffiekop en een sigaret.

De afdeling pathologie zou het forensisch materiaal van het lichaam onderzoeken. Amanda had Davida's mobiele telefoon en haar BlackBerry onderzocht. En dus bleef er voor Barnes de lastige en tijdrovende klus over van het bekijken van Davida's computer, bureauagenda, zakelijke dossiers en correspondentie.

Met de lijst wachtwoorden van Melchior voor zich ging hij zitten, knakte met zijn vingers en ging aan de slag. Er kwamen verschillende schermnamen in beeld maar geen van alle zagen ze eruit als het officiële adres van een afgevaardigde met de extensie .gov. Na een uur lang proberen vond hij de winnende combinatie. Schermnaam: DGray, wachtwoord: LucyG.

Haar moeder als toegang tot cyberspace.

Achtenveertig e-mails.

Hij printte ze allemaal uit. De grote meerderheid leek te bestaan uit onbelangrijke berichten van vrienden en inwoners. Een paar persoonlijke – vooral van 'Mins', waarvan twee zeer seksueel getint.

Geile minnaars. Aan de e-mailwisseling met Minette Padgett

was niets wat op vijandigheid duidde, al klaagde Mins in twee berichten over de lange dagen die Davida maakte.

Net als Lucille.Grayson@easymail.net. Mama was helemaal niet blij dat Davida zo weinig aandacht aan haar eigen welzijn besteedde. In haar laatste e-mail drong ze er bij haar dochter op aan om voorzichtig te zijn. Iets meer dan alleen eierengooien? Er moest duidelijk een babbeltje met mama gemaakt worden.

Barnes voelde dat er iemand over zijn schouder meekeek. Max Flint, de computerexpert van de technische recherche. 'Je zit in haar e-mail. Ik ben onder de indruk.'

'Ik had een spiekbriefje.' Barnes gaf Flint het lijstje met wachtwoorden.

'Moet ik nog naar bepaalde dingen uitkijken?'

Barnes raadpleegde zijn aantekeningen. 'Alles wat je kunt vinden over het slachtoffer en afgevaardigden Alisa Lawrence, Mark Decody, Artis Handel en Eileen Ferunzio...' Hij spelde Eileens achternaam. 'Ze stond met alle vier in de politieke arena en ik heb gehoord dat het er af en toe heftig aan toe ging. En dan is er nog een vent, Harry Modell, hoofd van Gezinnen onder God. Kijk of hij haar per e-mail heeft bedreigd. En als laatste alles wat je kunt vinden dat mogelijk afkomstig is van de White Tower Radicals. Waarschijnlijk zaten zij achter het eierengooien en mogelijk ook achter een dreigbrief.'

'Veel vijanden,' zei Flint.

'Dat heb je met politici.'

6

Toen de vrouw uit de zilverkleurige Cadillac Fleetwood Brougham stapte, viel het zowel Barnes als Amanda op hoe waardig ze eruitzag. Met haar hoofd omhoog, haar schouders naar achteren, slank gekleed in zwart mantelpakje, een witte zijden blouse, naadkousen en orthopedische pumps die je met veel moeite

modieus zou kunnen noemen. Boven op haar grijze kapsel zat een klein zwart rond hoedje met een kleine sluier. Een chauffeur in uniform hield haar arm vast en leidde haar naar voren. Aan haar andere arm liep een broodmagere, voorovergebogen man van gemiddelde lengte en gewicht. Zijn dikke krullen waren peper-en-zoutkleurig, maar zijn krulsnor was helemaal wit.

De Donnie Newell die Barnes zich kon herinneren was een magere blonde jongen geweest die over het basketbalterrein skateboardde en iedereen voor de voeten liep. De jongens uit de buurt noemden hem 'Surfer Joe', een absurde bijnaam, want Sacramento was heet, droog en het lag uren rijden van de oceaan. Van het ene op het andere moment was Donnie van middelbare leeftijd geworden.

Maar wat zei dat over Barnes?

Hij wierp een blik op Amanda. De vrouw was getrouwd met een multimiljonair en naderde de veertig, maar ze was beeldschoon, intelligent, grappig en zou zo voor een ouderejaarsstudent kunnen doorgaan. Als je het designerpakje wegdacht.

Geboren onder een gelukkig gesternte. Even voelde hij een steek van jaloezie, maar toen gleed zijn blik weer naar Lucille Graysons gespannen gezicht dat met niets ziende ogen voor zich uit staarde.

Beide kinderen dood. Hel op aarde, wat was hij een klootzak om zo kleinzielig te doen.

Aan de andere kant van de politietape stond de hoofdinspecteur vragen van de pers te beantwoorden. Mooi; dan ging de aandacht niet zo naar Lucille uit.

Amanda zag dat hij het gezicht van de oude vrouw bestudeerde. 'Is ze zoals jij je haar herinnert?'

'Ze ziet er wat ouder uit, maar niet heel veel. Vrouwen van die generatie kleden zich meestal wat slechter – of misschien moet ik zeggen dat ze zich meer naar hun leeftijd kleden. Asjemenou, geef mij een stuiver voor elke vrouw van boven de vijftig die in een minirokje loopt.' Barnes trok zijn wenkbrauwen op. 'Maar ik klaag niet, hoor.'

Amanda negeerde de hitsige opmerking. Iedereen ging op zijn eigen manier met verdriet om.

De twee rechercheurs liepen in de richting van Lucille, maar

voordat ze zich officieel konden voorstellen, kwam Ruben Morantz uit de menigte tevoorschijn. Hij sneed hun de pas af en stak zijn hand uit naar de broze vrouw om haar te condoleren.

Misschien was dat voor een deel wel gemeend, accepteerde Barnes. De burgemeester van Berkeley had Davida Grayson jarenlang gekend en had in verschillende comités met haar samengewerkt. Ze hadden hun onenigheden gehad, maar hadden ook gezamenlijke overwinningen meegemaakt. Morantz was een kleine, vriendelijk ogende man met een smal lichaam en afhangende schouders. Op het eerste gezicht leek hij vrij onbeduidend, maar de rusteloze bruine ogen, de oogverblindende witte glimlach en altijd gebruinde huid straalden politiek uit.

De burgervader droeg een lange zwarte jas over een wit overhemd, een gouden stropdas en een bruine broek. Onder zijn broekspijpen staken puntige schoenen van hagedissenleer. Terwijl hij met Lucille babbelde, slaagde Barnes erin Donnie Newell te wenken. Donnie verontschuldigde zich en kwam naar hem toe.

'Je ziet er goed uit, Willie. Het klimaat doet je goed, zo te zien.'

'Je ziet er zelf ook niet zo beroerd uit.'

'Een wat dikker buikje, een wat grijzere kop.'

'Zo gaat dat.' Barnes stelde hem voor en keek toen naar de oudere vrouw. 'Arme Lucille. Bewonderenswaardig dat zij zich nog staande weet te houden.'

'Het is een taaie, maar hoeveel kan een taaie vrouw verdragen die twee kinderen kwijt is?'

De burgemeester haalde Lucille bij de menigte weg en bracht haar naar de limousine waar ze beiden instapten.

Amanda keek naar Newell. 'Hoe goed ken je mevrouw Grayson?'

'Davida wilde dat ik zo nu en dan bij haar ging kijken.' Newell glimlachte naar Amanda. 'Ik denk dat het verstandig is als ik je even bijpraat. Davida en ik hadden verkering op de middelbare school. Ze kwam tijdens haar eindexamenjaar uit de kast, maar ik had al lang het vermoeden dat er iets niet klopte. Ze hield van... tja, experimenteren zal ik het maar noemen. Dat vond ik niet erg. God, wat kon je met haar lachen. Die lustte er wel pap van, om te gillen, zij en haar beste vriendin, Jane Meyerhoff – al zou ik je niet kunnen zeggen hoe ze nu heet. Volgens mij heb

ik het nooit geweten, ze is zo vaak getrouwd geweest. Ik heb gehoord dat haar laatste scheiding nogal akelig was.' Newell wendde zich tot Barnes. 'Woont Janey tegenwoordig niet hier?'

Barnes knikte. Hij wist alles van Janey, want hij had haar een keer in een bar versierd en ze waren een paar keer uit geweest. Janey was niet om te gillen, eerder om te janken. 'Heb je het dossier bij je, Donnie?'

Newell stak een bruine envelop uit. 'Heb eens naar de broertjes Nutterly gekeken. Voor zover ik kan zien, zijn het twee primitieve sukkels, maar dat wil niet zeggen dat ze niet gevaarlijk zijn. Dom en vals is een gevaarlijke combinatie, nietwaar? Toch denk ik niet dat ze iets zouden doen zonder opdracht van iemand anders.'

'En wie zou de opdrachtgever kunnen zijn?' vroeg Barnes.

'Het hoofd van de White Tower Radicals is een zekere Marshall Bledsoe uit Idaho.'

'Ik ken Bledsoe,' zei Barnes. 'Toen ik nog in Sacramento werkte ging het gerucht dat hij het brein was achter de bomaanvallen op een synagoge. Dat is twintig jaar geleden. Hij was in die tijd bezeten, ik denk niet dat hij op wonderbaarlijke wijze opeens een weldenkend mens is geworden, maar van bommen naar eieren?'

'Tenzij het een list was,' zei Newell.

Barnes dacht hierover na. 'Davida denkt dat haar vijanden in het parlement zitten en vervolgens pakken ze haar hier in haar eigen kantoor.'

'Zoiets. Die dreigbrief was naar Sacramento gestuurd.'

'Welke dreigbrief?' vroeg Amanda, en Barnes besefte dat hij haar dat was vergeten te vertellen.

Newell maakte de envelop open en liet hun een kopie zien. Tijdschriftletters in allerlei vormen en kleuren waren uitgeknipt en opgeplakt om een dreigende boodschap te vormen.

ONSTERFELIJKHEID LEIDT TOT DE DOOD!

Het leek een flauwe grap, iets wat Amanda afgedaan zou hebben als een of andere idioot met een schaar die zich had uitgeleefd op een stapel tijdschriften. 'Enig idee van wie die afkomstig is?'

'Geen vingerafdrukken, vezels of speeksel. Hij is in een dicht-getapete envelop bezorgd zonder afzender erop. Ook geen postzegels of stempels. Iemand heeft hem in haar brievenbus in Sacramento gestopt. Dat brengt het verdachtenlijstje terug tot een miljoen. Ik wilde het nader onderzoeken, maar mocht van Davida haar collega's niet ondervragen. Ze was bezig een paar lasteraars voor zich te winnen en wilde niet dat ze hen door de politie tegen zich in het harnas zou jagen. Dus hebben we het laten zitten.' Newell grimaste. 'Achteraf gezien een grote fout.'

Barnes vroeg: 'Hadden jullie het vermoeden dat de White Tower erachter zat?'

'Op dat moment niet, omdat ze haar niet hadden lastiggevallen.'

'Zit Bledsoe nog steeds in Idaho?'

Newell knikte. 'Het zou fijn zijn als hij de grens overstak. Hij heeft hier in Californië nog een aantal bevelschriften tegen zich uitstaan wegens verkeersovertredingen.'

Ergens in Barnes' gedachten daagde iets terwijl hij naar de burgemeester en Lucille Grayson keek die uit de limousine kwamen. De oude vrouw had nog steeds een rechte rug en droge ogen. Over niet al te lange tijd zou de shock verdwijnen en het verdriet haar overmannen. Hij moest met haar praten nu ze nog in staat was te spreken.

'Waar gaat mevrouw Grayson naartoe, Donnie?'

'Naar haar advocaat. Om het een en ander te regelen.'

Amanda zei: 'Zou je ons aan haar willen voorstellen... Of liever gezegd mij? Jullie kennen elkaar al.'

'Van vroeger,' zei Barnes. Toen wist hij wat er aan zijn gedachten knaagde. 'Woont Marshall Bledsoes moeder niet in L.A.?'

Newell haalde zijn schouders op. 'Geen idee.'

'Volgens mij wel. In San Fernando Valley, als ik het me goed herinner. En Thanksgiving... Dat is over een week, of niet? Ik ben benieuwd of Marshall van plan is om bij moeders op bezoek te gaan.' Barnes glimlachte. 'En als hij bevelschriften tegen zich heeft uitstaan, hebben wij aannemelijke grond voor verdenking.'

'Dat moet ik overleggen met de politie van L.A.,' zei Amanda. 'Laten we eerst met Lucille Grayson praten, dan wil ik daar-

na eens in de hoofdstad rondsnuffelen. Ik ken een paar mensen uit de politiek, dus kom ik misschien wat minder dreigend over dan Don.'

'Bovendien ben je veel knapper en een stuk charmanter,' zei Newell.

Amanda's glimlach begon ijzig, maar ontdooide in een fractie van een seconde. 'Mensen vinden mij aardig, maar ze zijn pas echt dol op het geld van mijn man.'

'Willie Barnes.' Lucille bekeek hem van top tot teen. 'Je bent opgegroeid en oud geworden.'

Barnes knipoogde. 'Daar komt het wel op neer, mevrouw Grayson.'

De oude vrouw slaakte een zucht. 'Ik heb je nooit gezegd hoe erg ik het vond van je broer Jack.'

'U hebt me een heel lieve condoleancekaart gestuurd.'

'O ja?'

'Ja. Dat was fijn en ik heb u nog teruggeschreven.'

'Tja... dan zeg ik je nu persoonlijk hoe erg ik het vond.'

'Mevrouw Grayson, gecondoleerd met Davida. Ze was een fantastische vrouw en een aanwinst voor de gemeenschap. Ze was geliefd, gewaardeerd en bewonderd. Het is voor iedereen een groot verlies, maar in de eerste plaats voor u. Ik vind het echt heel erg.'

Lucille knikte. 'Dank je, Will.'

'Dit is mijn partner, rechercheur Isis.' Barnes keek hoe Lucille even beleefd naar Amanda knikte.

Amanda zei: 'Dit heeft niet alleen onze hoogste prioriteit, maar ook die van Berkeley.'

De oude vrouw knikte en wendde zich weer tot Barnes. 'Wat vind je van de burgemeester, Willie?'

Barnes was even van slag door deze vraag en probeerde zo snel mogelijk een antwoord te formuleren. 'Hij maakt zich grote zorgen, mevrouw.'

'Om Davida of het imago van de stad?' Toen Barnes geen antwoord gaf, zei ze: 'Ik heb over een halfuur een afspraak met mijn advocaat. Mocht je me nodig hebben, ik ben de komende dagen op de sociëteit.'

'Dank u, mevrouw Grayson, ik stel uw medewerking op prijs. Hebt u nog een paar minuten om wat vragen te beantwoorden?'

De oude vrouw stemde niet in, maar liep ook niet weg. De eerste vraag kwam van Amanda. 'Maakte Davida zich na het incident bij het parlementsgebouw zorgen om haar veiligheid?'

'Ik maakte me meer zorgen dan Davida.' Lucille haalde haar nagels over haar wang, waardoor er even wat rode striemen zichtbaar werden. 'Mijn dochter kende geen angst.' Ze keek naar Newell alsof ze zijn bevestiging zocht. 'Jij kunt je die nazi's nog wel herinneren, hè Willie?'

'De broertjes Nutterly ken ik niet, maar Marshall Bledsoe ken ik zeker. Donnie zei dat hij naar Idaho is verhuisd.'

'Maar hij heeft nog steeds aanhangers in Sacramento. En ik zie hem zo nu en dan.'

Newell zei: 'Werkelijk? Wanneer hebt u hem voor het laatst gezien?'

De blik van de oude vrouw vertroebelde. 'Ik denk... een jaar geleden... misschien langer, maar ik weet zeker dat hij heen en weer reist.'

Amanda zei: 'Als u hem weer ziet, wilt u ons dan direct bellen, mevrouw Grayson? Hij heeft enkele bevelschriften tegen zich uitstaan in de staat Californië in verband met verkeersovertredingen, dus dan kunnen we hem arresteren.'

'Meer hebben jullie niet?' zei Lucille. 'Verkeersovertredingen?'

'Het is genoeg om hem te arresteren. Zeker als u denkt dat hij iets met Davida's dood te maken heeft.'

'Aan hem zou ik in elk geval het eerst denken. En die Modell. Hij stuurde haar heel valse brieven.'

'Harry Modell,' zei Barnes. Toen hij Amanda's vragende blik zag voegde hij eraan toe: 'Gezinnen onder God, dat vertel ik je nog wel.'

Newell zei: 'Ze heeft het nooit over scheldbrieven van hem gehad.'

'Davida vond dat hij gestoord was,' zei Lucille. 'Ze vond de brieven wel grappig, al zag ik de humor er niet van in.'

'Heeft ze u de brieven laten zien?' vroeg Amanda.

'Ja, ik heb er een paar van bewaard. Ik vond dat ze ze naar

43

de politie moest sturen, maar dat weigerde ze en ik mocht het ook niet doen van haar. Zei dat het zonde van hun kostbare tijd was.'

'Hebt u die brieven toevallig nog?' vroeg Amanda.

'Natuurlijk heb ik die nog. Die liggen in een dossier thuis. Ik heb ze bewaard... voor het geval dat.' Plotseling werd het de oude vrouw te veel. Ze pakte een zijden zakdoekje en depte haar ogen.

Amanda vroeg: 'Wie moeten we naar uw idee nog meer onderzoeken, mevrouw Grayson?'

'O... dat weet ik niet.'

'Haar partner, Minette?'

De blik van de oude vrouw vernauwde. 'Wat is er met haar?'

'Om te beginnen: hadden ze een goede relatie?'

'Ik zal u zeggen wat ik ervan vond, maar ik waarschuw u, mijn mening is gekleurd. Ik mag het meisje niet.'

'Waarom niet?' vroeg Barnes.

'Ik vind haar een klaploopster, een aanstelster en een alcoholiste. Toen Davida ons aan elkaar voorstelde, mocht ik haar direct al niet. Maar ik kon wel zien dat Davida smoorverliefd was. Vijf jaar geleden was het een beeldschoon meisje. Als een danseresje. Inmiddels zijn de gevolgen van de bourbon zichtbaar.' Lucille sprak wat zachter. 'Mijn dochter heeft nooit met een woord over hun relatie gerept – goed of slecht. Maar de laatste tijd kon ik merken dat ze problemen hadden.'

'Waaraan?' vroeg Amanda.

'Als we samen lunchten of dineerden, belde het kind voortdurend... verstoorde ze de maaltijd. Ik zag wel dat Davy daar niet gelukkig mee was. Dan kreeg ze een gespannen blik rond haar ogen en fluisterde ze iets als: "Kunnen we het daar straks over hebben?" Bij iedere maaltijd belde ze wel.' Een droeve zucht. 'En ik zag Davy al zo weinig.'

'Maar u hebt Davida nooit over Minette horen klagen?'

'Ze zei alleen dat het meisje het niet fijn vond dat ze zulke lange dagen maakte. Waarschijnlijk het enige waar zij en ik het over eens waren.' Lucille keek Amanda strak aan. 'Ik zeg níét dat het meisje iets met Davida's dood te maken heeft. Ik zeg alleen dat er een reden was dat Davida zo vaak weg was.'

'Had Davida mogelijk een relatie met iemand anders?' vroeg Amanda.

Lucille haalde haar schouders op. 'Laat ik het zo zeggen. Haar vader hechtte niet veel waarde aan trouw. Als dat de enige slechte eigenschap is die Davy van hem heeft geërfd, dan heeft ze het zo slecht niet gedaan.'

7

Er waren verschillende cafés in het centrum van Berkeley, maar om de een of andere reden ging Barnes altijd naar Melanie's – een duister tentje waar je lekkere volkorenmuffins met rozijnen kon krijgen en een fatsoenlijke kop gewone koffie zonder toeters en bellen. De laatste tijd nam Barnes melk in zijn koffie omdat zijn maag opspeelde als hij te veel zwarte koffie dronk. Melanie's was een halve winkelpui breed en als het er druk was moest hij er zijdelings naar binnen.

Laura Novacente zat aan wat vroeger hun favoriete tafeltje was. Haar lange grijze haar zat in een wrong. Toen hij tegenover haar ging zitten, schoof ze de cappuccino naar hem toe. 'Hoi. Hoe gaat het?'

'Je ziet er goed uit. Die rode jurk staat je goed. Accentueert je teint.'

'Mijn taperecorder staat aan, slijmbal.' Laura wees naar een kleine bobbel onder haar servet.

Barnes glimlachte. 'Het was een compliment. Als je me aanklaagt wegens seksuele intimidatie gooit mijn advocaat het op uitlokking.'

'Hoezo uitlokking?'

'Die rode jurk. Hij accentueert je teint.'

Laura schoot in de lach. 'Heb je een leuke advocaat?'

'Ze is erg leuk.'

Ze dronken hun koffie even in stilte. Toen zei Laura: 'Tijd voor

45

zaken: heb je iets wat ik kan publiceren?'

'Gaan we alleen maar zakelijk doen?'

'Ik hou niet van flirten in de baas zijn tijd.'

'Wat dacht je hiervan?' zei Barnes. 'Dit is het beginstadium van het onderzoek en we onderzoeken alle mogelijkheden.'

Laura wierp hem haar bekende humeurige, hongerige blik toe: 'Dat kan beter, Will.'

Barnes leunde over tafel, haalde de taperecorder tevoorschijn, zette hem uit en keek haar recht aan. 'Ik heb ongeveer vijf minuten voordat iemand doorheeft dat ik niet ben waar ik zou moeten zijn. Kort gezegd, we hebben genoeg verdachten, maar geen goeie.'

'En haar partner, Minette?'

'Wat is er met haar? '

'Ik heb gehoord dat het niet allemaal koek en ei was.'

'Wat was er dan?'

'Dat alleen. Geruchten.'

'Bedankt, ik zal het onderzoeken.'

'Kom op, Willie. Ik beloof je dat ik het niet zal publiceren. Waar denk je aan?'

'Jouw beloftes zijn niet veel waard, Laura.'

Ze glimlachte breed. 'Die van jou ook niet, lieverd, maar laten we elkaar dat niet verwijten.'

'Goed...' Hij leunde over tafel, kwam zo dicht bij haar dat hij haar parfum kon ruiken. 'We zijn bezig met Minettes alibi. Ze beweert dat ze een deel van de avond samen met iemand was, maar niet de hele nacht.'

'Wie is die iemand?'

'Daar laat ze niets over los. We zijn ermee bezig. Nog tips?'

'Ik heb gehoord dat Minette de ene na de andere relatie had voordat ze Davida leerde kennen. Ze heeft een hoop mensen tegen zich in het harnas gejaagd. En ze drinkt.'

Willie knikte.

'Dat verbaast je niet.'

'Davida's moeder noemde Minette een alcoholiste. Denk je dat ze Davida bedonderde?'

'Het zou me niet verbazen.' Laura nam een slokje mokkakoffie. 'Ik heb jou info gegeven, als jij nu eens hetzelfde voor mij doet.'

'Davida heeft veel vijanden in het parlement.'

'En de lucht is blauw, nou en? Iedereen weet dat daar alleen maar gal wordt gespuwd, maar hoeveel politici ken jij die met een 12-kaliber geweer worden afgeschoten?'

'Hoe kom je aan die informatie?'

'Ik hoor wel eens wat.' Laura liet haar vinger langs haar lippen glijden.

Barnes staarde haar aan.

Ze zei: 'Loslippige types op de plaats delict – je eigen mensen.'

'Geweldig. Moet ik nog meer weten?'

'Nou niet mokken, Will, dit is mijn werk. Kun je me niet iets vertellen wat niet elke journalist al weet?'

Ze kon haar voelsprieten gebruiken en eventuele informatie misschien met hem delen. 'We onderzoeken op het moment wat scheldbrieven.'

'Van...'

'Dat van die scheldbrieven mag je gebruiken, maar de naam niet, begrepen?'

'Helemaal.'

'Ik meen het, Laura.'

'Ik ook. Van wie komen die scheldbrieven?'

'Een of andere idioot die Harry Modell heet, leider van Gezinnen onder God. Ooit van gehoord?'

'Ja. Dus Modell heeft haar hatelijke taal gestuurd?'

'Volgens Lucille Grayson. De oude vrouw heeft de brieven bewaard. En – dat mag je wel publiceren – het gerucht gaat dat Ray en Brent Nutterly van de White Tower Radicals zullen worden aangeklaagd vanwege dat eierengooien. De politie heeft ooggetuigen inclusief een aantal die het hele incident met hun telefoonvideo's hebben opgenomen. Als je meer wilt weten, moet je bij rechercheur Don Newell van de politie van Sacramento zijn.'

'Fijn, Willie, daar kan ik wat mee. Heel erg bedankt.'

Ze legde haar hand even op de zijne.

Hij zei: 'Ik moet ervandoor.'

'Die jongens van White Tower...' zei Laura. 'Die doen aan survival.'

'En een 12-kaliber is een jachtgeweer. Jammer genoeg zaten de broertjes Nutterly gisternacht in de cel, dus die zijn het niet

geweest.' Barnes kwam overeind. 'Ik heb een risico genomen door hier met je af te spreken, Laura.'

'Dat stel ik op prijs.'

'Zullen we eens een keertje uit eten?'

Haar glimlach was weemoedig. 'Had je me dat twee weken geleden maar gevraagd.'

Ze had een nieuwe vriend. Barnes dwong zichzelf te glimlachen. 'Fijn voor je.'

Ze bloosde en streek over haar haar. 'Het wordt waarschijnlijk toch niks, maar ach Willie, we zien wel.'

Aangezien Lucille Grayson die nacht in Berkeley bleef, namen Don Newell en Amanda Isis de trein naar Sacramento en lieten ze Barnes achter met de rotklus om de duizenden documenten door te pluizen op Davida's computer die Max Flint eenvoudig had gekraakt.

In een comfortabele stoel, wiegend over de rails, kostte het de rechercheur uit Sacramento moeite om niet in slaap te vallen. Hij wierp een blik op zijn reisgenote. Met een paar telefoontjes was hij het een en ander over haar te weten gekomen. Getrouwd met een Google-multimiljonair. Ze was iemand met invloed, dat was een feit. Tegen de tijd dat ze de trein instapten, had ze al afspraken geregeld met drie verschillende staatsafgevaardigden.

Nu zat ze te dutten, een aantrekkelijk, vredig gezicht zonder rimpels.

Newell dwong zichzelf wakker te blijven. Lucille Grayson had besloten om in Berkeley te blijven tot Davida's lichaam werd vrijgegeven. Ze had hem een sleutel van haar huis gegeven en hem verteld waar de scheldbrieven van Harry Modell lagen. Newell had zijn partner, Banks Henderson, gebeld en hem gezegd dat hij met Barnes naar het huis van de oude vrouw moest gaan en een politiecamera en een burgergetuige moest meenemen. Hij wilde er niet van beschuldigd worden dat hij er stiekem bewijsmateriaal had neergelegd.

Hij keek heimelijk nog even naar Amanda. Een knappe vrouw – om niet te zeggen beeldschoon met die zachte huid – een soort filmsterglamour.

Misschien voelde ze dat er naar haar gekeken werd, want ze

werd wakker en ging weer aan het werk. Zonder naar Newell te kijken, begon ze verwoed aantekeningen te maken in haar notitieboekje.

'Inspiratie?' Newell zei het eerder om wakker te blijven dan om zijn nieuwsgierigheid te bevredigen. Dat ze een aantrekkelijke vrouw was, was een bonus.

Amanda keek op. 'Ik schrijf vast wat vragen op die ik de politici zou kunnen stellen.'

'Toe zeg,' zei hij. 'Hoe groot is de kans dat een politicus de dader is?'

'Niet groot, dat geef ik toe. Maar veel van dat soort mensen trekken aanhangers en malloten aan. Het zou dom zijn het ze niet te vragen, vind je niet?' Ze keek Newell strak aan.

Hij zei niets.

'Heb je er moeite mee dat ik me op jouw werkterrein begeef?' vroeg ze.

'Niet mijn werkterrein. Daar is de politie van het parlementsgebouw voor, wij zijn er alleen voor de echte mensen.' Amanda was niet onder de indruk van Newells glimlach. 'Nee, geen moeite. Zelfs al was het mijn terrein. Ik zat gewoon hardop te denken. De waarheid is dat ik genoeg van die lui heb meegemaakt, en hoezeer ze elkaar ook onderuit proberen te halen bij het ene wetsvoorstel, als het de dag erna om een ander wetsvoorstel gaat, hebben ze de armen weer om elkaar heen. Neem Davida. Ze heeft voor verschillende projecten met Eileen Ferunzio samengewerkt en toen waren ze de beste vriendinnen.'

'Je hebt al die tijd contact gehad met Davida.'

'We kwamen elkaar zo nu en dan tegen. Zoals ik al zei, kom ik voor mijn werk regelmatig in het parlementsgebouw. Ik heb Eileen en Davida heel vaak samen zien lunchen.' Newell haalde zijn schouders op. 'De laatste tijd niet.'

'Heb jíj wel eens met Davida geluncht?'

Newells glimlach was ontspannen, maar kil. 'Ah, ik zie al waar je naartoe wilt. Even voor de duidelijkheid: we waren gewoon vrienden... niet eens goede vrienden. Mijn vrouw mocht haar niet.'

'Waarom niet?'

'Zo is Jill nu eenmaal. Ze heeft haar één keer ontmoet en mocht

haar direct niet. Als Davida belde, dan kon ik dat aan Jills gezicht zien.'

'Waarom zou Davida jou bellen?'

'Ik was haar contactpersoon bij de politie en zij was mijn contactpersoon in de politiek. Een relatie waar we beiden baat bij hadden, maar verder ging het niet. Het mens was lesbisch, Amanda. Dat betekent dat ze niet van mannen hield.'

'Sommige homo's en lesbiennes hebben relaties met het andere geslacht.'

'Nou, daar weet ik niets van. Waarom zou ik? Zo gingen we niet met elkaar om.'

Amanda knikte. 'Je vindt het toch niet erg dat ik je deze vragen stel, Don?'

'Welnee,' zei hij gladjes. 'Juist goed voor me. Dan begrijp ik weer eens hoe het voor die ander is.'

8

Barnes nam in gedachten de plaats delict door terwijl hij over smalle weggetjes door de heuvels van Berkeley reed. Na veel aandringen en weinig subtiel dreigen was Minette Padgett eindelijk met de naam van haar alibi op de proppen gekomen.

Kyle Bosworth had telefonisch alleen willen toegeven dat hij van tien uur 's avonds tot even na twee uur 's morgens bij Minette was geweest. Toen Barnes hem persoonlijk wilde spreken, had Bosworth geweigerd, maar Barnes had hem ervan verzekerd dat het niet langer dan een halfuur zou duren. Het was trouwens beter om een afspraak te maken dan door de politie overvallen te worden.

Barnes vond het huis, zette zijn kleine auto op een halve parkeerplaats en was blij dat hij nog een plekje had kunnen vinden. De stoep was omhooggeduwd en er zaten barsten in door de wortels van majestueuze pijnbomen langs de pittoreske laan. Onge-

veer de helft van de huizen was van rond 1900, voornamelijk Californische bungalows. De overige huizen waren kostbare imitaties. In de heuvels was onroerend goed, net als de lucht, exclusief.

Een lange, uitgemergelde man deed open toen Barnes aanklopte. Hij had warrig geelbruin haar en zijn bruine ogen zagen er schrijnend rood en mismoedig uit. Hij droeg een blauwe flanellen badjas over een rode flanellen pyjama, schaapsleren sloffen rond smalle, bleke voeten. Hij wierp een korte blik op Barnes.

'Meneer Bosworth.'

'In hoogsteigen persoon.'

'Wilt u mijn legitimatie zien?'

'Niet nodig. U ziet eruit als een smeris.' Bosworth toonde een zwakke glimlach. 'Hollywoods idee van een smeris.'

Barnes ging naar binnen. 'Dat zijn altijd van die aantrekkelijke macho's.'

'Ja, maar je hebt er altijd een... Hoe zal ik het zeggen? U kent het wel, ouder, chagrijnig, een die te veel drinkt, maar groentjes nog altijd kan laten zien hoe het moet.'

'En dat ben ik?'

'Dat bent u. Gaat u zitten. Wilt u koffie?'

'Daar zeg ik geen nee tegen.' Barnes bleef staan. 'Heb ik u wakker gemaakt, meneer Bosworth?'

'Minette heeft me wakker gemaakt. De eerste keer dat ze belde was ze hysterisch en ik werd er zelf ook helemaal hysterisch van. Ik heb een valiumpje genomen om rustig te worden.'

'Hoe laat was dat?'

'Direct nadat ze het nieuws had gehoord, om een uur of half-negen, denk ik. De tweede keer was een halfuur geleden.'

'Waar hebt u over gesproken?'

'Ze zei dat de politie me waarschijnlijk wel vragen zou willen stellen.'

'Heeft ze u verder nog iets gezegd?'

'Zoals?'

'Heeft ze u gezegd wat u tegen mij moest zeggen?'

'Ze zei dat ik de waarheid moest vertellen.'

'En die is?'

Bosworth wees naar een overmaatse, hoekige eikenhouten stoel met dikke rode kussens. 'Wat ik u al heb verteld. Ik was van tien uur 's avonds tot ongeveer twee uur 's morgens bij haar.'

'Wat deed u?'

'Ik was bij haar.' Bosworth wreef in zijn ogen en gaapte. 'Meer hoeft u niet te weten.'

Barnes zei: 'Woont u samen met een partner, meneer Bosworth?'

Bosworth keek hem aan. 'Interessant dat u niet vraagt of ik getrouwd ben.'

'Mijn broer was homo. Als ik op een roestige ouwe Hollywoodsmeris lijk, dan bent u net de aantrekkelijke maar liederlijke homoseksuele binnenhuisarchitect.'

'Setontwerper, toevallig. Ik heb tien jaar in Hollywood gewerkt. Ik ga even koffie halen.' Toen Bosworth naar de keuken liep, keek Barnes even rond. Het was niet groot, maar het zag er mooi uit. Het originele mahoniehouten schrijnwerk was geboend, van de lambrisering tot aan het lijstwerk aan het plafond. Door de glas-in-loodramen was het uitzicht over de baai fantastisch. De *craftsman*-meubeltjes leken goede reproducties te zijn.

'Hoe drinkt u de koffie?' riep Bosworth vanuit de keuken.

'Met een klein beetje melk en suiker.'

Bosworth kwam terug met een beker op een roodgelakt dienblad. 'Alstublieft.'

'Bedankt.' Barnes pakte de koffie en ging eindelijk zitten. 'U noemde uw broer in de verleden tijd. Aids?'

'Jack is tien jaar geleden vermoord. Door zijn dood ben ik naar Berkeley gekomen.'

'O jezus, wat erg.'

Barnes nam een slok van zijn koffie, zette de beker terug op het blad en haalde zijn notitieboekje en een potlood tevoorschijn. 'Hoe lang kent u Minette al?'

'We begeven ons al zeker vier jaar in dezelfde kringen.'

'Hoe lang kent u haar góéd?'

'Ongeveer een jaar. We kwamen elkaar op de sportschool tegen. Onze partners maken allebei lange dagen. Ik geef de voorkeur aan mannen, zij aan vrouwen, en allebei houden we niet van eenzaamheid. Yves zal wel iets in de gaten hebben, al denk

ik niet dat hij vermoedt dat het Minette is. Als hij thuis is, staat er altijd lekker eten op tafel, is het huis schoon en dus stelt hij niet al te veel vragen.'

'Wat doet Yves?'

'Hij is jurist bij Micron Industries, gespecialiseerd in octrooirecht. Ze zijn erg veeleisend, maar hij krijgt er vorstelijk voor betaald.'

'Waar was hij gisteravond?'

Bosworth staarde hem aan.

Barnes glimlachte.

'Toevallig was hij thuis aan het werk, rechercheur. Toen ik zei dat ik even bij een vriend wilde langsgaan die het moeilijk had, keek hij amper op van zijn papieren.'

'Was hij nog op toen u thuiskwam?'

'Ja. Dus u kunt hem vragen hoe laat ik thuiskwam. Maar ik heb liever dat u hem niet meer zegt dan nodig.'

'Kende u Davida Grayson net zo goed als Minette?'

Bosworth lachte. 'Vraagt u me nu of ik het wel eens met Davida heb gedaan? Ik zie er kennelijk erg goed uit.'

Barnes wachtte.

'Ik ben nooit met Davida naar bed geweest. Minette de laatste tijd ook niet. Ze begon zich af te vragen of Davida iemand anders had.'

'Heeft ze wel eens namen genoemd?'

Bosworth dacht even na. 'Ik vind het niet prettig om hier iemand bij te betrekken, alleen op basis van Minettes paranoia.'

'Minette is paranoïde?'

'Soms, als ze heeft gedronken.' Bosworth slaakte een zucht. 'Goed. Minette was ervan overtuigd dat Davida aan het scharrelen was met een zekere Alice Kurtag. Dokter Alice Kurtag. Ze is onderzoekswetenschapper aan de universiteit van Californië en ze is gespecialiseerd in gen-deling. Ze werkt als consultant aan Davida's wetsvoorstel. Het leek mij niet bijzonder dat ze iets meer tijd met elkaar doorbrachten.'

Barnes keek op van zijn aantekeningen. 'En wat vond Minette daarvan?'

'Geen idee. Misschien probeert ze haar eigen slechte gedrag goed te praten door het op Davida te spiegelen.'

'Kent u Alice?'

'Ik heb haar een paar keer ontmoet op Davida's feestjes.'

'Is ze lesbisch?'

'Dat weet ik niet. De twee keer dat ik haar heb ontmoet was ze niet samen met een man, maar dat zegt niets. Ze sprak met verschillende mensen, maar ze flirtte niet. Ze leek me... ik weet het niet... erg zakelijk. Ik heb geen verstand van wetenschap en politiek, dus we spraken elkaar niet veel.'

'Meneer Bosworth, vindt u het goed als ik uw handen controleer op kruitresten?'

'Mijn handen?' Bosworth leek geschokt. 'Ik heb nog nooit van mijn leven een wapen vastgehouden!' Hij stak zijn handen uit. 'Ik ben gisteren bij de manicure geweest. Gaat u mijn nagels verpesten?'

'Het is een eenvoudige test met een wattenstaafje. Als u een wapen hebt afgevuurd, worden er blauwe vlekjes zichtbaar. Zo niet, dan vindt er geen verkleuring plaats.'

'Heeft Minette dit ook gedaan?'

'Ja. De test was negatief.'

'Móét ik dit doen?'

'Nee, maar waarom zou u het niet doen?'

'Ik vind het niet prettig om ergens van verdacht te worden.' Toen Barnes niet reageerde, zei Bosworth: 'Hoor eens, als ik hiermee instem, hoeft u dan niet meer met Yves te praten over gisteravond?'

'Niet noodzakelijkerwijs. Maar als u geen kruitsporen op uw handen heeft, kan ik u iets lager op de lijst zetten. Als Yves uw verhaal bevestigt, zakt u helemaal verder omlaag.'

'Waarom sta ik überhaupt op de lijst?'

'Vat het niet persoonlijk op, meneer Bosworth. Het is een heel lange lijst.'

Eileen Ferunzio was klaar met eten, veegde haar mond af en bracht een nieuw laagje glimmende, abrikooskleurige lippenstift aan. Amanda zag dat de afgevaardigde haar caesarsalade maar half ophad. De vrouw zag er afgepeigerd uit, haar gezicht was grauw op twee roze vlekken op haar jukbeenderen na. Haar ogen waren een onrustige mengeling van groen en bruin die heen en

weer flitsten. Eileen was een struise vrouw – ongeveer een meter vijfenzeventig – met stevige, hoekige schouders, lange benen en een stevige handdruk. Een opvallend contrast waren haar dunne polsen. Vandaag waren die polsen versierd met een gouden Rolex en een met edelstenen bezette gouden armband.

Amanda had haar wel eens ontmoet tijdens benefietavonden en Eileen noemde Amanda bij de voornaam toen ze haar zag. Larry's geld.

'Heb je geen trek, Eileen?'

'Hoe kan ik nu eten? Het is allemaal zo afschuwelijk! Ik...' Er sprongen tranen in Eileens ogen. 'Weet je waarom dit is gebeurd?'

'Ik wou dat ik het wist.' Amanda legde haar kalkoenwrap neer en veegde haar mond af. 'Daarom ben ik hier. Wat kun je me over Davida vertellen?'

'Ze was een collega en een vriendin.' Opnieuw werden Eileens ogen vochtig. 'Ik ken haar al een tijdje. Zelfs voordat ze in het parlement werd gekozen werkten we aan verschillende onderwerpen samen.'

'Wat voor onderwerpen?'

'Davida is juriste. Ze heeft aan Hastings gestudeerd.'

'Ja, zoiets had ik al gehoord.' Amanda glimlachte naar Eileen. 'Aan welke onderwerpen werkte je samen met Davida?'

'Ze was lobbyist geweest voor een organisatie tegen huiselijk geweld. Ze was erg goed. En ik ben activiste op dat gebied.'

Amanda zei: 'Eileen, ik heb gehoord dat jullie in de clinch lagen over het laatste wetsvoorstel...'

De afgevaardigde keek de andere kant op. 'Zo nu en dan hadden we meningsverschillen.' Ze keek weer naar Amanda. 'En wat dan nog?'

'Gezien je stemgedrag ga ik ervan uit dat je het wetsvoorstel volledig zou hebben onderschreven.'

'Dan heb je het mis.'

Eileens stem was gespannen. Amanda zei: 'Wat mankeerde er volgens jou aan het wetsvoorstel?'

'Alles, zo ongeveer.' Eileen schudde het hoofd. 'Op papier is celklonen iets waar elke liberaal achter zou moeten staan. De realiteit is dat we ergens miljoenen dollars in pompen terwijl nog niet eens duidelijk is of het wel effectief is. Ik ben vooruitstre-

vend, maar ook financieel verantwoordelijk, en tot dusverre heeft het instituut nog niets bereikt. Ik ben van mening dat er genoeg geld is gereserveerd voor stamcelonderzoek en verwante onderwerpen. Ik vond het niet verstandig om het bedrag waar Davida het over had toe te wijzen.'

'Wat voor bedrag was dat?'

'Een half miljard dollar, uitgesmeerd over drie jaar,' zei Eileen. 'Ze hield zichzelf voor de gek. Ik heb nog tegen haar gezegd dat ik bereid was er in alle redelijkheid over te praten, mits zij bereid was het bedrag te verlagen, en misschien dat ze me dan wel op andere gedachten kon brengen. Ze weigerde, en ik dus ook.'

'Wat betekende dat voor jullie vriendschap?'

Eileen kneep haar ogen samen. 'Wat probeer je nu te zeggen?'

'Ik stel gewoon een vraag.'

'O, toe!' Eileens gezicht betrok. 'Ik ben niet achterlijk en ik stel dat soort insinuaties niet op prijs. Ik heb niets met Davida's dood te maken en als je hierop doorgaat, ben ik bereid een leugendetectortest te doen. Maar ik vind het meer dan beledigend!'

'Waar was je gisteravond?'

'Thuis, in bed met mijn man.'

'Niet in de hoofdstad.'

'En ook niet in de buurt van Berkeley.'

Het was zes uur rijden van Eileens district naar dat van Davida. Amanda vroeg: 'Hoe ben je hier vanmorgen gekomen?'

'Met de vlucht van zeven uur vanaf het plaatselijke vliegveld. Verder nog iets?'

'Het is niet persoonlijk bedoeld, Eileen. Ik doe mijn werk.'

Eileen snoof. 'Dat zal best, maar misschien is het tijd om eens zelfstandig na te denken.' Alsof ze opeens iets besefte, schoot er een onverwachte nepglimlach over haar gezicht. 'Het spijt me, Amanda. Dit is allemaal zo... traumatisch.'

Larry's geld.

Amanda glimlachte terug. 'Nog een paar vragen?'

Zucht. 'Oké.'

'Had jullie meningsverschil over het wetsvoorstel invloed op jouw vriendschap met Davida?'

'De situatie was wat gespannen, maar we spraken elkaar nog

steeds. Het weerhield Davida er in elk geval niet van om me regelmatig te bellen. In een poging me om te praten. En ik heb haar gebeld na dat incident met het eierengooien om haar te zeggen hoe afschuwelijk ik het vond.'

'Hoe reageerde ze?'

'Ze bedankte me voor mijn medeleven, maar zei dat ze me liever zou willen bedanken voor mijn steun. En vervolgens probeerde ze me weer om te praten. Ze was zo vasthoudend dat ik een afspraak met haar maakte voor later deze week. Daar leek ze erg blij mee.' Eileen depte haar ogen met haar servet. 'Dat was de laatste keer dat ik haar gesproken heb. Als je wilt weten wie dit gedaan heeft, moet je maar eens met die fascistische idioten praten.'

'Welke idioten in het bijzonder?'

'De broertjes Nutterly.'

'Die zaten in de gevangenis toen Davida werd doodgeschoten.'

'Amanda, er zijn veel meer White Tower-kerels dan alleen de broertjes Nutterly, en ze lijken altijd rond Sacramento te hangen. Waarom praat je niet met hen?'

'Die staan ook op onze officiële lijst.'

'Waarom kom je dan eerst naar míj?'

'Omdat jij haar vriendin was en ik dacht dat je me zou kunnen vertellen wie haar politieke vijanden waren.'

Eileen schudde het hoofd. 'God weet dat er binnen het stelsel van de wet veel klootzakken zitten, maar niemand die haar zou willen vermoorden, alsjeblieft zeg! Als je hier lang genoeg zit, merk je dat iedereen wel eens ruzie met elkaar heeft. Dat hoort erbij.'

'Had Davida het wel eens over Harry Modell?'

'Die rare psychoot? Wat is er met hem?'

'Ik heb gehoord dat hij haar dreigbrieven heeft gestuurd.'

'Die stuurt iedereen dreigbrieven...' Eileen verbleekte.

'Jou ook?'

'O, mijn god!' fluisterde ze overstuur. 'Moet ik me zorgen maken?'

'Heb je die brieven nog, Eileen?'

'In mijn gekkendossier. Ik zorg dat je ze zo snel mogelijk krijgt.' Ze gebaarde naar de ober dat ze de rekening wilde. Er liepen die-

pe, zorgelijke rimpels over haar gezicht. 'Zeg eens eerlijk, moet ik me zorgen maken? Ik bedoel... Moet ik een bodyguard nemen?'

Amanda dacht hierover na, had geen goed antwoord. Ze zei: 'Tot we meer weten, lijkt me dat niet onverstandig.'

Gesproken als een ware politica.

9

Barnes had geluk en wist een parkeerplaats aan Telegraph te bemachtigen, de straat waar het een andere tijd leek met een typische mengeling van hippies, retrohippies, allerlei fanatici en schroothandelaren, de een nog groezeliger dan de ander. Hun uniform was een rafelige spijkerbroek, een t-shirt met tekst, een leren hoofdband en glazige ogen. Op de stoep stonden kraampjes waar alles verkocht werd, van maoïstische theorieën en anti-Amerikaans nihilisme tot stemmingsringen, biologische Viagra en geurkaarsen. Er schalde muziek uit luidsprekers die aan cd-winkels waren bevestigd. Het klonk Barnes allemaal als vage ruis in de oren, maar goed, hij was nooit verder gekomen dan country.

Ondanks het lawaai en de lichaamsgeuren had Barnes het naar zijn zin. Het was een zonnige dag geworden, de lucht was blauw en zijn longen hadden behoefte aan iets anders dan de dood. Aan Telegraph Avenue betekende dat tweedehands rook die niet van tabak afkomstig was.

Ooit, toen hij als achttienjarige eindexamen had gedaan, betekende studeren in zijn kringen een tweejarige opleiding voor veehouder aan het plaatselijke college. Hij was een redelijke, maar slecht gemotiveerde student geweest en een goede football-speler. Helaas waren er niet veel kansen weggelegd voor een verdediger die wel goed was, maar geen schijn van kans had ooit professional te worden. En dus had het leger hem wel iets gele-

ken voor een paar jaar. Toen zijn tijd erop zat, had hij de keuzes voor zijn toekomst beperkt tot het boerenbedrijf, vrachtwagenchauffeur of de politieacademie. Het werd uiteindelijk de politie omdat hem dat het leukst leek, en met zijn theoretische kennis wist Barnes het te halen.

Als rechercheur moest hij zijn hersens gebruiken en soms had hij het gevoel dat hij het zo slecht niet deed.

Maar als hij voor zijn werk naar de universiteit van Californië moest, voelde hij zich altijd ongemakkelijk. Hij had nooit aan een echte universiteit gestudeerd en de campus van Berkeley was net een grote stad. Met zijn eigen bestuur, een eigen politie en een eigen systeem van uitgesproken en stilzwijgende regels.

Terwijl hij door de groene lanen liep, leken sommige gebouwen gewoonweg imposant, anderen waren zo uitnodigend als een betonnen bunker en hij voelde zich een buitenaardse indringer. Een indringer die zijn beste tijd had gehad.

Met het plattegrondje in zijn hand bedacht hij onwillekeurig hoe jong de studenten waren, en daardoor voelde hij zich nog ouder.

Het laboratorium van dokter Alice Kurtag lag op de derde verdieping van een postmodern gebouw van bakstenen en beton dat was opgeknapt om aardbevingen te doorstaan. Berkeley lag niet precies op de San Andreas Breuk, maar zoals het hele gebied van Bay Area was de grond behoorlijk actief en niemand kon voorspellen wanneer de grote beving zou komen.

En toch doen we alsof er niets aan de hand is, dacht Barnes. Hij liep het gebouw van Kurtag binnen. Een groepje studenten staarde hem aan. Kurtags lab was groot; haar kantoor niet. Er was amper ruimte voor een bureau en twee stoelen. Het had wel een mooi uitzicht over de stad en het water daarachter. De mist was een paar uur eerder al opgetrokken en had een blauwe lucht met witte wolken en condensatiestrepen achtergelaten.

Kurtag was zo te zien in de vijftig, een aantrekkelijke vrouw met krachtige gelaatstrekken en een kort, efficiënt kapsel. Ze had blonde lokken in haar donkere haar en indringende bruine ogen. Ze droeg weinig make-up, alleen wat roods op haar wangen en iets zachts en vochtigs op haar lippen. Ze droeg een groene blouse met lange mouwen, een zwarte broek en laarzen. In haar oren

had ze diamanten knopjes. Haar nagels waren kort, maar verzorgd.

'Weet u of er een herdenkingsdienst komt?' vroeg ze aan Barnes. Haar stem was zacht en verrassend luchtig.

'Nee, dokter. Maar dat zal vast zodra de patholoog-anatoom het lichaam heeft vrijgegeven.'

'Het is misschien ook nog wat vroeg.'

Barnes knikte.

'Het is zo vreselijk. Wat is er gebeurd? Was het een roofoverval?'

'Ik wil niet heel vaag doen, maar op dit moment hebben we gewoonweg nog niet alle feiten. Ik weet dat er vanavond om zeven uur een vergadering op het stadhuis is. Misschien weten we dan meer.'

'Dat hoop ik maar. Dit is erg beangstigend. Ik werk 's avonds laat. Ik ben hier vaak alleen. Ik vind het een afschuwelijk idee dat iemand alleenstaande vrouwen stalkt. En die arme Davida, natuurlijk.'

'Hoe is het hier met de beveiliging gesteld?'

'Dit is een universiteit. Vol met mensen die hier thuis horen en met mensen die hier niets te zoeken hebben. Meestal duik ik gewoon in de boeken en kijk ik niet te veel om me heen. Maar nu ben ik zo geschrokken, dat ik me nauwelijks kan concentreren.'

'Had u een hechte band met Davida?'

'Tijdens het werken aan het wetsvoorstel het afgelopen jaar zijn we heel goede vriendinnen geworden. Maar nu... zonder haar als voorvechtster... Ik weet echt niet hoe groot de kans is dat het wordt aangenomen.'

Barnes vroeg: 'Wanneer hebt u haar voor het laatst gezien?'

'Gistermiddag.' De stem van de dokter haperde. 'Dat lijkt alweer zo lang geleden.'

'Wat was de aanleiding?'

'Ze kwam langs om wat rapporten op te halen voor een aantal lobbyisten. Ze was van plan om het parlement deze week te bestoken en had alle wetenschappelijke informatie nodig die ik bij elkaar kon sprokkelen. Voor een deel lag het klaar, maar niet alles. Ze zou vanmiddag de rest komen halen...' Opnieuw brak ze af en deze keer kreeg ze tranen in haar ogen. 'Sorry.'

'Het is heel erg,' zei Barnes. 'Ging u ook privé om met Davida?'

Alice Kurtag droogde haar ogen met een zakdoekje. 'Alles was werk bij Davida... van haar feestjes tot haar vergaderingen. Zo nu en dan, als we lange dagen maakten, gingen we wel eens ergens eten of gingen we naar de film. We hadden geen van beide kinderen om voor naar huis te gaan.' De wetenschapper glimlachte droevig. 'We waren geen minnaars, als u dat soms bedoelt.'

Barnes haalde neutraal zijn schouders op. 'Nam ze u wel eens in vertrouwen?'

'Zo nu en dan. Dan vertelde ze dat ze zich zorgen maakte om het wetsvoorstel. Ze zou alleen de steun van het Huis krijgen als alle Democraten achter haar stonden. Sommigen waren van gedachten veranderd, anderen deden vanaf het begin al moeilijk.'

'Waarom?'

'Ze hadden bezwaar tegen de financieringskosten, zeiden dat het staatsinstituut een kans moest krijgen.' Kurtag fronste haar wenkbrauwen. 'De wetenschap is niet goedkoop. Maar welke lonende onderneming is dat wel?'

'Zei ze wel eens tegen u dat ze bang was?' Toen Kurtag hem vragend aankeek, verduidelijkte Barnes zijn vraag. 'Was ze bang voor iets of iemand in het bijzonder?'

'Daar heeft ze nooit iets over gezegd... Ze voelde zich wel erg bedrogen.'

'Bedrogen?'

'Door haar collega's.'

'Welke?'

'Dat weet ik niet meer. Ik verzamel data, voer experimenten uit, schrijf rapporten, rechercheur. Ik doe geen lobbywerk.' Ze zweeg even. 'Er was een vrouwelijke afgevaardigde... Elaine nog iets.'

'Eileen Ferunzio.'

'Die bedoel ik, ja. Davida was woedend op haar. Kennelijk had Davida onlangs een van Eileens wetsvoorstellen gesteund, en toen Davida op haar beurt niet de steun van Eileen kreeg, voelde ze zich heel erg verraden. Maar er was nooit iets wat erop duidde dat Eileen gevaarlijk zou zijn. Dat is absurd.'

Barnes vroeg het zich af. 'We hebben gehoord dat Davida en-

kele dreigbrieven had gekregen.'

'Dreigbrieven?' Alice dacht hierover na. 'O, van die malloot in Orange County? Dat vond ze eerder grappig dan beangstigend.'

'Kunt u zich nog herinneren hoe die malloot heette?'

'Harry nog iets.'

'Harry Modell?'

'Ja.' De dokter keek geërgerd. 'Als u dit allemaal al weet, waarom verspilt u dan mijn tijd?'

'Ik weet iets, maar niet alles. Ze nam Modells dreigementen dus niet serieus?'

'Volgens mij niet. Volgens mij zei ze dat ze ook dingen over hem wist en dat zijn dreigementen alleen maar loos gebral waren.'

'Wat voor dingen?'

'Dat zei ze niet.'

'Chantage?'

'O toe, waarom zou ze haar tijd verspillen met het chanteren van zo'n loser?'

Barnes drong aan. 'Kreeg ze nog dreigbrieven nadat ze het over die "dingen" had gehad?'

'Dat zou ik echt niet weten. Daar ging ons werk niet over.'

'Hoe vaak heeft ze het over Harry Modell gehad?'

Ze was niet bepaald mededeelzaam. 'Misschien twee of drie keer.'

'Wanneer was de laatste keer?'

'Dat zou ik echt niet weten, rechercheur.'

'Een week geleden? Een maand?'

'Misschien een maand, maar dat durf ik niet met zekerheid te zeggen. U blaast dat echt veel te veel op. Was dat alles? Ik ben al genoeg afgeleid. Ik moet echt weer aan het werk.'

'Nog heel even, dokter Kurtag. Sprak Davida wel eens met u over Minette Padgett?'

Alice leek niet op haar gemak. Ze antwoordde niet direct. 'Denkt u dat Minette haar heeft vermoord?'

De openheid van deze vraag overviel Barnes. 'Wat denkt u zelf?'

'Ik wil het helemaal niet over Minette hebben, tenzij u denkt

dat Minette iets met haar dood te maken heeft.'

Barnes negeerde dit en drong aan. 'Minette had een verhouding... met een man. Wist Davida dat?'

Kurtags blik werd hard. 'Davida hechtte niet veel waarde aan haar privéleven. Ze had belangrijkere zaken aan haar hoofd.'

'Wat betekent dat? Ze wist het, maar het interesseerde haar niet?'

Geen antwoord.

Barnes zei: 'Was ze van plan om Minette aan de kant te zetten? Had ze zelf ook een verhouding?'

Alice Kurtags blik gleed naar het plafond. 'Het zou handig zijn als u uw vragen een voor een stelde.'

'Prima,' zei Barnes. 'Wist Davida dat Minette een verhouding had?'

'Daar zinspeelde ze op. Minette denkt dat ze zo subtiel is, maar dat is ze niet. Maar het leek Davida niet te interesseren, rechercheur. Ze kreeg een beetje genoeg van Minettes eeuwige gezeur.'

'Was ze van plan om Minette te dumpen?'

'Daar hebben we het nooit over gehad.'

'Weet u of Davida zelf een verhouding had?'

'Nee. Eerlijk gezegd weet ik niet waar ze de tijd vandaan had moeten halen.'

'Ik vind het vervelend dat ik u dit moet vragen, dokter Kurtag, maar waar was u gisteravond?'

Alice bleef stil. Toen zei ze: 'Waar ik vrijwel elke avond ben. Hier in het lab, aan het werk.'

'Alleen?'

'Ja, alleen. Wie is verder nog zo gek om om twee uur 's nachts te werken?'

Davida had om twee uur 's nachts aan haar bureau gezeten. Barnes hield dit voor zich. 'Hoe laat bent u hier weggegaan?'

'Niet. Ik heb hier gisteravond geslapen.'

'Waar?'

'Aan mijn bureau.'

En dan dacht Barnes dat híj een eenzaam leven leidde. 'Slaapt u vaak achter uw bureau?'

'Niet váák.' Alice wierp hem een kille blik toe. 'Zo nu en dan.'

'Het was niet mijn bedoeling u te beledigen,' zei Barnes. 'Het

is mijn werk om gevoelige vragen te stellen, dokter. Ik probeer op dit moment de chronologie te bepalen. Bent u hier de hele nacht geweest?'

Kurtag wendde haar blik af. Lippen op elkaar geklemd, ogen samengeknepen. 'De hele nacht,' zei ze zacht.

'Alleen.'

'Dat heb ik al gezegd.'

'Weet u zeker dat niemand u hier heeft gezien?'

Kurtags glimlach was verre van vrolijk. 'Dat betekent zeker dat ik geen alibi heb.'

'Hebt u er bezwaar tegen als ik uw handen onderzoek op kruitsporen? Een eenvoudige test met een wattenstaafje.'

'Ik heb bezwaar tegen de implicatie, maar gaat uw gang. Dan kunt u daarna tenminste weg.'

10

Zowel de politie als de brandweer van Berkeley zat in het Ronald Tsukamoto Public Safety Building. De ingang had de vorm van een garenklos, maar dan zonder de onderkant. Het was in art-decostijl gebouwd en de beide halfronde verdiepingen hadden grote rechthoekige ramen die met geometrische precisie boven elkaar zaten. Het verfwerk was echter puur victoriaans – ecru met lichtblauwe en helderwitte randen.

Eenmaal binnen was er een ronde wachtruimte met veelkleurige abstracte mobiles aan het plafond. Een wenteltrap met ragdunne leuningen liep naar de eerste verdieping. Het was er aangenaam en schoon, met een geblokte vloer en zacht licht dat door de grote ramen naar binnen scheen.

Het interieur hoorde bij een eenvoudig politiebureau: beige muren zonder ramen, tl-verlichting, kleine hokjes met sfeerloze, maar functionele werkplekken. De spullen pasten niet bij elkaar en sommige computers waren stokoud. Het meubilair in

de vergaderzaal bestond uit witte kunststof tafels en zwarte kunststof stoelen. Aan de muren hingen plattegronden van het district, een kalender, een videoscherm en een schrijfbord. In een hoek stond een Amerikaanse vlag en in een andere hoek hield de Golden Bear de wacht, mascotte van de universiteit van Berkeley.

Het was een helse ochtend geweest voor de politie van Berkeley, maar het was de hoofdinspecteur die in een lastige positie zat. Ramon Torres had nog zes jaar te gaan tot zijn pensioen en moest nu aan de burgemeester, de gouverneur en zijn zeer mondige kiezers uitleggen hoe het mogelijk was dat een geliefde afgevaardigde bijna onthoofd was in haar kantoor en niemand er iets van af wist.

De hoofdinspecteur was een kleine, gedrongen man met een gelooide bruine huid en een indringende blik, het ene oog iets lichter dan het andere. Elke maand werd zijn hoofd wat kaler; het weinige haar dat hij nog had was zwart en dat gaf hem troost. Hij huiverde toen hij de galspuwende brieven las die Harry Modell, hoofd van Gezinnen onder God, had geschreven.

Torres legde de epistels weg en keek over de vergadertafel naar Isis en Barnes. Twee van zijn beste rechercheurs zaten daar zonder tastbaar resultaat.

'Ze zijn duidelijk geschreven door een bekrompen en gemeen iemand, maar ik zie niet genoeg dreiging om daadwerkelijk actie te ondernemen. De grondwet maakt geen onderscheid tussen beschaafd en barbaars.'

Barnes zei: 'Het zou niet mijn voorstel zijn om hem aan te klagen, hoofdinspecteur, maar Amanda en ik vinden allebei dat het nalatig zou zijn om niet op zijn minst met hem te praten.'

Amanda zei: 'Hij heeft nog meer vrouwelijke leden van het parlement dreigbrieven gestuurd. Als een van die dames iets overkomt, is de ellende niet te overzien.'

Torres zag de krantenkoppen al voor zich. De tv-beelden met pratende hoofden, zijn naam gebruikt als een scheldwoord. 'Om hoeveel vrouwen gaat het?'

'Ten minste twee.'

'En mannen?' vroeg Torres.

Amanda zei: 'Tot nu toe geen, maar rechercheur Don Newell

van de politie van Sacramento doet onderzoek.'

Torres zei: 'Misschien moeten jullie wachten tot Newell verslag uitbrengt voordat ik geld vrijmaak om jullie naar het zuiden te sturen.'

'Ik heb nog een reden om deze week naar L.A. te gaan,' zei Barnes. 'Rechercheur Newell heeft twee sukkels gearresteerd die achter de aanval op Davida Grayson van vorige week zaten.'

'Dat eierengooien.'

Barnes knikte. 'Een stelletje randdebielen, Ray en Brent Nutterly. Leden van de White Tower. Hun baas, Marshall Bledsoe, is mogelijk in L.A.'

'Bledsoe,' zei Torres. 'Verdacht van die bomaanval op een synagoge, maar nooit aangeklaagd. Eieren gooien lijkt me een beetje tam voor hem.'

'Dat is waar, maar Newell is er redelijk zeker van dat de Nutterly's niet zouden hebben gehandeld zonder Bledsoes goedkeuring. Nu Grayson is vermoord willen we hem ondervragen. Dat zijn dus twee duidelijke redenen om die kant op te gaan.'

'Duidelijk,' echode Torres.

Amanda zei: 'Bledsoe woont in Idaho, maar we hebben een aanhoudingsbevel voor hem wegens verkeersovertredingen. Zijn moeder woont in San Fernando Valley en het is bijna Thanksgiving.'

'Op bezoek bij mammie,' zei de hoofdinspecteur. 'Hebben jullie dit voorbereid?'

'We hebben de West Valley Division van de politie van Los Angeles gesproken en volgens hen staat er op mammies oprit een pick-up met een kenteken uit Idaho. Dat was een uur geleden.'

Barnes zei: 'Vier maanden geleden is Modell verhuisd en hij woont nu zo'n vijftien kilometer bij Bledsoes moeder vandaan.'

'Handig,' zei Torres. 'Kennen die twee elkaar?'

'Goeie vraag.'

Torres keek op zijn horloge. 'Als jullie nu gaan, zijn jullie niet op tijd terug voor de bijeenkomst op het stadhuis. Als Bledsoe bij zijn moeder is voor Thanksgiving, dan blijft hij nog wel even. De vergadering is een uur uitgesteld. PR heeft een lijst oefenvragen opgesteld. Bekijk die, zodat je voorbereid bent. Ik weet dat

ik jullie dit niet hoef te zeggen, maar ik doe het toch. Modell en Bledsoe worden niet genoemd. Als iemand naar verdachten vraagt, zeg je dat we onze aandacht richten op enkele personen. Als je dat hebt gedaan kun je naar L.A.'

'Dank u,' zei Barnes.

'In de tussentijd,' zei Torres, 'wil ik dat jullie naar het mortuarium in Oakland gaan om te zien wat het forensisch materiaal van Grayson oplevert. De patholoog-anatoom voert een volledig toxicologisch onderzoek uit. Gezien de mate van geweld, het geweer en het tijdstip, kan het nog steeds om een misgelopen drugsdeal gaan. Als er iets in haar bloed zit, hebben we er een nieuwe complicatie bij. Ga na afloop even wat eten en knap jezelf op voordat je naar het stadhuis gaat. Ik wil dat jullie er allebei een beetje toonbaar uitzien.'

'Zijn we dat dan niet?' vroeg Amanda.

'Jij wel,' zei Torres. 'Maar Barnes ziet er wat verlept uit.'

'Ik zal mezelf wat oppeppen, misschien scheer ik me zelfs wel. Wanneer kunnen we naar L.A.?'

'Boek maar een vlucht voor morgenochtend zeven uur. Bel Southwest en JetBlue. Neem de goedkoopste.'

Het duurde tien minuten voordat Amanda was doorverbonden met de assistent-patholoog-anatoom die over Davida Graysons obductie ging. Dokter Marv Williman was eind zestig, maar had de stem van een veel jongere man. 'Rechercheur Isis. Goh, wat toevallig, ik wilde u net bellen.'

'En nu bel ik,' antwoordde Amanda. 'Will Barnes en ik zijn op weg naar u.'

'Ik ben net klaar met de obductie. Dat betekent dat we niet per se hier in de kelder hoeven af te spreken.'

'Dat vind ik prima. Ik draag een designerpakje.'

'Tjonge,' zei Williman, 'Berkeley wordt steeds chiquer. Ik heb wel trek. Drie straten verderop zit een geweldige Italiaan, Costino's, meer een eethuis dan een restaurant.'

'Klinkt goed,' zei Amanda. Ze vroeg naar het adres. 'Dan zien we u over ongeveer dertig, veertig minuten.'

'Wat klinkt goed?' vroeg Will.

'We hebben met dokter Williman in een Italiaans restaurant

afgesproken in plaats van het mortuarium.'

'Pasta in plaats van pancreas, uitstekend. Ik heb al in geen tijden iets stevigs gegeten.'

'Wat versta jij onder "tijden"?'

'Hangt van mijn bui af.'

De pasta was heerlijk, maar Barnes had zo'n honger dat de smaak pas tot hem doordrong toen hij zijn bord leeg had. Linguine met verse tomaten, basilicum, knoflook, gerookte ham en verse Parmezaanse kaas. Williman leek al evenzeer te genieten van zijn ossobuco. Amanda nam kleine hapjes minipizza en prikte in haar sla.

'Eet je dat nog op?' vroeg Will, en hij wees naar de pizza.

'Ga je gang,' antwoordde Amanda. 'U ook een stuk?'

Williman zei: 'Hoeft u niet meer?'

'Ik heb genoeg gehad.'

'Uitgebreid geluncht?'

'Ik wil hier en daar wat afvallen.'

'Waar?' vroegen beide mannen tegelijk.

'Ik weet het goed te verbergen.' Ze legde haar vork neer. 'Wat kunt u ons vertellen, dokter Williman?'

De dokter nam een flinke slok chianti en zette zijn wijnglas neer. 'Toevallig heb ik een paar belangrijke dingen voor jullie.'

'Wacht even.' Barnes veegde zijn kin aan zijn servet af, schrok van de hoeveelheid saus die het had opgenomen en haalde toen zijn notitieboekje en pen tevoorschijn. 'Oké, ga uw gang, dokter.'

Williman maakte zijn koffertje open en gaf Amanda en Barnes een samenvatting van de obductie die bestond uit twee aan elkaar geniete blaadjes. 'Ik heb het nog niet allemaal op papier gezet, maar ik wilde jullie dit direct geven.'

Hij liet ze het even doorlezen en ging toen verder. 'Zoals je kunt zien, leverde het toxicologisch onderzoek naar het gebruikelijke assortiment straatdrugs niets op...'

'Is dat bloedalcoholgehalte juist?' vroeg Barnes.

'Ah, dat valt u dus ook op. Heel goed. Ja, we hebben het twee keer onderzocht. Heeft deze dame gisteravond de bloemetjes buitengezet?'

'Ik heb begrepen dat ze met haar moeder bij een damessociëteit heeft gedineerd en daarna direct naar kantoor is gegaan. Volgens de ober vertrokken ze rond negen uur. Haar moeder is de laatste die haar in leven heeft gezien, op de moordenaar na.'

Williman zei: 'Ik weet niet hoe het met jullie zit, maar met een promillage van 2,2 zou ik niet meer kunnen werken. Enig idee hoeveel ze tijdens de maaltijd heeft gedronken?'

Amanda zei: 'Volgens de ober was het juist de oude dame die de drank achteroversloeg. Davida had een glas wijn.'

'Nou, dat heeft ze dan later goedgemaakt. En die alcoholconsumptie was ook niet eenmalig. Haar lever bevond zich in een ernstig stadium van cirrose.'

Amanda zei: 'Ik kan me niet herinneren dat iemand heeft gezegd dat Davida veel dronk. Minette is juist degene die zuipt.'

Barnes zei: 'De mensen die ik heb gesproken zeggen dat Davida voornamelijk werkt, vaak alleen. Misschien was ze een stille drinker.'

Williman zei: 'Op de een of andere manier heeft ze drank in haar lijf gekregen. Chronisch.'

Amanda zei: 'Een promillage van 2,2 zou kunnen verklaren waarom ze achter haar bureau lag te slapen en niemand heeft horen binnenkomen.'

'Dat is waar,' zei Barnes. 'Da's een goeie.'

'En ik heb nog iets anders toe te voegen,' zei Williman.

'Laat me raden,' zei Barnes. 'Ze was zwanger.'

'In de buurt...'

'Ze had een abortus gehad.'

'Nee...'

'Willie, je bent gefixeerd op haar geslachtsdelen,' zei Amanda.

'Omdat iedereen op elkaars geslachtsdelen is gefixeerd.'

'In dit geval zit rechercheur Barnes aardig in de buurt,' zei Williman. 'Davida had gonorroe.'

Het werd stil aan tafel. De dokter ging verder. 'Ik zeg niet dat de ziekte onmogelijk van vrouw op vrouw overdraagbaar is, maar het is een aanzienlijk stuk aannemelijker dat de ziekte van man op vrouw wordt overgedragen.'

Amanda zei: 'Wist ze het?'

'Ze had geen externe symptomen,' zei Williman. 'Dat zie je

vaak bij vrouwen. Dat is erger, want tegen de tijd dat je erachter bent is er al schade.'

Barnes zei: 'Hebt u ook sperma aangetroffen? Iets wat we naar het lab kunnen sturen voor DNA-onderzoek?'

'Geen sperma, alleen bacteriën,' zei de patholoog-anatoom. 'En er was een arendsblik voor nodig om die te zien.' Hij wreef over zijn knokkels. 'Jullie mogen je dankbaarheid tonen door de rekening te betalen.'

11

De gemeenteraad van Berkeley kwam bijeen in het oude gebouw van het verenigd schooldistrict – een indrukwekkend wit neoklassiek gebouw met één verdieping dat was verfraaid met Korinthische zuilen en een koepelgewelf met een spits die Barnes deed denken aan een ouderwetse Pruisische legerhoed. Het lag naast het politiebureau, en de twee stijlen naast elkaar, de nieuwere art deco en de oudere beaux-arts, gaven het geheel een nog rommeliger aanzien.

Om kwart voor acht zat de zaal helemaal vol en waren er nog twee ruimtes met videoschermen gevuld.

Nadat ze de lijst met oefenvragen had doorgenomen voelde Amanda zich goed voorbereid. Barnes daarentegen was zenuwachtig. Intellectuelen beangstigden hem en iedereen in Berkeley vond zichzelf een intellectueel. Dure woorden terwijl eenvoudige ook goed genoeg waren, hele discussies van de hak op de tak zonder werkelijk iets te zeggen.

Misschien was dat juist de bedoeling, om zo vaag te zijn dat de discussie eeuwig duurde.

Barnes ging niet veel om met de plaatselijke bevolking. Moorden in Berkeley hadden meestal met drugs te maken, de slechteriken werden uit Oakland geïmporteerd – Alameda County's échte stad. Gelukkig was Amanda een goede spreekster en zou zij

grotendeels het woord voeren.

Ze zaten met zijn tweeën in een kamer die niet groter was dan een bezemkast, te wachten tot ze 'op' moesten. De gemeenteraad sprak over veiligheidszaken en probeerde een zenuwachtige, mompelende menigte te bedaren. Er werd duidelijk gesproken over waakzaamheid, voorzichtigheid en de noodzaak voor 'extra politieaanwezigheid' – wat aanleiding gaf tot een nieuwe golf gemompel.

Voor dit onderdeel van de bijeenkomst was een halfuur uitgetrokken, maar het duurde nu al een uur. Niet noodzakelijkerwijs de schuld van de gemeenteraad, ook al waren ze stuk voor stuk in staat om te oreren als Fidel Castro. Vanavond waren het de aanwezige burgers die met lastige vragen voor onderbrekingen zorgden. Grijze mannen met staartjes en vrouwen met wijde jurken en make-up die helemaal niet op make-up leek. Woorden als 'aansprakelijkheid' en 'individuele veiligheid' en 'Guantanamo-achtige oplettendheid' kwamen keer op keer naar voren. En ook 'noodzakelijk kwaad' dat werd weersproken met citaten van Che Guevara en Frantz Fanon.

Amanda loste haar kruiswoordpuzzel op en legde de krant weg. Ze leunde opzij en fluisterde: 'We moeten straks onze aantekeningen vergelijken. Steeds als ik je iets vraag, is er iemand anders bij.'

'Bedoel je iets specifieks?' fluisterde Barnes terug.

'Om te beginnen, wie heeft jou gezegd dat Davida zulke lange dagen maakte?'

'Haar moeder klaagde dat ze te hard en te veel werkte.'

'Dat kan ook een typische opmerking van een moeder zijn.'

'Minette Padgett zei ook dat Davida te hard werkte.'

'Dat kan een eenzame minnares zijn.'

Barnes grijnsde. 'Oké, wat dacht je hiervan, Mandy? Alice, dokter Kurtag, de onderzoekster die hielp met het stamcelwetsvoorstel, zei dat ze zelf lange uren maakte samen met Davida. Soms gingen ze 's avonds uit eten, dan kwamen ze terug naar het lab en gingen weer aan het werk.'

'Hmm...'

'Precies,' zei Barnes. 'Ze zweert dat ze niets hadden.'

'Was Minette ooit aanwezig bij die werkorgiën?'

'Daar heeft Kurtag het in elk geval niet over gehad. We kunnen het Minette vragen.'

'Heeft Kurtag iets gezegd over Davida's overmatige drinken?'

'Nee.' Barnes kreeg een idee. 'Het is gek. Minette wordt als de zuipschuit gezien, maar het is Davida's lever die was aangetast.'

'Ze dronken samen.'

'Misschien samen, en in elk geval overmatig,' zei Barnes. 'Davida werd niet als zuipschuit gezien, maar misschien kon ze het beter verdragen.'

'En Minette is jonger,' zei Amanda. 'Geef haar genoeg tijd en ze eindigt misschien ook wel met cirrose.'

Barnes knikte.

Amanda dacht even na. 'Als iemand wist dat Davida zichzelf in slaap dronk, zou die daar gemakkelijk zijn voordeel uit hebben kunnen halen door haar dood te schieten terwijl ze lag te slapen.'

'En wie weet meer van Davida's drankgebruik dan Minette?' zei Barnes. 'Minettes heteroscharrel, Kyle Bosworth, zei dat hij om twee uur 's nachts was vertrokken. Kyles partner heeft bevestigd dat Kyle rond kwart over twee thuis was. Minette had genoeg tijd om naar Davida's kantoor te gaan, een fles met haar vriendin leeg te drinken, te wachten tot Davida in slaap was gesukkeld en haar kapot te schieten.'

'Ze had dus de gelegenheid,' zei Amanda. 'En als we haar in verband kunnen brengen met het geweer, ook de middelen. Maar wat is het motief?'

'Davida had een druiper en volgens dokter Williman wordt dat sneller overgedragen van man op vrouw. Misschien had ze haar eigen heteroscharrel.'

'Toch is besmetting van vrouw op vrouw niet onmogelijk,' zei ze iets luider. Barnes legde zijn vingers tegen zijn lippen en Amanda ging zachtjes verder. 'Wijst iets erop dat Davida een man in haar leven had?'

'Nog niet. In haar e-mails komt geen speciale man naar voren.'

Amanda speelde met haar haar. 'Ik vind het veel aannemelijker dat Minette het van Kyle heeft gekregen en daarna Davida

heeft besmet. Minette was degene met de vrije tijd om een verhouding te hebben en we wéten dat ze het met een man deed.'

'Dokter Kurtag dacht dat Davida vermoedde dat Minette een verhouding had. Misschien ontdekte ze dat Minette haar had besmet met gonorroe en ging ze door het lint. Toen Davida de relatie wilde verbreken, werd Minette woedend, kregen ze ruzie en *boem*.'

Amanda zei: 'Het kruitsporenonderzoek bij Minette was negatief.'

'Dat betekent alleen dat ze haar handen heel goed heeft gewassen. Ik zou maar wat graag eens haar kleding onderzoeken op bloed... of kruitsporen.'

'Weten we überhaupt wel of Minette ooit wel eens in de buurt van een geweer is geweest, laat staan dat ze weet hoe ze ermee om moet gaan?'

Barnes haalde zijn schouders op, haalde zijn notitieboekje en pen tevoorschijn en schreef iets op.

Een assistent van een van de vrouwelijke raadsleden stak haar hoofd om een hoekje. 'Politie van Berkeley, jullie zijn over twee minuten aan de beurt.'

De rechercheurs stonden op. Amanda tilde Barnes' veterdas op, liet hem weer op zijn borst vallen en glimlachte. 'Dit ding en die enorme gesp aan je riem, partner... Moet iedereen weten dat je een boerenpummel bent?'

'Zeg,' zei Barnes, 'we leven in een vrij land. En jij voert het woord, mevrouw Couture. Klaar voor je close-up?'

Amanda streek haar zwarte wollen rokje glad en trok aan haar witte blouse. 'Laat maar komen.'

Toen ze bij het podium kwamen, zag ze dat Will met gespannen kaken zijn das rechttrok. Het was echt niet haar bedoeling geweest om die grote kerel op de kast te jagen.

Ze zei: 'Jouw theorie dat Minette samen met Davida heeft zitten drinken en haar daarna heeft doodgeschoten snijdt hout. En ik zou Minettes kleding ook graag zien, alleen is een theorie niet genoeg voor een huiszoekingsbevel.'

Er gingen allerlei mogelijkheden door Barnes' hoofd. Zijn kaaklijn was nu als uit beton gegoten. 'Wat dacht je hiervan: Minettes appartement is ook Davida's appartement. Een huiszoe-

kingsbevel voor het slachtoffer moet geen probleem zijn. Als we dan toevallig bebloede kleding aantreffen en hersenweefsel in de gootsteen... tja, dat heb je soms.'

'Lang leve toevalligheden,' zei Amanda.

Terwijl hij zijn pyjamabroek aantrok dacht Will na over de gemeenteraadbijeenkomst en de persconferentie. Amanda had het onderzoek beter samengevat dan hij had gekund, helder en eenvoudig, vriendelijk maar bondig. Hoofdinspecteur Torres was er redelijk in geslaagd de angst onder de bevolking weg te nemen en bleef rustig onder een spervuur aan vragen die soms logisch en soms belachelijk waren.

En toen was híj aan de beurt geweest.

Met een zenuwachtige stotterstem die iedereen liet weten dat hij een boerensukkel was. De das en de gesp hadden ook niet geholpen; hij had de minachting bijna kunnen proeven. Daardoor was hij nog lijziger gaan praten, totdat het leek of hij te veel kalmerende middelen had geslikt. Wat een... Hij stopte. Zelfreflectie was voor stumpers.

De telefoon ging. Mooi. Misschien was het Laura, en was haar nieuwe relatie naar de kno... De stem van Torres drong tot hem door. 'Dat bevelschrift dat je hebt aangevraagd voor Davida's appartement?'

'Dat heb ik nog niet ingediend, hoofdinspecteur.'

'Laat maar zitten, dat heb je niet nodig. Minette Padgett heeft twintig minuten geleden het alarmnummer gebeld. Het hele huis is overhoopgehaald.'

'Ik kwam net binnen toen ze belden,' zei Amanda. 'En jij?'

'Ik wilde net naar bed.'

Amanda trok een zuur gezicht. 'Ik lag er nog lang niet in. Dat heen en weer reizen is een ellende. Ik moet echt verhuizen.'

'Jij hoort niet eens te werken,' snoof Barnes. 'Jemig, als ik een duizendste van jouw geld had, was ik nu aan het zeilen of golfen of...'

'Willie, als jij zou stoppen met werken, zou je vierentwintig uur per dag chagrijnig zijn.'

'Ik ben nu al vierentwintig uur per dag chagrijnig!' Barnes be-

keek de woonkamer die een complete chaos was. 'Wat een te-
ringbende.'

'Dat is het slechte nieuws,' zei Amanda. 'Het goede nieuws is
dat we nu probleemloos naar bewijsmateriaal tegen Minette kunnen zoeken. Dus hou eens op met die hatelijkheden en ga aan
het werk.'

Barnes pakte een camera en begon te fotograferen. Als de
woonkamer opgeruimd was geweest, zou hij heel ruim hebben
geleken met de ramen met het weidse uitzicht en het hoge plafond.

Maar het was lastig om verder te kijken dan de bende. Crafts-
man-meubeltjes waren omvergegooid, kussens van madras lagen her en der op de grond. Eikenhouten boekenplanken waren leeg, een paar goedkope glazen vazen – van die vazen die
je gratis bij een bos bloemen krijgt – lagen in scherven op de
grond.

Dat was op het eerste gezicht het enige wat echt kapot was.
Barnes keek door de kamer naar de open keuken. Kastdeurtjes
stonden open, maar het aardewerk stond er nog. De inhoud van
de keukenlades daarentegen was op de grond gegooid.

De rechercheurs liepen zo voorzichtig mogelijk verder om geen
bewijsmateriaal onder hun met papieren hoezen omhulde schoen-
zolen te vertrappen. Het appartement had drie slaapkamers – een
grote en twee kleinere logeerkamers. De eerste kleine slaapkamer was als kantoor ingericht; in de tweede stond allerlei fit-
nessapparatuur.

Als je voorbij de wanorde keek, was de slaapkamer een geweldige ruimte – groot en licht met een prachtig uitzicht over de
stad beneden en de baai daarachter. Davida's toevluchtsoord aan
het eind van een hectische dag?

Nu was de kamer echter een chaos: kleren lagen op de grond,
lades waren uit de kast gerukt, beddengoed was van het matras
getrokken.

Het eerste woord wat in Barnes opkwam was 'gekunsteld'.
In tegenstelling tot wat ontelbare filmscènes lieten zien, haalden dieven meestal niet alles overhoop omdat het door de wanorde alleen maar moeilijker werd de waardevolle spullen te vinden.

Hij knikte naar Amanda en zij begreep het zonder dat hij iets hoefde te zeggen. Met zijn tweeën liepen ze naar het kantoortje en zagen vanaf de drempel een lawine van papier. Ook hier waren lades leeggehaald, dossiers gedumpt en boeken en video's op de grond gegooid. De manier waarop de bureaustoel op zijn kant lag leek berekenend. Met zijn grote voeten was Barnes niet in staat kleine stapjes te nemen zonder iets te vertrappen, dus trok hij zich terug.

'Iemand is hier behoorlijk tekeergegaan,' zei Amanda.

Barnes zei: 'Al die chaos en toch zijn alle borden en schoteltjes nog heel? Het is een stuk makkelijker om papieren op te ruimen en stoelen en banken recht te zetten, dan om kapot porselein op te ruimen.'

'Waarom zou Minette dit in scène zetten?'

'Misschien probeert iemand haar erin te luizen.' Er kwamen allerlei gedachten bij Barnes op. 'Of het is echt. Toen ik het met dokter Kurtag over Harry Modell had, zei ze dat Davida niet bang voor hem was omdat ze iets over hem wist.'

'Wat voor iets?'

'Dat heeft ze Kurtag niet verteld. Een of andere idioot, wie weet wat zo iemand doet.'

Amanda dacht hierover na. 'Misschien, maar het is wel vergezocht en zolang we niet weten dat Modell in de stad is, staat hij onder aan de lijst.'

'En Minette staat bovenaan?'

'Reken maar. Ik vraag me af waar ze is.'

'Torres heeft haar aanklacht opgenomen en haar toen laten gaan.'

'Torres neemt tegenwoordig aanklachten op?'

'De wederhelft van een slachtoffer dat in de schijnwerpers stond,' zei Barnes. 'Ze logeert een paar dagen bij vrienden. Dat is mooi. Dan kunnen we door haar spullen snuffelen zonder dat zij zich ermee bemoeit.'

Amanda bekeek de bende. 'Hoe lang denk je dat we hiermee bezig zijn?'

'Het grootste deel van de nacht,' zei Barnes. 'Hoe laat gaat onze vlucht naar L.A.?'

'Morgenochtend om zeven uur.'

'Zouden we het naar elf uur kunnen verschuiven zonder dat iemand daarover valt?'

Ze glimlachte. 'Wil je proberen nog even een uiltje te knappen?'

'Wij allebei. Je kunt bij mij slapen als je wilt. Hoef je niet helemaal de brug over.'

'Ik dacht dat je het nooit zou vragen.'

12

Barnes' mobiele telefoon ging net toen een stem over de intercom een boarding aankondigde. Hij viste de telefoon uit zijn zak. 'Was dat voor onze vlucht?'

Amanda keek op van haar paperback. 'Nee, die van Phoenix.'

'Ik begrijp niet dat je dat verstaat. Het lijkt meer op ruis.' Hij drukte op de groene toets. 'Barnes.'

'Neem me niet kwalijk dat ik u stoor, rechercheur. U spreekt met Alice Kurtag.'

Barnes klemde de telefoon tussen zijn schouder en oor en pakte zijn notitieboekje. 'Geen probleem, dokter Kurtag, wat kan ik voor u doen?'

'Ik weet niet of het belangrijk is, maar u vroeg of ik wilde bellen als ik nog iets bedacht.'

'En?'

'Zoals ik al zei was mijn relatie met Davida bijna uitsluitend zakelijk. Ik kende Minette amper en hun vrienden kende ik ook eigenlijk niet.'

'Aha,' zei Barnes.

'Ik betwijfel of het belangrijk is, maar ik kan me herinneren dat Davida ongeveer een maand geleden met een vriendin naar het lab kwam – een vriendin van vroeger. Iemand met wie ze op school had gezeten en samen mee had gestudeerd. Ze leken...' Het was even stil. 'Ik weet niet goed hoe ik het moet zeggen. Ze leken erg hecht.'

De suggestie was overduidelijk. Barnes zei: 'Meer dan gewoon vriendinnen?'

'Tja, ze lachten en raakten elkaar aan. Ze waren natuurlijk wel oude vriendinnen.'

'Kunt u zich nog herinneren hoe ze heette?'

'Jane. Ik weet werkelijk niet of Davida haar achternaam ook heeft genoemd. Ik kan hem me in elk geval niet meer herinneren.'

Jane. Barnes was even van zijn à propos. Jane leek hem in de verste verte niet lesbisch. Voor de zekerheid vroeg hij: 'Hoe zag deze Jane eruit?'

'Lang, slank, knap, van Davida's leeftijd – lang pikzwart haar, opvallend haar. En misschien een beetje... verlept? Ik wil niet onaardig zijn, maar ze zag eruit alsof ze veel had meegemaakt.'

Het was heel duidelijk over wie ze het had. Jane had zeker geen geluk gehad als het om mannen ging. 'Was het misschien Jane Meyerhoff?'

'Ja, dát was het – nu weet ik het weer, ze had dus toch haar achternaam genoemd! Kent u haar?'

'Ze is inderdaad een oude vriendin van Davida. Goed, dokter Kurtag, dank u voor de informatie.' Daarna voegde hij er de bekende laatste rechercheursvraag aan toe: 'Is er verder nog iets?'

'Eigenlijk wel.'

Maar daarna zweeg ze.

Barnes zei: 'Zegt u het maar, ik luister.'

'Davida zei dat zij en Jane van plan waren om een paar dagen te wildwaterkanoën. Davida zei dat ze een zware week achter de rug had en dat Jane in een moeilijke scheiding lag. Ze hadden allebei behoefte om zich te ontspannen en ze hielden allebei van een sportieve uitdaging. Ze zei dat haar mobiele telefoon het daar niet zou doen, en toen gaf ze me een nummer waar ik haar kon bereiken als er iets belangrijks in mijn onderzoek naar voren kwam. Ze zei dat het nummer alleen voor mij bedoeld was en dat ik het aan niemand anders mocht geven.'

'Aan wie zou u het kunnen geven?'

'Omdat we zo vaak samenwerkten, belden mensen mij soms als ze Davida zochten.'

'Wat voor mensen?'

78

'In het parlement. Soms vrienden.'

'Iemand in het bijzonder?'

Stilte.

'Dokter?'

'Minette belde vaak,' zei Kurtag. 'Soms wel acht, tien keer per dag.'

'Dat is heel vaak.'

'Nog even over die andere vrouw... Het zou best volkomen onschuldig kunnen zijn. Misschien ging Davida gewoon een paar dagen weg om van wat welverdiende privacy te genieten.'

De een uur durende vlucht van Oakland naar Burbank vloog op tijd en zonder schreeuwende kinderen. Zodra het toestel de daling inzette, wendde Barnes zich tot Amanda. 'Ik heb zitten denken.'

Ze grijnsde. 'Altijd gevaarlijk.'

'Daarom doe ik het ook niet vaak. Als we het over in scène zetten hebben, wat vind je van die belachelijke brief die Donnie Newell ons liet zien? Iemand die blokletters uit een tijdschrift knipt en ze op een stuk papier plakt. Is dat niet heel erg Hollywood? Ik vind dat we echt nog een keer met Newell moeten praten.'

'Werd Davida al een tijdje lastiggevallen door Minette?'

'Het mens schijnt wel erg veel aandacht nodig te hebben. Misschien was ze boos omdat Davida de brief niet serieus nam.'

Amanda knikte. 'Zou kunnen. Maar hoe houdt die brief verband met Minette als de moordenaar?'

Barnes moest toegeven dat hij daar geen antwoord op had. 'Er zijn nog andere redenen om met Donnie te praten. Hij had op de middelbare school verkering met Davida voordat ze voor haar geaardheid uitkwam. Weet je nog dat hij zei "Davida lustte er wel pap van"? Wat dacht jij toen?'

'Dat ze goed was in bed.' Amanda haalde haar schouders op. 'Dus ze hebben het gedaan. Nou, en? Dat is lang geleden.'

'Het viel me op dat Donnie het zich nog zo goed kon herinneren en het ons vertelde waar Davida met haar hoofd aan flarden bij lag.'

'Mannen denken altijd aan seks.'

'Klopt, maar wat hij jou vertelde... dat zijn vrouw een hekel aan Davida had. Die twee hadden duidelijk nog contact met elkaar.'

'Volgens Newell was dat minimaal.'

'Wat hij minimaal vindt, is voor Minette misschien maximaal. En denk je dat Newell wist hoeveel ze dronk?'

Amanda schoot in de lach. 'Wat wil je nu eigenlijk zeggen?'

'Ik zeg helemaal niets.'

'Jawel, en ik vind het nogal vergezocht.'

'Wat?'

'Je ziet Newell als verdachte. Om te beginnen weten we dat hij de dag van de moord in Sacramento was omdat ze hem heeft gebeld.'

'Precies. En we weten niet waar dat telefoontje over ging... We weten alleen wat Newell ons heeft verteld. Misschien vroeg ze of hij naar haar kantoor wilde komen voor een seksdate en waren ze dus samen. Minette zei dat Davida van plan was de hele nacht door te halen. Wie zegt dat ze aan het werk was? Zij en Donnie waren alleen... een glaasje erbij en...'

'En wat?'

'Weet niet, misschien ging er iets mis. Mensen doen vreemde dingen onder invloed.'

'Mag je die vent soms niet? Is dit nog iets van de middelbare school?'

'Ik kende Donnie amper. Ik kan me hem herinneren als mager, blond jochie, verder niet.'

Amanda zwaaide met een vinger naar hem. 'Je fantasie neemt een loopje met je, rechercheur Barnes. Misschien komt het door slaapgebrek.'

'Of gebrek aan zinvol bewijsmateriaal in het appartement,' zei Barnes. 'Ik wil op zijn minst met Newell praten over Davida Grayson en Jane Meyerhoff. Hij suggereerde dat het allebei feestbeesten waren. Als je dat combineert met Kurtag die zei dat Davida en Jane samen een paar dagen weggingen en dat ze niets tegen Minette mocht zeggen, dan vraag ik me af: is hun relatie nieuw, of pakten Davida en Jane hun relatie van de middelbare school en hun studententijd weer op? Ik vraag me ook af of Jane de reden was dat Davida uit de kast kwam.'

'Wat heeft dat met Newell te maken?'

'Misschien had Donnie een triootje met de meisjes en ontdekte Davida dat ze Jane leuker vond dan hem.'

'En...?'

'En misschien voelde Newell zich bedreigd.'

'En dus besloot hij om haar na... wat is het... vijfentwintig jaar om zeep te helpen?

Barnes glimlachte. 'Oké, het is wat magertjes, maar denk je eens in. Williman zei dat een druiper makkelijk overdraagbaar is van man op vrouw. En Donnie is een man.'

'Weet je wat ik denk?'

'Nou?'

'Jij wilt Newell ondervragen in de hoop dat hij je vunzige details over een triootje vertelt.'

'Misschien.' Barnes lachte. Toen werd hij serieus. 'We kunnen het niet over de gonorroe hebben tijdens een gesprek van collega's onder elkaar... Goed, laten we het eens van een andere kant bekijken: als er een seksuele relatie tussen Davida en Jane was, is dat een mogelijk motief voor Minettes jaloezie. Jane is ongeveer een jaar geleden weer in Berkeley komen wonen. Na drie mislukte huwelijken verlangt ze misschien naar iets uit haar jeugd.'

Amanda keek haar partner aan. 'Had jij vroeger niet iets met Jane?'

'Eh, ja, maar dat heeft niet lang geduurd.'

'Waarom niet?'

'Ze was me er eentje. Een ontspannen gesprekje was er niet bij, alles was bij haar een debat.'

'Gingen jullie met ruzie uit elkaar?'

'Nee, het ging gewoon uit. Ik belde niet meer en dat kon haar niets schelen.'

'Als er toch geen kwaad bloed is, waarom vraag je háár dan niet, in plaats van Newell, naar haar relatie met Davida?'

'Omdat Davida is vermoord en ik niet weet hoe eerlijk Jane tegenover mij zal zijn. Donnie kan ik op een andere manier benaderen.'

'Collega's onder elkaar,' zei ze. 'Al mag je niet over geslachtsziekten beginnen.'

Barnes werd stil. 'Goed, maar ik vind de hele situatie wel klote.'

'Hé,' zei ze, 'ik kan je gedachtegang helemaal volgen, ik probeer het alleen op een rijtje te houden. Zie je Newell echt als verdachte?'

'Misschien intrigeert hij me gewoon.'

De wielen van het toestel raakten het asfalt en een stewardess hield het gebruikelijke praatje alsof ze daadwerkelijk een keus hadden met welke maatschappij ze vlogen. Toen de omroepberichten waren afgelopen zei Amanda: 'De Davida/Jane-theorie zie ik wel zitten. Ik weet niet of hij relevant is, maar het is altijd goed om bij goede vrienden te beginnen.'

Barnes zei: 'Ik denk dat we ook even moeten bedenken wat we in L.A. gaan doen, zeker aangezien het bureau voor luxevervoer heeft gezorgd. Wie is onze contactpersoon bij de politie van Los Angeles?'

Amanda keek in haar aantekeningen. 'Adjunct-inspecteur Marge Dunn. Ze zei me dat haar inspecteur – die heet Decker – erg geïnteresseerd is in Marshall Bledsoe.'

'Wat voor ongein heeft die schoft daar uitgehaald?'

'Een plaatselijke synagoge is vijf jaar geleden geplunderd en Decker heeft altijd het idee gehad dat er iemand achter de schermen aanwezig was.'

13

Amanda kon er niets aan doen; ze was een snob als het om Bay Area ging.

San Francisco was een stad, L.A. was een gedrocht. De snelwegen liepen kilometerslang door stedelijke lelijkheid en het verkeer hield maar niet op.

Deze tijd van het jaar was de lucht in elk geval nog wel helder en blauw, een welkome afleiding van de mist. Smerige lucht,

maar wel zo warm dat de rechercheurs uit Berkeley de raampjes van hun kleine huurauto omlaag deden. De blikken trommel begon te sputteren als de weg ook maar iets omhoogliep. Barnes reed en Amanda wees de weg. Inclusief de tien minuten waarin ze de weg kwijt waren, kostte het hun vijf kwartier om het bureau van West Valley te bereiken – een vierkant, raamloos bakstenen gebouw. Groter dan het bureau van Berkeley maar minder stijlvol.

Hoezeer zij, vrouw van de wereld, haar best ook deed om tegen clichés te vechten, Noord-Californië – en haar eigen sociale status – konden niet verloochend worden.

Ze probeerde zich op hun zaak te richten, maar sinds zij en Will waren geland hadden ze geen nieuwe ideeën opgedaan. In stilte liepen ze naar de deur van het bureau, waar ze in de hal adjunct-inspecteur Marge Dunn ontmoetten.

Ze leek rond de veertig – lang, groot en blond met zachtbruine ogen en een vrolijke glimlach. Ze bracht hen naar het kantoor van de rechercheurs en klopte op de wand van het kamertje van de inspecteur, hoewel de deur openstond.

De man die hen naar binnen wenkte was in de vijftig en fit. Een roodharige man met snor en grijze plukjes in zijn haar. Hij droeg een blauw overhemd, een zijden koraalrode das, een grijze broek en glanzende zwarte schoenen. Amanda vond dat hij zo voor advocaat kon doorgaan. Toen hij overeind kwam zag ze dat zijn hoofd bijna het plafond raakte.

Weer zo'n lange. Ze schatte hem zeker een meter drieënnegentig. Hij stak een grote hand met sproeten naar haar uit en daarna naar Will.

'Pete Decker,' zei hij. 'Welkom. Ga zitten.' Hij bood hun twee kunststof stoelen aan. 'Willen jullie iets drinken?'

'Koffie zou lekker zijn,' zei Barnes.

'Voor mij ook,' zei Amanda.

'Er zit niet veel meer in de pot, ik ga wel even nieuwe zetten,' zei Marge Dunn. 'U ook, chef?'

'Reken maar, dank je,' antwoordde Decker. 'En als je daar toch bent, laat de meldkamer ook nog even een auto naar Bledsoes huis sturen om te zien of de truck alweer op de oprit staat.'

Barnes vroeg: 'Is Bledsoe weg?'

'Waarschijnlijk met mammie op stap. Ik verwacht niet dat hij voor Thanksgiving weggaat.' Decker keek naar Barnes en Amanda zonder al te kritisch te lijken. Hij sloeg zijn lange benen over elkaar en leunde achterover in zijn stoel. 'Ik wilde het onopvallend houden zodat we hem niet opjagen. Die sukkel hoeft alleen maar zijn portemonnee te trekken, zijn boetes te betalen en dan kan hij vertrekken. We hopen dat hij niet slim genoeg is om dat te snappen, maar ja, als hij een afgevaardigde heeft vermoord, is hij niet bepaald naïef. Wat voor bewijsmateriaal hebben jullie tegen hem?'

'Geen,' antwoordde Barnes.

Decker glimlachte. 'Tja, da's niet veel. We hebben meer nodig dan alleen onbetaalde parkeerboetes om hem naar het bureau te halen.'

'Bledsoe is leider van de White Tower Radicals,' zei Amanda. 'Twee dagen voor de moord op Davida Grayson is ze voor het parlementsgebouw door twee White-jongens met eieren bekogeld. We vermoeden dat Bledsoe de opdracht heeft gegeven en misschien wel meer heeft gedaan.'

'Ja, dat heb ik gehoord,' zei Decker. 'Die twee zitten vast, of niet? Hebben ze gezegd dat Bledsoe erbij betrokken is?'

'Nee, maar dat hoeft Bledsoe niet te weten,' zei Barnes. 'Als we hem bang maken, kunnen we misschien iets uit hem los krijgen.'

Marge Dunn kwam terug met koffie. 'Geen truck op de oprit.'

Decker zei: 'Staat er nog iets anders op jullie programma behalve Bledsoe?'

'Nog een gesprek,' zei Barnes. 'Een of andere racist die Harry Modell heet en leider is van de groep Gezinnen onder God. We hebben drie hatelijke brieven gevonden die hij aan Grayson heeft geschreven.'

Amanda zei: 'Als je wilt dat we wachten tot Bledsoe er is voordat we Modell ondervragen, dan kan dat. We werken wel om jullie heen.'

Decker zei: 'Ik wil dat iemand van West Valley hem arresteert en als ik daar een rechercheur voor moet opofferen dan kunnen jullie net zo goed Modell ondervragen en de tijd die jullie heb-

ben nuttig gebruiken.' Hij wendde zich tot Marge. 'Hoe ziet jouw agenda eruit?'

'Rustig,' antwoordde Marge. 'Ik kan wel wachten tot hij komt opdagen. Ik red me wel met een thermosfles en mijn iPod.'

Harry Modells adres was in een trailerpark tussen eikenbomen aan de voet van kilometerslang onbedorven heuvellandschap. In de verste verte geen gebouwen te zien. De 'Happy Wandering Mobile Community' bestond uit vijftig standplaatsen die allemaal bezet waren en waar generatoren op volle kracht stonden te werken.

Modells stukje onroerend goed in L.A. was nr. 34. Zijn TravelRancher was met geel vinyl en een witte rand afgewerkt. Op een plat dak stond een schotel op het zuiden gericht. Terwijl Barnes en Amanda een krakkemikkige houten helling opliepen naar de voordeur, zagen ze door een raampje televisiebeelden flikkeren. Barnes klopte op de deur, wachtte even en toen er na enige tijd niet werd opengedaan klopte hij opnieuw.

Een stem binnen zei dat hij weg moest gaan.

'Politie,' riep Barnes. 'We willen u spreken, meneer Modell.'

De stem, luider en krakerig, zei dat hij zijn rug op kon.

Barnes blies zijn adem uit en keek naar zijn partner. 'We kunnen de deur niet intrappen.'

'Die man klinkt oud,' zei Amanda. 'We maken ons zorgen om zijn veiligheid.'

'Die vlieger gaat...' Opeens vloog de deur open. De man in de rolstoel was stokoud, had een kaal hoofd, diepliggende, gelige ogen en een slechtzittend gebit dat klepperde toen hij zijn onderkaak bewoog. Een smal gezicht dat eens rond was geweest en nu ingevallen was als een paprika. Hij had een ruw gelaat, meer rimpels dan gladde huid. Stakerige benen, maar zijn armen waren verrassend gespierd. Waarschijnlijk van het rijden in de rolstoel.

'Meneer Modell?'

'Wat moet je, verdomme?'

'We willen even met u praten.'

'Waarover?'

'Mogen we even binnenkomen?' vroeg Amanda.

Modell keek even naar Amanda. 'Jij wel, hij niet.'

'We zijn een team, meneer.'

'Ga dan goddomme maar ergens een spelletje spelen.' Maar Modell reed niet naar achteren en Amanda zag iets meer in zijn blik dan alleen vijandigheid.

Een vaag verlangen.

Ze glimlachte.

Modell zei: 'Ooh, waarom verdomme ook niet, ik verveel me kapot.' Hij reed een stukje opzij, zodat ze naar binnen konden.

Ze liepen een broeikas binnen. De temperatuur was zeker boven de dertig graden. Drie luchtbevochtigingsapparaten vulden de benauwde, schemerige ruimte met mist. Het positieve aan dit bedrukkende microklimaat waren de tafels vol met planten – bromelia's, Kaapse viooltjes, prachtige wilde planten die Amanda niet kende.

Ze begon te zweten en wierp een blik op Will. Hij trok zijn jas uit. Zijn overhemd was doorweekt.

Modell negeerde hen en reed naar de enige plek waar geen planten stonden – bij een gammel tafeltje vol potjes met pillen, een oude burrito en de afstandsbediening van de tv. Modell zette het geluid uit, maar liet de tv aan. Een of andere oude zwart-witfilm.

Amanda zei: 'We hebben een paar vragen voor u als u het niet vervelend vindt.'

'Ik vind het wel vervelend,' zei Modell, klepperend met zijn tanden. 'Maar kan ik de slaafjes van de HAO tegenhouden?'

'De HAO?'

'De Heidense Atheïstische Overheid.'

Modell plukte een uitgedroogd oud bloemblaadje van een Kaaps viooltje.

Barnes kwam direct ter zake. 'Kunt u me zeggen waar u twee avonden geleden was?'

Modell keek met half toegeknepen ogen naar de rechercheur. 'Ik ben altijd hier. Ziet het ernaar uit dat ik overal naartoe kan?'

'U bent onlangs naar dit trailerpark verhuisd,' zei Amanda.

'Klopt als een bus, dame. Ik heb mijn huis in Orange County verkocht, heb er absurd veel geld aan verdiend en heb besloten mijn dagen te slijten met doen wat ik het beste kan – communi-

ceren met atheïsten, onverlaten en perverse lieden. God weet, daar kom ik mijn tijd wel mee door.'

'Communiceren door middel van brieven,' zei Barnes.

'Een verloren kunst,' zei Modell. 'Al dat gezeik met e-mails. Toen ik op mijn top was, stuurde ik er dertig, veertig per dag. Nu nog maar vijf. Mijn handen, zie je.' Hij zwaaide met zijn knoestige vingers. 'Verdomd jammer, want er zijn meer viezeriken dan ooit.'

'Welke viezeriken hebt u onlangs geschreven?'

Weer kneep Modell zijn ogen halfdicht. 'Wat moet de politie verdomme met de brieven van een oude man?'

Amanda zei: 'Een oude man die het hoofd van Gezinnen onder God is?'

'Niet meer. Daar ben ik twee jaar geleden mee gestopt. Jullie zijn ook niet echt op de hoogte.'

'Waarom bent u teruggetreden?' vroeg Amanda.

'Ik ben die club dertig jaar geleden helemaal in mijn eentje begonnen. Heb het groot gemaakt.' Hij schudde het hoofd. 'Te groot. De leden besloten dat er een bestuur nodig was. Waarom weet ik niet, maar de klootzakken begonnen mij te vertellen hoe ik mijn eigen organisatie moest regelen. Dus heb ik ze gezegd dat ze konden oprotten en toen ben ik gestopt. Verdomd jammer, in onze hoogtijdagen waren we een krachtig instrument tegen al die viezeriken. Geen idee wat ze nu doen, kan me niet schelen ook. Ik schrijf vijf brieven naar viezeriken, God is tevreden. En als je nou niet zegt wat je mot, dan kan je vertrekken. Althans, jíj kan vertrekken. De dame mag gerust blijven... tenzij je zo'n lesbo bent. Dan mag je direct weg.'

'U hebt het niet zo op lesbiennes?'

'Wat moet je ermee? Het zijn homo's en ze zijn niet normaal.'

'Hebt u ooit een brief geschreven aan staatsafgevaardigde Davida Grayson?' vroeg Amanda.

'Hah!' Modell stak zijn vinger in de lucht. 'Nú snap ik waar dit over gaat. Die lesbo-afgevaardigde.' Brede glimlach. 'Maar dat was niet hier.'

'Wij zijn van de politie uit Berkeley,' zei Amanda.

'Jullie zijn helemaal hiernaartoe gekomen voor mijn persoontje? Dame, ik voel me gevleid.'

'Dus u hebt haar geschreven,' zei Barnes.

'Godsamme, reken maar. Ik heb haar zo vaak geschreven. Die viezerik was niet alleen een pot, ze probeerde ook nog ongeboren baby's aan stukken te rijten voor haar eigen egoïstische doeleinden.'

Amanda zei: 'Stamcelonderzoek.'

Het leek wel of Modell uit zijn stoel opsteeg. 'Stamcelonderzoek, gelul! Er zal nooit iets goeds voortkomen uit het afslachten van baby's, jongedame. En ik ben zeker niet van plan om dat soort bagger met mijn belastingcenten te betalen.' Hij zakte weer in zijn stoel terug. 'Ja, ik heb die sodomiet geschreven, heb haar gezegd wat ik vond van haar gezeik en het feit dat ze een pot is. Heb haar alles gezegd wat ze moest horen.'

'En dat was?'

'Vrouwen horen niet thuis in de politiek, daar raken ze verdorven door, net als die Grayson. Ik rouw niet om Grayson, maar als je denkt dat ik iets met haar moord te maken heb, dan heb je het mis en dan ben je net zo stom als zij.'

Barnes trok zijn das en het bovenste knoopje van zijn overhemd los. Amanda haalde een zakdoekje voor hem uit haar tas en allebei depten ze hun voorhoofd. Ze zei: 'Politici krijgen wel vaker negatieve brieven, maar die van u waren bijzonder onaangenaam.'

'Dame, ik ben een onaangenaam, door God gedreven man. Dat ontken ik niet. Maar volgens mij kan je daar nog altijd niemand voor arresteren.'

'Je kunt iemand arresteren wegens bedreiging.'

'Ik heb niemand bedreigd. Ik heb haar gewoon de waarheid gezegd... dat ze tot in eeuwigheid in de hel zou branden. Binnen twee seconden zou haar huid geroosterd zijn en haar ingewanden zouden koken als soep. Ik heb haar gezegd dat ze zo ver heen was dat zelfs Jezus niet wist wat hij nog voor haar zou kunnen doen. Als je me wilt arresteren voor het zeggen van de waarheid, dan ga je je gang maar. Geef me het vermaak en de publiciteit en misschien begin ik wel weer een nieuwe kerk. Of begin ik zo'n website.'

Amanda zei: 'Kan iemand bevestigen waar u de afgelopen dagen bent geweest?'

'Dame, ik voel me gevleid dat je denkt dat ik genoeg energie heb om naar de roze stad te vliegen en die lesbo om zeep te helpen. Het feit is dat ik vierentachtig ben, al tien jaar in een rolstoel zit, en een goeie dag betekent voor mij dat ik zonder pijn kan schijten.'

'Misschien hebt u iemand ingehuurd,' zei Barnes.

'En misschien kan ik ook wel naar de feestwinkel om een grote neus te kopen en dan zeggen dat ik een jood ben – hoor eens, alleen omdat ik van mijn grondwettelijke privilege gebruik maak en die viezeriken zeg wat ik van ze vind, betekent nog niet dat ik naar dit soort onzin hoef te luisteren. Jullie bazen zullen nog van mij horen. En nou verdomme opgerot voordat ik met mijn stoel over jullie heen rij.'

Barnes startte de motor en liet hem even ronken, terwijl hij zijn telefoon pakte. 'Hij kon zijn lol wel op, maar verder was het één grote tijdverspilling.'

'Moest gebeuren,' zei Amanda.

Met een boze blik prutste hij met de telefoon. 'Ik kan mijn berichten niet afluisteren, ik heb geen bereik in dit gat.'

'Ik dacht dat je van het platteland hield.'

'Doe mij maar twintig kamers met uitzicht. Laten we maar teruggaan naar West Valley om te zien of er nog ontwikkelingen zijn met Bledsoe. Tenzij je eerst even wat te eten wilt halen. We kunnen in de auto eten.'

'Iets te eten klinkt goed, zolang het maar geen hamburger is.'

'Wat is er mis met een hamburger?'

'Larry heeft een nieuwe barbecue. Met turboaandrijving en hij verzamelt nu marinades.'

'Elke man heeft een hobby nodig, nietwaar?'

Ze haalde haar schouders op. 'Hij zal nog wel wat vinden.'

'We komen vast wel een Subway of zo tegen. Het zal geen Chez Panisse zijn, maar goed, wat is dat wel?'

14

Voorzichtig trok Marge Dunn het vetvrij papier rond het broodje kalkoen met kaas weg. 'Wauw, wat lief dat jullie aan mij hebben gedacht. Ik heb trek.' Ze keek naar het broodje en nam toen een grote hap. 'Mmm... wat lekker.'

'Amanda's idee, zij is de attente persoon,' zei Barnes. Hij zat voor in een ongemarkeerde politieauto; Amanda zat achterin en Marge zat achter het stuur.

Marge zei over haar schouder: 'Dank je wel, Attente Persoon.'

'Geen dank.'

Het werd stil in de auto totdat Barnes mompelde: 'Denk je dat die vent ooit nog komt?'

Marge veegde haar mond af. 'Waarom zou hij voor de feestdagen naar zijn moeder gaan om vervolgens te vertrekken. En als hij is vertrokken, zegt dat ook iets.' Ze keek naar Barnes. 'Dat is een mooie zilveren gesp. Wat voor steen is dat? Groen turkoois?'

'Klopt.'

'Mooi.'

'In Santa Fe gekocht. Ben je daar wel eens geweest?'

'O, ja,' zei ze. 'Daar kom ik vaak. Soms tijdens het operaseizoen als mijn dochters schema het toelaat.'

'Ben nog nooit naar de opera geweest.'

Amanda zei: 'Will houdt meer van Buck Owens.'

'Ik ook. Ik hou van alles wel. Verdraaid jammer van Buck.'

'Dwight Yoakam gaat met zijn muziek verder,' zei Will.

'Hij is gaaf, maar het is niet hetzelfde.' Marge at haar broodje op en propte het papiertje in een plastic zakje. 'De opera is heel bijzonder. Het is een openluchttheater met een prachtig uitzicht over de bergen. Soms zingen de krekels mee.' Brede glimlach. 'Soms nog zuiver ook. Ze spelen er ook prachtige kamermuziek. En in een aantal casino's spelen ze veel country. Het is echt een geweldig stadje qua cultuur.'

Barnes keek even snel naar Marges linkerhand. Geen ring. 'Het hele zuidwesten is een mooi stuk van het land.'

'Schitterend... even wat anders dan L.A.' Marge draaide zich weer om. 'Ben jij er wel eens geweest, Amanda?'

'Eén keer en het was prachtig.'

Barnes zei: 'Ik kan me herinneren dat het eten erg lekker was.'

'Dat ook,' zei Marge. 'Als jullie nog eens gaan, moet je maar bellen, dan zal ik je wat goede restaurants aanbevelen.'

Barnes zei: 'Misschien doe ik dat wel.'

Ze glimlachten even naar elkaar. Een verder gesprek werd afgebroken toen een zwarte pick-uptruck de straat in kwam rijden. Intuïtief lieten de rechercheurs zich onderuitzakken.

Marge zei: 'Even wachten tot ze de auto uit zijn.'

De truck reed de oprit in. Er kwam een man van achter het stuur met zo te zien een aantal tassen boodschappen. Even later stapte een oudere vrouw uit. Ze was dik, grijs en langzaam. Hij had wild ongekamd haar en een donkere baard van een paar dagen. Hij droeg een wit T-shirt, een spijkerjas, spijkerbroek en witte gympen. Zij droeg een lange grijze trui, een blauwe col en een zwarte polyester broek. Haar gympen waren zwart.

Bledsoe had zijn handen vol en dat was hét moment om hem te arresteren.

'Kom, we gaan ervoor,' zei Marge.

De drie rechercheurs sprongen de auto uit en omsingelden het nietsvermoedende duo.

'Politie, meneer Bledsoe, blijf staan,' blafte Marge. Zodra Barnes de tassen van Bledsoe had overgenomen, bracht Marge zijn armen achter zijn rug en sloeg hem in de boeien. 'Goedemiddag, meneer Bledsoe, we hebben een arrestatiebevel tegen u uitstaan wegens onbetaalde verkeersboetes...'

'Dat meen je niet,' zei Bledsoe op slome toon.

'Jawel, meneer.' Vanuit haar ooghoek zag Marge iets vaag op zich afkomen. Ze dook weg, maar een hard voorwerp raakte de linkerkant van haar voorhoofd. Klauwende vingernagels. De klap deed pijn.

Amanda ving de arm van de oude vrouw in de lucht op. Laverne Bledsoes adem walmde van de drank en de alcohol.

'Dat was heel dom.' Amanda draaide moeder om. 'Nu wordt u gearresteerd wegens het aanvallen van een politieagent.'

Laverne probeerde Amanda een trap op haar schoenen te ge-

ven. Amanda deed een stap naar achteren, maar de oude vrouw raakte het puntje van haar teen. Ze dwong de oude dame tegen de grond en trok iets harder dan nodig haar armen op haar rug. De handboeien klikten dicht.

Bledsoe bleef volkomen passief en keek vanaf de zijlijn toe. Bijna geamuseerd. 'Gaan jullie mijn moeder ook arresteren?'

'Daar lijkt het op,' zei Amanda, en ze bracht de krijsende vrouw overeind.

'Ze is achtenzestig.'

Barnes zei: 'Ze heeft twee politieagenten mishandeld.'

'Dat is gelul. Deze hele arrestatie slaat nergens op.'

De oude dame begon te vloeken, maar Bledsoe bleef stil. Marge belde een transportwagen.

Laverne keek met paniek in haar ogen naar haar zoon.

Bledsoe sprak op effen toon. 'Rustig nou, ma, dit is niet goed voor je hart.'

'Klootzakken!' krijste Laverne. 'Een oude vrouw mishandelen!'

Barnes zag het bloed op Marges slaap. 'Heb je een pleister? Ze heeft je geraakt.'

Marge voelde even aan haar hoofd. 'Is het erg?'

Barnes schudde het hoofd. Toen er een zwart met witte politieauto aan kwam, pakte Amanda de oude vrouw wat steviger vast. Voorzichtig zette ze het woedende mens op de achterbank. De agenten in uniform noteerden enkele gegevens en reden weg.

Barnes zei: 'Dat was me wat!'

Marge pakte een pleister en wat ontsmettingsmiddel uit de ongemarkeerde auto en Amanda verzorgde de wond.

'Heb ik vanmorgen nota bene nog de moeite genomen om make-up op te doen. Ook zonde!'

'Je ziet er prima uit,' zei Barnes.

Marge glimlachte. 'Hoe is het met je voet, Amanda?'

'Ze is geen lichtgewicht, maar ik overleef het wel.'

Marshall Bledsoe zei: 'Wil je beweren dat mijn moeder dik is?'

Toen er niemand reageerde zei hij: 'Ik moet bij haar zijn. Ik moet haar rustig houden. Haar hart is niet goed.'

Marge zei: 'Waarom ging ze trouwens zo over de rooie?'

'In de eerste plaats komt het haar de strot uit dat jullie me

constant lastigvallen. En in de tweede plaats is ze gewoon zo. Ze slaat gauw door, vooral als ze een paar biertjes opheeft.'

'Hoeveel is een paar?'

Bledsoe dacht even na. 'Volgens mij zes, maar dan is ze net bezig. In haar hoogtijdagen dronk ze rustig een vaatje mee.'

Een tweede politieauto arriveerde om Bledsoe mee te nemen naar het bureau. De rechercheurs arriveerden als eerste en bespraken hoe ze het gesprek zouden aanpakken.

Bledsoe hing onderuitgezakt met een sigaret en een kop koffie in een harde stoel die hij kennelijk heel comfortabel vond zitten. Zo ontspannen alsof hij in zijn eigen woonkamer naar een wedstrijd zat te kijken. Marge was bereid Laverne te laten gaan, maar de oude vrouw weigerde zonder haar zoon te vertrekken, dus zat ze in een kamertje ernaast.

De rechercheurs hadden geen idee wat ze uit Bledsoe zouden kunnen lospeuteren, maar ze konden hem in elk geval een paar uur vasthouden totdat hij voorgeleid zou worden wegens zijn parkeerovertredingen. Het hof moest de boetes en straffen bij elkaar optellen. Aangezien hij ook nog zijn best had gedaan om onder zijn arrestatiebevel uit te komen, zou hij met een beetje geluk in de cel belanden.

Aangezien dit het werkterrein van de politie van L.A. was, lieten Barnes en Isis de leiding aan inspecteur Decker over. De grote man kondigde aan dat hij en Barnes als eerste naar binnen zouden en dat de vrouwen de tweede ronde op zich zouden nemen, als dat de moeite waard was. Decker deed de deur open, sjokte naar binnen en ging tegenover Bledsoe zitten. Barnes ging rechts van Bledsoe zitten.

'Hoe gaat-ie, Marshall?'

'Hoe is het met mijn moeder?'

'Die zit op je te wachten.'

'Ze moet wat eten. Haar bloedsuikerspiegel schommelt heel erg.'

'Ze heeft geluncht op kosten van de belastingbetaler.'

'Weer een prima manier om deze onwettige overheid te tillen.' Bledsoe schudde zijn hoofd. 'Kun je nou zeggen wat er echt aan de hand is?'

'Je bent een waardeloze chauffeur,' zei Decker. 'Je bent de stad, het district en de staat veel geld verschuldigd.'

'Dat is gelul en dat weet je,' zei Bledsoe, nog steeds zonder gevoel. 'Als de politie op huisbezoek komt, denken ze vast dat ik iets belangrijks weet.'

Decker leunde achterover in zijn stoel. 'En wat voor belangrijks weet jij dan wel?'

Bledsoe drukte zijn sigaret uit. 'Ik hoef niet met jullie stelletje idioten te praten. Ik hoef maar een advocaat in de arm te nemen en het is afgelopen.'

'Niet nieuwsgierig?' vroeg Decker.

'Wat zou ik moeten weten?'

'Precies.'

'Hè?'

'Het ligt ingewikkeld,' zei Decker. Bledsoe was in de war en deed zijn best het niet te laten merken. Decker knikte naar Barnes.

Barnes leunde opzij. 'Je staat bekend als leider, Marshall. Jij deelt de orders uit, je voert ze niet uit.'

Bledsoe haalde zijn schouders op.

Nu was het Deckers beurt om over de tafel te leunen. 'Een paar jaar geleden is hier een synagoge vernield. De vent die ervoor is gepakt was een of andere sukkel, Ernesto Golding. Typisch iemand die uitvoert, niet uitdeelt.'

'Bij wie hoorde hij?'

'De White Tower Radicals,' loog Decker. 'Een van jouw favoriete organisaties.'

Bledsoe glimlachte en streek over zijn baard. 'Als je me vraagt of ik daar lid van ben, dan zeg ik: nou en of. Maar waar jij het over hebt, die jodenplek of iets anders, dat heb ik niet gedaan.'

'Dat zei ik ook niet,' zei Decker. 'Zei ik dat jij dat had gedaan?'

Bledsoe was stil.

'Marshall, ik geloof je. Weet je waarom? Zoiets belangrijks – het vernielen van een joods gebouw – die opdracht aan Ernesto moet wel zijn gekomen van iemand die boven jou staat.'

Marshall knipperde met zijn ogen. 'En wie mag dat dan wel zijn?'

'Ricky Moke...'

'Ricky?' Bledsoe begon te lachen. 'Ja, vast.'

'Hij is de man, Marshall.'

Bledsoe lachte opnieuw. 'Weten jullie dan helemaal niks? Moke is dood. Opgegeten door een beer.'

'Een poema.'

'Hij is hoe dan ook stront. Voor die tijd was hij een loopjongen.'

'Ik heb iets heel anders gehoord.'

'Dan heb je gelul gehoord.'

'Hoe dan ook,' zei Decker, 'Ricky is dood. Wil je daarmee zeggen dat jij nu de baas bent?'

Bledsoe glimlachte even, maar trok snel weer een strak gezicht.

Decker zei: 'Hoe vond je het dat iemand als Moke jouw terrein binnendrong?'

'Flauwekul.' Bledsoe snoof. 'Moke was een loopjongen.'

'Zeg dan eens hoe het zit, Marshall. Vertel me wat je weet over de vernielingen in de synagoge – corrigeer me.'

'Ik weet daar helemaal niks van, heb het niet gevolgd. En aangezien Moke dood is en Golding is doodgeschoten zul je wel nooit weten hoe het in elkaar zat.'

'Als je niets van de zaak weet, hoe weet je dan dat Golding dood is, laat staan dat hij is doodgeschoten?'

Bledsoe klemde zijn lippen op elkaar en zei niets.

'We kunnen zo nog wel een tijdje om de hete brij heen dansen, maar feit is dat je in de nesten zit, Marshall. Je kunt wel iemand gebruiken die aan jouw kant staat.'

Bledsoe grinnikte. 'Ik zal het voor je op een rijtje zetten, man. Ik heb hier geen jodenpand vernield en dat is een feit. Als ik er iets mee te maken zou hebben gehad, dan zou er iets zijn ontploft en dan kun je zeker weten dat er joden binnen hadden gezeten – hoe jonger hoe beter.' Zijn stoel vloog onder zijn kont vandaan en hij viel op de grond. 'Wat was dát verdomme?'

'Sorry, ik struikelde en botste tegen je stoel.' Decker wierp een blik op Barnes. Barnes deed niets.

Vervolgens wendde de inspecteur zich tot Bledsoe, glimlachte even gespannen naar hem en zette zijn stoel recht. 'Hier, ga zitten, Marshall. Wat zei je?'

Bledsoe stond op, veegde zijn broek af en bleef in de hoek staan.

Decker glimlachte nog steeds. 'Ga zitten.'

'Ik blijf liever staan.'

'Ga zitten.' Deckers toon werd dreigend. Onwillig ging Bledsoe zitten. Decker ging verder. 'Tja, je hebt misschien geen getuigen tegen je wat betreft die synagoge, maar rechercheur Barnes heeft goed nieuws voor ons. Zijn getuigen tegen je zijn nog in leven.'

'Getuigen tegen...' Bledsoe fronste zijn wenkbrauwen. 'Waar heb je het in vredesnaam over?'

'Twee jongens van de White Tower Radicals, Bledsoe,' zei Barnes. 'Die hebben je verlinkt in de zaak Davida Grayson.'

'Wie?'

'Kom kom, we weten dat jij de opdracht hebt gegeven,' loog Barnes. 'En die twee jongens zitten nu vast en weten niet hoe snel ze tegen je kunnen getuigen.'

'Wie is Davida Gray, verdomme?'

'Staatsafgevaardigde uit Berkeley,' zei Barnes. 'Ze hebben haar eergisteravond dood gevonden. Door het hoofd geschoten.'

Bledsoes blik deed Barnes de moed in de schoenen zakken. Oprechte verwarring. Het kostte de groezelige klootzak even moeite om zijn stem terug te vinden. 'Eh... is dat niet in Noord-Californië gebeurd?'

'Klopt,' zei Barnes. 'Ik ben van de politie van Berkeley.'

'Dan heb je hier helemaal niks te zeggen,' zei Bledsoe.

'Maar ik wel,' zei Decker. 'Een synagoge overhoophalen is één ding, Marshall, maar een verkozen staatsfunctionaris neerschieten is iets heel anders.'

Barnes zei: 'We kunnen je niet helpen zolang jij jezelf niet helpt. En je kunt jezelf helpen door ons te vertellen wat er is gebeurd.'

Bledsoe leunde achterover in zijn stoel. 'Ik weet werkelijk niet waar jullie het goddomme over hebben.' Hij sloeg zijn armen over elkaar. 'Jullie komen met rotzooi aanzetten en verwachten dat ik er wat moois van maak.'

'Waarom zouden we?' zei Barnes.

'Omdat dat is wat idioten als jullie doen. Ik zal je nog eens

wat zeggen. Jullie en die jodenbazen van je hadden allang dood moeten zijn.'

Barnes zei: 'Marshall, waarom zouden we hiernaartoe komen als we niet zeker wisten dat we je hadden.'

'Omdat je bang voor me bent en voor wat ik vertegenwoordig,' antwoordde Bledsoe. 'Ik weet niks van die pot.'

'Hoe wist je dat ze lesbisch was?'

'Omdat ik kan lezen. Wie zijn die denkbeeldige mietjes die tegen me getuigen?'

'Jouw pupillen, Marshall.'

'Wie?'

'Ray en Brent Nutterly.'

'O, jezus!' Bledsoe trok een moeilijk gezicht. 'Die twee sukkels! En zij zeggen dat ik een of andere pot overhoop heb geschoten?'

Barnes en Decker zeiden niets.

'Ik ben de afgelopen week bij mijn moeder geweest! Die moord was toch een paar dagen geleden? Veel mensen vinden mij een superheld, maar zelfs ik kan niet op twee plaatsen tegelijk zijn.' Een slinkse glimlach. 'Volgend jaar misschien. Ik ben hard aan het oefenen met mijn superkrachten.'

Decker zei: 'Waar was je eergisteravond?'

'Dat zeg ik, ik was bij mijn moeder.'

'Dat zegt ons niks, want ze zou zo voor je liegen,' zei Barnes. 'Laten we het nog eens proberen. Waar was je eergisteravond en wat deed je?'

Bledsoe tikte met zijn voet. 'Eens denken, eens denken. Eh, gisteravond...' Hij knipte met zijn vingers. 'We hebben een dvd gekeken – *Boldface Liars*...' Hij lachte. 'Daar weten jullie alles van.'

'Eérgisteravond,' zei Barnes.

'Oké, oké... eh... eens denken.'

'Maak er wat moois van, Marshall,' zei Decker.

Hij knipte weer met zijn vingers. 'Ma en ik zijn uit eten geweest. Cody's Family Restaurant, en ik heb met mijn creditcard betaald. Dat kunnen idioten als jullie zelfs met gemak controleren.'

Barnes zei: 'Hoe laat hebben jullie gegeten?'

'Negen uur... misschien wat eerder. Het was er heel rustig. De serveerster heette Kris. Dikke tieten, lelijk hoofd. Verder nog iets?'

'Wat heb je gegeten?' vroeg Barnes.

Bledsoe lachte. 'Een chilicheeseburger, uienringen en een biertje. Ma had hetzelfde, alleen wilde zij er krulfriet bij. Ze is gek op krulfriet.'

'Wat hebben jullie na het eten gedaan?'

'Toen zijn we weer naar huis gegaan, hebben nog een paar biertjes gedronken... beetje tv gekeken. Ik ben om een uur of twaalf naar bed gegaan.'

'Waar heb je naar gekeken?' vroeg Barnes.

'Eh... een of andere oude film. Robert Mitchum en zo'n ouderwets knap wijffie. Waardeloos. Heb hem niet uitgekeken. Kan ik nu gaan?'

Barnes liet niets merken, maar Bledsoes alibi was veel te specifiek en daar was hij niet blij mee. Als iemand kon bevestigen dat hij om negen uur in L.A. was, kon hij moeilijk – maar niet onmogelijk – zeshonderdvijftig kilometer hebben gereden, in de kleine uurtjes van de ochtend de moord hebben gepleegd en terug zijn gereden. Hij had natuurlijk met het vliegtuig kunnen gaan, maar Bledsoe was een opmerkelijke figuur, dat was makkelijk te controleren. Bledsoe zou de opdracht voor de moord hebben kunnen geven, dus hij ging niet vrijuit, maar het feit was: geen bewijsmateriaal om een onderzoek te rechtvaardigen.

Decker vroeg: 'Hoe wist je dat Ernesto Golding was vermoord?'

'Goed nieuws gaat als een lopend vuurtje.'

Opnieuw trapte Decker Bledsoes stoel onder hem vandaan. Marshall vloekte, stond weer op en veegde zijn broek af. 'Shit! Je kunt mij wel blijven lastigvallen, maar daar help je goddomme je zaak niet mee! Ik heb niets te maken met de dood van die pot!'

'Hoe weet je dan dat Ernesto Golding is vermoord?'

'Ik ken het kutwijf dat hem heeft gemold.'

'Naam.' Decker trok zijn been op.

'Ruby Ranger. Die zit nog wel een tijdje vast, vindt ze waarschijnlijk niet erg. Volgens mij houdt ze ook van meisjes. Ze zit-

ten ook overal.' Brede grijns. 'Min één.'

Er werd geklopt; de deur ging open. Marge Dunn gaf Decker een vel papier. Decker las het en knikte. 'Je wordt over twee uur voorgeleid, Marshall. Tot die tijd ga je een politiecel in en als het zover is, word je geboeid naar de rechtbank gereden. Tegen de tijd dat je je boetes hebt betaald, mag je blij zijn als je je nog een taxi kunt veroorloven. Maar goed, je kunt altijd nog je truck verkopen. Die heb je toch niet nodig aangezien je rijbewijs wordt ingenomen...'

Bledsoe glimlachte bleekjes. 'Dat meen je niet.'

'Je hebt drie snelheidsovertredingen, waarvan twee met honderdveertig kilometer.'

'Wat een gelul.'

'En dan heb je al die parkeerboetes nog. Hoe komt dat toch, Marshall? Kun je de verkeersborden niet goed lezen?'

Iets in Bledsoes blik zei Barnes dat Decker een gevoelige snaar had geraakt.

Decker zei: 'Als jij niet in de cel wilt belanden, moet je eerst 5620 dollar ophoesten.'

Bledsoe staarde woest naar Decker en mompelde: 'Godvergeten kutjood!'

Deckers been schoot uit en Bledsoe kwam hard op de grond terecht. Hij keek vanaf de vloer op, terwijl er speeksel langs zijn mondhoek liep. 'Dat gaat je je baan kosten.'

Decker lachte. 'Geweldig. Ik kan wel een vakantie gebruiken.'

15

Nadat Bledsoe de verhoorkamer uit was gehaald, deed Barnes de deur dicht en zei zachtjes: 'Beetje ruw, vond u niet?'

Decker keek Barnes recht aan. 'Laat hem maar een rechtszaak aanspannen. Ik meende wat ik zei.'

Barnes liet het onderwerp varen. Het had geen zin om iemand

die zijn best voor hem deed tegen zich in het harnas te jagen. Hij had zelf trouwens ook wel eens zo'n situatie meegemaakt.

Decker zei: 'Als Bledsoe de cel in moet en zijn alibi's blijken niet te kloppen, dan bel ik en kunnen jij en je partner het nog een keer proberen.' Een gespannen glimlach. Hij streek langs zijn rossige snor. Borstelige haren bewogen en vielen weer op hun plek. 'Dan is het waarschijnlijk beter als ik er niet bij ben. Marshall was niet mijn beste verhoor.'

'Volgens mij ging het prima, inspecteur. Bedankt voor de hulp.'

Decker rekte zich uit. Zijn handen raakten het plafond. 'Hoor eens, ik heb het hem niet makkelijk gemaakt en daar heb ik geen spijt van. Ik weet dat hij hier voor ellende heeft gezorgd. Maar volgens mij vinden jullie dat zijn alibi veel te veel details bevat en als hij gelijk heeft wat betreft de chronologie, dan wordt het nog lastig om hem in direct verband te brengen met de moord.'

'Daar zat ik ook aan te denken,' beaamde Barnes.

'Cody's restaurant is hier twintig minuten rijden vandaan,' zei Decker. 'Marge zal je wel vertellen hoe je moet rijden.'

'Bedankt. Eens kijken of we Kris de serveerster kunnen vinden en zien wat zij zegt. Zelfs als ze zijn alibi is, kunnen we de luchthavens controleren om er zeker van te zijn dat hij niet naar het noorden is gevlogen.'

Terwijl ze de kamer uit liepen zei Decker: 'Ik had het graag anders voor jullie gezien. Moord gaat boven alles en die vent moet opgesloten worden.'

Barnes zei: 'Het was een kleine kans, inspecteur. Eieren gooien is even wat anders dan iemand voor zijn hoofd schieten.' Hij pakte een visitekaartje en gaf het aan Decker. 'Als we nog eens iets voor u kunnen doen, laat het maar weten.'

'Doe ik. En vraag Marge Dunn ook om een kaartje... voor het geval jullie nog iets nodig hebben.'

'Dat zal ik doen,' zei Barnes. 'Voor het geval dat.'

Kris, de dertigjarige blonde serveerster met de grote borsten en een gezicht dat Barnes eerder aardig dan lelijk vond, kon zich beide Bledsoes nog herinneren. Hoe kon ze ze vergeten? Hij was een chagrijnige hufter en ma had een grote bek.

'Ik kreeg iets van een dollar fooi op een bedrag van twintig

dollar en ze deden of ik daar mijn handjes bij moest dichtknijpen.'

'Weet je nog hoe laat ze zijn vertrokken?' vroeg Amanda haar.

Kris speelde met een lok iets te geel haar. 'Best wel laat, een uur of tien. Ik weet nog dat ik dacht dat als die twee zouden opro... weggaan, dat ik klaar was. In gedachten was ik eigenlijk al weg, snap je?'

'Bedankt voor je hulp,' zei Barnes.

'Best. Heeft hij iets gedaan?'

Barnes haalde zijn schouders op.

'Dat moet wel. Anders komt de politie geen vragen over hem stellen. Verbaast me niks. Hij was raar.'

'Raar, hoezo?'

Kris knikte heftig. 'Nou, weet je... Hij keek steeds over zijn schouder.'

'Echt waar?' vroeg Barnes.

'Best wel.' Weer knikte ze heftig. 'Best wel. Maar misschien had hij gewoon honger en wilde hij zijn eten sneller dan dat we het hem konden brengen.'

Amanda zei: 'Je zou zo rechercheur kunnen worden.'

'Bedankt.' Kris liet een rij witte, rechte tanden zien. 'Ik kijk vaak naar *Law & Order*, vooral naar svu. Christopher Meloni is gaaf.'

Zodra het vliegtuig opsteeg, deed Amanda haar ogen dicht en viel ze in slaap. Dit genot duurde ongeveer een kwartier, totdat ze wakker schrok van de turbulentie. Een stewardess verzocht iedereen om weer te gaan zitten en de riemen vast te doen. Amanda keek opzij en zag dat Barnes de leuning zo stevig vastgreep dat zijn knokkels wit zagen. Het toestel schudde in een zee van wind en Barnes begon een beetje groen te worden.

Ze zei: 'Turbulentie is niet gevaarlijk.'

'Dat zeggen ze.'

'Het is waar. Je zou het eens moeten voelen in een klein straalvliegtuigje. Als een kurk in een badkuip. Je went eraan.'

Barnes staarde haar aan. 'Goh bedankt, ik denk niet dat dat ooit een probleem wordt.'

'Hé, hoe vaak heb ik jou wel geen gratis lift aangeboden?'

'Ik haat vliegen.'

'Met eten zoveel je wilt.'

Will klampte zijn grote hand tegen zijn buik.

Oeps, dat had ze beter niet kunnen zeggen.

Ze hield haar mond dicht en de turbulentie werd minder.

'Echt,' zei ze. 'Ga eens een keertje met ons mee.'

'Mij iets te decadent,' zei Barnes.

Amanda gaf geen antwoord.

Hij zei: 'Wees nou niet boos, partner.'

'O, jawel. Dat is het door God gegeven recht van de rijken.' Ze zwaaide met een vinger naar hem. 'En het is niet slim van je om me tegen je in het harnas te jagen, zeker niet nu je een afspraakje hebt gemaakt met die lange blonde dame. Je zou wel eens een lift naar L.A. nodig kunnen hebben.'

Barnes werd rood. 'We hebben helemaal geen afspraakje...'

'Jullie hebben telefoonnummers uitgewisseld, William. Hoe wou je het anders noemen?'

'Gewoon beleefdheid.'

Amanda schoot in de lach. Wills rode wangen waren erg grappig. Van groen naar rood; haar partner was vandaag net een kerstboom.

Ze zei: 'Ik vond haar anders erg aardig, mocht dat iets voor je betekenen. En ze begrijpt in elk geval hoe ons werk in elkaar zit.'

'Het is niks, Amanda. Ik was gewoon beleefd.'

'Ga je haar niet bellen?'

'Dat zei ik niet. Als de tijd rijp is...'

'Ja, ja.'

'Kunnen we erover ophouden?'

Het 'riemen vast'-lampje ging uit. Barnes ontspande zich iets. Hij vond het niet erg dat ze hem plaagde, maar nu wilde hij zich op zijn werk richten. 'Laten we het maar eens over de zaak hebben, aangezien we daarvoor betaald worden.'

'Workaholic,' zei ze. 'Maar je hebt gelijk. Ik ben er niet blij mee dat Bledsoe en Modell op de lijst van verdachten zijn gedaald. Maar het brengt ons wel terug op bekend terrein: iemand dicht bij Davida.'

Barnes knikte. 'Iemand die wist dat ze een stille drinker was.

De vraag is: wie van haar vrienden heeft ze zo boos weten te krijgen?'

'De gonorroe mogen we ook niet vergeten. Van wie had ze het en wie heeft zij besmet? We moeten Minette morgen vragen of ze wist dat Davida ziek was. Zo niet, dan moet ze zelf onderzocht worden, en als ze het niet heeft, moeten we op zoek naar de partner die Davida heeft besmet, al was het alleen maar uit volksgezondheidsoverwegingen.'

'En als Minette het wel heeft,' zei Barnes, 'moeten we erachter zien te komen of Minette Davida heeft besmet of andersom.'

'Jij hebt Minettes vriend gesproken... Hoe heet hij?'

'Kyle Bosworth.'

'Zou hij de slechterik kunnen zijn?'

'Wat is zijn motief?'

Amanda zei: 'Misschien heeft hij Minette een druiper bezorgd en heeft die vervolgens Davida besmet. Misschien was Davida van plan Kyles partner te vertellen dat Kyle het met een ander deed en heeft Kyle Davida vermoord om haar de mond te snoeren. Als mensen zulke ingewikkelde levens hebben, kan er van alles gebeuren.'

'Van wat ik over Davida en Minette heb gehoord, leek Davida niet zo'n moeite te hebben met Minettes uitspattingen.'

Amanda dacht een tijdje na. 'En dit dan, Will: Alice Kurtag heeft jou verteld dat Davida mogelijk een verhouding met Jane Meyerhoff had. Zei jij niet dat Jane meerdere keren getrouwd is geweest?'

'Drie keer. Dat zei Donnie Newell.'

'Waar het om gaat is dat Jane het dus met mannen deed.'

Barnes' wangen begonnen te gloeien en hij wendde zijn hoofd af, maar Amanda deed of ze het niet zag. 'Misschien kreeg Jane de druiper en besmette ze Davida die vervolgens Minette besmette, die Kyle weer besmette. Dat zou een reden zijn voor Minette om woest te zijn. En het zou bewijzen dat Davida het met een ander deed...'

'Dat weten we niet. Van Minette weten we zeker dat ze het met een ander deed.'

'Misschien praatte ze het goed – Davida werkte altijd, had geen tijd voor haar, maar Davida had dat excuus niet. Dat Mi-

nette een man koos was misschien haar manier om te doen alsof het niet belangrijk was.'

'Ook raar. En nogal narcistisch.'

'Ze is een beetje theatraal, Will. Tien keer per dag bellen, mogelijk heeft ze die inbraak in scène gezet. Waar het om gaat is dat Minette genoeg redenen had om boos te zijn op Davida. En ze weet vast en zeker dat Davida veel dronk. Wie kon er makkelijker binnensluipen en Davida door het hoofd schieten? Het feit dat het is gebeurd toen Davida sliep duidt erop dat het een vrouw zou kunnen zijn.'

'Waarom?'

'Vrouwen zijn geniepig.'

'Zeg,' zei Barnes, 'straks sleep ik je nog voor de Berkeley Truth Council wegens seksistisch gedrag.'

'Schei toch uit.'

Beide rechercheurs lachten.

Barnes zei: 'Denk je dat die kleine Minette groot genoeg is om een jachtgeweer te hanteren?'

'Over seksisme gesproken... Ja, dat denk ik wel. Het ging maar om één schot.'

'Haar handen waren schoon,' zei Barnes. Daarop beantwoordde hij zijn eigen vraag. 'Dus heeft ze ze goed gewassen.'

'Als Minette de schutter is verklaart het waarom ze die inbraak heeft gefingeerd. Als je zelf slachtoffer van een misdrijf bent, haal je de verdenking van jezelf weg.'

Barnes werd stil.

Na een paar minuten vroeg Amanda waar hij aan dacht.

'Wat je zegt klinkt logisch, Mandy.'

'Laten we eerst maar eens wat informatie over Minette vergaren, voordat we met haar gaan praten. Je kent vast wel een paar mensen die haar ook kennen.'

'Hoezo?'

'Volgens mij ken je iedereen die bij deze zaak betrokken is.'

'Sacramento,' zei Will. 'Het is soms net een dorp. Iedereen ging in die tijd naar dezelfde school. Ook rijke kinderen als Davida en Jane gingen naar dezelfde middelbare school als het gewone volk. Hun vaders hadden ranches en onze vaders werkten op de ranches... Denk je echt dat een vrouw dit gedaan kan hebben?'

'Waarom niet?'

'Het voelt aan als een moord door een man – kil, berekenend, exact.'

'Davida had niet veel mannen in haar leven,' zei Amanda.

'Een paar... Donnie Newell om te beginnen.'

'Komen we nu weer bij hem uit?'

'Ik zeg niet dat hij het heeft gedaan. Maar ze waren ooit zo dik met elkaar dat Donnie zei dat ze er wat van kon...' Het was even stil. 'Zij én Jane...' Opnieuw zweeg Barnes. 'Niet dat ik op seks belust ben... Nu even niet. Ik zeg alleen dat het mogelijk iets uit haar verleden is. En over mannen gesproken, Janes laatste scheiding was behoorlijk vijandig.'

'Hoe weet je dat?'

'Ik heb eens rondgevraagd,' zei hij. 'Andere vrienden van de middelbare school. Haar laatste echtgenoot was een financieel type die zijn baan kwijt was geraakt. Daar was Jane niet blij mee en ze wilde niet dat hij aan het geld van haar eerste twee ex-mannen zou komen.'

'Jij hebt eens rondgevraagd,' zei Amanda, zo zachtjes dat Barnes door het geraas van de motoren moest liplezen.

Geërgerd. Hij had het gedaan zonder haar iets te vertellen.

'Ik zei het je, Mandy, het is soms net een dorp.'

'Ja, dat zei je.'

Het was donker en rokerig en de band speelde Texas swing. Er lag zaagsel op de vloer van de kroeg en het bier vloeide rijkelijk van tap naar glas. Op een halfuurtje van Berkeley was Mama's een totaal andere wereld. Barnes was aan zijn tweede glas Heineken en zijn derde portie kippenvleugeltjes bezig en hij vroeg zich af of ze nog zou komen. Ze had niet erg enthousiast geklonken aan de telefoon, maar ja, dat kon je haar ook niet kwalijk nemen. Ze waren nooit verder gekomen dan een paar maanden uitgaan en een paar nietszeggende vrijpartijen.

Bovendien was dit zakelijk, niet voor de lol, had hij gezegd.

Een aantrekkelijke blondine kwam op zijn tafeltje af. Lang. Ze leek een beetje op Marge Dunn. Smaller, met veulenachtige benen – een lichaam dat het minirokje goed deed uitkomen. Maar in tegenstelling tot Dunn was dit gezicht uitgeput, trok de wan-

hoop aan haar ooghoeken. Barnes had geen zin om psychiater-tje te spelen voor de zoveelste gekwetste ziel.

'Zin in gezelschap?'

Barnes glimlachte en schudde zijn hoofd. 'Helaas, ik zit op ie-mand te wachten.'

'Een ander keertje?' stelde ze voor.

'Het leven is lang.'

De blonde vrouw wist niet goed wat ze daarmee aan moest. Overdreven heupwiegend liep ze weg en even vroeg Barnes zich af of hij haar wel had moeten afwijzen.

Zijn overpeinzingen werden onderbroken toen hij Jane bij de deur zag. Hij stond op en wuifde naar haar. Ze was veel te chic gekleed voor Mama's: een getailleerd zwart broekpakje, een saf-fierblauwe zijden sjaal als een choker rond haar hals waarvan de ragdunne randjes glinsterden tussen de onstuimig dansende li-chamen.

Op puntige, hooggehakte zwarte laarzen liep ze voorzichtig over het zaagsel met een grote zwarte tas die van krokodillenleer zou kunnen zijn. Ze had een lang gezicht en lange tanden, maar een elegante tred en houding en een weelderig lichaam waardoor ze er niet grof uitzag. Haar ravenzwarte haar was steil en dik en golfde als een olievlek over haar schouders. Ze kwam naar hem toe en gaf hem een zoen op zijn wang. Haar ogen waren zacht-blauw en roodomrand.

'Fijn dat je zo snel kon,' zei Barnes.

Ze keek naar de stoel, veegde de zitting met een papieren ser-vetje af en ging zitten. 'Kon je niet wat beters verzinnen dan de-ze obscure tent?'

'Het ligt aan de weg naar Sacramento.'

'Dank je, dat is fijn, maar er zijn hier ook een paar uitsteken-de restaurants in de buurt, Will.'

'Ik hou van de muziek hier. Zin in kippenvleugeltjes en bier?'

'Geen vleugels, wel whisky, wat dacht je daarvan?'

'Kan geregeld worden.' Barnes wenkte de serveerster en be-stelde whisky met ijs. Jane pakte haar tas en haalde er een pak-je sigaretten uit. 'Je bent altijd al een cowboy geweest.' Ze stak er een op en blies een wolk rook uit. 'Wat was er nou zo drin-gend dat het niet kon wachten?'

'Ik praat met bijna iedereen die Davida kende, en jij kende haar goed.'

Jane haalde haar schouders op. 'En?'

'Wat kun je me over haar vertellen?'

Er kwamen tranen in haar ogen. 'Ze was een bijzonder mens. Zette zich in voor datgene waar ze in geloofde, zat lekker in haar vel. Ik had zoveel bewondering voor haar, ik kan nog steeds niet geloven...'

Ze begon te huilen. Barnes zat klaar met een servetje, maar in plaats daarvan pakte ze een zakdoekje uit haar exotisch leren tas. Ze snoot haar neus en depte haar ogen toen de serveerster het glas met een klap op tafel zette. Barnes betaalde de rekening en de fooi en schoof het glas naar Jane toe. Ze nam een slok, en nog een. Het glas was halfleeg voordat ze het gesprek hervatte.

'Ik sprak Lucille vanmiddag. Zij en mijn moeder zijn goede vriendinnen.'

'Zoals jij en Davida.'

Jane glimlachte. 'Tweede generatie... Maar goed, het arme oude mens heeft het heel moeilijk. Ik slaap vannacht bij haar... Ik wil niet dat ze alleen is.'

'Dat is lief van je, Jane.'

'Ik zat er zelfs aan te denken om een tijdje bij haar in te trekken... tot...'

Barnes wachtte tot ze verderging.

'Ik weet niet tot wanneer,' zei Jane. 'Ze is mijn moeder niet eens en toch heb ik het gevoel dat ik voor haar moet zorgen. Een beetje moet opletten dat ze niet in een diepe depressie raakt, al zou niemand haar dat kwalijk kunnen nemen.'

Barnes knikte.

Jane zei: 'Mijn moeder heeft nooit iemand nodig. Ze is zo sterk. Ze lijkt zo'n keurige, statige dame, maar toen we de ranch nog hadden, sloeg ze samen met de mannen de palen in de grond.'

'Dat weet ik nog,' zei Will.

'Was jij daarbij?'

Ze wist het niet eens meer.

Hij zei: 'Vakantiebaantje. Ik werkte op heel veel verschillende ranches. Je moeder was een taaie.' Zoals ze in die grote roze Lin-

coln wegstoof, stofwolken opjoeg en de ingehuurde krachten geen blik waardig keurde.

'Vind je het gek dat ik bij Lucille wil logeren? Ik heb het haar nog niet gevraagd. Ze zal wel nee zeggen.'

'Waarschijnlijk zal ze je aanbod in eerste instantie weigeren. Misschien later...' Barnes haalde zijn schouders op.

Ze fronste haar wenkbrauwen.

Hij zei: 'Dat je een hechte band met haar voelt, is heus geen zonde.'

'Ik ken haar al zo lang. We kennen elkaar allemaal al zo lang.' Ze dronk haar whisky op en Barnes bestelde er nog een.

Hij zei: 'Het is fijn om contact te hebben met oude vrienden. En Davida en jij waren oude vrienden.'

Jane knikte. 'We hebben vijftien jaar weinig contact met elkaar gehad. Maar toen ik weer in Berkeley kwam wonen was het alsof het nog precies hetzelfde was.'

Wat dat ook betekende. 'Veroorzaakte dat problemen met Minette... dat je zo'n hechte band had met Davida?'

Jane staarde hem aan.

Hij zei: 'Als vriendin van vroeger. Minette komt op mij over als een emotioneel type, met of zonder goede reden.'

'Dat is een feit, Will. Minette heeft veel problemen en jaloezie is daar een van. Ze vond het vreselijk dat Davida me hielp mijn scheiding te verwerken. Toen Parker zijn geld kwijtraakte, veranderde zijn hele persoonlijkheid. Het ene moment was hij een losgeslagen beer en het volgende moment zo mak als een lam, niet voor te stellen. Het ene moment was ik bang dat hij mij iets zou aandoen, het volgende moment belde hij jammerend op en smeekte hij me om terug te komen. Dat kun je je vast nog wel herinneren.'

Hun beste poging tot een relatie was toen Jane net bij Parker weg was. Zo'n toevalligheid... Barnes was Jane op straat tegen het lijf gekomen toen hij net moe en humeurig van zijn werk kwam. Zij kwam net Chez Panisse uit. In haar eentje. En ze had behoefte om met iemand te praten.

Ze waren ergens wat gaan drinken. En van het een kwam het ander. Ze had een waanzinnig lijf, maar haar enthousiasme begon halverwege te tanen.

Hij zei: 'Ik weet nog wel dat je je zorgen om hem maakte. Ik kan me niet herinneren dat hij je terug wilde.'

'Ik wilde je niet lastigvallen met vunzige details, Will. Het was volkomen mijn schuld dat Parker en ik ooit zijn getrouwd. Toen ik hem leerde kennen, bewonderde ik zijn machismo en zijn assertieve houding. Na zo'n vier maanden had ik door hoe overheersend hij was. Dat is altijd mijn fout geweest. Ik zoek vreselijke machomannen op en ben dan verbaasd dat ze wreed worden. Wijt het maar aan een dominante moeder en een slappe vader. Ik ben er waarschijnlijk aan gewend geraakt gekoeioneerd te worden door de mensen om me heen en ik verlang naar de vader die ik nooit heb gehad... Dat vond ik zo fijn aan Davida. Ik kon bij haar mezelf zijn.'

'Gingen jullie wel eens samen op reis?'

Jane keek op van haar whisky, keek hem recht in de ogen en gaf geen antwoord.

Barnes zei: 'Volgens Alice Kurtag zouden jullie er een paar dagen tussenuit gaan.'

'Ja, dat klopt.' Jane staarde hem nog steeds aan. 'Een prima manier om je gedachten even te verzetten, toch? Ik ging door een afschuwelijke scheiding en Davida was gestrest vanwege dat stamcelwetsvoorstel. We gingen wandelen en wildwaterkanoen.'

'Klinkt leuk.'

'Ik had lange tijd niet zo'n leuk weekend gehad.'

'Jane, het spijt me dat ik je dit moet vragen, maar had jij een seksuele relatie met Davida? Ik begin erover omdat Davida gonorroe had en als jij...'

'Meen je dat?'

Barnes knikte.'

'Goh.' Jane haalde haar schouders op. 'Daar heeft ze nooit iets over gezegd. Maar goed, waarom zou ze ook. Ze zal zich wel geschaamd hebben.' Ze keek op haar horloge, dronk haar whisky op en wilde haar portemonnee pakken.

Barnes hield haar tegen. 'Ik trakteer. Dus jij bent helemaal gezond?'

'Met mij gaat het prima. Perfect. En in antwoord op je vraag, Davida en ik waren gewoon vrienden. Ze zal het wel van Mi-

nette hebben gekregen.' Ze stond op. 'Het is al laat.'

'Waarom zo'n haast? Zo laat is het niet en je hoeft nog maar vijftig kilometer te rijden.'

'Klopt helemaal, Will, maar toch ben ik hier klaar.'

16

'**N**iet te geloven dat je haar gisteravond hebt gesproken!'

Amanda was zichtbaar nijdig. Barnes zei: 'Het was zo'n spontane actie.'

'Eerst bel je al je oude schoolvriendjes en vervolgens spreek je in je eentje met iemand af die toevallig ook nog eens een serieuze verdachte is. Hoe verzin je het, Will?'

Hij gaf eerlijk antwoord: 'Ik weet het niet.'

Amanda schudde het hoofd en rommelde door haar tas. Ze pakte een reep chocolade, trok de wikkel eraf en nam een hap, zonder Will iets aan te bieden uit haar voorraad, wat ze anders altijd deed.

'Het spijt me,' zei Barnes. Hij had zijn auto voor het huis van Davida Grayson geparkeerd. 'Ik weet het, het was stom en het spijt me. Maar het is gebeurd. Kunnen we nu verder?'

Amanda was niet van plan het hem zo makkelijk te maken. 'Ben je dan in elk geval nog iets meer te weten gekomen dan dat Jane weer in Sacramento zit? En wat daarvan de reden is?'

Geen antwoord.

Ze zei: 'Ik dacht dat ze weer in Berkeley woonde.'

'Kennelijk is ze weer verhuisd.'

'Heb je haar dat niet gevraagd?'

'Het leek me niet relevant.'

'Je vond alleen haar seksleven interessant.'

'Ze beweert dat ze niets met Davida had.'

'Geloof je haar?' vroeg Amanda.

'Dat weet ik niet. Ik weet niet of het belangrijk is, Mandy.'

'Zodra ze terug is, wil ik haar eens onder handen nemen. Ze kan wel zeggen dat ze geen druiper heeft, maar dat hoeft nog niet waar te zijn. En aangezien jullie allebei aan de drank waren, kan het toch niet in het dossier gebruikt worden.'

'Waarom zou ze liegen...'

'Tja, dat weten we pas als we officiéél met haar gaan praten, of niet? Pártner.'

Hij liet haar een paar minuten afkoelen. Ze nam nog een hap chocolade. Kauwde er langzaam op.

'Mandy, misschien heb ik het mis, maar ik denk dat we ons beter met Minette kunnen bezighouden dan met Jane. Zoals we al eerder hebben besproken. En als je mij zo boos blijft aankijken kunnen we haar niet ondervragen.'

Stilte.

'Mand...'

'Laat maar zitten, maar doe het niet nog een keer, oké Will? Voor je eigen bestwil. Het wekt een verkeerde indruk.'

'Je hebt gelijk. Ik zat fout. Kunnen we nu verder?'

'Absoluut.'

'Was dat een mannelijk of een vrouwelijk absoluut?'

'Wat is het verschil?'

'Bij een man betekent absoluut absoluut. Bij een vrouw betekent het: ik hou er voorlopig over op, maar ik sla je er straks mee om je oren.'

'Een vrouwelijk absoluut.'

'Daar was ik al bang voor.'

De rommel was weg, maar het appartement was bij lange na niet opgeruimd. Er stonden stapels vuile borden in de keuken en op de eettafel stonden allemaal doosjes van de afhaalchinees. Het was negen uur 's morgens, maar Minette liep nog in een badstof ochtendjas en slippers. Haar ogen en neus waren rood en gezwollen en haar haar mocht wel eens gewassen worden. Haar adem en het appartement roken naar alcohol.

'Fijn dat je ons zo vroeg wilde ontvangen,' zei Amanda.

'Best...' Minette was nog steeds versuft. 'Ga zitten. Maakt niet uit waar.'

De twee rechercheurs keken om zich heen en vonden plek op

een craftsman-bank. Hij was plat en oncomfortabel. 'Dank je,' zei Barnes.

'Willen jullie een kop koffie? Ik kan er zelf wel een gebruiken.'

'Graag,' zei Amanda. 'Laat mij het maar zetten, Minette. Dan kun jij lekker gaan zitten.'

'Fijn.'

Amanda liep naar de keuken, trok keukenkastjes en de koelkast open op zoek naar koffie. Minette deed geen moeite om haar wegwijs te maken. Door de open ruimte kon Amanda het gesprek opvangen.

'Zware nacht gehad?'

'Een van vele waarschijnlijk.' Minettes ogen begonnen te tranen. 'Het is zo onwerkelijk. Ik kan het gewoon niet geloven...' De tranen begonnen te stromen. 'Ik ben nog steeds in shock.'

'Ik kan u niet zeggen hoe erg ik het voor u vind, mevrouw Padgett.'

'Het akeligste is nog die trut van een moeder. Ik mag helemaal niets regelen.' Meer tranen. 'Ze neemt het lichaam mee naar Sacramento. Davida had een hekel aan Sacramento! Daar had ze alleen maar slechte herinneringen aan.'

'Mag ik vragen wat voor slechte herinneringen? Het zou relevant kunnen zijn voor het onderzoek.'

Minette klemde haar lippen op elkaar. Toen zei ze: 'Nou ja... dat haar ouders uit elkaar gingen... dat ze uit de kast kwam... Het was pijnlijk.'

'Dat was vast erg zwaar,' zei Barnes, 'maar ze kwam er toch vaak voor haar werk.'

'Ze werkte er, maar ze woonde híér!' Minette sloeg haar armen over elkaar.

Barnes nam even wat gas terug. 'Het moet wel bijzonder pijnlijk zijn om niet bij de begrafenis betrokken te worden. Ik vind het heel erg, Minette.'

De vrouw ging iets rustiger praten, maar haar toon bleef hard. 'Het doet verdomd veel pijn.' Zucht. 'Ik ben zo boos. Het is niet jouw schuld dat je hier moet zitten luisteren naar mijn gezeik, maar ik ga me er ook niet voor verontschuldigen.'

Barnes keek op zijn horloge. Ze waren er nu al tien minuten en ze had nog niet één keer gevraagd hoe het onderzoek naar de

moord op haar vriendin of naar de vernielingen in haar appartement ging. Hij wou dat Amanda opschoot met die koffie. Hij wilde niet zonder haar over gevoelige onderwerpen beginnen.

Minette zei: 'Ik heb het gevoel dat ik een halfjaar moet slapen en pas wakker moet worden als deze hele nachtmerrie voorbij is. Ik heb de hoorn van de haak gehaald en mijn mobiele telefoon uitgezet. Ik word niet goed van iedereen die belt. Ze geven niets om mij. Ze willen alleen de gruwelijke details weten.'

'Gruwelijke details?'

'Ja, of ze heeft teruggevochten en zo.' Ze keek naar Barnes. 'Heeft ze teruggevochten?'

Barnes zei: 'Voor zover we hebben kunnen achterhalen, lag ze aan haar bureau te slapen. Deed ze dat vaker... onder het werk in slaap vallen?'

'Zo vaak... vooral als ze hele nachten doorhaalde.'

'Heb je haar vaak slapend aangetroffen op kantoor?'

'Niet váák.' Minette kneep haar ogen toe. 'Soms bracht ik haar eten en dan aten we samen.'

Amanda kwam terug met een blad met bekers, melk, suiker en zoetjes. 'Kijk eens. Ik heb al je kastjes opengetrokken. Ik hoop dat deze bekers goed zijn.'

'Prima.' Minette gooide haar koffie vol met melk en zoetstof. 'Je moet niet denken dat ik altijd naar kantoor ging. Ik viel haar liever niet lastig als ze aan het werk was.'

Barnes knikte en dacht aan de tien telefoontjes per dag naar dokter Kurtags kantoor.

'Ik bedoel, zo nu en dan ging ik bij haar langs om haar te verrassen,' zei Minette. 'Een paar keer lag ze te slapen op het bureau. Hier ook wel. Op haar werkkamer. Dan viel ze in slaap. Ze was erg moe. Dat kun je begrijpen.'

Barnes knikte en keek naar Amanda die zijn smekende blik negeerde. 'Als u het niet erg vindt hebben we nog een aantal vragen voor u, mevrouw Padgett.'

'Noem me toch Minette.' Ze nam een slok koffie en knikte. 'Ga je gang. Ik begin weer een beetje wakker te worden.'

Barnes besloot om de klap nog even uit te stellen. 'Wil je weten hoe het met het onderzoek naar de inbraak in je appartement staat?'

Minette keek even verward. 'O... ja, natuurlijk. Hebben jullie de klootzak gevonden?'

'Nee, maar we komen dichterbij,' loog Barnes.

'Hoe bedoel je?' zei Minette. 'Wat zijn jullie te weten gekomen?'

'Dat mogen we op dit moment nog niet zeggen, maar we hebben interessant forensisch bewijsmateriaal gevonden.' Barnes genoot van de gladde toon in zijn stem.

'Wat voor forensisch bewijsmateriaal?'

'Om te beginnen,' zei Amanda, 'lijkt het er niet op dat de vandalen specifiek naar iets op zoek waren. We vermoeden dat ze er alleen op uit waren om rotzooi te maken.'

'Ze? Het waren er twee?'

'Of misschien één,' zei Barnes. 'Waar het om gaat is dat de rommel heel oppervlakkig lijkt...'

'Niet als jij het moet opruimen,' zei Minette.

'Dat is vast en zeker waar, maar we denken dat iemand de politie op een dwaalspoor wil brengen.'

'Hoe weten jullie dat?'

'Dat kunnen we zien, Minette. Dan is er gewoon iets wat niet helemaal klopt. Zodra we meer weten, zullen we die informatie aan je doorspelen. Kun jij in de tussentijd bedenken wie er allemaal toegang tot het appartement hebben?'

'Mijn huishoudster en de conciërge van het gebouw.'

'We zouden ze graag willen spreken,' zei Amanda. 'Heb je hun telefoonnummers?'

'Ja.' Ze stond op en kwam een paar minuten later terug met de informatie. 'Emilia werkt al twee jaar voor ons. Ik kan me niet voorstellen dat ze zoiets zou doen, maar de conciërge is een griezel.'

'In wat voor opzicht?'

'Nou ja...' Ze liet haar blik zakken. 'Van die wellustige blikken.'

'We zullen het nagaan.'

Minettes blik gleed naar de klok aan de wand. Ze kwam overeind en drentelde door de kamer. 'Verder nog iets?'

Amanda zei niets en liet het aan Barnes over. Hij was toch de eerste rechercheur op de zaak. Hij mocht het mooi zelf regelen.

Hij zei: 'Zou je nog even willen gaan zitten, Minette?'

'Waarom?'

'Toe...' Toen Minette zat, zei Barnes: 'Het heeft geen zin om eromheen te draaien, dus zeg ik het maar gewoon. Wist je dat Davida Grayson gonorroe had?'

'Gonorroe?' Minette leek werkelijk verbijsterd. 'Gonorroe... als in een soa?'

Amanda knikte. 'De patholoog-anatoom heeft dit tijdens de obductie ontdekt.'

'Godsallejezus!' In een fractie van een seconde ging de blik van de vrouw van verbijsterd over naar woest. Haar kop koffie vloog door de kamer. 'Die smerige klóótzak!' Ze stond op en begon te ijsberen. 'Ik vermoord hem. Ik zweer dat ik die klootzak afma...' Ze zweeg en wendde zich tot de politie. 'Dat bedoel ik niet letterlijk. Maar ik ben verdomme zo kwáád! Hoe kan hij me dit aandoen?'

'Wie is hij?' wilde Amanda weten.

'Kyle, natuurlijk! Kyle Bosworth.' Ze spuugde zijn naam uit. 'De gore klootzak!'

'Weet je zeker dat je het van hem hebt?' vroeg Barnes.

Ze richtte haar woede op hem. 'Moet u eens luisteren, rechercheur, ik weet niet wat u van me denkt en eerlijk gezegd kan me dat geen zak schelen. Ik ben alleen iets met Kyle begonnen omdat ik zo verdomd alleen was. Ik hield van Davida, maar de lol gaat er wel af als je altijd in je eentje zit te drinken. Als ze ook maar íéts meer tijd voor me had gehad, had ik niet naar een ander hoeven gaan!'

Amanda zei: 'Ik geloof niet dat hij het op die manier bedoelde, Minette...'

'Het klonk anders behoorlijk beschuldigend.'

'Ik denk dat hij wilde weten of het mogelijk is dat iemand anders Davida had besmet.'

Deze suggestie stemde Minette niet milder. Haar gezicht werd knalrood. 'Als Davida geen tijd voor míj had, had ze zeker geen tijd voor een andere vrouw!'

'Of man?' vroeg Barnes.

'Jullie hebben wel lef, zeg! Voor de duidelijkheid, Davida hield niet van mannen!' Ze barstte in tranen uit. 'Ik wil dat jullie nu weggaan.'

Amanda zei: 'Het is niet opdringerig bedoeld, Minette...'

'Maar dat is het wel. Ik wil echt dat jullie nu weggaan.'

Barnes zei: 'Je moet je laten testen.'

'Wat denk jij nou? Natúúrlijk ga ik me laten testen!'

'Wil je ons alsjeblieft bellen als je de uitslag hebt?'

'Nee, ik wil jullie niet alsjeblíéft bellen. Het interesseert me niet... jullie niet, zij niet, niks niet!' Een nieuwe golf tranen. 'Waarom verkloot iedereen het altijd voor me?'

'Het spijt me,' zei Amanda.

'Het spijt je helemaal niet!' Minette droogde haar tranen. 'Ik ga die klootzak bellen en hem eens zeggen wat ik van hem vind!'

Barnes zei: 'Ik begrijp dat je boos bent, maar misschien moet je wachten tot je zelf getest bent. Als blijkt dat je niet besmet bent, ben je misschien boos op de verkeerde.'

Minette schudde haar hoofd. 'Ik kan onmogelijk op de verkeerde boos zijn, want ik ben zo godvergeten boos op iederéén!'

Barnes keek door het raam naar het schitterende uitzicht over de baai. Dat was veel interessanter dan Kyle Bosworth die aan het ijsberen was. De man haalde zijn lange slanke vingers door zijn haar. De rijen die zich hierdoor vormden deden Barnes denken aan een bebouwde akker.

Amanda bleef met haar notitieboekje in de hand haar doel volgen. 'Heel vervelend dat u het zo van ons moet horen. U moet weten dat Minette u ervan beschuldigt dat u haar besmet heeft.'

'De trut!' riep Bosworth uit. 'Die rottrut!'

'U bent het daar niet mee eens?'

'Nee, ik ben het daar niet mee eens! Ik weet niet wáár die heks het over heeft. Ik was gezond toen ik haar ontmoette en als iemand mij besmet heeft, dan is zij het!' Al mompelend ijsbeerde hij verder. 'Geweldig! Dit is verdomme echt geweldig!'

'Dus u had geen idee dat u mogelijk besmet was?' concludeerde Amanda.

'Geen idee!' Hij keek haar woedend aan. 'Ik had geen klachten... héb geen klachten. Waarom zou ik besmet zijn? Ik maak er geen gewoonte van om mijn partner te bedonderen. Minette was een tussendoortje en alleen omdat Yves veel te hard werkt.'

Minette had hetzelfde over Davida gezegd, dacht Barnes.

'Minette was niet eens een serieus tussendoortje,' ging Bosworth verder. 'Ik hou van vrouwen, maar ik heb liever mannen. Waarom zou ik in vredesnaam denken dat ik ergens mee was besmet?'

Amanda zei: 'Ik wil niet al te klinisch worden, maar de symptomen van de ziekte dienen zich bij mannen eerder aan dan bij vrouwen.'

Bosworth bleef staan. 'De symptomen. Een branderig gevoel, pus, moeite met plassen... Nee, dat heb ik nog nooit gehad, maar in deze tijd zorg je wel dat je er iets van weet.' Hij klaarde op. 'De logische conclusie is: geen symptomen, geen druiper. Ik weet dat het latent aanwezig kan zijn, maar doe me een lol.'

Hij ging opeens rechtop staan.

Amanda zei: 'Meneer Bosworth, u moet een arts raadplegen. Mannen hebben over het algemeen duidelijkere symptomen dan vrouwen en ze krijgen ze eerder, maar dat hoeft niet per se zo te zijn.'

Barnes zei: 'Bovendien is het zo dat de besmetting makkelijker van man op vrouw gaat dan van vrouw op man.'

Kyle staarde hem aan. 'Wilt u beweren dat ik het van Yves heb?' Zijn gezicht stond strak van woede. Hij begon weer te ijsberen. 'Ik maak die klootzak af! Ik had kunnen weten dat al dat zogenaamde overwerken niks met werk te maken had!'

'Ho, ho, ho,' zei Barnes. 'Voordat je moord als optie ziet, is het misschien een goed idee om je te laten testen. Misschien heeft Yves gewoon 's avonds gewerkt en ben je helemaal niet geïnfecteerd.'

Kyle bleef staan en staarde in het niets. 'Ja, dat zou waarschijnlijk wel een goede eerste stap zijn... Misschien ben ik niet eens geïnfecteerd... alles op zijn tijd, nietwaar? Misschien heb ik wel helemaal niets. Dat zou fijn zijn. Tja, als u hier klaar bent, moet ik maar eens een gênant telefoontje plegen.'

Amanda stond op van de bank. 'Wilt u ons zo snel mogelijk de uitslag laten weten?'

'Wat gaat jullie dat aan?'

'Mogelijk heeft het iets te betekenen met betrekking tot de moord op Davida Grayson.'

'U wilt me uitsluiten als verdachte!' riep Kyle uit. 'Terwijl het juist zo leuk is om verdachte te zijn – zo heerlijk als je weet dat je onschuldig bent.'

'Wilt u het ons laten weten?'

'Ja natuurlijk, maar belt u me alstublieft niet, ik bel u wel. Als ik hier genadig vanaf kom, wil ik niet dat Yves weet dat ik me heb laten testen. Mijn kleine uitspatting zou hij nog wel tolereren, maar de man is echt panisch als het om bacillen gaat.'

17

De twee gesprekken bleken het hoogtepunt van de dag te zijn voor de twee rechercheurs. De rest van de tijd gingen ze aanwijzingen na die niets opleverden. Om vijf uur 's middags belde Barnes Minette Padgett en Kyle Bosworth om ze nog eens op het hart te drukken te bellen zodra de uitslag van hun onderzoek binnen was. Ze verwachtten niet van Minette iets te horen, maar hoopten dat Bosworth mee zou werken.

Bosworth dacht dat een negatieve uitslag hem als verdachte zou uitsluiten – maar zo eenvoudig was het niet. Niet ziek betekende alleen dat Kyle niet in de besmettingscirkel zat. Al konden Barnes en Amanda geen van beide bedenken waarom ze hem zouden verdenken.

Hun dalende bloedsuiker maakte het lastig om nog te werken, en voordat ze teruggingen naar hun werkplek, hielden ze pauze bij Melanie's waar ze Barnes' favoriete tafeltje wisten te bemachtigen. Will stookte zijn motor op met zwarte cafeïne en Amanda bestelde een cafeïnevrije koffie verkeerd zonder suiker, met magere melk en vanille.

Barnes zei: 'Vraag je je niet af of daar eigenlijk nog wel koffie in zit?'

'Ik begrijp niet dat jij je koffie zwart kunt drinken. Daar rot je maagwand van weg.'

'Die is al weggerot door al die bedrieglijke idioten. Jemig, doe mij maar een leugenachtige drugsdealer. Dan weet je tenminste wie je voor je hebt.'

'Is het je opgevallen dat Minette je niet recht aankeek toen ze het over die "griezel" van een conciërge had?' Amanda maakte aanhalingstekens met haar vingers. 'Toen wij in L.A. waren, hebben een aantal agenten in uniform hier een buurtonderzoek gedaan. De bewoners hadden alleen maar positieve dingen over Davida te zeggen.' Ze nam een slokje van de schuimige melk. 'Minette was een heel ander verhaal.'

'Hoe dat zo?'

'Om te beginnen was ze niet aardig. Haar benedenbuurvrouw had een aanvaring met haar omdat ze 's avonds laat te veel lawaai maakte. Davida wist de gemoederen te sussen door haar te verzekeren dat ze voortaan na tienen hun schoenen zouden uitdoen.'

'Minette is een moeilijk mens, dat is een feit, Mandy. Maar nu moeten we dat doortrekken naar moord.'

'Het zou fijn zijn als we het jachtgeweer hadden.'

Barnes zei: 'We weten niet eens of Minette ooit een wapen heeft afgevuurd. We kunnen nagaan of ze een wapenvergunning heeft.'

'Dat doe ik wel.' Amanda keek naar haar partner. 'Je hebt nog steeds je twijfels bij haar, hè?'

'Zij en Kyle waren tot vroeg in de morgen bij elkaar en ze waren allebei meer dan een beetje aangeschoten. Davida is met één zeer gericht schot vermoord. Zelfs met een jachtgeweer moet je nog wel een beetje coördinatie hebben.'

'Hoe kun je missen als je op nog geen halve meter van een slapende persoon staat?'

'Ik denk nog steeds dat we een man zoeken – het was gewelddadiger dan nodig was. Het is van heel dichtbij gedaan door iemand die wist hoe hij met een geweer moest omgaan. Dit was niet het werk van een hysterische dronken vrouw.'

'Alweer zo'n seksistisch taboe.' Amanda grinnikte. 'Als je het over een man hebt, zijn we dan weer terug bij Donnie Newell?'

'Hij belde Davida en zij belde hem terug. Als het om de inhoud van dat gesprek gaat, geloven we Donnie op zijn woord.

Ik vind dat we een goede reden hebben om hem nog eens aan de tand te voelen.'

'Stel dat Newell de dader is. Waarom zou hij Davida vermoorden?'

'Mijn eerste gedachte is dat hij een verhouding met haar had en zij dreigde het aan zijn vrouw te vertellen.'

'De vrouw die volgens zijn zeggen een hekel aan Davida had,' zei Amanda. 'Met andere woorden: we hebben nóg een verdachte. Maar als Davida wist dat de echtgenote haar niet mocht, waarom zou ze dan dreigen het Newells vrouw te vertellen? Bovendien krijg ik van alles wat ik over haar heb gehoord de indruk dat ze belang had bij haar homoseksualiteit.'

'Misschien dreigde Donnie haar te ontmaskeren.'

'Waarom zou hij dat doen? Hij heeft een vrouw en kinderen, hij heeft een prima functie bij de politie van Sacramento. En ook al hebben ze een tijdje met elkaar gesekst, hij was niet verliefd op haar en hij moet hebben geweten dat er geen toekomst in hun relatie zat. Bovendien zei je zelf dat hij geschokt leek toen hij het nieuws hoorde. Geef me een goede reden waarom hij naar Berkeley zou zijn gereden om haar met een jachtgeweer door het hoofd te schieten.'

'Ik heb geen goede reden, Amanda. Ik zeg niet dat hij het gedaan heeft. Ik zeg alleen dat ik denk dat het door een man is gedaan.' Barnes mobiele telefoon ging en hij keek naar het nummer. 'Bosworth.' Hij drukte op het groene knopje. 'Barnes.'

'Met Kyle Bosworth, rechercheur.' Zijn stem klonk luchtig.

'Fijn dat u terugbelt,' zei Barnes.

'Tot nu toe is het goed nieuws,' zei Bosworth, alsof hij het tegen zichzelf had. 'Van een paar onderzoeken heb ik de uitslag nog niet, maar volgens mijn dokter ben ik vrijwel zeker niet besmet.' Zijn stem werd hard. 'Ondanks die trut!'

'Fijn het te horen, meneer Bosworth. En misschien heeft Minette het ook niet.'

'Maar hoe heeft Davida het dan... O, tuurlijk. Wijlen onze afgevaardigde was niet zo'n heilig boontje. Ach, waarom ook niet, we zijn per slot van rekening allemaal mensen. Toedeloe, rechercheur, ik ga uit en verheug me op een heerlijk cholesterolgevuld diner.'

'Heeft Minette het met u ooit gehad over problemen tussen Davida en haar?'

Het bleef stil aan de andere kant van de lijn. 'Hallo?'

'Ja, rechercheur, ik ben er nog. Alles wat Minette zegt, moet je met een kruiwagen zout nemen.'

'Wat heeft ze u verteld, meneer Bosworth?'

'Dan moet ik u eerst iets anders vertellen. Onze affaire – van Minette en mij – de dingen die we zeiden en deden waren het resultaat van overvloedigheid.'

'U dronk samen.'

'Minette dronk véél en daar werd ze niet vrolijker van. Als ze aangeschoten raakte, begon ze een klaagzang over alles en iedereen. Ze heeft me in een dronken bui een keer verteld dat ze zeker wist dat Davida haar bedroog.'

'Verdacht ze iemand in het bijzonder?'

'Ze verdacht een heleboel mensen. Als ze dronken genoeg was werd ze compleet paranoïde.'

'Noemde ze wel eens namen?'

'Niet dat ik me kan herinneren.'

'Kunt u zich herinneren of die ander volgens Minette een man of een vrouw was?'

Opnieuw zweeg Bosworth, waarop Barnes vroeg of hij er nog was. 'Ja, ja... Davida met een man? Goh, dát zou nog eens interessant zijn. Ik heb nooit eerder gehoord dat ze van twee walletjes at, maar het verbaast me niet heel erg. We hebben allemaal een beetje yin en yang in ons, of we dat willen toegeven of niet.'

De beste plaats om Minette te ondervragen was het bureau. Ze deden kop of munt. Amanda verloor en belde haar op.

Om Minette op het bureau te krijgen, besloot Amanda in te spelen op haar ijdelheid. Minette nam bij de derde rinkel op en fluisterde een aangeschoten hallo.

'Mevrouw Padgett, het spijt me dat ik u weer lastigval. U spreekt met rechercheur Isis. Als u een ogenblikje tijd voor me hebt zou ik dat heel fijn vinden.'

'Wa-at?'

'Mijn partner en ik... We hebben gepraat en we zijn allebei van mening dat we uw hulp nodig hebben. Zou u naar het bu-

reau kunnen komen om even met ons te praten?'

'Waarover?'

'We maken vorderingen, maar u kent Davida beter dan wie ook en we kunnen uw inzicht goed gebruiken.'

'Ik ken Davida inderdaad beter dan wie ook, dus misschien kun jij me vertellen waarom ik van dat takkewijf me niet met de herdenking mag bemoeien.'

Deze dame was absoluut niet in staat om vanavond ondervraagd te worden, maar misschien kon Amanda iets voor morgen regelen. 'Als we het nou eens zo doen, Minette: kom ons helpen, dan bel ik Lucille Grayson om haar persoonlijk te vragen of je deel mag uitmaken van de dienst. Hoe lijkt je dat?'

'Je krijgt het ouwe wijf toch niet zo ver. Het is echt een trut!'

'Laat het me proberen, Minette.' Amanda haalde even stilletjes adem. 'Wanneer kun je hier komen?'

'Vanavond niet. Het is te laat.'

Het was kwart voor zes. God wist hoe lang ze al aan het drinken was. 'Je hebt gelijk. Wat dacht je van morgenochtend om tien uur?'

'Elf uur misschien.'

'Elf uur is perfect. Ik bel je om halfelf om te vragen of je het gaat redden, is dat goed?'

'Best. Dag.'

'O trouwens, heb je je al laten testen?'

Het bleef lang stil. 'Goed nieuws. De dokter denkt dat ik niet besmet ben.'

'Dat is heel goed nieuws.'

'Dat zal wel. Dag.'

Amanda legde de hoorn op de haak.

Niet besmet zijn betekende voor Minette dat haar ergste angst waarheid was geworden. Davida had haar bedrogen. De grote vraag was met wie. Minette vroeg zich ongetwijfeld hetzelfde af. Waarschijnlijk was ze daarom al zo vroeg aan de drank.

Ze keek om zich heen waar Barnes was – hij zat in een hoekje met zijn gezicht naar de muur aan de telefoon. Ze liep naar hem toe en tikte hem op zijn schouder. Barnes fluisterde snel: 'Ik moet ophangen' en beëindigde het gesprek.

'Wie had je aan de lijn?' vroeg Amanda nonchalant.

'Niemand.'

'Je zat aan de telefoon met niemand te praten... Mensen worden om minder vreemde dingen opgesloten, Will.'

'Het had niets met het werk te maken.'

Amanda's glimlach werd een brede grijns. 'Je had die agente uit L.A. aan de lijn.'

'Amanda...'

'Hoe heette ze ook alweer?' Amanda knipte met haar vingers. 'Marge. Die lange blonde dame, erg knap, dat moet ik toegeven.'

'Ze heeft een wees geadopteerd, een tiener. Dat kind zit nu op Caltech. We hadden het gewoon over kinderen.'

'Jij hebt geen kinderen.'

'Ik was aan het luisteren.'

'Willie en Marge... Ga jij naar haar toe of komt zij hier?'

'Ze heeft een paar dagen vrij. Kunnen we het nu over werk hebben?'

'Best, want ik heb het een en ander geregeld. Minette komt morgen om elf uur naar het bureau.'

'Heb je haar zover gekregen?' Barnes knikte goedkeurend.

Amanda stompte zachtjes tegen zijn schouder. 'Noem het maar charme. Ik ga nu naar huis. Eens kijken of mijn man daar ook gevoelig voor is. Tenzij je nog ergens advies over wilt.'

'Zoals?'

'Waar je met Margie uit zou kunnen gaan. Het wordt zonnig en tegen de twintig graden. Je zou een cabrio kunnen huren en met haar naar de wijngaarden gaan. Als je er wat geld tegenaan gooit, zou je in Sonoma Mission Inn kunnen logeren.'

Dat was helemaal geen gek idee, maar Barnes was niet van plan om haar die lol te gunnen. 'Je kunt wel gaan, Mandy. Ik ben er morgenochtend rond negen uur.'

'Ik ook, ijs en weder dienende. Ik zal Minette om een uur of halfelf bellen om ervoor te zorgen dat ze haar afspraak niet is vergeten. Ze was al aangeschoten, dus waarschijnlijk moet ik haar aan ons gesprek herinneren. Ze zal ongetwijfeld een kater en een slechte bui hebben.'

Barnes zei: 'Ik neem wel wat sap en donuts en zo mee. Alle beetjes helpen.'

'Was het maar zo makkelijk,' zei Amanda. 'Neem ook maar wat aspirine mee.'

18

Om halfelf de volgende ochtend lag Minette nog in bed en was ze de afspraak helemaal vergeten. Amanda besloot dat ze haar maar het beste zelf kon ophalen. Het kostte een uur eer de vrouw zich had aangekleed en nog een halfuur om haar te paaien met designerkoffie voordat ze in staat leek om ondervraagd te worden. Zelfs onder deze luxebehandeling bleef Minette nors. Haar make-up kon de wallen onder haar ogen niet verbergen, en ze leken eerder vies dan exotisch. Haar haar moest dringend gekamd en bijgeverfd worden. Ze droeg een verkreukelde broek, een wit T-shirt en gympen. De vrouw was lang en slank en van achteren leek ze net een jongen.

Amanda bracht haar naar de verhoorkamer en hielp haar in een stoel. 'Wil je iets eten?'

'Ik word er zenuwachtig van als je zo aardig doet,' klaagde Minette.

'Zo zijn we nu eenmaal. We zijn er om te helpen.' En we hebben jóuw hulp nodig. 'Iets te knabbelen?'

Minette dacht hierover na alsof de wereldvrede ervan afhing. 'Ach, een muffin zou er wel ingaan. Als het maar mager is.'

'Geen probleem. Ben zo terug.'

Terwijl Amanda wat muffins haalde, keek Barnes naar Minette via de doorkijkspiegel. Ze leek eerder moe dan zenuwachtig en om dit nog eens te bevestigen legde ze haar hoofd op haar armen en deed ze haar ogen dicht. Vijf minuten later lag ze te snurken.

Amanda kwam de observatieruimte binnen. 'Als het mens last van zenuwen heeft, dan weet ze het goed te verbergen,' zei Barnes.

'Misschien heeft ze niets om zich schuldig over te voelen.'

'Iedereen voelt zich wel ergens schuldig over in verschillende mate.' Een politieagente kwam binnen en gaf Amanda een tas. Ze gaf hem door aan Barnes die er een volkorenmuffin uit haalde die hij in één hap half opat. Als verklaring zei hij: 'Vanmorgen geen tijd gehad om te eten.'

'Waar was jij mee bezig toen ik op mevrouw Padgett aan het passen was?'

'De officiële herdenkingsdienst voor Davida is morgenmiddag om twee uur in Sacramento. Ik wil daarna een afspraak maken met Lucille Grayson.'

'Fijn dat je mij dat ook vertelt.'

'Ik vertel het je nu,' zei Barnes. 'Ik heb kaartjes voor de trein van twaalf uur gehaald.' Hij at de muffin op en kwam overeind. 'Klaar?'

'Best. Laten we maar eens kijken wat de schone slaapster te melden heeft.'

Voorzichtig schudde Amanda aan Minettes schouder. Minette schrok wakker en het kostte haar een paar tellen voor ze wist waar ze was.

Een dun sliertje kwijl was uit haar mondhoek gelopen. Ze zoog het naar binnen en veegde haar lippen met de rug van haar hand af. 'Wauw.' Minette nam een slok koffie. 'Ik wist niet dat ik zo moe was. Moet dit echt nu?'

'Hoe eerder we klaar zijn, des te groter is de kans dat we de moordenaar vinden,' vertelde Barnes haar.

'Neem een muffin.' Amanda stak de zak uit. 'Neem ze allemaal als je wilt.'

Minette haalde er een bosbessenmuffin uit. 'Eén is goed. Dank je.'

'Hier heb je een paar servetjes... Wil je nog koffie?'

'Best.'

'Ben zo terug.'

Zodra Amanda was vertrokken, zei Barnes: 'Nogmaals gecondoleerd.'

'Dank je. Kunnen we opschieten?' Ze keek op haar horloge. 'Ik heb nog van alles te doen.'

Barnes glimlachte en Amanda kwam terug met de koffie.

'Kijk eens. Verder nog iets?'

'Mevrouw Padgett heeft het druk,' zei Barnes zonder een spoortje ironie. 'We moeten maar eens beginnen. Voordat we het over Davida hebben, heb ik nog een paar vragen voor u wat betreft de inbraak in uw appartement.'

Minette tuurde over de rand van de koffiekop. 'Ja?'

'Naar uw eigen zeggen was u niets kwijt. Klopt dat nog steeds?'

'Dat heb ik niet gezegd. Ik wist het alleen niet zeker.'

'Maar uw waardevolle spullen... contanten, sieraden, kostbare spullen... zijn die er allemaal nog?'

'Ik denk dat ik wat contanten mis.'

'U weet het niet zeker?' vroeg Amanda.

'Nee, Davida had altijd cash in huis. Een paar honderd dollar. Misschien meer. Ik heb maar vijftig dollar gevonden, dus misschien hebben de inbrekers de rest meegenomen.'

'En uw sieraden?'

Minette haalde haar schouders op. 'Die zijn er volgens mij allemaal nog. Ik heb niet alles gecontroleerd. Wat heeft dit met de moord op Davida te maken?'

'Misschien niets.' Barnes ging wat dichterbij zitten. 'We hebben een beetje een probleem, Minette, en we hebben je hulp nodig. Eerst dachten we dat de inbraak was gepleegd door dezelfde persoon die Davida heeft vermoord, dat hij of zij naar iets specifieks op zoek was. Logisch, of niet?'

Minette knikte.

Barnes ging verder. 'Maar toen beseften we dat Davida's kantoor niet overhoopgehaald is. Waarom zou jullie appartement wel geplunderd zijn en het kantoor niet?'

Amanda zei: 'Dus nu denken we dat de twee incidenten misschien niets met elkaar te maken hebben.'

'Wat denk jíj?' vroeg Barnes.

'Hoe moet ik dat nou weten?' Minette klonk geïrriteerd. 'Dat is jullie werk.'

'Dat is waar,' antwoordde Barnes. 'Dus mijn eerste vraag is: wie zou jullie appartement overhoop willen halen zonder waardevolle spullen mee te nemen?'

'En daar moet ik het antwoord op weten?' Minette fronste

haar wenkbrauwen. 'Als ik dat wist, zouden we hier niet zitten.'

'Tja, het punt is dat we geen sporen van braak hebben kunnen vinden. De dader moet een sleutel hebben gehad.'

Minette nam even de tijd om haar gedachten op een rijtje te zetten. Ze keek de rechercheurs een voor een aan en keek toen op haar horloge. 'Ik heb toch gezegd dat we een enge conciërge hebben. Hebben jullie hem nagegaan?'

'Ja,' zei Amanda. 'Hij was die avond met de leidingen van de buren bezig.'

'Tot midden in de nacht?'

'Langer nog. Een zwaar verstopte leiding.'

'Dus hij kan het niet gedaan hebben,' zei Barnes.

Minette reageerde niet.

Hij drong aan: 'Wie had er nog meer een sleutel van jullie appartement?'

'Lucille Grayson,' zei Minette. 'Weet je, het zou me nog niet eens verbazen ook als zij het had gedaan.'

Amanda deed alsof ze dit serieus nam. 'Waarom zou ze dat doen?'

'Om me te treiteren. Ik zei toch dat het mens een hekel aan me heeft.'

Barnes zei: 'Helaas, die avond was ze op de sociëteit met een aantal vriendinnen. Dat weten we zeker.'

'Tja... natuurlijk zeggen haar vriendinnen dat.'

'Ze is door tientallen mensen herkend en haar verpleegkundige is de hele tijd bij haar geweest. Ze is niet in de buurt van het appartement geweest.' Barnes probeerde de vrouw zover te krijgen dat ze hem aankeek. 'Minette, we gaan dit hoe dan ook tot op de bodem uitzoeken.'

'Moeten jullie je niet concentreren op de moord?'

'We doen allebei,' zei Barnes. 'En op dit moment willen we graag vaststellen of er al dan niet een verband is tussen de moord en de inbraak. Daarom moeten we zien te achterhalen wat er bij jullie thuis is gebeurd. Je kunt ervan op aan dat we de dader zullen vinden en dat hij of zij de cel ingaat.'

Amanda zei: 'Dus als er ook maar iets is wat je weet, dan moet je het nu zeggen, want rechercheur Barnes en ik houden er niet van onze tijd te verspillen.'

'Weet je, dat maakt ons nou zo kwaad... mensen die tegen je liegen.'

'Ja, dat is ook stomvervelend,' beaamde Amanda.

Barnes zei: 'Ook al beseffen we dat mensen soms niet met opzet liegen, snap je wel?'

Minette schudde langzaam haar hoofd. Bloeddoorlopen ogen richtten zich op iets in de verte.

Amanda zei: 'Mensen liegen soms om iets of iemand te beschermen. Weet jij daar iets van, Minette?'

'Nee.' Haar stem klonk helder, maar ze begon op haar duimnagel te bijten. 'Jullie zeiden dat je mijn hulp nodig had. Wat willen jullie van me?'

'Om te beginnen willen we graag weten wie jullie appartement overhoopgehaald kan hebben,' zei Barnes. 'Want het is in elk geval een bekende geweest.'

'Hoe weet je dat zo zeker?'

'Er zijn geen waardevolle spullen weg.'

'Ik zei toch dat er misschien contant geld weg is.'

'Dat is alleen voor de show,' zei Amanda. 'Weet je hoe we dat weten?' Geen antwoord. 'Bij de inbraak was wel veel rommel, maar alle borden stonden nog in de keukenkastjes. Die waren geen van alle aangeraakt. Een heleboel chaos, maar vrijwel niets kapot.'

Barnes zei: 'Makkelijker voor degene die het op moest ruimen.'

Amanda zei: 'Weet je, Minette, als je ons iets te vertellen hebt, doe het dan nu, voordat het uit de hand loopt.'

Barnes zei: 'We weten dat je onder vreselijke spanning staat.'

Amanda zei: 'We weten dat je op het moment jezelf niet bent. We begrijpen dat dit een erg emotionele tijd voor je is.'

Barnes glimlachte.

Amanda glimlachte.

Minettes linkerwang trilde. Ze sloeg haar armen om zich heen. Rukte aan een losgeschoten lok haar. 'Jullie hebben geen idéé.'

'Hoe zouden we zo'n verlies kunnen begrijpen?' zei Amanda. 'Dat kunnen we niet, we zullen het niet eens proberen. Maar we moeten die inbraak zien op te lossen. We moeten weten wat er echt is gebeurd.'

'Hoe bedoel je?' Minette snifte. 'Als ik wist wat er was gebeurd, dan zou ik het wel zeggen.'

Barnes' glimlach werd sluw. 'We denken dat je véél meer weet dan je ons vertelt.'

'Dus nu is het moment om het te zeggen,' kwam Amanda ertussen. 'Nu we je nog kunnen helpen.'

'Ik begrijp het niet,' fluisterde Minette.

'Als je ons vertelt wat er is gebeurd, kunnen we iets voor je doen, Minette. Je staat onder zoveel spanning, dat begrijpen we wel.'

'Maar,' zei Barnes, 'als wij kostbare tijd verdoen met het oplossen van de inbraak en het begint erop te lijken dat jij...' Hij schudde zijn hoofd. 'Dan ziet het er slecht uit, Minette. Heel, heel slecht.'

Amanda leunde voorover. 'We denken dat je weet wie het heeft gedaan, Minette, en nu is het moment om dat te zeggen. Als je ons niets vertelt, kunnen we je niet helpen.'

'En we willen je echt helpen.'

'Ja, we willen je graag helpen. Maar we moeten weten wat er werkelijk is gebeurd.'

Minette huilde stille tranen. Amanda stak haar arm uit en pakte Minettes hand. 'Het is niet erg. Je kunt het ons vertellen. Je hebt het zo zwaar. En je had het ook zo zwaar omdat Davida altijd weg was.'

'Ik dacht dat ze aan het wérk was.' Minettes stem klonk verstikt van emoties. 'Nu weet ik dat ze iemand ánders had!' Ze barstte in tranen uit. 'Hoe kon ze me dat aandoen?! De trut! De dochter van een trut!'

'Ik vind het heel erg voor je,' zei Amanda. 'Je zult wel vreselijk ontgoocheld zijn.'

'Helemaal.' Ze snifte haar tranen weg. 'Ik dacht dat ze zo hard werkte.'

'Wat zul jij boos zijn.'

'Ik ben woest!'

'Vast,' zei Barnes. 'Maar je vermoedde al dat ze een verhouding had, of niet?'

Ze keek snel naar Barnes en verbrak het oogcontact toen. 'Ik denk het wel.'

'Je bent na de persconferentie naar huis gegaan, of niet?' zei Barnes.

Minette aarzelde. Knikte toen schuldbewust.

'Je bent naar huis gegaan... alleen, gedesillusioneerd, overstuur... al die dingen, hè?'

Ze knikte en knikte.

'Helemaal alleen op de plek die je samen met Davida had gedeeld,' zei Amanda. 'Je was waarschijnlijk helemaal van de kaart, je was in de war, je was boos.'

Barnes zei: 'Misschien gooide je wel iets tegen de muur omdat je die afschuwelijke gevoelens kwijt wilde.'

'Omdat je zo overstuur was,' voegde Amanda eraan toe.

'Ik wás ook overstuur.'

Barnes zei: 'En van het een kwam het ander.'

Geen antwoord.

'We hebben je hulp nodig, Minette. We hebben de hele waarheid nodig. Je moet ons vertellen wat er is gebeurd toen je na de persconferentie naar huis ging.'

'Ik was overstuur,' zei Minette zacht. 'Ik smeet een kussen tegen de muur.' De twee rechercheurs wachtten. 'En... en toen gooide ik nog een kussen... en nog een kussen. En toen duwde ik een van de banken omver. Het verbaasde me dat hij helemaal niet zo zwaar was. Dus gooide ik er nog een omver.' Ze ademde zwaar. 'En toen keek ik naar Davida's werkkamer, alles zag er zo netjes uit... alsof hij in geen tijden was gebruikt, omdat hij in geen tijden was gebruikt. En toen wist ik diep vanbinnen dat ze thuis had kunnen werken als ze zo nodig had willen werken. Daarom begon ik alles uit haar archiefkasten te trekken.... te verscheuren... en ze overhoop te gooien. Het was niet alsof ze ze nog nodig had...' De tranen stroomden over haar wangen. 'En toen liep ik naar de kast en smeet kleren op de grond... en toen de ladekasten. En toen...'

Ze snikte heftig.

'Ik besefte dat ik er een enorme bende van had gemaakt en dat ik het allemaal moest opruimen. En ik was zo alleen en zo eenzaam en...'

Ze snikte. Amanda gaf haar een zakdoekje. 'Wat deed je toen?'

'Ik zette de bank weer recht en legde een kussen terug, maar

daar werd ik alleen maar bozer door. En ik voelde me zo stom. En bang... Ik weet niet wie Davida heeft vermoord, echt niet, ik zweer dat ik het niet weet!'

'Goed, we geloven je.' En dat was ook zo, dacht Barnes... min of meer. Daar leek ze te hysterisch voor. Maar hij moest met alle mogelijkheden rekening houden want hij was wel eens eerder voor de gek gehouden. 'Je was bang alleen. En toen?'

'Ik maakte mezelf helemaal gek,' zei Minette. 'Ik begon te denken... Ken je dat, dat je het niet los kunt laten en je maalt maar door? Dat gebeurde met mij en de gedachten begonnen me te beheersen. Bijvoorbeeld dat degene die Davida had vermoord... achter mij aan zou komen. En ik zat alleen thuis, en daar was het inmiddels een puinhoop. Ik was zo bang! Ik wilde de politie bellen. Maar ik vond het zo stom om te zeggen dat ik bang was... Snap je?'

'Daar zijn we voor,' zei Barnes.

'Ja, vast!' Minette droogde haar ogen met het zakdoekje. 'Als het om verkeersboetes gaat, zijn jullie er als de kippen bij, maar als ik iemand had gezegd dat ik bang was, was er vast geen agent op komen dagen.'

Ze had wel gelijk, dacht Barnes.

Amanda zei: 'Je moet je echt heel alleen hebben gevoeld.'

'Ja.'

'En wat deed je toen?' zei Barnes, om haar verder te helpen.

'Ik heb de politie gebeld en gezegd dat het huis overhoop was gehaald. Mensen moesten zich niet zo druk maken om Davida maar om míj. Ze was dood, ík niet.'

Minettes egoïsme verbaasde beide rechercheurs niet, maar haar bekentenis wel.

'Als je in de toekomst nog eens bang bent,' zei Barnes, 'zijn er mensen die je kunnen helpen zonder dat je hoeft te liegen.'

'Zo was het ook alleen maar bedoeld,' snikte ze. 'Een stom leugentje omdat ik wanhopig was. Kom ik nu in moeilijkheden?'

'Je hebt een valse aangifte gedaan,' zei Barnes, 'dus dat betekent moeilijkheden, ja. Maar ik denk dat de rechter rekening zal houden met de omstandigheden.'

Minette knikte. 'Ik kan waarschijnlijk maar beter mijn advocaat bellen.'

'Waarschijnlijk,' zei Amanda. 'Als je die niet kunt betalen, zal de overheid er een voor je financieren.'

'Ik heb genoeg geld.' Ze kwam wankel overeind. 'Kan ik mijn advocaat nu bellen?'

'Eerst moet ik je op je rechten wijzen.'

Minette bleef tijdens het eerste deel verdoofd, passief zitten. Toen Barnes zei dat haar een advocaat toegewezen kon worden, zei ze: 'Dat zei je net al. En ik weet het allemaal van tv. Ik kijk veel tv omdat ze me altijd alleen liet.'

'Ze is ijdel, egoïstisch en egocentrisch,' zei Barnes toen ze weer aan de andere kant van de doorkijkspiegel stonden. 'Maar de echte vraag is of ze Davida heeft vermoord. We hebben het huis en haar kleren onderzocht. Nergens bloedspetters, nergens kruitsporen, geen schoenen met bloedsporen of tapijtvezels. Ze heeft geen wapen op haar naam staan en er is geen bewijsmateriaal dat ze een illegaal wapen bezit.'

'Ze kan iemand hebben ingehuurd.'

'Waarom zou ze Davida dood willen?'

'Omdat die haar bedonderde. Omdat Davida haar te vaak alleen liet.'

'Dat loste Minette op door zelf een verhouding te beginnen,' zei Barnes.

'Minette is een egoïstisch kreng dat waarschijnlijk een narcistische woedeaanval kreeg toen ze erachter kwam dat Davida het met een ander deed.'

'Goh, dus je mag haar wel?'

Amanda's glimlachte vermoeid.

Barnes zei: 'Denk je echt dat ze het gedaan heeft?'

'Nee, maar ik wil haar ook niet uitsluiten. Ze is labiel en ze kende Davida's gewoonten beter dan wie ook.'

Het had geen zin er verder over door te gaan. 'Ga je morgen met me mee naar Sacramento?'

'Natuurlijk. Waarom vraag je dat?'

'De herdenkingsdienst is de dag na de begrafenis. Ik heb na afloop een afspraak met Lucille Grayson.' Barnes glimlachte alsof hij ondeugend was geweest. 'Is dat goed?'

'Wat is er, Willie?'

'Na de begrafenis ga ik bij Don Newell eten, om halfzes.'

Ze staarde hem aan. 'En ik ben niet uitgenodigd.'

'Dat kan ik wel regelen.'

'Maar...'

'Het is jouw beslissing.'

'Maar in eerste instantie heb je niet aan mij gedacht.'

'Het was meer privé – een barbecue met oude vrienden.'

Amanda floot. 'Godsamme. Eerst je schoolvrienden, daarna Jane Meyerhoff en nou dit. Misschien wil je de zaak helemaal zelf doen.'

'Hè toe, Amanda, doe nou niet...'

'Denk je dat ik het niet aankan? Ik ben degene die net een bekentenis uit Minette heeft gekregen.'

Barnes had dat als teamwork gezien. Hij zei: 'Dat was geweldig, maar met Donnie Newell zijn er misschien dingen die ik... Misschien praat hij minder gemakkelijk als jij erbij bent.'

'Sekspraatjes van jongens onder elkaar.'

'Vrouwenpraat,' zei Barnes. 'In het bijzonder zijn relatie met Davida.'

'Als jij met hem praat, zou ik met de echtgenote kunnen praten die zegt Davida te haten. Of is ze te hysterisch en te zwak om een moord te plegen?'

'Daar heb ik aan gedacht, Mandy, echt waar. Maar in plaats van een gezellig etentje met een sigaartje voor de mannen is het net een verhoor, snap je? Jij doet de een, ik doe de ander.'

Het klonk heel logisch, al weigerde Amanda dat toe te geven. 'Als je me nog één keer ergens buiten houdt, ben ik weg. Dit is een partnerschap, weet je nog?'

'Mandy, je weet hoeveel respect ik heb voor je...'

'Schei uit, Will. Ik ben veel te chagrijnig voor die denigrerende opmerkingen van je.'

'Toe, ik heb echt respect voor je mening. Sterker nog, ik heb je advies opgevolgd.'

Ze keek hem met half toegeknepen ogen aan. 'Welk advies?'

'Je weet wel... over Marge Dunn. Ik heb een cabrio gehuurd. We rijden morgen door Napa en Sonoma, gaan wat wijn proeven.'

Barnes had in werkelijkheid helemaal niets geregeld, maar het

133

was wel een goed idee geweest van Amanda, en dit leek een prima moment om haar dat te vertellen. 'Zou er nog een kaaswinkel zijn? Een picknick met kaas, fruit en wijn lijkt me een goed idee. Vind je ook niet?'

Amanda slaakte een zucht. 'Toevallig weet ik wel een adresje. En je zou The Olive Press bij Sonoma kunnen proberen. En als ze je aan het eind van de dag nog steeds kan pruimen, weet ik ook nog wel een paar leuke restaurantjes.'

'Dat lijkt me super...'

'Schei nou uit met dat gezeik, huur die auto en neem me niet nog meer in de maling. Ik ben nog steeds boos, Will.'

'Dat weet ik. Heb je zin in een kopje koffie bij Melanie's? Ik trakteer.'

Ze begon te schaterlachen. 'Denk je dat je me kunt paaien met een eenvoudig kopje mokkakoffie verkeerd?'

'Lunch?'

'Dat klinkt al beter.'

'Chez Panisse? Ik ken een van de serveersters. Als het niet druk is...'

'Dank je, graag.' Amanda glimlachte. 'Ik haal de auto vast, dan kun jij kijken of je genoeg geld bij je hebt.'

19

Hoewel Davida Grayson geen kinderen had, was haar nalatenschap heel wezenlijk. Alle sprekers roemden haar levenslust, haar obsessie voor gerechtigheid voor de zwaksten in de samenleving, haar hardnekkige jacht naar deugdzaamheid. Degenen die een rede hielden, kenden haar goed genoeg om geloofwaardig te klinken. Iedereen beloofde om Davida's droom voor een nieuwe stamcellijn niet te laten sterven.

Lucille Grayson toonde uiteindelijk haar klasse door Minette Padgett toch te laten spreken. Minette was verrassend genoeg

helder en stabiel. Ze sprak kort – een teken van kiesheid – en met gevoel. Als Barnes niet had geweten hoe idioot ze was, had hij er een brok van in zijn keel gekregen.

Toen het uur voorbij was, werd de kist op de draagbaar geplaatst en nam een gemeenschap die van Davida had gehouden een laatste afscheid van haar. De dienst aan het graf zou in kleine kring worden gehouden.

Amanda keek op haar horloge toen zij en Barnes de aula uit kwamen. Ze voegden zich bij de treurige menigte die naar de uitgangen stroomde. Het was even na drie uur. 'Is jouw mannenetentje nog steeds om halfzes?'

'Voor zover ik weet wel.'

'Heb je Newell hier gezien?'

'Ik heb gekeken, maar ik kon hem niet vinden,' antwoordde Barnes. 'We hebben nog wat tijd. Zin in koffie?'

'Waarom niet?'

Ze liep iets voor hem uit door de menigte. Beschaafd, maar nog steeds boos.

Buiten de aula haalde Barnes haar in. 'Ik heb Newell vanmorgen gebeld. Je bent uitgenodigd voor het eten.'

'Vanwaar deze ontwikkeling?'

'Omdat je erbij hoort te zijn. Na het eten neem ik Donnie en dan kun jij Jill Newell bezighouden, zoals je zelf al voorstelde.'

Een paar voetstappen lang zeiden beide rechercheurs niets.

Toen zei Barnes: 'Je weet dat ik een einzelgänger ben, Amanda. Ik kan goed met anderen samenwerken, maar tot op zekere hoogte. Daar voel ik me een beetje schuldig over, maar niet heel erg. Ik ben zoals ik ben. Maar dat betekent niet dat ik het kan erkennen als iemand me de waarheid zegt.'

Ze liepen nog een paar passen in stilte.

'Heb je Newell gezegd dat ik meekom?'

'Misschien, heb ik gezegd. Ik wist niet of je zelf al plannen had.'

'Nu niet meer.'

'Dan bel ik Donnie om te zeggen dat het doorgaat.'

'Als ik Jill nou eens bel en vraag of ze het goedvindt dat ik meekom. En als ze ja zegt, zal ik haar persoonlijk bedanken en vragen of ik iets mee kan nemen.'

'Van vrouw tot vrouw,' zei Barnes.

'Van mens tot mens.'

Als hoofdstad van de staat was Sacramento een waardige plek voor de politici. Het had stijlvolle restaurantjes, verschillende kunstmusea dankzij Crocker Bank, concertzalen, een paar theaters en de ARCO-arena met NBA-basketbalploeg de Kings die bijna kampioen was. Maar zoals de meeste steden, had hij vele gezichten.

In het geval van Sacramento betekende dat een mijnbouwgeschiedenis en een boerenaanwezigheid. Toen de Kings de playoffs haalden, kwamen de fans gewapend met koeienbellen.

Barnes was opgegroeid in een semilandelijke boerengemeenschap op dertig rustige kilometers afstand van de hoofdstad, waar hij net als zijn klasgenoten had geleerd hoe hij met een geweer en zijn vuisten om moest gaan. De massa hield van country, en mensen die hun gitaar en viool serieus namen gingen voor bluegrass. Een broer die homo was en in Berkeley woonde had Barnes' kijk op de wereld wel veranderd, maar niet helemaal. Zoals Amanda al had opgemerkt viel hij soms terug op zijn cowboymanieren. Soms ten nadele van zichzelf.

Maar dit was niet een van die keren. Aan de grote eettafel van de Newells voelde hij zich helemaal thuis met zijn veterdas, Wranglers en afgetrapte laarzen.

Het huis, een ranch, stond op vier hectare land vol eikenbomen en eucalyptus in een boerenlandschap met grote schuren en weides. Er stond een goedkoop leren ameublement met twee leunstoelen met bekerhouder tegenover een grote flatscreen-tv. De enige kunst in de kamer was door de kinderen Newell gemaakt. Het gesprek aan tafel ging voornamelijk over de kinderen die de volwassenen vroegen om schalen eten door te geven. Iedereen prees Jill om haar kookkunsten en dat was geen leugen. Jill leek er niet blij van te worden. Een verlegen vrouw, altijd al geweest.

Tijdens het eten keek Barnes een paar keer heimelijk naar Amanda die weinig at en de drie kinderen prees om hun keurige gedrag.

Voor zover Barnes kon zien was dat niet dankzij Don die ner-

gens moeilijk over deed, grappen maakte en geen poging deed ouderlijk gezag uit te oefenen.

Het was Jill die er de wind onder had.

Ze was een statige vrouw, ongeveer een meter achtenzeventig, met een verweerd ovaal gezicht, hoge jukbeenderen en doordringende bruine amandelvormige ogen die indiaanse voorouders deden vermoeden. Ze had volle lippen, maar ze glimlachte niet vaak. Haar handen waren ruw van het werken, haar vingers waren lang, maar haar nagels kort. Ze droeg een strakke spijkerbroek en een wijd sweatshirt. Haar kastanjebruine haar zat in een hoge paardenstaart.

Net als die schilderes... Georgia O'Keeffe.

'Ik kan me niet herinneren wanneer ik voor het laatst zo lekker heb gegeten.' Barnes klopte op zijn buik. 'Wauw, dat was lekker, Jill, die spareribs, ongelooflijk.'

Jill bedankte hem met een kleine glimlach en zei zachtjes: 'Dank je.' Toen ze opstond om de tafel af te ruimen, kwam Amanda ook overeind.

'Blijf zitten, Amanda,' zei Jill. 'Dat doen de kinderen wel.'

'Ik vind het niet erg,' zei Amanda. 'En trouwens, het is een doordeweekse dag, ze hebben vast huiswerk. Ik vind het niet erg om even te helpen, zodat zij alvast aan het werk kunnen.'

'Nou, graag – weet je het zeker?'

'Heel zeker.'

Jill knikte. 'Nou, daar komen jullie mooi van af. En nu aan het werk, en de computer gaat pas aan als jullie alle drie klaar zijn.' Ze richtte zich tot haar oudste – de vijftienjarige Ryan. 'Als ik merk dat je het internet opgaat voordat je klaar bent, ben je nog niet jarig. Heb je dat begrepen?'

Haar zoon keek haar half lachend, half meesmuilend aan. 'Ja, ja. Het eten was lekker.' Daarna grijnsde hij naar zijn vader die hem achter Jills rug om een knipoog gaf.

Amanda, de multimiljonaire, paste er helemaal bij. Ze zei: 'Zal ik wassen of drogen?'

Barnes wist dat ze een harde jeugd had gehad. Ze kon nog steeds met iedereen overweg.

'We hebben een afwasmachine,' zei Jill.

'Nog beter, dan laad ik hem.'

'Heb je hulp nodig, lieverd?' vroeg Don, die het overduidelijk niet meende.

'We redden ons wel,' zei Amanda.

Don zei: 'Jill, is het goed als ik Will je nieuwe jachtgeweer laat zien?'

'Ga je gang,' zei Jill.

'Jóúw nieuwe jachtgeweer?'

'Jill is een fantastische schutter,' zei Don. 'We zouden haar goed kunnen gebruiken in ons arrestatieteam, maar ik heb liever dat ze kookt.'

Jill fronste haar wenkbrauwen. 'Mensen neerschieten is niks voor mij.'

'Tja, en daarin verschillen we dus.' Newell slaagde erin zijn vrouw een zoen te geven voordat ze zich af kon wenden. 'Tot zo, dames.'

Toen ze weg waren pakte Amanda een stapel borden en begon de restjes eten in de vuilnisbakken te doen. 'Waar heb je zo goed leren schieten?'

'Van mijn vader. Hij nam me mee uit jagen toen ik tien was. Ik vond het vreselijk, maar ik hield van mijn vader en dus ging ik mee. Ik hield er niet van om dieren dood te schieten, dus ben ik gaan skeetschieten. Ik merkte dat ik een goede oog-handcoördinatie had. Toen ik vijftien was ging ik competitieschieten. Ik heb genoeg blauwe lintjes om het toilet mee te behangen. Maar ik vind competitie maar dwaas... iets voor mannen, weet je? Maar mijn vader was apetrots. Het jachtgeweer is voor kalkoenjagen. Van Donnie gekregen – zo'n cadeau dat je van een man krijgt omdat hij het eigenlijk zelf wil hebben.'

'Donnie is de jager van de familie?'

Jill knikte. 'Ik ging nog wel eens mee om hem gezelschap te houden, maar als ik kalkoen ga klaarmaken voor de feestdagen, moet ik ook eerlijk zijn over waar het vlees vandaan komt. Dus ik haal nu zelf de trekker over. Ik moet zeggen, niets smaakt zo lekker als vers wild. Overheerlijk.'

'Ik geloof je.'

'Jaag jij?'

'Nee... maar mijn vader ook niet... Niet dat dat er iets toe deed.' Amanda glimlachte. 'Ik had niet zo'n goede band met mijn

138

vader, maar ik mag niet klagen. Mijn man maakt dat meer dan goed.'

Jill was even stil. Toen zei ze: 'Zo hebben we allemaal wat. Donnie heeft goede voornemens.' Ze haalde haar schouders op. 'Je weet wat ze zeggen over goede bedoelingen.'

'Ja.'

'Hij laat zich altijd meeslepen door dingen,' zei Jill. 'Hij denkt niet altijd na. Dat heeft hem een paar promoties gekost.'

'O ja?'

'In plaats van studeren voor zijn brigadiersexamen helpt hij een oude vriend of gaat hij naar de kroeg.' Ze keek Amanda aan. 'Soms maken mensen misbruik van hem.'

'Dat is niet fijn.'

'Helemaal niet.' Jill zuchtte. 'Maar zoals ik al zei is het een goeie man.'

Eigenlijk had ze gezegd dat hij goede bedoelingen had, maar Amanda corrigeerde haar niet. 'Hoe lang zijn jullie al getrouwd?'

'Eenentwintig jaar. We kennen elkaar nog van de middelbare school.'

'O.' Amanda deed of ze verbaasd was. 'Kende je Davida Grayson? Ze was ook van hier.'

'Ja, ik kende Davida.'

'Was je vandaag ook bij de herdenkingsdienst?'

'Donnie is wel gegaan, maar ik kon niet. Moest op school zijn.' Jill haalde haar schouders op. 'Het zal wel erg triest zijn geweest.'

'Heel erg.'

'Om je de waarheid te zeggen, had ik er helemaal geen zin in... te eng, snap je? Dat je iemand kent die is vermoord.'

'Waren Davida en jij vriendinnen?'

'O, nee. Ik mocht haar vroeger helemaal niet, maar dat berustte waarschijnlijk op vooroordelen. Ze was al uit de kast toen ik tweedejaars was en ik vond het maar goor... Je weet wel, een vrouw met een vrouw.'

'Ja.'

'Afijn, dat is zo lang geleden. Donnie heeft nog verkering met haar gehad, dat maakte het er niet makkelijker op. Wist je dat?'

Amanda schudde het hoofd. Gewoon glashard blijven liegen.

'Maar goed, toen ze eenmaal voor haar geaardheid uitkwam,

was Donnie erg van de kaart. Hij werd behoorlijk gepest door zijn vrienden.'

'Dat kan ik me voorstellen. Kregen jullie direct daarna een relatie?'

'Zo ongeveer, ja. En de rest is, zoals ze dat zeggen, geschiedenis.' Jill glimlachte gespannen. 'Hoeveel kinderen hebben jullie?'

Ander onderwerp. Amanda zei: 'Nog geen.'

'Je moet ze goed in de gaten houden. Kinderen. Mijn oudste helemaal. Hij is geniepig... zoals sommige mensen die ik ken.'

De onuitgesproken suggestie was duidelijk, maar Amanda drong niet aan. Als mensen te snel open waren, was boosheid vaak een gevolg. 'Oefen je wel eens op jullie eigen terrein? Jullie hebben hier... wat zal het zijn... acht hectare?'

'Ruim vier, maar het lijkt meer omdat het voor een groot deel kaal is. Soms als ik zin heb, oefen ik op een schietschijf die ik tussen de bomen hang. Als ik mijn jachtgeweer op de bomen richt, heb ik binnen de kortste keren alleen nog maar boomstronken.'

'Goh, misschien kunnen we een keer samen schieten. Ik ben geen slechte schutter, maar het kan altijd beter.'

Jill verborg een glimlach. 'Ik wil je met alle plezier leren wat ik weet.'

'Dat lijkt me leuk.' Amanda was heel tevreden met deze ontwikkeling. Zowel Donnie als Jill was nu een mogelijke verdachte. Als ze samen met Jill ging schieten, was dat een prima manier om aan hulzen te komen.

Barnes keek naar het 12-kaliber Browning Gold Lite luchtdrukgeweer. 'Fraai. Ik wist niet dat jij jaagde.'

Newell liet hem het even vasthouden en nam het toen terug. Daarna legde hij het weer in het wapenrek en deed het rek op slot. 'O ja, al een aantal jaren. Het leven kan saai zijn, Willie. Een man heeft een hobby nodig.' Hij wendde zich tot Barnes. 'Je wilt me al de hele avond alleen hebben. Waar wil je het over hebben?'

'Wat denk je zelf?'

'Kom nou niet met die ongein van vraag, wedervraag,' zei Newell. 'Ik heb je respect wel verdiend, ik zit lang genoeg bij de

politie. Gooi het eruit of ga naar huis.'

Barnes zei: 'Oké. Je moet me de waarheid vertellen over jouw relatie met Davida Grayson.'

Newell glimlachte en schudde het hoofd. 'Ik wist dat dit eraan zat te komen.'

'Dus je hebt erover na kunnen denken.'

'Er is niets om over na te denken, Willie. Davida was een oude vriendin en een controversieel politica. Als ze politieassistentie nodig had, dan bood ik haar die graag. Een maatje, dat is alles.'

'En hoe zit het met je verleden met haar?'

'Net wat je zegt, Will. Dat is het verleden.'

'Ik moet weten hoe het zit, Donnie, want daar lijkt deze zaak om te draaien.'

'Hoezo?'

Barnes moest zich uit zijn leugentje zien te werken. 'Ik wou dat ik het je kon zeggen, maar je weet hoe het is.'

'Ben ik een verdachte?'

'Je bent een van de laatste mensen die haar heeft gesproken. Ik weet alleen van jou waar dat gesprek over ging.'

De mannen waren stil. Newell haalde zijn schouders op. 'Zoals ik al zei, hebben we al vijfentwintig jaar niets met elkaar. Niet dat ik het erg zou vinden, want ik ben gek op die meid geweest. Ze kon neuken als een konijn, je hebt geen idee. Als je zeventien bent, is dat het enige wat telt.'

'Daar weet ik alles van,' zei Barnes. 'Dus je had geen idee dat ze lesbisch was.'

'Volgens mij had ze zélf geen idee dat ze lesbisch was.'

Barnes zei niets.

'Ach, misschien wist ze het wel,' zei Newell. 'Zij was degene die een triootje met Jane Meyerhoff voorstelde. Ik was een doodnormale, gezonde Amerikaanse jongen, dus permanent geil. Toen ze een triootje voorstelde, dacht ik dat ik in de hemel was beland. Achteraf gezien heeft ze me waarschijnlijk gebruikt om dichter bij Janey te komen.'

'Hoe ging het verder?'

'Het was zo'n cruciaal moment, Willie. We waren met zijn vieren uit en gingen daarna naar Janes huis omdat haar ouders toch

nooit thuis waren… Die gingen altijd naar chique oorden. We waren met zijn vieren – Janes vriendje, een of andere sukkel, Derek Hewitt.'

'Die kan ik me nog herinneren,' zei Barnes. 'Lang, mager, een sukkel.'

'En rijk – rijk was erg belangrijk voor Janeys ouders. Afijn, we sloegen kopstootjes achterover en rookten jointjes, werden high. Hewitt werd kotsziek en viel op Janeys bed in slaap. Wij voelden ons verder prima. Toen Davida dat voorstel deed, dachten Janey en ik eerst dat ze een grapje maakte.'

Newells blik werd ernstig. Zijn stem werd lager. 'Maar ze meende het. Het ging heel langzaam… weet je wel, een beetje zoenen, wat strelen. Daarna, bam…' Newell zweette. 'Naderhand werd het eng. Janey flipte. We moesten haar met zijn tweeën en nog veel meer wiet kalmeren, haar ervan overtuigen dat het helemaal niet erg was, dat het gewoon seksueel experimenteren was. Een paar maanden later kwam Davida uit de kast. Zij en Jane bleven vriendinnen, maar mij lieten ze al snel links liggen.'

'Dus Davida en Jane hadden toen al een relatie?'

'Dat weet ik echt niet. Ik ben uiteindelijk wat met Jill begonnen omdat ze ook geil was, er wel pap van lustte. Maar achteraf denk ik dat ze misschien… deed alsof? Alsof ze het niet zo graag wilde als ze deed voorkomen.'

'Hoe reageerde Davida op je relatie met Jill?'

'Geen idee of ze eigenlijk wel reageerde. Davida en ik meden elkaar min of meer. Ik meed haar met name. Ik schaamde me… vanwege alle opmerkingen van de jongens.'

'Dat kan ik me voorstellen.'

'Dat ik me niet kon meten met een pottenbeffer, dat soort gezeik.' Newell fronste zijn wenkbrauwen. 'Onze wegen scheidden zich, Jane ging terug naar Hewitt tot we eindexamen deden. Daarna gingen Jane en Davida aan de universiteit van Californië studeren, Hewitt ging naar Stanford en ik deed lokaal een vervolgopleiding. Allemaal ouwe koeien, jongen.'

Barnes knikte.

'Willie, de laatste keer dat ik persoonlijk iets met Davida te maken had was toen ze mijn date was tijdens haar afstudeerfeest. En dat is de waarheid.'

'Jij bent met Davida naar haar afstudeerfeest geweest?'

'Wat een stomme actie was dat. Jill heeft het me nooit laten vergeten.'

'Waarom gingen jullie samen?'

'Omdat Davida me smeekte en ik dacht dat ik haar iets verschuldigd was vanwege de waanzinnige seks. Ik ging nog maar een paar maanden met Jill uit en zij was tweedejaars, dus voor haar zaten er nog wel een paar feesten aan te komen. En omdat Davida lesbisch was dacht ik dat Jill het niet erg zou vinden.' Hij lachte. 'Allemachtig, wat was ik een sukkel.'

'En nadat ze voor haar geaardheid was uitgekomen, heb je nooit meer een seksuele relatie met haar gehad?'

'Volgens mij heb ik daar al antwoord op gegeven.'

'Doe nou niet moeilijk, Donnie, ik vraag het met een reden. Davida had gonorroe en dat had ze niet van haar vriendin, Minette.'

Het bleef lang stil.

Newell keek op naar de zwarte lucht. 'Had ze het van een man?'

'Geen idee, Don, maar we weten dat het virus makkelijker van man op vrouw overdraagbaar is dan van vrouw op vrouw.'

'Godsamme,' fluisterde hij. 'Dus ze deed het met een man.'

'Mogelijk.'

'Als ze mij had gevraagd voor een stoeipartijtje, weet ik niet wat ik gedaan zou hebben. Ze was nog altijd een aantrekkelijke vrouw.' Zijn blauwe ogen richtten zich op Barnes' gezicht. 'Gelukkig heeft ze me nooit in een lastig parket gebracht.'

'Waar was je de avond dat Davida is vermoord? En de hele nacht.'

'Thuis in bed.'

'Heb je er bezwaar tegen dat ik deze jachtgeweren ballistisch laat onderzoeken?'

Hier dacht Newell lang over na. 'Wat, vanwege het jagen? Jemig, je gaat je gang maar, al zal Jill zich wel afvragen waarom. Ik wil mijn vrouw geen enkele reden geven om me ergens van te verdenken, Willie. Ook al heb ik niets gedaan. Je weet hoe dat gaat, soms doet dat er helemaal niet toe bij moeder de vrouw.'

Weer was het stil.

'Waarom kijk je niet eerst even hoe het onderzoek verder verloopt? Als je het dan nog steeds wilt weten, ga ik akkoord. Maar ik zal er niet blij mee zijn. Wie is er in godsnaam blij mee om verdacht te worden van moord?'

20

Lucille Grayson woonde in een statig, met dakspanen bedekt victoriaans huis van twee verdiepingen hoog. Op de halfronde veranda stonden rieten meubeltjes, inclusief een ouderwetse schommelbank. Het huis was roomwit geschilderd met groen lijstwerk dat bij het omliggende terrein paste. In het fraaie gazon stonden hier en daar prachtige eikenbomen, gombomen, platanen en dennenbomen. Bloementuinen vol felle kleuren, boomgaarden met citrusfruit, perziken en pruimen produceerden nog ver buiten het seizoen fruit.

Het binnenland van Californië was plat, heet en droog, maar deze buurt was bijna een eeuw geleden met behulp van bulldozers heuvelig gemaakt en hij werd geïrrigeerd. Met het optimisme van de goudkoorts en water dat in grote trucks werd aangeleverd was alles mogelijk.

Barnes en Amanda waren bijna een halfuur te vroeg en ze verschansten zich onder een eik met takken die zo laag hingen dat ze bijna op de grond kwamen. Ze dronken koffie die ze onderweg hadden gekocht en keken naar het komen en gaan van bezoek.

Barnes had de hele weg geslapen. Nu gaapte hij en knipperde met zijn ogen om wakker te worden.

Amanda had net zo lang doorgewerkt als hij en had toen nog naar San Francisco moeten rijden. Ze had nog met Larry zitten praten, wat met hem geknuffeld en had bijna niet geslapen. Ze had een schat van een man, maar ze wist ook dat de vermoeidheid haar uiteindelijk zou vellen. Toch bruiste ze op dit moment

van energie. 'Goedemorgen. Wat denk je?'

Barnes zei: 'Waarvan?'

'Ja, wat dénk je nou, van jouw ouwe schoolmaatje Donnie Newell natuurlijk. Vind je hem nog steeds verdacht?'

'Ik heb hem niet uitgesloten, maar we mochten zijn geweren testen en ik kon verder niets aan hem merken. Ik weet het echt niet, Mandy.'

'Nou, ik denk nu aan Jill Newell. Ze heeft altijd een hekel aan Davida gehad, ze vertrouwt haar eigen man niet en ze kan goed schieten. Stel dat Don en Davida hun relatie nieuw leven in hadden geblazen en Jill was daar achter gekomen... Dan zou ze zwáár over de zeik zijn.'

'Ik denk niet dat ze het met elkaar deden.'

Ze keek haar partner in de ogen. 'Waarom niet?'

'Toen hij het zei, kwam hij eerlijk over.'

'En jij gelooft hem op zijn woord.'

'Hij was over alles eerlijk, Mandy, geen spoortje van bedrog. Toen ik hem over de gonorroe vertelde was hij verontwaardigd, bijna boos, maar niet zenuwachtig. Meer zo van: als Davida het met een man deed, dan had ik die man moeten zijn.'

'O, wat een arrogantie.'

'Dat valt wel mee. Afijn, hij begon herinneringen op te halen en zo te horen hadden hij en Davida het al afgebroken voordat ze uit de kast kwam.'

Hij vertelde Amanda de rest.

Ze zei: 'Des te meer reden om weer iets met haar te willen beginnen.'

'Misschien... Ja, hij schepte wel op, maar het klonk een beetje... melancholisch. Alsof het leven vroeger beter was. We hebben het nu over twintig jaar geleden. Ik zal niet zeggen dat Don zo'n braverik is, maar als hij al een verhouding had, dan volgens mij niet met Davida. Ik denk namelijk dat hij me dat wel verteld zou hebben.'

'Mannen onder elkaar.'

'Zo gaat dat bij mannen.'

'Maar het zou net zo goed een list kunnen zijn, kerel,' zei Amanda. 'Hij biecht op wat jij al weet, zodat hij je niets nieuws hoeft te vertellen.'

'Misschien heb je gelijk.'

Amanda glimlachte. 'Dus eigenlijk denken we precies het tegenovergestelde. Ik verdenk Jill en mogelijk ook Don, en jij niet.'

'Zo gaat dat toch? We houden alle mogelijkheden open.'

Toen hij even later zijn koffie ophad, zei hij: 'Ik zou het een stuk plezieriger vinden als we forensisch materiaal hadden.'

'Laten we maar eens kijken wat er uit de test van Newells geweren komt. Waarom hebben we die gisteravond niet direct meegenomen?'

'Ik heb Donnie beloofd daar nog even mee te wachten. Hij wil Jill niet het idee geven dat hij in de verste verte ook maar verdacht wordt.'

'Wanneer is het goede moment, Will, als hij de wapens heeft gedumpt?'

'Ik heb de serienummers opgeschreven. Hij gaat heus niets dumpen.'

'Het ene moment verdenk je hem en even later gaat hij vrijuit? Ik begrijp jou niet, hoor.'

Barnes wendde zich tot haar. 'Zelfs als de Newells er iets mee te maken hebben, hebben we geen enkel bewijs. Als we de geweren uitsluiten, hebben we helemaal niks.'

'Dus om teleurstelling te voorkomen, doen we maar net of het niet waar kan zijn? Dat slaat nergens op. We moeten vandaag nog terug om die geweren te halen.'

'Zelf weten, maar mijn gevoel zegt me dat ze het geen van beiden hebben gedaan.'

'Wie heeft het volgens jouw gevoel dan wel gedaan?'

'Mijn gevoel is op dit moment alleen goed in het uitsluiten van verdachten, niet in het vinden.'

Amanda keek haar partner aan. Hij zag bleker dan normaal en zijn handen trilden een beetje. 'Misschien moet je eens wat minder zwarte koffie drinken, Will.'

'Het ligt niet aan de koffie, Mandy, maar aan het feit dat ik hier weer terug ben. Ik heb daar vroeger het kreupelhout opgeruimd.' Hij wees. 'Kan niet ouder dan een jaar of veertien zijn geweest, en niemand die ooit vroeg of ik iets wilde drinken... Ja, ik ben een brok zenuwen. Tom Clancy had gelijk: je kunt nooit teruggaan. Je zou het niet eens moeten proberen.'

'Thomas Wolfe zei dat.'

'Thomas Wolfe? Die schrijver in het witte pak?'

'Dat is Tom Wolfe.'

Barnes reageerde geprikkeld. 'Ik wil alleen maar zeggen dat ik blij zal zijn als ik hier weg kan.'

Binnen in het landhuis was het heet en benauwd en lawaaierig. Een horde mensen die Lucille Grayson wilden steunen zat op sandwiches te kauwen en te babbelen. Lucille Grayson ontving iedereen in een eenvoudige zwarte jurk, zwarte kousen en zwarte orthopedische schoenen, in een hoge, met robijnrood brokaat beklede stoel. Haar make-up was discreet, haar ogen zo droog als een zomer in San Joaquin.

Toen ze Barnes zag, wenkte ze hem met haar vinger. Snel liep hij tussen de mensen door naar haar toe. 'Nogmaals gecondoleerd, mevrouw Grayson.'

Lucille verstond hem niet. Ze riep: 'Ga naar de salon. Dan kom ik over twintig minuten.'

Barnes had geen idee waar de salon was. Hij was nooit verder dan de voordeur gekomen.

Davida had altijd buiten met hem afgesproken. Stiekem wegglippen was een deel van de spanning geweest. Met zijn tweeën onder de sterren met de mentholgeur van eucalyptus en de lucht van paardenstront. Haar haar, haar ademhaling die iets sneller werd...

Hij begaf zich door de menigte, op zoek naar de salon. Wie had er tegenwoordig nog een salon?

Amanda, even stijlvol als Lucilles vriendinnen, zag hem en liep naar hem toe.

'Ze wil dat we in de salon op haar wachten, waar dat dan ook is.'

'In een huis als dit zal het aan de zijkant zijn, met uitzicht over de veranda.'

Ze wees en hij liep achter haar aan door de groep totdat er iemand hard op zijn schouder tikte.

Hij draaide zijn hoofd om en keek in Jane Meyerhoffs kille ogen.

Ze riep: 'Kan ik iets voor je doen?'

'Waar is de salon?'

'Hoezo?'

'Daar hebben we met Lucille afgesproken.'

Jane wees naar dezelfde plek als Amanda. Ze pakte Barnes bij de hand en liep met de twee rechercheurs naar een gegraveerde deur, deed een stap naar voren en duwde hem open.

Het was een muffe kamer met een hoog plafond, zware rood-fluwelen gordijnen met gouden franje. Stoelen met spijkerkoppen en sofa's met kwastjes waren in een plechtige kring gezet. Op een walnotenhouten bar met daarachter een grote spiegel aan de wand stonden flessen en kristallen glazen.

Barnes vond het net een hoerenkast uit een spaghettiwestern. Hij vroeg zich af of Davida hier jongens mee naartoe had genomen.

Jane deed de deur achter zich dicht en bekeek Amanda eens. Ze waren allebei slank, droegen een zwart mantelpakje en waren als kampioenen verzorgd. Als op een foto van een liefdadigheidsbanket.

'Jane Meyerhoff.' Ze stak haar hand uit. 'Ik geloof niet dat wij elkaar al eens hebben ontmoet.'

'Amanda Isis.'

'Wil je iets drinken?'

'Water.'

Janes blik gleed naar Barnes.

'Wat je maar inschenkt.'

'Tja,' zei Jane, en ze inspecteerde de flessen. 'Lucille heeft Glenlivet, Glenfiddich, Glenmorangie... Hou je van whisky?'

'Zo nu en dan.'

'De tweede rij is Wild Turkey, Knob Creek...'

'Jane, het maakt me niet uit. Een kleintje graag. Dit is een condoleancebezoekje, maar we zijn ook aan het werk.'

'Met Lucille?'

'Wat er maar nodig is. Fijn dat je ons de salon hebt gewezen.'

'Graag gedaan.' Jane schonk de drankjes in en nam zelf een groot glas wodka. 'Lucille heeft me gevraagd om vandaag alles te regelen. Het plebs te leiden.' Ze gebaarde met haar hoofd naar de deur. Een golf geroezemoes kwam door het hout heen. 'Ik heb niet gesproken. Ik wilde Minette niet provoceren.'

148

'Verkeerde plaats, verkeerde moment,' zei Amanda.

'Precies.'

Barnes zei: 'Kunnen Minette en jij niet met elkaar opschieten?'

Jane nam een grote slok wodka. 'Niemand kan met Minette opschieten. Neem me niet kwalijk, ik ga even kijken hoe het met Lucille is.' Ze liep haastig weg.

Amanda zei: 'Gevoelig onderwerp, Minette.'

Voordat Barnes kon antwoorden ging de deur open en kwam Lucille binnen met een wandelstok en Jane aan de arm.

Barnes schoof een stoel dichterbij en Jane liet de oude vrouw erin zakken.

'Wil je iets drinken, Lucille?'

'Een Johnny Walker met ijs. Red of Black maakt niet uit, ik proef het op het moment toch niet.'

Terwijl Jane het inschonk zei ze: 'Doe maar een dubbele, lieverd.'

'Heel fijn dat u even met ons wilt praten, mevrouw Grayson,' zei Amanda.

Lucille greep het handvat van haar wandelstok vast. Uitgesneden ivoor – een vrouwenbuste. 'Misschien moet ik jullie bedanken. Het is het volmaakte excuus om daar weg te kunnen.'

Jane gaf haar het glas en Lucille sloeg het verbazingwekkend snel achterover. 'Ah, lekker. Wil jij het van me overnemen, Janey? Iemand moet een beetje op de boel letten.'

Jane zei: 'Weet je zeker dat je me hier niet nodig hebt?'

Lucille wuifde afwijzend. 'Ga en let op dat niemand het zilver steelt.'

Jane zuchtte diep en vertrok.

Lucille keek naar Barnes. 'Ik ga ervan uit dat jij en die knappe partner van je met me willen praten zonder dat zij erbij zit, Willie.'

'U raadt mijn gedachten, mevrouw Grayson.'

'Dat is niet zo moeilijk.'

Barnes glimlachte. 'U hebt me diep gekwetst, mevrouw Grayson.'

'Daar ben ik goed in.' Lucilles ogen werden troebel. 'Davida was er ook goed in, al was ze heel geduldig met mij. Ik was vast en zeker een enorme lastpost voor haar.'

'Vast niet...'

Lucille gaf hem een klopje op zijn hand. 'Je kende haar niet zo goed, hè Willie?'

Barnes hield zijn gezicht in de plooi. 'Ze was jonger dan ik. Ze zat bij Jack in de klas.'

'Jack kende iedereen... en wist alles.'

'Dat is waar.'

'Hoe lang geleden is hij nu overleden?'

'Tien jaar.'

'Werkelijk? Ik kan bijna niet geloven hoe snel de tijd gaat.'

'Inderdaad, mevrouw Grayson.'

'Je kunt je niet voorstellen hoe jachtig het leven is geworden voor een oude dame als ik. Ik zie nog voor me hoe ze toen waren. Glynnis, Jack... en nu Davida. Het leven heeft me een vracht ellende bezorgd, maar ik weiger dood te gaan.' Ze wuifde met haar glas. 'Lang leve de alcohol. Schenk er nog een in, Willie.'

Barnes deed wat hem gevraagd werd. Lucille wendde zich tot Amanda. 'Ik ben niet erg beleefd, hè? Ik zeur maar over een tijd die jij niet kent.' Ze keek afwezig om zich heen alsof ze de overvolle kamer voor het eerst zag. 'Ik moet zo terug naar die primitievelingen daar. Wat wilden jullie me vragen?'

Barnes wreef zijn handen over elkaar. 'Dit is misschien wat pijnlijk...'

Lucille zat, dronk en wachtte rustig af.

'Weet u of Davida een verhouding had?'

Lucilles blik schoot van Barnes' gezicht naar de haard. Ze nam nog een slokje whisky. 'Ik mag Minette niet, nooit gedaan en dat wist Davida heel goed. Als mijn dochter iemand anders had, zou ze het me niet gezegd hebben omdat ik anders zou zeuren dat ze Minette voor eens en voor altijd moest dumpen.'

'Laat ik het anders vragen,' zei Amanda. 'Stel dat Davida iemand anders had, wie zou dat dan kunnen zijn?'

De oude dame haalde haar schouders op.

Amanda zei: 'Is het mogelijk dat ze een verhouding met een man had?'

Lucille gaf niet direct antwoord. 'Nee, dat denk ik niet. Davida wist haar voordeel te halen uit het feit dat ze lesbisch was.'

'Des te meer reden om een verhouding met een man geheim te houden.'

'Een man...' Alsof ze nadacht over een exotisch ras. 'Nee...' Lucille schudde haar hoofd. 'Ik kende mijn dochter beter dan je zou denken. Ze was niet in mannen geïnteresseerd.' Nog een slokje whisky. Ze staarde naar Amanda. Er gleed een glimlach over haar gezicht. 'Ons kent ons, zeggen ze wel eens.'

Barnes verslikte zich bijna in zijn drankje, ook al zou Lucilles versluierde bekentenis niet als verrassing hoeven komen. Het was algemeen bekend in de stad dat ze haar echtgenoot koeltjes had behandeld en er sinds haar scheiding geen man in haar leven was geweest. Barnes had altijd gedacht dat het aan haar slechte huwelijk had gelegen, maar misschien had hij zich vergist in oorzaak en gevolg.

'Een van de redenen dat ik Minette niet mocht,' zei Lucille, 'was dat ze niet écht was. Alleen maar een oppervlakkig, dom wicht dat mijn dochter gebruikte. Nu is het helemaal duidelijk... wat het secreet deed terwijl mijn dochter al die avonden en nachten werkte.'

Barnes wreef over zijn kin. 'Ik denk dat Davida meer deed dan werken, mevrouw Grayson. Davida had gonorroe, Minette niet. Er was iemand anders in het leven van uw dochter.'

Lucille haalde diep adem en blies toen uit. 'Aha.'

'Daarom vroeg ik of er een man in haar leven was,' zei Amanda. 'De ziekte wordt gemakkelijker verspreid van man op vrouw dan van vrouw op vrouw.'

'Aha...' Lucille knikte. 'Ik begrijp uw logica, maar toch ken ik mijn dochter. Als ze de ziekte had, dan was dat via een vrouw, het meest waarschijnlijk via een vrouw die het niet zo nauw nam met mannen.'

'Kunt u iemand bedenken?' vroeg Barnes haar.

Lucille glimlachte. 'Je denkt aan Jane.'

'Jane woont weer in Berkeley. Zij en Davida hadden hun vriendschap nieuw leven ingeblazen.'

'Die absurde boottocht. Waarom iemand voor zijn plezier hotsend en klotsend...' Lucille zweeg. Ze dronk haar tweede glas leeg. 'Zouden Davida en Jane iets met elkaar gehad kunnen hebben? O ja, beslist.'

Ze leunde achterover en genoot van de blik op de gezichten van de rechercheurs.

Amanda zei: 'Beslist.'

'Ik weet het zeker, liefje. Niet dat een van beiden het me wilde zeggen. Maar ik herken liefde als ik die zie. Davida heeft altijd van Jane gehouden. Maar het kostte Jane twintig jaar en al die absurde huwelijken om te besluiten dat ze ook van Davida hield.'

21

Lucille verontschuldigde zich en liet hen in de salon achter. Barnes maande zich met een tweede glas whisky tot rust.

Amanda dronk water en zei: 'Tjonge, dat was schokkend.'

'Jane en Davida. Net als vroeger. Toen ik Jane een paar avonden geleden sprak, heb ik haar verteld dat Davida gonorroe had. Ze deed er heel luchtig over, suggereerde dat Davida het van Minette had. Nu denk ik dat ze er iets mee wilde zeggen als: dit heeft niets met mij te maken.'

'Misschien een afleidingstactiek, maar misschien ook de waarheid, Will. Wat moeders ook zegt, Davida kan het met een Y-chromosoom hebben gedaan.'

'We hebben al haar e-mails van de afgelopen drie maanden doorgespit – privé en zakelijk – en we hebben niets gevonden wat duidt op een geheime minnaar.'

'Maar we hebben ook niets gevonden wat Jane op die manier in verband brengt met Davida.'

Dit moest Barnes toegeven. 'Misschien zit Jane nog in de kast.'

'En misschien heeft Lucille het mis.'

'Lucille is niet de enige die het heeft gezegd, Alice Kurtag ook.'

Amanda's beurt om toe te geven. 'Jane wilde een relatie, maar wilde niet uit de kast komen.'

'Mandy, stel dat Jane dolgelukkig met Davida was en Davida

wilde het openbaar maken? Daar was Jane niet klaar voor. Dus ging ze naar Davida's kantoor om haar te smeken niets te zeggen, maar Davida weigerde.'

'Ze ging er met een jachtgeweer naartoe?'

'Ze dronken samen wat, kregen ruzie. Jane vertrok en kwam terug om de klus te klaren. Donnie Newell zei dat Jane flipte na hun triootje. Stel dat Davida haar wilde dwingen voor haar geaardheid uit te komen, dan was ze misschien weer over de rooie gegaan.'

'Misschien wilde Newell de aandacht van zichzelf afleiden en je in een andere richting sturen. En we weten dat hij jachtgeweren heeft.'

Barnes dacht even na. 'Goed. Jij wint. Ik ga terug om Newells geweren te halen.'

Amanda klapte in stilte.

Barnes zei: 'Dat betekent niet dat Jane vrijuit gaat.'

'Al die tijd heb je geroepen dat de moord mannelijk aandeed, en nu hébben we een fatsoenlijke mannelijke verdachte en/of zijn schietende vrouw met de haviksogen en dan denk je opeens aan Jane Meyerhoff. Kan Jane überhaupt schieten?'

'Ik heb het haar nooit zien doen, maar ze is op een ranch opgegroeid... Oké, genoeg. Ik zit zo te kletsen dat ik op een politicus begin te lijken. We halen de geweren en we gaan met Jane praten en kijken of ze de verhouding wil toegeven.'

'Hoe zullen we haar aanpakken?'

'Lucille heeft het uitgevogeld, dus het heeft geen zin om het te ontkennen.'

'Lucille is een lesbienne met een lesbische dochter. Je zou kunnen zeggen dat ze er overgevoelig voor is. Als Jane het ontkent, is het haar woord tegen dat van moeders.'

'Dan liegen we en vertellen we Jane dat Davida zelf aan Lucille heeft verteld dat ze een verhouding had en dat Lucille het vervolgens ons heeft gezegd. Dan kijken we zonder te veroordelen hoe ze reageert.'

'Tjonge, wat een spanning,' zei Amanda. 'Wat heb ik toch leuk werk.'

Lucilles bezoek was uitgedund, maar het gonsde in het landhuis

nog van laatkomers. Nadat ze zich een paar minuten onder de gasten hadden begeven vonden Amanda en Barnes Jane in de keuken waar ze een sandwich met komkommer, tuinkers en eiersalade op een zilveren blad legde. Ze keek op en ging toen verder.

Barnes zei: 'We moeten nog even met je praten.'

'Waarover?' Haar stem klonk geforceerd luchtig.

Barnes legde een hand op haar arm. Onmiddellijk sprongen er tranen in Janes ogen. Barnes fluisterde: 'Lucille heeft het ons verteld.'

De tranen trokken sporen door Janes make-up. 'Wat heeft ze verteld.' Het klonk niet als een vraag.

'Over jou en Davida.'

Jane staarde naar de koelkast.

Barnes zei: 'Ze heeft het ons verteld.'

'Wat weet dat oude mens nou?'

'Davida vertelde haar alles.'

'Dat geloof ik niet.'

'Lucille wil het bekendmaken.'

Jane begon te blozen. Het was meer dan blozen – een dieprode kleur alsof ze geslagen was. 'Maar waarom zou ze...' Ze schudde haar hoofd. 'Kunnen we het hier een ander keertje over hebben?'

'Ik ben bang van niet,' zei Amanda.

Barnes zei: 'De enige manier om jouw kant van het verhaal te krijgen is als jij het ons vertelt.'

Jane veegde haar hand aan een servet af en pakte het blad. Amanda nam het van haar over en zette het buiten haar bereik. Door dit gebaar – ze had niet langer iets omhanden – ging Jane door de knieën.

'Mijn kant van het verhaal.' Een wrange glimlach.

Barnes zei: 'Hoe lang heb je iets met Davida gehad?'

'Toe, Will.' Janes blik was smekend. 'Kun je het niet gewoon laten rusten. Mijn moeder is hier. Ze wéét het niet en het heeft echt geen zin om het haar te vertellen nu Davida er niet meer is.'

'Ik praat niet met je moeder, Janey, ik praat met jou. Hoe lang heb je een relatie met Davida gehad?'

Janes ogen flitsten heen en weer tussen Amanda en Barnes en toen terug naar de koelkast. Amanda volgde haar blik. Er was helemaal niets te zien. Geen schattige, kitscherige magneetjes, geen persoonlijk tintje. De keuken was zo steriel als een operatiekamer.

Jane zei: 'Sinds ik mijn scheiding heb aangevraagd.' Haar schouders zakten nog verder omlaag. 'Parker ging door het lint, begon nog meer drugs te gebruiken. Hij werd een psychotische klootzak! Ik belde Davida voor wat steun omdat ze... ik weet het niet... omdat ze er vroeger ook altijd was als ik in de put zat... vóór al die mannen, en ze was er weer, werd mijn grootste steun. Omdat moeder geen kwaad woord over Parker wilde horen! Soms denk ik dat ze de voorkeur gaf aan Parker, hij ging nooit tegen haar in, droeg de juiste kleren. Maar hij werd zo'n hufter! En dat was mijn schuld, verwende Janey jammert over de zoveelste man met wie het niet lukt. Parker buitte dat uit. Tegen mij was hij vreselijk en tegen haar een en al charme. Moeder is niet alleen een roddeltante, ze is ook nog eens het meest oppervlakkige mens dat ik ken. Vergeleken met haar lijkt Minette op Gandhi – als Davida me niet had gesteund, zou ik compleet ingestort zijn!'

Ze zweeg abrupt en hapte naar adem. Ze huilde en nam niet de moeite haar tranen te drogen.

Amanda pakte een servetje en deed het voor haar.

Jane leek dit aardige gebaar niet eens te merken.

Amanda zei: 'Waren jullie een toekomst samen aan het plannen?'

'We waren helemaal niets aan het plannen! Er was niets gepland, het gebeurde gewoon. Zelfs toen we elkaar bleven zien heb ik Davida verteld dat ik het niet zeker wist. Davida drong nooit aan. Ze had een druk leven. Ze had wel meer aan haar hoofd dan alleen seks.'

'Je weet van de gonorroe. Ik neem aan dat je getest bent.'

Jane keek naar haar voeten. 'Ik gebruik momenteel medicijnen. Kennelijk had ik geen symptomen.'

'Weet je van wie je het hebt?'

Ze lachte verbitterd. 'Dat zou een hele waslijst kunnen zijn... inclusief mijn ex. Overspel was een van zijn vele zondes. Uiter-

aard weet moeder daar niets van. Ze denkt dat de scheiding weer een van mijn zogenaamde impulsieve dwaasheden was!'

Barnes zei: 'Janey, wist Parker dat jij en Davida intiem met elkaar waren?'

'Ik zou niet weten hoe. Ik heb de klootzak al zeven maanden niet gesproken.'

Amanda zei: 'Hoe zou hij reageren als hij erachter kwam dat je niet alleen bij hem weg bent gegaan, maar dat je een relatie met een vrouw had?'

'Hoe zou hij daarachter moeten komen?'

'Lucille wist het,' zei Barnes. 'Alice Kurtag vermoedde het. Zelfs Minette vroeg zich af of jullie beiden meer dan vriendinnen waren.'

'Zoiets doet vanzelf de ronde, Jane,' zei Amanda. 'Geef dus alsjeblieft antwoord op de vraag. Hoe zou Parker reageren als hij dacht dat je hem voor Davida had verlaten?'

Jane liet haar tong over haar lippen glijden. 'Als Parker zich bedreigd voelt, kan hij heel gewelddadig zijn. Ik heb gehoord dat zijn drugsgebruik de afgelopen zeven maanden erg uit de hand is gelopen.'

'Wat gebruikt hij?'

'Wiet, coke, pillen.' Een verbitterde glimlach. 'Een brede interesse.'

'Kan hij met een jachtgeweer omgaan?' vroeg Barnes.

Jane trok wit weg. 'Parker hield van jagen. Hield van geweren... Hij mocht ze van mij niet in huis hebben. Hij was veel te onvoorspelbaar.'

'Waar hield hij ze?'

'Ze zaten in opslag. Ik zou niet weten waar.'

Amanda zei: 'Waar kunnen we Parker vinden?'

Opnieuw liet Jane haar tong over haar lippen glijden. 'We hadden een huisje bij de rivier, een uurtje rijden hiervandaan. Een van de afspraken bij de scheiding was dat hij me voor een spotprijsje zou uitkopen. Maar hij heeft me nog steeds niet betaald. Een van Parkers prachtige eigenschappen is zijn aangeboren talent altijd overal ontslagen te worden.'

'De akte staat nog steeds op jouw naam?'

'Zolang hij me niet betaalt.'

'Dus het huisje is van jou, maar hij woont er?'

'Misschien,' zei Jane. 'Voor hetzelfde geld zit hij in Timboektoe. Hij had er altijd een hekel aan. Smerig, waardeloos sanitair... Hij vond het maar primitief.' Haar blik werd zachter. 'Toen Davida en ik aan het kanoën waren was het heerlijk om...'

Amanda onderbrak haar: 'Hebben we je toestemming om het terrein op te gaan en het huisje binnen te gaan?'

'Best, waarom niet...' Ze hapte naar adem. 'Denken jullie echt dat hij... O god, o god.' Met gebalde vuisten kwam ze overeind. 'Ga. En als hij het heeft gedaan, dan mag je hem vermóórden. Ik zal een kaartje uittekenen.'

Barnes gaf vol gas in zijn Honda. De auto brulde, probeerde de helling op te rijden, protesteerde, vond eindelijk de juiste versnelling en tufte voort.

Het was zwart om hen heen. Amanda controleerde nogmaals haar wapen en vroeg zich af of de hulptroepen zouden komen. De plaatselijke sheriff had beweerd dat hij te weinig personeel had. Hij was direct al niet erg onder de indruk geweest en toen hij 'Berkeley' had gehoord was hij helemaal stil geworden.

Dat valt niet onder dit district, is niet echt onze jurisdictie.

Van wie dan wel?

Goeie vraag. Ik zal kijken wat ik kan doen.

De kleine auto reed moeizaam verder de bergweg op. Waarom reed een grote kerel als Will in zo'n lullig autootje?

Hier in de rimboe was zoiets onbeduidends als een slechte acceleratie belangrijk. Janes gekrabbelde kaart was handig, maar op een gegeven moment begon alles op elkaar te lijken en verdwenen herkenningspunten in de duisternis. De gps die Amanda aan haar palmtop had gehangen was zestien kilometer geleden al nutteloos gebleken omdat de ontvangst door reusachtige eikenbomen en enorme sequoia's werd geblokkeerd.

'Wat is er?' vroeg Will.

'Hoezo?'

'Je zit te wriemelen. Alsof je ernstige twijfels hebt.'

'Als we deze gast er echt van verdenken dat hij Davida door het hoofd heeft geschoten, is het misschien een enorme vergissing om dit alleen te doen.'

'Davida lag te slapen. Wij zijn klaarwakker.'

'Macho.'

'Kom,' zei hij, 'dit is gewoon een beleefdheidsbezoekje. We bellen aan, zijn heel aardig.'

'Het is bijna tien uur en we hebben geen toestemming van Torres.'

'We hebben het geprobeerd. Het is toch niet onze schuld dat hij naar een of andere benefietavond is?' Hij schudde het hoofd. 'Buurttuinen, dat is nog eens een kwestie voor de politie.'

Amanda zweeg.

Acht kilometer later zei Barnes: 'Weet je, misschien is het wel een goed idee als jij in de auto blijft zitten, zeker als Parker het niet zo op vrouwen heeft.'

'Ik moet zitten toekijken hoe Parker jou afschiet?'

'Als je schoten hoort, geef je plankgas. Jij hebt iemand die thuis op je wacht.'

'Niet grappig, Will.'

Barnes glimlachte. Hij vroeg zich af of hij het wel grappig had bedoeld.

Hij remde af en liet Amanda met de zaklamp op Janes kaart schijnen, reed nog zestien kilometer verder en sloeg links af. 'Er zal ons heus niets overkomen. We gaan gewoon even bij die vent langs, dat is alles.'

Amanda schudde het hoofd. 'Als je maar zorgt dat je je wapen hebt getrokken.'

Ze kwamen bij een zandweg met een klein houten bord dat bijna helemaal was overwoekerd.

RISING GLEN, VERBODEN TOEGANG.

Een hek van gaas hing scheef. Barnes stapte uit. Geen slot, het hing niet eens op de haak. Hij duwde het hek open, stapte weer in en reed over een uitgesleten zandweg.

Amanda zei: 'Het is hier zo donker, je kunt amper een hand voor ogen zien.'

Barnes stopte, keek nog een keer naar de kaart en deed de zaklamp uit. 'Als we bij een watertje komen is het vijftig meter naar rechts.'

Even later zag Amanda een lichtpuntje.

Maanlicht op water. Ze wees. 'Daar.'

In de verte was nog een licht zichtbaar. Geelbruin, als het puntje van een sigaret.

Ze keken even. Het puntje bewoog niet.

Barnes zei: 'Waarschijnlijk het buitenlicht.' Hij stuurde de Honda die kant op en reed zorgvuldig langs de bochtige oever van het meertje.

Een klein gebouw werd zichtbaar. Eerder een loods dan een huisje, van ruwe planken met een dakje. Een zwak buitenlicht, geen verlichting door de ramen.

Aan de zijkant stond een ongewassen Chevy Blazer geparkeerd met banden die plat stonden.

Barnes zei: 'Iemand met zo'n auto zorgt niet goed voor zichzelf.'

Amanda zei: 'Hij zal het vast heel fijn vinden dat hij wakker gemaakt wordt.'

Barnes deed de koplampen uit en zette de motor af. Ze stapten uit en bleven even staan. Iets kleins schoot angstig de bosjes in. Een uil schreeuwde. Uit het meertje klonk wat geborrel.

De lucht was kruidig en zoet.

Amanda zei: 'Hoor ik daar de muziek van *Deliverance* tussen de bomen door dwarrelen?'

Beide rechercheurs controleerden hun wapen en liepen naar het huisje.

Barnes fluisterde: 'Als je iets hoort, pak dan paard en wagen en vlucht met de kinderen naar Laramie.'

Amanda zei: 'Schiet nou maar op.'

'Reken maar,' zei Barnes, en hij vond dat hij heel ontspannen klonk. Het wapen in zijn hand was zo koud dat hij zich zorgen maakte om bevriezing.

Halverwege de voordeur van het huisje spraken de rechercheurs af dat Barnes het woord zou voeren en dat Amanda zou opletten of Parker Seldey zich vreemd gedroeg.

Een seconde nadat ze dit overeengekomen waren, knalden er twee schoten door de lucht en werd de zoete lucht zwavelachtig.

Barnes liet zich op de grond vallen en stak zijn hand uit om Amanda uit de vuurlinie te trekken. Zij deed hetzelfde voor hem en hun vingers raakten elkaar even.

Ze gingen languit op hun buik liggen met twee handen om hun wapen.

Een hese stem schreeuwde: 'Ga verdomme van mijn terrein af!'

Barnes riep terug: 'Politie. We willen alleen met u praten, meneer Seldey.'

'Ik niet met jullie!'

Een flits vanuit de deuropening gevolgd door een nieuwe dreunende knal. Er scheerde iets langs Barnes' rechteroor. Hij zag een groepje kleine eikenbomen, kroop ernaartoe voor dekking en gebaarde dat Amanda hetzelfde moest doen.

Hij wist niet of ze hem kon zien.

In gedachten hoorde hij haar al: zie je nou wel. Maar dan zonder de vriendelijke toon. Zij had iemand die thuis op haar wachtte...

Hij bereikte de bomen.

Amanda was er al.

Ze hielden hun adem in toen Parker Seldey in het licht van de veranda ging staan. Geweer in de ene hand, zaklamp in de andere.

Seldey zwaaide met de zaklamp over de grond.

Amanda fluisterde: 'Verroer je niet, partner.' Zonder verdere waarschuwing hurkte ze en rende laag over de grond naar de auto.

Seldey riep iets onsamenhangends en richtte het geweer op haar rug. Barnes schoot als eerste. Seldey draaide zich in de richting van waar het schot vandaan kwam, schoot drie keer en miste Barnes op een haar na.

Barnes dook weg en deed zijn best om geen geluid te maken. Seldey kwam op hem af, zwaaiend met zijn zaklamp, mompelend en hijgend.

Toen Seldey op ongeveer zes meter afstand van hem was, kon Barnes in het weinige maanlicht meer van de man zien. Een slobberig t-shirt, korte broek, bottige knieën. Een wilde bos haar, de wollige contouren van een ongetrimde baard.

Seldey kwam dichterbij. Barnes kon hem ruiken... de hormonale stank van woede en angst.

Seldey zwaaide met de lamp over de grond. Kennelijk was er

iets te zien in de straal, want Seldey bracht zijn geweer omhoog en richtte...

Lawaai van achteren. Seldey draaide zich om. Een automotor brulde.

Seldey richtte op de auto, maar deinsde terug door het felle licht.

Amanda knipperde met het groot licht en verblindde Seldey.

De geschrokken man schoot in de lucht.

Barnes dook boven op hem, wrikte het wapen uit zijn handen, stompte Seldey in het gezicht.

Toen Seldey geen verzet bood, rolde Barnes hem op zijn buik en duwde zijn knie in diens rug. Klaar om hem te boeien, maar Amanda was eerst.

Iedereen hijgde.

Ze rolden Seldey op zijn rug en keken naar hem. Zijn wilde haar verborg zijn edele gelaatstrekken bijna. Scherpe bruine ogen. Misschien niet scherp. Ontstoken.

Seldey zei: 'Wat doen jullie hier? Het is geen volle maan, ze komen alleen bij volle maan.'

'Wie zijn ze?' vroeg Amanda hijgend.

'Mijn vrienden. De bosjesmensen.' Seldey lachte. 'Geintje. Hebben jullie ook wiet?' Hij rammelde met de boeien. 'En misschien kunnen jullie deze rotdingen afdoen, dan kan ik jullie uit je lijden verlossen.'

22

Binnen een uur hadden tientallen politiemensen bewijsmateriaal rondom het huisje verzameld. Parker Seldey werd afgevoerd en de omgeving werd afgezet.

In de kleine uurtjes van de morgen was een compleet wapenarsenaal weggehaald, inclusief drie jachtgeweren. Seldey had als een wilde in het door insecten geplaagde huisje geleefd, zon-

der sanitair en met rottend eten uit blik. Er was geen telefoon of computer aanwezig, maar Seldey had een amateurradio en een videorecorder op batterijen naar de hut meegenomen. De technische recherche uit Sacramento doorzocht zijn spaarzame bezittingen. Don Newell arriveerde om drie uur 's morgens, maar deed niet veel meer dan een beetje rondhangen.

Barnes en Amanda hadden de telefoon van de sheriff die het wel deed gebruikt om hoofdinspecteur Torres op de hoogte te brengen. Het feit dat ze hem wakker belden maakte hem er niet vriendelijker op en Torres liet zich niet vermurwen door Amanda's verzekering dat ze toestemming van de wettige eigenaar hadden gekregen om het terrein op te gaan.

Bloedvlekken op Parker Seldeys spijkerbroek en t-shirt stelden hem een beetje gerust.

'Maar ik wacht liever tot jullie echt bewijsmateriaal hebben.'

Dat kwam twee dagen later. DNA-onderzoek wees uit dat het bloed van Davida was en algauw ging het gerucht dat Seldeys advocaat een deal wilde, op basis van de geestelijke toestand van zijn cliënt.

Barnes gaf Laura Novacente de primeur. Op haar beurt nodigde ze hem uit voor een 'intiem dinertje' bij haar thuis. Barnes wimpelde haar heel beleefd af.

Laura toonde stijl. *Als het niets wordt, kun je me altijd bellen, Will.*

Dat zal ik zeker doen.

De inwoners van Berkeley waren blij met de arrestatie van Parker Seldey voor de moord op Davida Grayson. Ze genoten al helemaal van het feit dat Seldey Republikein was en iemand wilde zelfs al t-shirts laten bedrukken om daar een slaatje uit te slaan. Wat er precies op moest komen te staan was nog niet duidelijk.

Iedereen kwam tot rust.

Behalve Amanda Isis.

Vrijdagochtend vroeg zaten Barnes en Amanda aan hun favoriete tafeltje bij Melanie's. Hij zat aan zijn tweede dubbele espresso en zijn derde muffin. Zij nam een slokje van haar cappuccino en plukte wat aan haar croissant.

Barnes was in opperbeste stemming en keek uit naar zijn twee-

de weekend met Marge Dunn. Hij had aangeboden om naar L.A. te komen, maar Marge had gevraagd of ze weer naar het noorden kon komen.

Slimme vrouw; niets was zo mooi als Bay Area op een koele, heldere dag. Barnes was van plan om Amanda weer advies te vragen, want het weekendje in Napa was perfect geweest. Hij had een aantal ideeën die hij aan haar wilde voorleggen, maar ze was stil – bijna nors.

'Wat is er?' vroeg Barnes.

'Niets.'

'Schei toch uit. Vond je de wijn die ik je heb gestuurd niet lekker?'

'Je had me helemaal geen wijn hoeven sturen, Will. Ik deed gewoon mijn werk.'

'Je werk was mijn leven redden. De man van de slijterij zei dat het goed spul was.'

'Dat was het ook, dank je wel.'

'Wat zit je dan dwars, Mandy? En wees eerlijk. Ik ben niet goed in die psychologenspelletjes.'

'Over psychologen gesproken, ik heb net de psychiater van Seldey gesproken,' zei ze. 'Volgens haar is de man psychotisch.'

'Daar hoef je geen psychiater voor te zijn.'

'Hij is paranoïde, Will, niet in staat een samenhangend plan te bedenken. Gisteren moest hij in een dwangbuis gestopt worden omdat hij zich tot bloedens toe aan het krabben was. Hij beweerde dat stemmen in zijn hoofd hem zeiden dat hij berouw moest tonen door zich te villen zoals ze met Jezus deden in die film van Mel Gibson.'

'Dus hij doet alsof, probeert verminderd toerekeningsvatbaar te lijken.'

'Hij probeert helemaal niets. Integendeel, hij roept voortdurend dat hij Davida heeft doodgeschoten, zegt dat hij er trots op is.'

'Dat is het probleem van de officier van justitie.'

'Misschien is het ons probleem, Will. Misschien hebben we niet alle informatie. Denk je dat iemand die zo chaotisch is, in staat is om in zijn eentje een zorgvuldige moord te beramen. Hij zei dat de stemmen zeiden dat hij Davida moest vermoorden. Ik

vraag me af of een van die stemmen misschien echt was.'

'Zou iemand hem gecoacht hebben?'

'Bij Davida stond misschien de deur open voor daklozen, maar denk je dat ze de deur open zou doen voor Seldey, gezien alles wat Jane Davida over Parker had verteld? Als hij een sleutel had, zou de situatie anders zijn. Stel dat iemand hem de weg heeft gewezen en heeft gezegd: Schiet haar overhoop. Iemand die hem kende, die wist dat hij gek was. Iemand die macht over hem had. En mogelijk een sleutel had. En die wist dat ze dronk, omdat ze vaak samen met haar dronk.'

'Jane?'

'Wie anders?' zei Amanda.

'Waarom zou Parker doen wat zij zegt? Ze hadden een hekel aan elkaar.'

'Niet volgens Jane. Wat kun jij je van hem herinneren?'

'Niet veel, hij was niet van hier. Volgens mij kwam hij uit Hillsborough of zo'n ander rijkeluisstadje. Misschien is hij naar Stanford gegaan.'

'Will, ik heb discreet wat vragen gesteld hier en daar. Niemand van de goeie ouwe tijd kent hem en hij is niet in Noord-Californië opgegroeid, hij komt uit Massachusetts.'

'En?'

'Alles wat we van hem weten komt via Jane, dat bedoel ik. Jane heeft ons verteld dat ze verwachtte dat Parker het huisje zou betalen. Maar als hij geestelijk zo ziek was, dan was dat toch niet mogelijk? Misschien liet ze hem daar wonen omdat hij haar goed van pas kwam en ze wist dat ze hem zou gebruiken om Davida te vermoorden.'

'Maar als Parker zo gek was, waarom zou Jane dan op hem rekenen? Waarom is ze ooit met hem getrouwd?'

'Misschien was zijn ziekte onder controle – met medicijnen of iets anders. Misschien hield zijn huwelijk met Jane hem stabiel. Toen ze een scheiding aanvroeg – en volgens de papieren heeft zíj de aanvraag ingediend – stortte hij in. Waarom ze op hem rekende... Ze kende hem goed, wist precies hoe ze hem gek kon maken.'

'Het lijkt wel een film,' zei Barnes. 'Je zoekt het wel ver, hoor. Waarom?'

'Er zit me gewoon iets niet lekker. Die vent is te gestoord om het allemaal in zijn eentje te hebben gedaan.'

'Wat is Janes motief?'

'Davida stond op het punt haar aan de kant te zetten en daar was ze woedend over. Of Davida wilde openbaar maken dat ze lesbisch was en dat kon ze niet aan. Je zag hoe paniekerig ze deed toen we haar bij Lucille thuis spraken. De beste manier om Davida te lozen was om die arme psychotische Parker op haar af te sturen door te zeggen dat de scheiding helemaal Davida's schuld was. Davida dood, Parker achter de tralies. Twee vliegen in één klap.'

'Ingenieus,' zei Barnes. 'Misschien moet je je baan opzeggen en scriptschrijver worden.'

'Ja oké, ik kan het niet bewijzen, en misschien is het allemaal fantasie. Wil je dat ik het in mijn eentje uitzoek, of doe je mee?'

'Meer keuzes heb ik niet?'

'Zeg het maar, partner.'

Barnes tikte met een lepeltje tegen zijn espressokopje. 'Als Parker zó gestoord is, is hij misschien wel eens eerder opgenomen geweest en kunnen we aan de hand daarvan achterhalen hoe zijn brein werkt. Als jij dat nou eens onderzoekt.'

'En dan ga jij zeker met Jane praten.'

'Ik was eigenlijk van plan om de financiën van Jane en Parker eens door te lichten om te zien of ze hem onderhield en hoe lang. Maar als je wilt dat we alles samen doen, ook goed, ik zal geen cowboy meer spelen.'

Amanda lachte. 'Nee, het was maar een vraag. We kunnen de taken beter verdelen. Mag je zelfs die veterdas dragen.'

23

Het kostte de rechercheurs een aantal dagen om de toestemming van een onwillige hoofdinspecteur Torres te krijgen. Maar

met het bewijsmateriaal en de onderbouwing had de baas geen andere keus, al zei hij er wel bij dat ze 'tactvol' moesten zijn. Wat dat dan ook betekende.

Het was een opdracht voor beiden, maar hij keek Barnes aan. Amanda schoot hem te hulp, zei dat hun ongeautoriseerde uitje naar Seldeys huisje een gezamenlijke beslissing was geweest, maar Torres was ook niet gek.

Barnes zei alleen maar 'ja, meneer' en salueerde achter Torres' rug om toen de hoofdinspecteur zich naar een vergadering haastte.

Het was druk tijdens de lunch op de Damessociëteit. Tafeltjes vol met elegante dames die hun kaakspieren oefenden met roddelpraatjes en hun rundermedaillon. Barnes voelde zich opgelaten in zijn jasje en dasje, maar Amanda liep in haar blauwe mantelpakje en bijpassende pumps ontspannen tussen de tafeltjes door.

De tafel die ze zochten stond in de hoek. Zes dames van in de zeventig zaten te kwebbelen; ze hanteerden hun zilveren bestek met finesse. Vijf van hen hadden hun aandacht gericht op een douairière met zwart haar, een zwart wollen mantelpakje en parels in haar oren. Een magere, bijna uitgemergelde, oude vrouw met pikzwart haar dat in een knotje zat. Haar blauwe ogen glommen van opwinding terwijl ze praatte.

Eunice Meyerhoff genoot ervan hof te houden.

Toen Barnes en Amanda bij haar tafeltje kwamen, keek ze op. Knipperde. En glimlachte.

'Goedemiddag, rechercheurs, wat doet u hier?'

Barnes zei: 'Dag dames, hoe gaat het?'

De vrouwen antwoordden in koor. Eunice zei: 'We zijn bijna klaar met eten. Komt u erbij zitten voor het dessert?'

Amanda zei: 'Eigenlijk moeten we u even onder vier ogen spreken, mevrouw Meyerhoff. We zijn zo klaar.'

Het gezelschap rond Eunice staarde haar aan. Ze kwam overeind. Straalde. 'Maar natuurlijk.'

Barnes pakte haar bij de elleboog vast. Terwijl ze de eetzaal door liepen, wuifde Eunice naar andere gasten. Toen ze de tafeltjes gepasseerd waren, werd de glimlach rond haar lippen ge-

spannen. 'Wat is er aan de hand, rechercheur Barnes?'

'We hebben uw hulp nodig,' zei Amanda.

'Hoe lang gaat dit duren? Ze serveren vandaag roomtaart, daar ben ik dol op. Als je niet snel bent, is hij op.'

'Misschien kunnen de dames alvast zonder u een dessert bestellen,' zei Barnes.

Eunice verstijfde onder zijn greep. Mager, maar sterk als een oude kalkoen die gehard is door de uitdaging.

In de lobby zei Eunice: 'Waar zullen we gaan zitten?'

Amanda zei: 'In uw kamer, daar is het lekker rustig.'

'Ik vind niet... tja, als u erop staat.' Een broze glimlach. 'Tja...' Ze klopte Barnes op zijn arm. 'Wat een spieren, William. Je bent altijd een goede werker geweest.'

Het ritje in de lift verliep in stilte. Eunice pakte haar sleutel en opende de deur naar een verrassend sjofel kamertje met lila behang. Het tapijt was versleten, de gordijnen vaal en stoffig en het rook er naar een verzorgingshuis. Glas-in-loodramen lieten wat daglicht binnen, maar het was bewolkt. De kamer stond vol met een queensize bed, een eenvoudige houten stoel, een beschadigd nachtkastje met een wekkerradio en een oude bakelieten telefoon en een opklaptafel voor de koffer.

Er stond een oude Vuitton op.

Eunice ging in de stoel zitten. Ze zakte in elkaar alsof ze gebruik wilde maken van haar leeftijd. Maar haar blik was scherp en wantrouwig.

Barnes zei: 'Ik heb een paar vragen voor u, mevrouw Meyerhoff. Het heeft te maken met enkele banktransacties.'

De scherpe ogen vernauwden zich. 'U hebt helemaal niets met mijn financiën te maken.'

'Mijn excuses voor de inbreuk op uw privacy, maar we moesten het een en ander weten.'

'Wat?' Haar toon werd hard.

'Over het algemeen geeft u niet veel geld uit,' zei Amanda. 'Daarom waren we zo verbaasd dat er in de afgelopen vijfenveertig dagen twee flinke afschrijvingen zijn geweest.'

'Twee cheques,' voegde Barnes eraan toe. 'Elk voor tienduizend dollar.'

'En?' zei Eunice. 'Volgens mij mag ik van de overheid nog al-

tijd mijn eigen geld uitgeven.'

'We weten wie ze geïnd heeft,' zei Amanda.

De oude vrouw zweeg. Een hand met rode nagels wreef over de andere.

'Parker Seldey,' zei Barnes. 'Dat is nogal veel geld voor een ex-schoonzoon.'

'We mogen hem niet zo,' zei Amanda. 'Hij heeft op ons geschoten. We vroegen ons af waarom u hem wel mag.'

'Jullie mochten daar helemaal niet komen!' flapte Eunice eruit.

'Jawel, mevrouw,' zei Barnes. 'Jane had ons toestemming gegeven het terrein op te gaan en het perceel is van Jane.'

'Dat wist Parker niet.'

Het was even stil.

Barnes zei: 'Dat bedoelen we. U lijkt erg op Parker gesteld.'

Eunice vertrok haar mond. 'Jane heeft misschien problemen met hem, maar tegen mij is hij altijd beleefd geweest. Wat is daar mis mee?'

'Helemaal niets,' zei Barnes, 'al zal uw dochter het wel kwetsend vinden.'

Eunice gromde. 'Alsof het haar interesseert wat kwetsend is en wat niet.'

'Heeft ze u gekwetst?' vroeg Amanda.

'Ik kan me niet herinneren wanneer ze me níét gekwetst heeft! Ze legde het altijd aan met nietsnutten en junkies – ze gebruikte zelf drugs, ik kan u verhalen vertellen. Noemt u dat een dochter die rekening houdt met de gevoelens van haar moeder?'

'Nee, eigenlijk niet,' zei Amanda.

'Ik bedoel maar!'

'Maar toch,' zei Barnes, 'Lucille Grayson vindt het niet fijn dat u zo'n hechte band hebt met Parker.'

'Moet ik me om die heks druk maken?' Eunice's ogen spuwden vuur. 'Altijd maar snoeven, snoeven, snoeven over die perverse dochter van haar. Ik heb meer dan genoeg van Lucille Grayson, nou en of. Zij en haar lesbische dochter interesseren me geen zier en het kan me niets schelen hoe ze over me denkt.'

'Betaalt u daarom Parkers advocaat?' gokte Barnes.

Toen Eunice geen antwoord gaf dacht hij: Ha! Ik ben een ware Sherlock.

Amanda begreep wat hij aan het doen was en ging ermee verder. 'Lucille Grayson begrijpt niet goed waarom u Parkers advocaat betaalt.'

De oude vrouw sloeg haar armen over elkaar. 'Ik zeg toch, dat oude mens interesseert me geen zier.'

'Uw relatie met Lucille gaat ons niet aan,' zei Amanda.

'Inderdaad!' zei Eunice.

'Maar,' zei Barnes, 'de moord op Davida Grayson wel. Parker heeft toegegeven dat hij haar heeft vermoord, dus we weten wie de trekker heeft overgehaald. We weten ook dat iemand hem heeft betaald om het te doen.'

'Die cheques van u, mevrouw Meyerhoff. We weten precies waar die voor waren omdat Parker ons dat heeft verteld. En het ziet er behoorlijk slecht voor u uit. De eerste is uitgeschreven voordat Davida is vermoord en de tweede is een dag na haar moord uitgeschreven en geïnd.'

'Betaling voor een geklaarde klus?' zei Barnes.

Eunice beet op haar lip. Rode lippenstift maakte vlekken op de magere huid.

Amanda zei: 'Wat hebt u hem verteld, mevrouw Meyerhoff? Dat het Davida's schuld was dat Jane hem had verlaten?'

'Dat wás ook zo!' snauwde Eunice. 'Als dat gestoorde mens er niet was geweest, zou Jane niet zulke ziekelijke dingen doen.'

'Wat voor ziekelijke dingen?' vroeg Barnes.

'Ik ben een dame!' was Eunice's weerwoord. 'Over dat soort dingen praat ik niet!'

'Maar u geeft Davida de schuld van Janes gedrag.'

'Reken maar dat ik Davida de schuld geef. Ze heeft Jane altijd het verkeerde pad op gestuurd – al vanaf de lagere school.'

'Davida is niet drie keer getrouwd geweest,' bracht Barnes naar voren.

'Natuurlijk niet. Waarom zou ze trouwen? Dat mens was ziek! En Lucille verdedigde haar maar. Ze genoot ervan. Als je het mij vraagt is ze zelf net zo.' Eunice sloeg met haar vuist in haar hand. Niet veel geluid. Kleine botten.

Ze zei: 'Toen dat ouwe mens me over Janey en haar dochter had verteld, moest ik wel iets doen! Dat zou elke fatsoenlijke moeder hebben gedaan!'

'En dus sprak u erover met Parker,' zei Amanda.

'Hij was net zo teleurgesteld in Janey als ik.'

'Aha,' zei Barnes. 'Weet u, mevrouw Meyerhoff, ik geloof dat het tijd is om u op uw rechten te wijzen.'

'Mijn rechten?' Ze staarde hem aan. 'Bent u van plan me te arresteren?'

'O, ja.' Barnes wees haar op haar rechten en vroeg haar of ze deze begreep.

'Natuurlijk begrijp ik ze! Ik ben oud, niet dement!'

'U bent niet verplicht ons iets te zeggen,' zei Barnes, 'maar als u ons uw kant van het verhaal wilt vertellen, is dit het moment.'

'Als we uw kant kenden zouden we u misschien kunnen helpen,' zei Amanda. 'Maar zoals rechercheur Barnes al zei hoeft u ons niets te zeggen.'

'Dat wéét ik!' riep Eunice schril. 'Ik heb niets te verbergen. Ik ben trots op wat ik gedaan heb. Ik heb mijn dochter verdedigd. Ik heb voorkomen dat ze zich nog meer zou vernederen met dat ziekelijke mens!'

'Als u nu eens bij het begin begint?' stelde Amanda voor.

Barnes zei: 'Hoe meer we weten, hoe beter we u kunnen helpen.'

'Er valt niets te vertellen,' zei Eunice. 'Ik heb Parker gezegd wat er moest gebeuren en hij was het met me eens. Ik zou hem geld geven om Janey uit te kopen, maar volgens mij wilde hij het huisje niet eens. Hij was net zo boos op Davida als ik. Ik wist dat Davida een vreselijke alcoholiste was – god weet hoeveel zij en Janey op de middelbare school achteroversloegen. Ik wist ook dat Janey een sleutel van haar kantoor had. Daar heb ik een keer een kopie van laten maken. En ik heb Parker gezegd dat hij het juiste moment moest afwachten.'

'Wat betekende dat?'

'Wachten tot het vieze mens zo dronken was dat ze in slaap viel.'

'Hoe kon u dat weten?' vroeg Amanda.

'Omdat Parker van mij een videocamera moest installeren.'

Barnes' bloed begon te kolken. De technische recherche had het hele kantoor uitgekamd. Een of andere gek plaatst een camera en niemand vindt hem? 'Waar had hij hem geïnstalleerd?'

'Precies waar ik had gezegd, in de lamp boven haar bureau,' zei Eunice. 'Wist je dat je van die piepkleine cameraatjes kunt krijgen zo groot als een nagel? Dat had ik op tv gezien en de camera zelf heb ik op internet gevonden.' Ze giechelde. 'Ik ben de enige van mijn vriendinnen die online is. Je moet met je tijd meegaan.'

Amanda zei: 'Dus met behulp van de verborgen camera wist u dat Davida sliep. Waar had u de monitor?'

'Die had ik bij me, een piepklein geval, soms was de ontvangst wat wazig, maar in de stad werkte hij prima. Ik heb hem niet meer. Nu het vieze mens dood is, heb ik hem niet meer nodig.'

'Wat gebeurde er toen u had gezien dat Davida lag te slapen?'

'Dat lijkt me duidelijk,' zei Eunice.

'Vertelt u het toch maar. Het is beter in uw eigen woorden.'

Een zucht. 'Ik was toevallig in de stad toen Davida met Lucille aan het dineren was. Ik wist dat Davida 's avonds in haar eentje dronk en na een avondje met die ouwe moeder van haar zou ze geheid aan de drank gaan. Toen heb ik Parker via zijn kortegolfradio opgeroepen. Hij had twee uur nodig om naar de stad te rijden en tegen die tijd lag Davida te slapen.'

'Wie had de sleutel?'

'Ik. Ik ben stiekem de sociëteit uit geslopen... Die oude bewakers... geen cent waard. Ik had buiten met hem afgesproken en we zijn samen naar het kantoor gereden.' Eunice glimlachte. 'Ik hield de wacht terwijl hij deed wat hij moest doen.'

Een hand met leververlekjes schoot naar haar oor. 'Ik hoorde de knal. Dat was best hard, maar niemand leek het te merken. Parker kwam naar buiten. Hij droeg een lange jas waaronder hij zijn geweer verborg en hij leek wel zo'n dakloos type dat jullie zo vertroetelen. Hij bracht me terug naar de sociëteit. De wacht zat te slapen.' Ze grinnikte. 'Niet dat het er iets toe deed. Wie breekt er nu in om een paar oude dametjes iets aan te doen?'

Eunice kwam overeind en stak haar dunne polsen uit. 'Als het u plezier doet om een oude dame te arresteren, dan gaat u uw gang maar. Ik heb hartklachten en borstkanker. Ik ben er trots op dat ik die heks om zeep heb geholpen. Dat is mijn nalatenschap voor mijn dochter. Gaat uw gang, rechercheur, boeit u me maar.'

Barnes deed wat ze zei. Het was meer symbolisch dan uit voorzorg. De handboeien waren te groot voor haar.

Toen ze de kamer uit liepen, pakte hij haar elleboog weer vast.

'Ah, een heer! Ik heb altijd van galante mannen gehouden.' Ze glimlachte naar Barnes, maar hij lachte niet terug. Ze slaakte een diepe zucht. 'Tja, als het zo moet, dan moet ik inderdaad mijn advocaat maar eens bellen.' Ze wendde zich tot Amanda. 'Mijn mobiele telefoon zit in mijn handtas. Zijn naam is Leo Matteras en hij staat in de lijst. Kun jij hem voor me bellen, liefje? Zelfs als mijn handen niet geboeid waren, zou het me moeite kosten. Die oude, verleidelijke ogen zijn niet meer wat ze geweest zijn.'

24

Barnes en Amanda troffen Jane aan in een teakhouten stoel op het achterterras van haar huurhuis aan Oxford Street.

Het was een kleine Engelse cottage, prachtig ontworpen en begroeid met witte rozen, gelegen aan de hoge kant van de straat. De heuvels van Berkeley waren groen, het uitzicht over de baai was een plaatje.

Jane had niet de moeite genomen om de officier van justitie te laten weten dat ze was verhuisd. Ook had ze hem niet gezegd dat ze van plan was naar Europa te gaan. Dat stukje informatie was Barnes te weten gekomen via een oude klasgenoot, een zekere Lydia Mantucci die Jane nooit had gemogen en met leedvermaak dit interessante nieuwtje had doorverteld.

Niemand deed open toen hij op de solide handbewerkte deur klopte, maar een pad langs het huis leidde naar een houten trap die hij opklom.

Het was laat in de middag en de koude bries waaide over het water. Jane had zich gekleed in een warm-weerfantasie: een zwarte polo met korte mouwen, een kakikleurige korte broek en een

grote zonnebril. Ze had kippenvel en had haar armen om zich heen geslagen.

Doelbewust lijden, vroeg Amanda zich af. Jane was afgevallen en zonder make-up en met haar haar in een hoge paardenstaart zag ze er alledaags en vermoeid uit.

Ze was niet verbaasd hen te zien.

'Jullie hebben me gevonden,' zei ze. 'Ook een glaasje?' Ze wees naar een halflege fles gin en een ijsemmer.

'Nee, dank je,' zei Will. 'Mooi uitzicht.'

'Als ik erop let wel. Ik heb dit huis goedkoop kunnen krijgen omdat de vorige huurder geen vaste aanstelling had gekregen en vervolgens is vertrokken zonder op te zeggen en twee maanden huur te betalen.'

'Een beledigde hoogleraar.'

Jane glimlachte. 'Een beledigde assistent-hoogleraar Ethiek.'

Amanda vroeg: 'Wanneer ga je naar Italië?'

Jane deed haar zonnebril af. Het wit van haar ogen was roze, ze had donkere wallen onder haar ogen en haar wenkbrauwen hingen omlaag. 'Ben je bang dat ik zonder iets te zeggen verdwijn?'

'De officier van justitie heeft ons gestuurd,' zei Will. 'Mogelijk moet je getuigen dat je ons toestemming hebt gegeven om het terrein op te gaan.'

'Dat heb ik al op schrift gezet voor het OM.'

Amanda zei: 'Als de verdediging moeilijk wil doen over ons recht tot huiszoeking, dan is het nodig dat je persoonlijk getuigt.'

Jane wendde zich af en staarde naar het grijze water en de melkwitte lucht. 'Bovendien willen ze dat ik tegen moeder getuig.'

'Hebben ze dat gevraagd?'

'Nee, maar dat was wel duidelijk. Ik kreeg zelfs een preek dat kinderen wettelijk kunnen worden opgeroepen om tegen hun ouder te getuigen.'

Amanda zei: 'Wanneer vertrek je en waar ga je precies naartoe?'

Jane zei: 'Is dat waar de verdediging het op aan laat komen? Dat jullie je op verboden terrein hebben begeven?'

Barnes zei: 'Waarschijnlijk niet, maar we moeten met alles rekening houden.'

'Waarschijnlijk niet?'

'Het gerucht gaat dat Parker het op verminderde toerekeningsvatbaarheid gaat gooien. En dat de advocaat van je moeder de zaak zo lang mogelijk wil trainen.'

Jane keek hen weer aan. 'Matteras? Die hoopt waarschijnlijk dat ze de pijp uitgaat, zodat hij niets hoeft te doen voor zijn voorschot. Geen schijn van kans.'

'Is ze gezond?'

'Alleen de goeden sterven te jong.' Jane balde haar vuisten. 'Zoals Davida. God, wat mis ik haar.'

Ze snifte, schonk een glas gin in, nam een veel te grote slok en onderdrukte een boer. 'Maak je geen zorgen, ik zal er zijn als dat nodig is. In de tussentijd moet ik iets nieuws gaan proberen.'

'En dat is?' vroeg Barnes.

'Alleen zijn.'

'Weet je zeker dat dat zo'n goed...'

'Zo zeker als wat. Moet je mij nou zien, Will. Het is treurig.' Ze legde haar hand op haar borst, liet hem over haar buik omlaag glijden. Haar benen zagen er ruw en bleek uit. Lange, slanke benen, legendarisch op de middelbare school, en misschien nog steeds het mooist aan haar. Maar voor het eerst zag Barnes de sluipende tekenen van het ouder worden: grillige bloedvaten, de eerste sporen van spataderen, rimpeltjes en plooien.

Hij zei: 'Je ziet er fantastisch uit, Jane.'

'Ik zie er beroerd uit, maar lief dat je liegt. Ook al was je er nooit erg goed in... Denk eens na, Will: ben ik ooit wel eens voor langere periodes alleen geweest?'

Barnes dacht na. Jane lachte. Geen prettig geluid. 'Precies. Dat is net zo goed een verslaving.'

'Wat?'

'Mensen nodig hebben. Ik weet niet hoe ik zo terecht ben gekomen, maar reken maar dat ik daarachter ga komen.'

'In Europa,' zei Amanda.

'In Florence, om precies te zijn,' zei Jane. 'Daar ben ik met ieder van mijn fantastische echtgenoten geweest. Moeder nam me er mee naartoe toen ik twaalf, veertien en zestien was. Het lijkt

me een goede plek om te beginnen. Als ik niet instort, ga ik naar moeilijker plaatsen.' Ze lachte. 'Misschien maak ik nog wel een trektocht door Beiroet.'

Amanda zei: 'Om jezelf op de proef te stellen.'

'Het is hoog tijd,' zei Jane. 'Het zal natuurlijk wel hopeloos misgaan. Ik ben voor elke andere levensles gezakt.'

Barnes zei: 'Jane...'

Jane zwaaide met haar vinger. 'Sst, slechte leugenaar. Op dit moment word ik alleen maar ziek van geruststelling.'

Amanda zei: 'Mooi, want dit is een zakelijk bezoekje, geen psychotherapie.' Haar stem klonk zo kil, dat Barnes moeite moest doen om haar niet aan te staren.

Jane trok wit weg.

Amanda deed een stap dichterbij, pakte het glas uit haar hand en zette het met een klap op tafel. 'Als je serieus volwassen wilt worden, dan zou ik om te beginnen maar eens ophouden met dat zelfmedelijden. Dit is waar het op neerkomt: je moet in alle opzichten meewerken. Als je dat niet doet, zul je als getuige worden opgeroepen en wordt je paspoort in beslag genomen. We hebben al je vluchtgegevens en je verblijfsadressen nodig, dus begin maar.'

Met een zwaai haalde ze haar notitieboekje tevoorschijn.

Jane zei: 'Ik weet op dit moment alleen mijn vluchtnummer en mijn hotel in Florence.'

'Dan beginnen we daarmee. Als de officier van justitie niet tevreden is met deze informatie, ga je helemaal nergens naartoe.'

Jane probeerde haar in de ogen te kijken, maar bij het zien van het ijzige gezicht van Amanda wendde ze haar gezicht af. 'Jemig, jij bent een harde.'

'Ik heb het druk,' zei Amanda. 'Dus geen geleuter meer, maar feiten.'

Toen ze twintig minuten later terugliepen naar de auto zei Barnes: 'Tjongejonge, wat een strenge, meedogenloze gezagdraagster ben jij.'

Amanda ging achter het stuur zitten.

Terwijl ze aan haar haar frunnikte en de motor startte, zei Barnes: 'Je had vast een goede reden.'

Amanda reed weg, sneller dan anders. Halverwege de straat stopte ze. Ze keek recht voor zich uit.

'Niks om geheimzinnig over te doen,' zei ze. 'Ik had medelijden met haar. Dus heb ik haar gegeven wat ze nodig had.'

Dankwoord voor *De moraal*

Bijzondere dank aan hoofdcommissaris Douglas N. Hambleton en agent Joseph E. Okies jr. van de politie van Berkeley; rechercheur Jesse Grant van de politie van Oakland; en Dr. Mordecai en Rena Rosen.